HIJA DE LA TIERRA

ANDREA
LONGARELA

HIJA DE LA TIERRA

HISTORIAS DE
CATHALIAN

-LIBRO 1-

ALFAGUARA

El papel utilizado para la impresión de este libro ha sido fabricado a partir de madera
procedente de bosques y plantaciones gestionadas con los más altos estándares ambientales,
garantizando una explotación de los recursos sostenible con el medio ambiente y beneficiosa para las personas.

Hija de la Tierra
Historias de Cathalian 1

Primera edición en España: noviembre de 2023
Primera edición en México: noviembre de 2023

penguinlibros.com

ISBN: 978-607-383-793-4

Impreso en México – *Printed in Mexico*

A mis hijas, reinas de todos mis mundos

«La tierra os vio nacer y sobre tierra moriréis».

Nombramiento real de Redka de Asum
por Dowen de Cathalian

MAR DE OSYA
FAROA
LITHAE
TIERRAS ALTAS
- ZONA SALVAJE -
ILIZA
BOSQUE
SAGRADO
- RÍO DE SANGRE -
VERDE
VALLE DE
TIERRA YERMA DE THARA
TIERRA DE BRUJAS
- HIJAS DE THARA -
SIAM
CAMPAMENTO

CATHALIAN

SANTUARIO DE DIOSES

YUSEN

RANKOK

N

O

E

S

ONIZE

ZIATAK

MAR DE BELI

ASUM

MONTAÑA
DE NIMERA

ISLAS ROJAS

El comienzo de todo

Cuenta la leyenda que hace mucho tiempo, en un lugar muy lejano, dos mares se tocaban en un punto. Sus aguas se unían en caricias sutiles y un romance inaudito. Los dioses marinos, que habían acostumbrado a luchar por delimitar su parte, dejaron de hacerlo. Osya y Beli se convirtieron en amantes, y su amor líquido se mecía y sentía en las olas y en la brisa de sal.

Sin embargo, no todos los dioses lo aprobaban. La diosa Tierra, habituada a las atenciones de Beli bajo sus aguas, dejó de sentir su roce y comenzó a llamarlo con nuevas especies marinas, corales rosados y plantas de colores y formas increíblemente bellas. Aun así, su adorado Beli ya estaba lejos. Pasaba las noches enredado con las olas de Osya y mirando el cielo.

La diosa Tierra, despechada, un día lanzó un rugido furioso y triste, y de las profundidades del agua se erigió un terreno vasto y fértil que se interpuso entre los amantes para siempre.

De las lágrimas de ambos, en ese territorio brotó la vida y se dividió en dos de manera natural. Del lamento de Osya nació Vadhalia, al oeste, que se convertiría en zona mágica salpicada por la esperanza de su corazón agrietado. Del pesar de Beli se alzó el reino humano de Cathalian, al este, mucho más terrenal y melancólico. A los Hechiceros se les cedió la punta norte; a las brujas, Hijas de Thara, la punta sur. Y, cuando la luna bañó con su luz una pequeña laguna en el pico más cercano a Osya, las Sibilas de la Luna brotaron de siete flores.

Durante mucho tiempo, los linajes vivieron en paz, en una armonía que tardaría en hacerse pedazos.

Pero la historia nos ha enseñado una y otra vez que el poder es capaz de corromper al alma más noble.

Igual que el amor…

I

—¿Crees que puede sentirnos?

Maie lo miraba con toda la curiosidad del mundo en sus ojos azules. Se podía ver en ellos el fragor de la juventud, su inocencia y esa picardía que siempre la acompañaba. Una mezcla peligrosa fuera de los límites de la Casa Verde.

Estábamos escondidas tras lo que quedaba en pie del viejo castillo caído. Las pequeñas piedras rojizas se nos clavaban en las rodillas. Era posible que se nos notasen sus marcas en los pliegues del vestido al regresar y que tuviéramos que lavarlos a escondidas, pero no nos importaba. La tentación de descubrir lo que escondían los muros siempre era mucho más fuerte que el miedo a recibir un castigo por ello.

El Hombre Sauce se limpiaba las patas largas y huesudas en el arroyo. Su cresta de plumas grisáceas y hojarasca enredada brillaba bajo el sol de media tarde. Su altura superaba la primera rama del árbol que tenía tras él, lo que nos indicaba que era un ejemplar adulto. Medio hombre medio criatura de otros tiempos. Unos en los que la magia se colaba en cada respiro de aliento y vivía en armonía con los humanos, dando forma a un mundo cuyo equilibrio acabó hecho escombros por culpa de la Gran Guerra entre especies.

—¿Te imaginas lo que sería tocarlo?

—No deberías decir eso —la reprendí.

—¿Nunca has pensado cómo se sentirán las plumas entre los dedos? ¿Cómo sería el tacto de su piel de corteza?

Negué con la cabeza, aunque estaba mintiendo. Todas imaginábamos cosas sin cesar. Tanto cuando la vieja Hermine nos narraba antiguas leyendas extraídas de libros como cuando lográbamos escaparnos de los ojos de las vigías y explorábamos por nuestra cuenta. Siempre fantaseábamos con saber algo más de lo que fuese que existiera más allá del territorio seguro.

—Deberíamos volver —le dije.

Fue solo un susurro, pero suficiente como para que el Hombre Sauce se incorporase y sus orejas picudas se plegasen para escuchar a su alrededor. Había percibido nuestra presencia, pese a la distancia, a nuestro escondite entre arbustos y a que nuestra voz fuese apenas un murmullo contra el oído de la otra.

Maie cogió mi mano. Él se giró y lo vimos en todo su esplendor. Su cuerpo se asemejaba al de un hombre, pero más alto y delgado, como un junco seco. Sus piernas tenían tan poca carne que no eran más que hueso rodeado de piel mortecina. Esta estaba tan seca y cuarteada que le daba el aspecto del tronco de un árbol, de ahí su nombre. Harapos sucios le cubrían del torso a los muslos, prendas robadas que, en algún momento, habrían pertenecido a un cuerpo mucho más pequeño que el suyo. Sus ojos parecían dos piedras negras. No tenía pelo, pero sí dientes.

Unos dientes afilados y amarillentos que me produjeron escalofríos. Dientes rasuradores de carne.

—Ziara…

—Shhh. No te muevas.

Tapé la boca de Maie al percibir su miedo. Me subí la capucha e hice lo mismo con la suya, sintiéndome protegida por el color verde de la tela. Las piedritas se me clavaron tan fuerte en las rodillas que supe que me sangrarían. No obstante, prefería eso a que el Hombre Sauce nos viera y atacase. No eran criaturas agresivas y, habitualmente, solo se alimentaban de pequeños roedores, pero si se sentían en peligro la cosa cambiaba. Y nosotras nos habíamos colado en su zona de paso. No solo eso, sino que al estar en territorio prohibido no contábamos con la protección del concilio.

—*Quien no respeta las normas de la magia asume sus consecuencias.*

Aparté la voz de la Madre de mi cabeza. Me centré en respirar lo más en silencio que pude y en evitar que el pánico que comenzaba a llenar los ojos de Maie saliera a borbotones y la criatura nos descubriera.

No era la primera vez que nos veíamos en una situación similar. Llevábamos ya tiempo escapándonos a escondidas y cada vez tendíamos a ir más lejos, a sabiendas de que el más mínimo descuido podría ser fatal. Sin embargo, la curiosidad era más fuerte que cualquier instinto de supervivencia. Había algo en nuestro interior que tiraba de nosotras sin control y que habíamos aprendido a ocultar bajo las órdenes de Hermine, pero cuando estábamos a solas… Hacía unas semanas habíamos visto cruzar caballos en estampida. Auténticos y salvajes, con sus crines cobrizas al viento. Los primeros que veíamos reales y no pintados sobre un viejo lienzo amarillento. Había soñado con el sonido del golpeteo de su galope algunas noches. Meses atrás nos había parecido escuchar el rumor de los espíritus que mantenían en armonía el viejo bosque. Pese a ello, sí era la primera vez que alguno de esos descubrimientos captaba nuestra presencia, y ese era un error que podía costarnos la vida.

Las rodillas de Maie temblaron y las hojas secas rompiéndose bajo su peso nos delataron. La mirada oscura de aquel ser se clavó en el arbusto que nos escondía. Según las enseñanzas de Hermine, eran criaturas que no veían muy bien, pero su olfato sí era prodigioso y, en aquel instante, movía su aguileña nariz en nuestra dirección.

Mi corazón latía tan rápido que, cuando su cuerpo se tensó y dio el primer paso, supe que podía oler la sangre circulando por mis venas a toda velocidad.

Íbamos a morir. Nos habíamos arriesgado demasiado y aquel era el precio por nuestra desobediencia. El temblor de Maie me dijo que ella también lo sabía.

Contuve un gemido y me preparé para echar a correr. Su mano se trenzó con la mía con tanta fuerza que, de no estar centrada en sobrevivir, habría gritado por el dolor.

Cuando el Hombre Sauce dio otro paso, Maie cerró los ojos y su respiración agitada nos delató del todo. Él caminaba de forma lenta, casi meditando cada zancada, aunque eso no significaba que tuviéramos alguna posibilidad de escapar en caso de que nos atreviéramos a huir.

Dos pasos más y ya podíamos verle las rodillas huesudas a través del seto.

Uno más y podríamos tocarlo si alargábamos las manos.

Tragué saliva con fuerza y abracé a Maie dentro de mi capa. Si aquella iba a ser nuestra muerte, lo haríamos juntas, en un abrazo eterno. Comencé a contar hasta diez para serenarme, pero solo llegué al seis. Un crujido repentino rompió aquella angustiosa quietud y los tres giramos la cabeza en otra dirección. No estábamos solos. La tensión repentina del Hombre Sauce y el temor que inundó sus ojos provocaron que mi cuerpo se estremeciera y que el pánico alcanzara su plenitud. Lo que fuera que nos había descubierto era lo bastante peligroso como para que una criatura como aquella se echase a temblar.

Fue un visto y no visto. En apenas dos segundos, una tormenta plateada arrasó con todo. Levantó una polvareda según se acercaba al Hombre Sauce y se lo llevaba con él, dejando a su paso un grito agónico que se mantuvo como un eco interminable junto a nosotras.

Después, solo quedó el silencio.

Noté el sudor frío perlando mi nuca y deslizándose por la espalda, la garganta seca y las piernas entumecidas. El miedo me acariciaba los huesos y me helaba la sangre. La cabeza de Maie se escondía en mi cuello y cerraba su mano con fuerza sobre la falda de mi vestido. Cuando quité la mía de su boca, su voz temblorosa le puso fin a aquella estremecedora calma:

—Era un…

No debíamos pronunciar su nombre. Decían que, si lo hacías, ellos respondían con facilidad a la llamada. Y nadie en su sano juicio querría tener que enfrentarse a uno de esos seres. Solo pensar que lo habíamos tenido tan cerca ya me provocaba escalofríos.

Aun así, ¿qué diablos hacía en el Bosque Sagrado? No pertenecía a su territorio. Según las normas del concilio, no debía atravesar jamás el Río de Sangre. Nosotras vivíamos en zona protegida. Éramos las hijas de Hermine. Intocables. El último tesoro de los hombres.

Maie respiraba aterrada de forma entrecortada, pero no fui capaz de mentirle.

—Sí, lo era. Vámonos.

Apreté su mano entre mis dedos y echamos a correr hacia la Casa Verde. Nuestra casa. La única que conocíamos. Donde vivíamos y crecíamos, hasta el instante en el que uno de los últimos hombres soñase con nosotras. Yo era una de las mayores, una de las pocas que quedábamos bajo su techo que no habíamos sido entregadas al nacer, sino que me habían llevado allí cuando apenas había cumplido los cuatro años.

Antes de entrar por el agujero del muro que se escondía tras las zarzas, y que nos unía a ese mundo del que se nos mantenía ocultas, me pareció vislumbrar un brillo iridiscente a mi izquierda, como el escamado centelleante de una sirena. Como un rayo de plata. Como un tornado de fuerza y magia que deja tras su paso una estela de polvo brillante.

No debía decirlo en alto, pero sí, era uno de ellos.

Uno de los Hijos Prohibidos.

Un Hijo de la Luna.

Hermine nos observaba con ojos escrutadores. Una al lado de otra, rectas, formando una línea eterna de chicas vestidas de blanco. Como un manto de nieve.

—Runia, ¿a qué se deben tus ojeras?

Ella nunca contestaba, pero todas sabíamos que se escondía de noche en los lavabos y le robaba horas al sueño. No quería ser escogida. No quería que nadie soñara con ella. No quería pertenecer a nadie más que a sí misma. No sé si por miedo u orgullo, pero era la que más sufría en aquella casa. Lo que Runia desconocía era que, aunque ella no escuchara la llamada, él vendría igualmente a buscarla. Fuera quien fuera. Siempre había funcionado así. Era el destino de las Novias. Era mi destino.

Me observé el bajo de la falda; pese a haber lavado las manchas rojizas con las que la piedra del castillo había teñido la tela, aún tenía alguna brizna de hierba enganchada. Levanté el pie y la retiré como pude antes de que llegara mi turno. No podía permitir que la Madre descubriese que había estado en los jardines en vez de haciendo mis tareas. Mucho menos que pensara en la posibilidad de que saltáramos al otro lado del muro.

Hermine se colocó frente a mí y estudió mis ojos. Mantuve la mirada sin miedo. Sus iris verdosos se parecían al color que llenaba cada rincón de nuestro hogar. Un tono de verde similar al de las esmeraldas más oscuras que era capaz de imaginar. Un verde bosque, un verde como el que me figuraba que tendrían las aguas profundas del río más denso del mundo. Un verde único. Aquí todo era de ese color, desde las paredes, las puertas y las ventanas de la casa hasta el azulejado del suelo mezclado con el blanco o las cortinas aterciopeladas que tapaban el paso de la luz. Un color que ellos no podían apreciar. Un tono que aquellos que más nos odiaban no podían percibir. Un escondite seguro. El punto débil de su magia. Todo era verde. Bueno, todo no. Nosotras éramos el blanco. Nuestros vestidos de gasa y encaje nos diferenciaban de cualquier otra criatura que existiese. Cuando llegaba el invierno y tanto el Bosque Sagrado como los jardines se cubrían por completo de nieve, simulábamos ser copos ocultos bajo su manto. El resto del tiempo eran las capas seguras las que nos escondían de su mirada.

Al pensar en ello, me percaté de que aquella tormenta plateada que había acabado con la vida del Hombre Sauce no podía habernos visto. Solo había sido pura casualidad que su presa estuviera a punto de cazar a dos chicas traviesas que se habían escapado de su hogar. El cazador desafortunado convertido en el botín de otro.

Hermine deslizó su escrutinio por mi cuerpo, hasta posar la vista en un pequeño agujero a la altura de la cintura. Recordé en el acto el tirón que sentí entre los ramajes al correr con Maie de vuelta a casa. El encaje se había rasgado, dejando a la vista mi pálida piel.

—¿Qué es esto, Ziara?

—No lo sé, Madre. Me habré enganchado con algo realizando mis tareas. Me ocuparé de coserlo esta noche.

Dudó. Su rostro se frunció, pero no insistió. Me dije que debía tener más cuidado cuando nos alejáramos de la casa, porque, pese a la prohibición, al riesgo que corríamos y al pavor que habíamos sentido aquel mismo día, sabía que volveríamos a hacerlo. Más aún después de haber sentido la agitación desmedida de tener tan cerca a uno de ellos. Y no estaba pensando precisamente en la criatura con piel de árbol, sino en otra; en otra cuyo nombre no debíamos pronunciar.

La ronda siguió. Como cada día. La Madre estudió a cada chica, una a una, comprobando que todo estuviese en orden, que no hubiera ningún indicio de posible enfermedad o inquietud que perjudicara el ritual si alguna era bendecida en sus sueños aquella noche. Como siempre desde que me reclamaron, me alejaron de mi familia y pasé a formar parte de las hijas de Hermine. Una de las Novias del Nuevo Mundo.

No tenía muchos recuerdos de la que había sido mi vida antes de llegar a la casa. Recordaba el rostro adusto de mi madre, sus manos encallecidas por el trabajo en el campo y sus ojos hundidos y siempre tristes. Recordaba a mi padre, su semblante serio y su espalda ancha, tan alto que tenía que agacharse al entrar por la puerta de aquella granja en la que vivimos y me criaron hasta que me descubrieron las Ninfas Guardianas. Poco más. Deseaba atesorar más recuerdos, pero, por mucho que me esforzaba, no aparecían.

No obstante, algunas noches me despertaba en plena madrugada con el sabor de las pesadillas en la garganta. Imágenes que se repetían sin cesar y que resultaban tan vívidas que no parecían fantasías, sino rescoldos de un pasado que se empeñaba en volver a mí cada vez con más insistencia. Unas sombras alargadas que me arrebataban de las manos de mi madre. Sus gritos y la mirada de perdón de mi padre al aceptar a cambio un saco de monedas. Los ojos de Hermine al abrir los míos por primera vez en aquel lugar. Una carrera por un prado amarillo que acababa en un precipicio justo antes de despertarme. Y un claro de agua único y especial, uno en el que brillaban virutas de polvo, restos de magia, dentro de las rocas que bordeaban la ladera de ese hogar desdibujado al que a ratos regresaba.

Cuando eso ocurría, cuando las pesadillas no me daban tregua, me levantaba y me dirigía hacia uno de los balcones de la biblioteca para refrescarme. Era el único cuya madera cedía bajo mis manos de forma silenciosa y que nunca se cerraba con llave.

Aquella noche, me sorprendí al encontrarme a alguien en una de las esquinas de la sala bajo la luz de un candil.

—¿Qué estás haciendo?

—Ziara… ¡Qué susto me has dado! Pensé que serías Feila o alguna de esas chivatas que le van enseguida con el cuento a Hermine.

Sonreí. Ninguna de las dos debía estar ahí. Maie se posó la mano en el corazón por la impresión y después me hizo sitio a su lado para que me sentara. Me agaché y leí lo que escondía en su regazo. Era uno de los viejos manuscritos de la biblioteca. Sus hojas estaban tan amarillentas y frágiles que parecían a punto de romperse. No debíamos cogerlos sin permiso, pero a Maie no había muchas cosas que la frenaran; la cantidad de castigos que llevaba a sus espaldas daba fe de ello.

Pasó una de las hojas y me estremecí. Vi un dibujo; era la imagen de uno de esos de los que teníamos prohibido hablar.

—¿Se puede saber qué estás haciendo con eso?

Maie puso los ojos en blanco y se retiró la trenza que caía por su pecho hacia atrás con altanería. Con el camisón y bajo la luz de la llama, me parecía tan pequeña como la Maie de cinco años atrás.

—No seas mojigata. Solo estoy leyendo sobre ellos. Hoy casi hemos visto uno.

—Hoy no hemos visto nada más que un viejo Hombre Sauce.

—Ziara, vamos…

—Hoy no hemos visto nada —insistí, pero hasta mi voz resultaba falsa.

Maie sacudió la cabeza. Su pelo castaño parecía más dorado junto al candil. Sus ojos azules, más claros. Su piel, más pálida. A veces admiraba su belleza dulce, apacible y delicada. Pese a que su espíritu distaba de ello, su apariencia era el ejemplo perfecto de lo que el mundo buscaba de nosotras y de para lo que el destino nos preparaba.

Complacencia, ternura, sumisión.

Mi aspecto, en cambio, destacaba entre la fineza de mis hermanas. Mi pelo era fuego. Largo, espeso, indomable. Del color de las llamas. Mis ojos, dos avellanas con destellos rojizos. Mi piel estaba cubierta de pecas.

Maie carraspeó y me devolvió a la realidad.

—Estamos solas. Delante de mí no tienes por qué fingir. Y tú sabes igual que yo que era uno de ellos.

Era cierto. Y estaba rondando la casa, cuando supuestamente era imposible encontrarlos a menos que nos adentráramos más allá del Río de Sangre. Aquello no encajaba.

Maie colocó el dedo en una de las líneas y comenzó a leer bajito:

—Una de las primeras razas híbridas documentadas. Conservan forma y particularidades humanas, pero no lo son. Hijos de las Sibilas de la Luna y de los Antiguos Hechiceros de Lithae. Cazadores, silenciosos y audaces. Los límites de su magia son desconocidos. Su longevidad aún es un misterio. Se los reconoce por ser reguero de plata. —Hizo una pausa, dubitativa—. ¿Qué diablos significa eso?

—No lo sé.

Pero sí que lo sabía. Yo había sentido sus ojos de plata sobre mí aquella tarde. Como un reguero constante que dejaba un polvo plateado a su paso.

II

—Runia, hoy y aquí comienza tu ceremonia de plenitud. Tus hermanas y yo, tu Madre, te deseamos una vida feliz. Nos presentamos y arrodillamos ante el hombre honrado para ser tu propio destino. Te has deslizado en sus sueños. Él se ha colado en los tuyos. La llamada de los últimos hombres os ha unido. Sois nuestra esperanza.

—Sois nuestra esperanza —repetimos todas con los ojos entrecerrados y las manos unidas. Habíamos formado un círculo, arrodilladas alrededor de la dichosa pareja, siguiendo los pasos del ritual que tantas veces habíamos practicado.

Runia lloraba. Lo hacía sin lágrimas, como una buena Novia entrenada para ello, pero todas las veíamos. Así sucedía entre hermanas. Su desolación era casi tangible para nuestros ojos. Él era un hombre apuesto. Alto, con porte de caballero. Sus galones de oro resplandecían y sus dientes se asomaban tras una sonrisa cortés. Las marcas del destino destacaban sobre los dedos de ambos; un ensortijado anillo de líneas negras únicas que brotaba en su mano en el mismo momento en el que uno soñaba con el otro.

Unos hilos que los unían para siempre, raíces que crecían entre ellos, una alianza permanente en su dedo anular a ojos de cualquiera e imposible de ocultar.

No tendría que ser algo malo para Runia. Quizá tuviera una gran vida.

Sin embargo, yo percibía la furia en los ojos opacos del hombre. No era uno de los buenos. Debía serlo, pero transmitía oscuridad. Temí por ella y más aún por no poder hacer nada al respecto. Cada día la sensación de que éramos mercancía y esa celebración un mero trámite se agudizaba más.

Había sido testigo de decenas de ceremonias. En algunas los hombres se mostraban cordiales, agradecidos y tan esperanzados como las chicas. En otras, el miedo era más que palpable ante caballeros que destilaban vileza y falsedad.

Runia se arrodilló frente a él y le besó la mejilla. Él hizo lo mismo. El cortejo funcionaba así. Después nos dedicaron una reverencia y desaparecieron por la puerta verde de aquella casa a la que Runia nunca regresaría. Quizá sí entraría a la zona del Manantial para entregar a su futura hija, pero nosotras jamás volveríamos a verla allí dentro. Puede que algún día una hija suya lo hiciera para convertirse en una de nosotras, pero ella no.

Recé en silencio para que engendrase un varón.

Sentí una pena tan grande que me dejó sin aliento.

—¿Crees que será feliz? —dijo Maie con voz temblorosa mientras los veíamos alejarse.

—Espero que sí.

—¿Pero tienes esperanza, Ziara?

No contesté. No hacía falta. Por mucho que nos la repitieran cada día, viviendo aisladas, nunca llegábamos a comprender del todo el verdadero significado de esa palabra.

Aquella noche, la cena fue en honor a Runia. Hubo pan de frutas, compotas azucaradas y pastel de nueces. Hermine pronunció unas palabras sobre la homenajeada y después nos dejó a solas.

Tras cada ceremonia que vivíamos ocurría lo mismo. Pese a la pena por la despedida, en la casa se respiraba un ambiente cálido y soñador. Las chicas fantaseaban con su propia fiesta de plenitud, como si fuera lo que más deseaban en el mundo. Podría ser así, aunque no para todas. Algunas, como la infeliz Runia, vivíamos con miedo la llegada del día. Quizá porque no alcanzábamos a comprender la felicidad implícita de convertirnos en propiedad de otro. Quizá porque creíamos que tenía que existir algo más que un destino impuesto desde el nacimiento. Quizá porque siempre fuimos diferentes.

—¿Cómo crees que será? Yo nunca sueño.

Maie escuchaba las conversaciones de las demás; algunas se imaginaban desposadas por apuestos nobles a caballo; otras anhelaban ser las dueñas de castillos erigidos frente al sol, fortalezas que no habían sido derruidas en la Gran Guerra y que guardaban entre sus paredes inmensas riquezas de las que disfrutar; unas pocas dudaban de su futuro, pero la esperanza se agarraba a ellas y cruzaban los dedos mentalmente por ser las siguientes. Maie estaba en ese último grupo. Era inteligente, curiosa y temeraria. No creía del todo en que desposarse con un desconocido pudiera hacerla dichosa, pero tampoco se negaba a probarlo. Ella quería soñar y atravesar las murallas. Ver lo que nos escondían más allá del muro. Su curiosidad por conocer lo que las demás iban descubriendo era más grande que su miedo y que su sentido de la protección. Pese a ello, las Novias no soñaban nunca. El hechizo bajo el que vivíamos se ocupaba de que así fuera mientras estuviéramos dentro de la Casa Verde. Al menos, no lo hacían con imágenes claras, sino más bien con sombras difusas, brillos y colores sin determinar. Solo lo hacían llegado el momento.

Menos yo.

Suspiré.

—Yo preferiría no soñar.

Maie se acercó más a mí y susurró pegada a mi oreja para que nadie oyera la conversación. Mi secreto se había convertido en nuestro hacía mucho tiempo.

—¿Has vuelto a tener pesadillas?

—Sí, he soñado con el claro de agua. Me sumerjo y giro sobre mí misma, como si un remolino me atrapara.

—¿Y después?

—No recuerdo mucho más. Solo que me ciega un destello y la sensación de asfixia es tan intensa que me despierto tosiendo.

Mis sueños se repetían. Coleccionaba un puñado de ellos, pero siempre eran los mismos. El primero que recordaba era una imagen de la granja. Mi madre remendaba un vestido frente al fuego. Mi padre no estaba. Yo jugaba sobre el suelo, haciendo rodar una naranja. Entonces, el fuego crecía y nos cubría; mamá se levantaba, se colocaba con rapidez sobre mí y me resguardaba bajo su falda. Cuando conseguía salir de su protección, todo había desaparecido. Había otro en el que me veía correr por un prado amarillento. Me reía. El sueño consistía en eso, en correr y correr, hasta que el prado se acababa al llegar a un precipicio. Otros también se repetían, pero cuando me despertaba no conseguía recordarlos con exactitud;

mi mente los ocultaba. Y, por último, estaba el del claro. Era una pequeña charca dentro de una cueva. Las gotas brillaban, como si estuviera cubierta por un manto de estrellas. Me sentía en calma, hasta que tropezaba y caía dentro de ella. El agua comenzaba a girar a mi alrededor y me atrapaba. No notaba los pies y algo me apretaba el pecho. Me hundía. No podía respirar. Me ahogaba. Y, entonces, ocurría. Me cegaba una luz potente y me despertaba con la sensación de que me había tragado todo un océano.

Maie me observaba con ese brillo envidioso que siempre le provocaban mis diferencias. Por mucho que me quisiese, no podía evitarlo. Habría matado por ser capaz de poseer algo que la hiciera distinta a las demás.

—La siguiente serás tú. Ya lo verás —le dije en un intento un tanto torpe de animarla. Ella sonrió.

—Eso espero.

Le devolví la sonrisa, pero por dentro deseé que no se cumpliera. Si perdía a Maie, no me quedarían motivos para levantarme por las mañanas. Ella era lo único en aquella casa que hacía que atravesar los muros fuese posible, aunque solo lo hiciéramos imaginándonoslo o escapándonos de vez en cuando a las inmediaciones del Bosque Sagrado. Sin ella, las murallas se alzarían para mí hasta alcanzar el cielo. Sin ella, me daba miedo la soledad.

—Giarielle portaba la belleza de las brujas. Sus ojos rasgados guardaban secretos. Su pelo indomable recordaba a las llamas de los que morían bajo sus manos. Su corazón estaba hecho de piedra y espinas.

Kiren leía uno de los relatos de los libros de la biblioteca a la luz del hogar encendido. Hermine, en la butaca pegada al gran ventanal, daba cabezadas con una sonrisa en los labios. Después de cada ceremonia, leíamos historias. Kiren tenía un don para hacerlo, con su voz aterciopelada y una expresividad que mantenía a las demás en vilo, pese a que fueran leyendas mil veces escuchadas. Esa noche habían escogido la de la bruja Giarielle. Era una de las favoritas; quizá porque costaba creer que una mujer hubiera podido engañar y traicionar a un rey. A mí me incomodaba compartir con ella su rasgo más distintivo. Feila me lo recordaba con miradas hirientes a mis cabellos cada vez que se recordaba su historia.

—Su majestad Danan de Cathalian era un hombre apuesto, justo y fiel, pero su integridad no pudo combatir la magia negra de la bruja de fuego. Ella lo hechizó y lo mantuvo preso de un amor fingido. Hasta que un día Giarielle fue castigada por su propio encantamiento; había volcado en él tanto amor para que Danan le correspondiera que este lo repartió en otros lechos de la corte.

—Anda, vamos. Esto es un aburrimiento —susurró Maie.

Tenía razón. Habíamos escuchado aquella historia miles de veces. Giarielle había enloquecido ante la traición y había prendido fuego a los aposentos de Danan. Dentro yacía él con su esposa, la reina Niria, y su primogénito recién nacido dormía en la cuna. El orgullo de Giarielle la hizo observar la grotesca escena demasiado tiempo como para que el tejado de la mansión venciera y muriera aplastada por sus propios actos. Estaba encinta. Un sirviente llegó a tiempo para salvar a Rakwen, el bebé huérfano que a su debido momento se convirtió en el rey de Cathalian. Desde entonces, las brujas habían sido perseguidas y condenadas por nuestro linaje hasta llegar al mismo rey Dowen.

Nos escabullimos del gran salón, donde las hermanas escuchaban embelesadas el final de la bruja Giarielle, y nos dirigimos de puntillas a los pasillos de las cocinas. Una de las criadas nos vio, pero sonrió entre dientes y disimuló que no lo hacía. Pese a las normas estrictas que nos imponían, solíamos contar con aliadas en el servicio que pasaban por alto lo que consideraban travesuras de chiquillas.

Maie abrió la puerta de atrás que daba a los cultivos y enseguida sentimos en la cara el frío del comienzo del invierno. Quedaba muy poco para que la nieve cubriera el muro y todo se transformara en un manto blanco; para que aquellas murallas que nos rodeaban nos encerrasen aún más.

Nos adentramos en uno de los invernaderos y Maie arrancó una zanahoria antes de dejarse caer en el suelo. La luna brillaba con fuerza al otro lado del cristal. Me senté a su lado y deseé con fuerza que Runia, allá donde fuera, encontrase paz.

—¿Crees que estaba aquí por la luna llena?

Volví el rostro y me encontré con los ojos soñadores de Maie clavados en aquella redondez blanca que brillaba en el cielo. Estaba hablando de lo sucedido días atrás en el bosque. La conocía tan bien que sabía que le estaba dando vueltas a la posibilidad de cruzarnos con él de nuevo. Y, pese al miedo, tuve que admitirme a mí misma que la simple idea me hacía sentir tan viva y despierta que me asustaba. Cada vez que había pensado en lo ocurrido notaba que mi sangre se aceleraba.

—No lo creo.

—Los libros dicen que en luna llena sus poderes alcanzan todo su potencial.

—Los libros no son más que un puñado de leyendas, Maie.

Ella tenía razón, no solo lo habíamos leído en los libros, sino que Hermine nos había enseñado todo lo que necesitábamos saber sobre ellos para mantenernos a salvo y, entre esas pocas cosas que provocarían pesadillas a cualquiera, estaba la creencia de que bajo el influjo de la luna llena eran imparables. Su magia se alimentaba de ella.

Se encogió de hombros y sonrió entre dientes.

—Puedes intentar engañarte todo lo que quieras, Ziara, pero lo que vimos era real. Tan real como que Runia esta noche se entregará a un hombre.

Y ese era el problema. Si Maie era temeraria, mis sentidos me decían con insistencia que yo podía llegar a serlo mucho más. El ritmo acelerado de mis latidos no dejaba de repetírmelo.

III

Nos preparábamos para el invierno. Los días cada vez eran más cortos y el frío comenzaba a colarse por las grietas de la Casa Verde. Por ese motivo, trabajábamos más horas en nuestras tareas diarias, con el objetivo de estar preparadas cuando la nieve cubriera el muro y quedáramos atrapadas en su interior. Una burbuja más segura que nunca.

—El invierno no es nuestro enemigo. Su hielo nos mantiene más protegidas —recitaba Hermine mientras nos dejábamos los dedos cortando leña o recogiendo alimentos para envasar y llenar las despensas.

No obstante, a mí me agobiaba esa sensación de encierro. Me había ocurrido desde siempre. Recordaba los primeros inviernos que había pasado allí y la ansiedad que me llenaba el pecho. Había llegado a desmayarme por la falta de aire y la curandera me había ofrecido brebajes que me adormecían cuando esos ataques me azotaban sin remedio. Con los años, había aprendido a sobrellevarlos, aunque ese autocontrol no evitaba que me mantuviera más aislada de lo normal, más huraña y con un temor permanente a enloquecer que se me pegaba a los huesos. De no ser por la compañía y paciencia de Maie, esos meses apenas abriría la boca para pronunciar palabra.

Aquella mañana, me desperté con los pies helados y enseguida vi la escarcha pegada al cristal de la ventana del dormitorio. Quedaba poco para que se congelaran las inmediaciones hasta tal punto que apenas podríamos salir de la casa.

La planta de arriba de la mansión estaba dividida en grandes habitaciones que compartíamos en grupos de diez. Según entrabas en ellas, las camas se pegaban a izquierda y derecha de los muros, y se separaban entre ellas por una pequeña mesilla con un candil que algunas de nosotras usábamos para leer antes de dormir. Hermine seleccionaba los títulos de los libros. En el muro frontal, grandes ventanales nos dejaban ver los jardines y, en la lejanía, la frondosidad del Bosque Sagrado. Estaban cubiertos por cortinas de terciopelo verde, aunque solíamos apartarlas para que nos despertara la luz del sol.

Me incorporé sobre la cama, pero agarré la manta y me cubrí hasta el cuello con ella. Había soñado con mis padres. Hacerlo siempre me dejaba un regusto amargo en la boca y la sensación de que me pesaba el cuerpo, como si una carga extraña se me anudara a los hombros. Pensé en ellos. En la mirada de pánico de mi madre cuando llamaron aquella tarde a la puerta. En el arrepentimiento de mi padre al entregarme sin luchar y a cambio de una bolsa de monedas. ¿Cuánto vale un hijo? No lo suficiente como para venderlo y no perder un poco de humanidad al hacerlo. Al momento, la imagen de aquellas sombras que me envolvieron y me llevaron hasta la protección de Hermine apareció en mi mente. Ninfas Guardianas que habitaban el Bosque Sagrado y que se encargaban de encontrar a las chicas que vivían de forma clandestina después de firmarse la paz y de que se decidiera que nosotras éramos el precio a pagar. Nunca lograba darles forma del todo. Recordaba que eran luz y un instante después oscuridad; garras de humo que me durmieron entre sus brazos para sacarme de allí y que no pudiera recordar el camino de vuelta.

Estaba tan inmersa en mis pensamientos que no me di cuenta de la algarabía que explotó a mi alrededor. La cama de Maie se encontraba en la pared de enfrente y dos camas a la izquierda de la mía. Siempre la veía al despertarme, pero, aquel día, su espacio estaba ocupado por un montón de hermanas. Sentí un nudo en la garganta creciendo lentamente, como cuando recogíamos la lana después de las clases de costura, enredando el hilo entre los dedos y formando un ovillo hasta que era tan grande que no nos entraba en la mano. Me levanté despacio, rezando para que no fuera verdad, pero cuando la risa de Maie destacó por encima de las demás supe que ya era tarde. Di dos pasos y entonces la vi dando un salto sobre el colchón y buscándome con una sonrisa nerviosa que deseé no haber tenido que atisbar jamás.

—Ha sucedido, Ziara. ¡Me ha escogido!

La gran sala estaba vestida de fiesta. Jarrones de flores secas adornaban cada rincón. La chimenea encendida caldeaba el ambiente y llenaba las paredes de sombras que se movían sin cesar como en un baile improvisado. Olía a romero y a los manjares que nos esperaban en el comedor para la celebración posterior. En un rincón, Feila tocaba con la flauta una melodía alegre.

Maie esperaba sentada frente a un ventanal la llegada del hombre. Llevaba su vestido de ceremonia. Era de un blanco más brillante que el de nuestros tejidos, con mangas largas abullonadas y cuello alto. El encaje de la falda dibujaba pequeñas flores de invierno. Sus pies estaban enfundados en unas botas negras de cordones que le llegaban hasta las rodillas. Hermine había peinado sus cabellos en una trenza atada con un lazo azul de seda y una corona de rosas pálidas adornaba su cabeza. Estaba preciosa. Sus ojos azules brillaban de una forma especial y sus mejillas estaban arreboladas por la inquietud y las ganas de salir, por fin, de aquel hogar en el que la habían entregado tantos años atrás.

Me acerqué a ella y posé una mano en su hombro. Maie respondió colocando la suya sobre mis dedos.

—¿Cómo te sientes?

Suspiró y me lanzó de nuevo esa sonrisa que la había acompañado los últimos días, dedicados exclusivamente a su preparación. Ninguna de nosotras sabía qué enseñaba Hermine a las elegidas antes de marcharse. Tampoco era algo que yo deseara conocer. No, si para hacerlo tenía que ser escogida o despedirme de mi mejor amiga.

—Bien, Ziara. Me siento... preparada.

Lo parecía. Sin embargo, yo no podía dejar de pensar en cómo era posible que se sintiera segura sin saber su verdadero destino. No conocía a aquel hombre. Peor aún, Maie había sido entregada en la Casa Verde cuando solo tenía dos años, así que no recordaba a ninguno fuera de una ceremonia de emparejamiento. Nunca había conversado con uno. Tampoco tenía conciencia de haber pisado terreno humano. Era prácticamente una muñeca dentro de aquel lugar. Todas lo éramos. Incluso yo, que conservaba recuerdos de mis primeros años de vida, me sentía una marioneta.

Quise decírselo. Quise que abriera los ojos y tuviera miedo, ya que el miedo siempre te mantiene alerta y mucho más preparada para el ataque que esa curiosidad insana que la caracterizaba y que había sido la principal causa de nuestra amistad. Pese a que nos costase controlarla, yo sabía que esa actitud nos llevaba directamente al borde del precipicio. Aunque no fuese posible, quise que saliera corriendo hasta el bosque y huyera de ese destino que siempre me pareció un castigo en vez de una bendición. Quise que se sintiera tan infeliz como yo ante el hecho de perderla.

Pero solo fui capaz de decir lo siguiente:

—Voy a echarte de menos.

Apretó los dedos sobre los míos y después sonrió al ver el séquito que se adentraba por el portalón.

Se llamaba Isen y era el descendiente de un alto linaje. Sus antepasados habían gobernado las Tierras Altas durante siglos, antes de que los Hijos Prohibidos las hicieran suyas en la Gran Guerra y tuvieran que huir pidiendo protección al reino de Cathalian. Era joven, aunque al menos diez años mayor que Maie, de aspecto altivo y vestía ropas que en algún momento denotaron estatus pero que se veían desgastadas por el tiempo. En su casaca azul brillaba el oro de algunas insignias de las que desconocíamos el significado y una espada colgaba de un cinturón de cuero con joyas incrustadas.

—Es un gran partido, Maie. ¡Has sido bendecida por los dioses! —había dicho Hermine al enterarse de quién se trataba.

Su cabello era oscuro y su mirada almendrada recordaba al brillo astuto de algunos felinos que estudiábamos en los viejos libros. Transmitía dureza y elegancia a partes iguales.

Maie contuvo el aliento cuando lo vio fuera de su sueño por primera vez. Su piel se enrojeció y apartó los ojos de los del hombre con una timidez desconocida en ella hasta ese instante. La conocía demasiado bien para saber que se sentía intimidada por su simple presencia; no quería ni imaginarme qué sucedería cuando se quedaran a solas.

—Isen Rinae, de las Tierras Altas.

Hizo una reverencia para presentar sus respetos a Hermine y su voz resultó más cálida de lo que jamás me hubiera imaginado.

Maie ocupó su lugar en la ceremonia en el centro del círculo, y las demás nos arrodillamos y agachamos la cabeza para honrarlos a ambos. El ritual siempre era el mismo, sin excepciones. Lo habíamos ensayado tantas veces antes de llevarlo a cabo que podíamos hacerlo con los ojos cerrados. De vez en cuando pensaba en todas aquellas niñas que aún eran pequeñas para ser destinadas y a las que nunca veíamos, pese a que vivieran apenas a unos kilómetros hacia el sur. Las imaginaba aprendiendo los pasos de aquel acto ceremonial sin saber lo que de verdad sería vivir algún día su propia ceremonia. Yo siempre había estado en la Casa Verde, pero, cuando fuimos demasiadas, las más pequeñas habitaban esa otra casa inmensa en la que se oían los llantos de los bebés, antes de ser trasladadas a la nuestra según crecían.

Cuando había un nacimiento, si era un niño, podía permanecer con su madre en su hogar, muy lejos de allí. Si era niña, la entregaban por orden del concilio bajo la tutela de Hermine, y de ese modo cada día éramos más, pese a que otras fueran saliendo al mismo tiempo. Era el precio que los hombres debían pagar por la Gran Guerra.

Hermine decía que algún día los hombres recuperarían el poder y el lugar que les pertenecía, pero que aún era pronto para saber cuándo sucedería eso. Por culpa de los Hijos de la Luna y de otras especies que apoyaban su causa, nosotras estábamos allí, atrapadas, destinadas a ser propiedad de otros. Al pensar en eso, no pude evitar recordar aquella tormenta de plata que nos había librado a Maie y a mí de una muerte segura. Un enemigo demasiado cerca de su terreno prohibido como para ser una casualidad. Tampoco pude frenar el impulso de alzar la mirada y observar a los hombres que acompañaban a Isen, mientras ellos a su vez nos estudiaban a nosotras: un grupo de figuras blancas, puras, de pies descalzos para la ceremonia e ingenuidad casi infantil. Quizá alguno de ellos ya tuviera una esposa destinada esperándolo fuera de los muros. Era posible que alguno regresara pronto después de soñar con una de las Novias que aquel día rendía homenaje al jefe de su clan. Incluso pensé en la posibilidad de que alguno de esos hombres se convirtiera en mi futuro. Casi lo deseé si así conseguía permanecer cerca de Maie.

Apreté los puños y recé por que fuese afortunada. Pedí a la diosa Tierra que siempre velase por ella y que Isen la hiciera feliz. Supliqué a los espíritus del bosque que nos protegían que nunca dejaran de hacerlo; les cedí mi propia protección a cambio de la de Maie. La magia era la culpable de aquella unión y, a la vez, confiar en ella era la única salida que encontraba.

Cuando terminé con mis oraciones, abrí los ojos y vi a mi mejor amiga marchar por el sendero. Me levanté y salí con las demás hermanas para dedicarle el adiós que merecía. Antes de que el portón se cerrase, contemplamos por última vez la sonrisa de Maie, los mechones de sus cabellos sobre su rostro mecidos por el viento y sus ganas infinitas de formar parte del mundo.

IV

Con la marcha de Maie, el invierno se convirtió para mí en una sucesión de días sin sentido. La rutina siempre había sido una constante en nuestra vida; desde que nos levantábamos hasta que nos acostábamos, ocupábamos las horas según el estricto horario de Hermine. Aseo, desayuno, enseñanzas en la biblioteca, comida, tareas según el calendario —costura, cocina, leña, huerto, vigía— y tiempo libre antes de la cena y de que la Madre hiciera la comprobación diaria de que todo estaba en orden.

No obstante, acostumbrarme a la ausencia de Maie estaba resultando tan difícil que buscaba cualquier minuto de descanso para estar sola y lo más lejos posible de la Casa Verde. Si ya solía pasear por los jardines hasta acercarme más de lo que debía al muro, pasé a hacerlo tan a menudo como me era posible y en cada ocasión de un modo más temerario que la anterior.

Cada semana, se encomendaba a dos de las hermanas el puesto de vigías. Eran las encargadas de controlar desde la torreta de la mansión que ninguna de las chicas se acercara al muro y, a la vez, de dar aviso en caso de que alguien se aproximara a la Casa Verde desde el exterior. Pese a ello, y por mucho que Hermine nos moldeara a conciencia para ese puesto, resultaba muy fácil escabullirse de esa vigilancia y saltarse las normas. Puede que, si Hermine no hubiera confiado a ciegas en nosotras, yo no habría arriesgado tanto, pero era tan sencillo pasar por alto las prohibiciones que casi me parecía una invitación a ese mundo que desconocía. Una llamada silenciosa que era incapaz de ignorar.

Con Maie era divertido hacerlo. No solo por la energía que nos corría por las venas cada vez que nos colábamos por el agujero del muro, sino porque aquellas salidas nos daban material suficiente para fantasear durante días entre las paredes verdes. Sentíamos que cada descubrimiento era un alimento que nos reconfortaba, una bocanada de oxígeno para no enloquecer ni cuestionarnos demasiado nuestro destino.

Sin embargo, sin ella todo cambiaba.

Aparté los matorrales que escondían ese resquicio de libertad y me colé por el hueco, tan pequeño que tenía que arrastrarme a través de él, como una lagartija siguiendo la luz del sol que se atisbaba en el otro extremo. El muro era tan alto que desde los jardines no podíamos ver el bosque del otro lado, y tan ancho como para que cualquier pequeña grieta resultara imposible de abrirse y tirarlo abajo. La piedra blanca le daba un aspecto majestuoso, como la muralla de un castillo de los que observábamos fascinadas en los libros de cuentos.

Al caer al otro lado, me recibió la frondosidad del Bosque Sagrado. Solo con atravesar esos metros que nos separaban, todo cambiaba. Hasta el aire parecía diferente. Olía a tierra mojada y a flores desconocidas. La nieve cubría el suelo y parte de la vegetación, pero, aun así, sus árboles y plantas nunca dejaban de florecer, ni siquiera en las noches de temperaturas gélidas. Eran las consecuencias de estar regado de magia.

Eché a andar hacia el camino que salía a la derecha más allá de los primeros abedules blancos. Era el más tupido, en el que apenas se colaba la luz entre los ramajes según te adentrabas. Me gustaba buscar los rayos de sol que conseguían atravesar la densidad de aquellos árboles. Si te parabas a observarlos, veías las motas de polvo que sobrevolaban el lugar. Brillantes, doradas, livianas, no humanas.

Llegué al tronco roto que cortaba el paso y que marcaba el límite que había alcanzado con Maie. Nunca nos habíamos adentrado más allá de aquel punto que suponía un muro simbólico para nosotras. Teníamos impulsos de saber, pero no éramos tan imprudentes como para llegar hasta donde fuera difícil sobrevivir por nosotras mismas. Nunca sabíamos cuándo una tormenta de nieve nos encontraría, obstaculizando así nuestra vuelta. O cuándo podríamos cruzarnos con alguna criatura que nos obligara a escondernos hasta el anochecer.

Giré sobre mis pasos para regresar, como hacíamos siempre, pero me di cuenta de que aquella vez estaba sola. Además, solo de pensar en volver, en unirme a los bailes de algunas de las chicas en la gran sala para matar el tiempo, en el calor de la chimenea calentando mi piel y recordándome que estábamos encerradas allí dentro, me faltó el aire.

Me subí en el tronco. La nieve me quemaba en las manos al apoyarme en él para saltar al otro lado. Me las sequé con la capa y seguí caminando.

Otro límite roto.

Pese a ello, no sentí nada. Con Maie cada descubrimiento suponía una emoción indescriptible, pero estando sola únicamente sentía hastío.

Cada pisada era lenta y delicada; evitaba hacer más ruido del necesario. Si me daba la vuelta, ya no podía ver el muro. Solo vislumbraba el verde de la espesa vegetación a mi alrededor y el blanco puro de la nieve. Verde y blanco. Como lo era todo en nuestra vida.

Me puse la capucha al sentir que la temperatura bajaba según me adentraba en el bosque. También para resguardarme de posibles ojos curiosos. Nunca había llegado tan lejos. Nunca había tenido tanto frío. Nunca me había sentido tan sola y, a la vez..., me dolía mucho menos esa soledad allí, rodeada de nada, que en el que era mi supuesto hogar.

¿Y si seguía caminando? ¿Y si no regresaba? ¿Cuánto tardarían en encontrarme? ¿Quién lo haría primero: las Ninfas Guardianas, Hermine o cualquier otro ser de los que tanto nos protegían? ¿Sería capaz de llegar a algún lugar en el que sentirme a salvo y poder ser yo misma?

Inmersa en un caos de preguntas sin respuestas, alcancé una pequeña bifurcación de caminos. De repente, noté una presencia que se aproximaba por la salida de mi izquierda. Un escalofrío me recorrió el cuerpo antes de verlos, un presentimiento extraño que me avisaba de que estaban allí antes de saberlo con certeza, pese a ser imposible. Me agazapé detrás de unos arbustos sin apenas mover los pies. La capa verde me protegía de los seres mágicos, así que me abracé las rodillas, me coloqué los mechones sueltos de pelo dentro de la caperuza y me escondí en ella en un gesto instintivo.

Observé las figuras que se acercaban mientras me esforzaba por respirar de forma lenta, pausada, sin mostrar ningún atisbo de miedo. El Hombre Sauce nos había encontrado porque habíamos sido perceptibles para sus sentidos y aquella vez, sin Maie, podía concentrarme solo en mí hasta volverme invisible. Me percaté rápido de que no sentía nada; no tenía miedo y aquella revelación sí que me asustó.

¿Se habría llevado Maie consigo el poco sentido común que me quedaba?

No pude meditar demasiado sobre ello, porque de pronto los vi, los oí y los olí. No sabía lo que eran, no recordaba haber estudiado ninguna criatura con esa apariencia en las clases de Hermine y tampoco en los libros que Maie y yo leíamos a escondidas porque no pasaban el filtro de la Madre. Eran cuatro. Sus figuras parecían humanas, pero su estatura apenas llegaba a la de un niño. Sus cuerpos eran robustos y su piel de color cenizo. Tenían pelo en la cabeza y vello en parte del rostro, y los ojos tan claros que apenas se distinguían del color de la nieve que los rodeaba. Cubrían su torso con pieles de pequeños animales cuyas cabezas llevaban atadas en una cuerda a la cintura. Hablaban en algún dialecto desconocido y casi a gritos, como si no les importara nada ser descubiertos por alguna otra raza. O como si fueran tan letales que no conocieran el significado del miedo. Y su olor... Se me revolvieron las tripas. No había olido nada tan nauseabundo en toda mi vida. Quizá era por los restos de cuerpos muertos que llevaban encima, pero no olía a carne podrida. Era algo peor. Algo de lo que mantenerse lejos.

Pasaron por delante de mí sin reparar en que alguien los estaba estudiando. Pensé en Maie. Si ella hubiera estado a mi lado, me habría agarrado de la mano con fuerza y, al ver sus ojos curiosos, siempre sedientos de conocimiento y aventuras, habría tomado la decisión inmediata de marcharnos de allí. Debía protegerla y mi cerebro jamás meditó otras opciones. Siempre la frenaba. Siempre la cuidaba más que a mí misma.

No obstante, sin ella...

Cuando avanzaron unos metros por delante en dirección al este, me levanté y los seguí. Lo hice sintiéndome un cazador acorralando a una presa. No tenía ni idea de por qué lo hacía, solo me dejaba llevar por un impulso que, sin mi amiga, había sido liberado.

Sin Maie, no me quedaba nada que proteger; nada por lo que luchar de darse el caso.

Los seguí en las sombras durante unos minutos. Paso a paso, alejándome cada vez más de mi hogar, centrándome tanto en lo que perseguía que bajé las demás defensas y no se me ocurrió pensar en la posibilidad de que alguien —o algo— me estuviera persiguiendo a mí.

—No te muevas.

No lo sentí hasta que sus palabras se colaron en mis oídos y su mano me rodeó el cuello. Fue tan silencioso que las criaturas malolientes siguieron su curso sin percibir que, a pocos metros, otra presa había sido cazada. Mi respiración se entrecortó y, para evitar que pudieran descubrirnos, deslizó los dedos hasta taparme la boca. El tacto era de una suavidad sin igual, delicado, como si me hubiera cubierto los labios con un pañuelo de seda. Su calor traspasó mis defensas y me entibió el cuerpo con rapidez. Cerré los ojos para repasar todas mis lecciones, todo lo aprendido a lo largo de los años, y busqué algo que me confirmara que no se trataba del ser en el que yo estaba pensando, pero no encontré absolutamente nada.

Nada.

Los abrí de nuevo; no podía permitirme perder el control ni un instante y debía mantener todos mis sentidos alerta, pese a que sabía que contra uno de ellos no tenía ninguna posibilidad de escapar.

Me centré en lo que me transmitía su contacto. Esa suavidad, esa delicadeza… Sin embargo, sabía que toda esa calidez y belleza que lo acompañaban eran letales. Podía romperme el cuello en un segundo. Como una rama entre los dedos. Chac.

Apartó la mano y volvió a colocarla sobre mi garganta. De nuevo una caricia que resultaba el disfraz perfecto para una muerte que podría ser de todo menos dulce.

—Suéltame. Por favor —susurré, intentando no hacer ningún movimiento que pudiera provocarlo, aunque notaba mi corazón desenfrenado bajo el vestido.

Él debía sentir cada terminación nerviosa de mi cuerpo activándose a toda velocidad. Se decía que podían notar hasta la sangre circulando bajo la piel. Los latidos. El más mínimo parpadeo.

—No hables.

Me tapó la boca nuevamente al ver a una de aquellas criaturas olfatear a su alrededor tras mi súplica, como si sus sentidos se hubieran activado al percibir un leve murmullo lejano. Con el roce de sus dedos sobre mis labios, un aroma desconocido y único se me metió por la nariz. Su aliento pausado me golpeaba en la nuca.

Cerré los ojos por la impresión y supe que estaba a punto de morir.

Era una estúpida. La marcha de Maie me había hecho perder el control y dejarme llevar por la melancolía. Había bajado la guardia y confiado en mis posibilidades o, aún peor, había dejado de confiar en ellas. Al no tener nadie a quien proteger, se me había olvidado lo valioso que era el miedo y, al no sentirlo, me había metido en la boca del lobo.

Había olvidado que debía seguir protegiéndome a mí misma.

No era más que una cría encerrada en una burbuja que no sabía cómo sobrevivir fuera de las murallas que la mantenían a salvo. Me había creído suficientemente fuerte y valiente como para perseguir a unos seres no humanos, y lo único que había logrado con ello era acabar entre las garras de una de las criaturas más peligrosas que existían. Solo era una Novia y él… Con pronunciar su nombre, la muerte se acercaba y parecía que yo había estado gritándolo sin cesar a cada paso que me alejaba de la zona protegida.

Ya había sido afortunada una primera vez al tenerlo tan cerca y salir ilesa; no iba a serlo una segunda.

Tragué saliva antes de contar hasta tres e intentar desprenderme de su agarre empujándolo hacia atrás con todas mis fuerzas. Era lo único que me quedaba: escapar de sus manos en un descuido y correr todo lo deprisa que mis piernas me permitieran. Él no pareció sorprendido por mi intento. Ni siquiera tembló. Trastabillé por mi ímpetu y caí sobre la nieve.

—No deberías hacer eso. Podría matarte con un soplido.

Me levantó como si fuera una pluma y dio un salto impulsándose contra el tronco de un árbol, hasta quedar ambos ocultos entre su ramaje. Pese a que conocía su modo de desplazarse, tuve que contener el aliento de la impresión; era casi como poder volar.

Bajo nuestros pies, cuando ya pensaba que estábamos solos, vi que dos más de aquellos seres se acercaban, separados de su grupo. Dos seres que yo no había visto y que, de no haber sido asaltada, me habrían descubierto persiguiendo a los suyos y saben los dioses qué habrían hecho conmigo. Supe que, sin su aparición, seguramente ya estaría muerta. Otra vez. Mi corazón ya no latiría y mi cabeza colgaría de una de las cuerdas que rodeaban sus cinturas.

Aquella revelación me dejó sin voz y el miedo regresó con una furia tan intensa que me tambaleé. Sus brazos me acogieron con firmeza para evitar que me desplomara sobre el suelo. Luego me sentí abrazar por la suavidad de sus susurros a mi oído:

—Son Nusits. Viven bajo Muralla de Huesos. Son sabandijas capaces de todo a cambio de buena comida, pero lo más... despreciable de ellos es que les gusta guardar recuerdos de sus presas que, como ves, muestran sin reparo alguno.

Me fijé más en esos seres nauseabundos y descubrí que no solo eran cabezas lo que colgaba de sus cintos, sino también dedos y tripas. Tragué saliva, contuve las ganas de vomitar y comencé a temblar sin control. Había estado tan centrada en descubrir mundo que se había convertido en un impulso suicida.

Él seguía detrás, rodeando mi cuerpo con las piernas abiertas e impidiéndome escapar, pero su mano ya no cubría mis labios.

—Llevo puesta la capa —susurré intentando no parecer tan estúpida por haber estado a punto de morir por mi imprudencia.

Él se rio. Entonces empalidecí al darme cuenta de la tontería que había dicho. De pronto, fui consciente de que él me había atrapado por la espalda, con la capa cubriendo mi cuerpo. Él, la criatura que más debíamos temer y para la que nos protegíamos especialmente con ese color.

Si él podía sentirme, entonces...

Tragué saliva con dificultad y todo mi mundo se desequilibró.

—No te culpes, tú no podías saberlo. Tú no podías saber que estabas a punto de morir. No os preparan para eso.

Percibí de nuevo el olor que desprendía; era una mezcla de flores, tierra y agua fresca. Me recordaba algo, aunque no sabía qué.

Estaba tan descolocada por la situación, tan abrumada por las sensaciones, tan aterrada por las consecuencias de lo que, gracias a él, había descubierto, tan asustada por la mentira implícita... que dejé de meditar cada movimiento y permití a mi instinto, ese que solía atar en corto, que fuera libre de decir y hacer cuanto creyera oportuno para sobrevivir.

Me giré, quedando de lado y atisbando de reojo su presencia. Era la primera vez que veía a uno de ellos. Tan cerca. Tan real. Tan humano, en apariencia.

Cogí aire y, si ese iba a ser mi final, deseé que acabara conmigo lo más rápido posible. No quería sufrir. Tampoco quería que mis últimas palabras fueran una súplica. Solo... Solo deseaba que me hiciera desaparecer de forma limpia.

—¿Y a qué esperas ahora para matarme?

Bufó, haciendo que mi cabello se moviera y me tapase los ojos. Luego dejó escapar un chasquido y habló con insolencia.

—Eres una insensata.

Me di la vuelta hasta quedar frente a él, molesta y sin ser capaz de morderme la lengua, y fue entonces cuando lo vi por primera vez en toda su plenitud. Me pareció un ser único, pese a pertenecer a una especie concreta. Como si solo existiera uno en todo el mundo como él. Como un sueño. Su pelo oscuro. Sus ojos claros, rodeados por ese brillo plateado que solo podía tener un verdadero Hijo de la Luna. Su cuerpo, atlético, grácil y elegante, envuelto en tela gris con hilos de plata. Sus pies descalzos. Era la criatura más bella que había visto en toda mi vida. Nada se le comparaba. Tenía la imagen de un hombre, pero todo él exudaba magia. Por mucho que los hubiéramos estudiado en los libros, aquellos dibujos no hacían justicia a la realidad.

Suspiré y sentí que me ardían las mejillas, porque me examinaba a la vez como si estuviera observando también una imagen totalmente diferente a lo que había visto hasta el momento. Me sentí avergonzada de repente, teniendo en cuenta que, a su lado, yo no era nada especial. No era más que sangre, huesos y carne imperfecta envuelta en tejido y encaje blanco apolillado. Y con una capa que creía ser mágica y que solamente era un viejo abrigo gastado.

Entonces recordé que sus piernas seguían rodeándome la cintura, que estábamos subidos a un árbol y que me había echado en cara el haberme alejado de la Casa Verde, cuando él también tenía prohibido estar allí. Si iba a matarme por ello, al menos le dejaría claro que su presencia tampoco era bienvenida en esas tierras y defendería lo poco que consideraba parte de mí.

—¿Yo soy la insensata?

—No deberías estar aquí, chica roja.

Miró de reojo mi cabello. Luego volvió a clavar su mirada en la mía. Creí ver moverse un brillo en sus ojos, como una voluta de plata que giraba sin descanso. Era majestuoso.

—Tú tampoco. Si te ven, estarás rompiendo el concilio. Tendrán permiso para capturarte. —Me erguí con altivez—. Te ejecutarán por esto.

Frunció el ceño y apretó más las rodillas. Sentí una opresión extraña en el estómago, fruto de mis emociones, y una familiaridad que no tenía cabida, porque nunca antes había estado tan cerca de un hombre. Mucho menos de uno de otra raza.

Torció la boca en una mueca demasiado humana para un ser como aquel.

—Ambos tendríamos problemas, pero a mí no me sacarían las tripas por el camino. —Aparté la mirada avergonzada por lo cerca que había estado de morir a manos de aquellos horribles Nusits—. ¿Tan mal te enseña la vieja Hermine? No deberías salir de la casa ni mirarme a los ojos; mucho menos, hablarme.

Tenía razón. Aun así, me negaba a ponérselo fácil. Si quería acabar conmigo, tendría que esforzarse un poco.

—No pienso morir sin pelear.

Se rio de mi expresión; pretendía ser valiente, pero ambos supimos que se quedó a medias.

—No voy a matarte.

Abrí los ojos sorprendida. Aquello no tenía sentido. Nada de lo que había ocurrido desde que se había cruzado en mi camino lo tenía.

¿Por qué, entonces, me había atrapado?

¿Por qué me había apartado de los Nusits?

Durante mi estancia como una de las hijas de Hermine, había oído múltiples historias de mujeres del Viejo Mundo que habían muerto a manos de seres como él. Eran capaces de matar a criaturas enormes, con grandes poderes y fuerzas sobrenaturales, así que para ellos éramos la presa más fácil. Y no sin antes jugar un poco con sus víctimas. Hermine dedicaba un tiempo valioso en explicarnos con detalle lo que podían hacer con nuestros cuerpos seres depravados como aquel. Solo con recordar su testimonio me entraban escalofríos. Además, odiaban a los últimos hombres por encima de todas las cosas, así que destruirnos a nosotras era la mayor venganza que podían imaginar.

No obstante, aquel ejemplar defendía no solo con sus palabras, sino también con sus gestos, que era sincero cuando decía que no iba a matarme.

—Entonces ¿qué estás haciendo?

—Acabo de salvarte la vida, Ziara, y ni siquiera te has dado cuenta. Los Nusits no habrían dudado en aplastarte y usar tu carne para la cena después de romperte uno a uno los huesos. —Sacudió la cabeza con resignación—. Eres un peligro. No deberías salir del terreno protegido, ¿me oyes?

Cualquiera de sus palabras podría haberme sorprendido. El hecho de que era cierto que gracias a él seguía viva. La descripción de mi hipotética muerte a manos de los Nusits. Su advertencia de que no debía volver a saltarme las normas, como si le importase algo mi vida.

Sin embargo, solo fui capaz de lanzar una pregunta:

—¿Cómo sabes mi nombre?

—Yo no sé nada.

Me pasó las manos por el cuello para sujetarme con firmeza y en dos segundos volvíamos a estar en tierra firme. Después me soltó y sentí vacío. Como si él fuera la capa que de verdad me protegía en aquel bosque y no el terciopelo verde que me envolvía.

Nos miramos sin pestañear, hasta que sus ojos resplandecieron y su cuerpo se cubrió de ese brillo plateado que dejaban como una estela cuando se movían a toda velocidad por el mundo.

Recordé en ese momento que no era la primera vez que lo veía. En mi cabeza apareció el Hombre Sauce y asumí que tampoco era la primera vez que me salvaba la vida.

—Me viste en otra ocasión. —Se giró antes de iniciar su huida y el movimiento fluido dentro de sus ojos me eclipsó—. Con Maie. Detrás del arbusto.

—Yo no he visto nada.

Pese a sus palabras, estaba segura de que mentía.

Comenzó a andar y saltó sobre el primer árbol. El suelo se cubrió de polvo de plata.

Se marchaba y ni siquiera sabía quién era ni por qué había hecho aquello por mí. Solo sabía que era un Hijo Prohibido, que se encontraba en una zona en la que nunca debería poner un pie y que, por una razón que desconocía, me protegía.

—¡Eh! Espera.

—Vuelve a casa. No digas que me has visto.

—¿O qué?

Frenó su vuelo entre árboles y su mirada se enredó con la mía. Sincera. Clara. Directa. Supe que, dijera lo que dijera, lo obedecería.

—O no podré volver a salvarte.

Y, con esas palabras que me confundieron aún más, se marchó.

Pequeñas motas de plata sobrevolaron el lugar por el que desapareció y se engancharon a mi vestido.

Antes de volver a colarme por el agujero del muro, y que la ausencia de Maie me doliera en lo más profundo por no poder contarle lo sucedido, deseé que me hubiera llevado con él. Donde fuera, pero muy lejos de aquella casa que, con cada nuevo descubrimiento, comenzaba a parecerme menos hogar y más cárcel de la que escapar.

V

—Ziara, ¿qué tipo de fruncido es ese?

La voz de Hermine me sobresaltó y me clavé la aguja en el dedo. Una gota de sangre brotó de la yema al instante. Me lo llevé a los labios. La Madre, a mi espalda, observaba el arreglo de mi capa con el ceño arrugado.

Estábamos en clase de costura. Era una de las enseñanzas que consideraban esenciales. Solíamos crear nosotras mismas las cortinas de la casa, los manteles, cualquier tejido que necesitáramos para el día a día. También éramos las encargadas de crear y mantener impecables nuestros vestidos. No abundaban las telas, pero de vez en cuando llegaba un cargamento del exterior, cortesía del rey Dowen, para que pudiéramos tener nuevas vestimentas. Además, cuando alguna Novia era escogida en sueños, era nuestro deber dar forma al vestido de ceremonia con el que saldría al mundo. Una especie de regalo común que la elegida se llevaba como un recuerdo de sus hermanas.

Aquel día, yo estaba remendando mi capa. Tenía un pequeño roto en la zona del cuello. Sabía cómo me lo había hecho. Recordaba el instante exacto en el que me había agarrado para subirme con él a un árbol. Pese a la delicadeza de su tacto, al regresar a casa había descubierto las marcas de sus dedos en el tejido y un pequeño desgarro que debía arreglar antes de que Hermine se fijara en las huellas que lo rodeaban. Su silueta era igual que si hubiera tenido llamas en las yemas y hubieran quemado el terciopelo.

Me toqué la garganta justo en el lugar en el que su mano se había posado y me estremecí por el recuerdo. Yo no tenía marcas, pero, cada vez que pensaba en lo sucedido, la porción de piel que él había tocado me ardía como si cobrara vida de un modo que me desagradaba.

—Lo siento, Madre. Estaba despistada.

—Últimamente estás en las nubes.

—Últimamente está siempre donde no tiene que estar —susurró Feila unos pupitres más allá.

Me tensé. Hermine no prestó atención a su comentario, pero yo comprendí enseguida el ataque implícito y se me aceleró la respiración por lo que eso significaba: Feila me había visto salir de los límites.

Pero, si aquello había ocurrido, ¿por qué no había alertado de mi huida?

En cuanto volví a mis labores, la aguja me hizo sangrar de nuevo.

Esperé a que estuviéramos solas. Sabía que subiría a descansar a la habitación después de las clases, así que la seguí y la increpé en el pasillo vacío.

—¿A qué venía eso?

Ella sonrió con malicia. Sus ojos oscuros estaban envenenados.

—Te crees muy lista, Ziara, pero no todas estamos ciegas.

—No sé a qué te refieres. —Tragué saliva porque la mentira me supo amarga.

—¿Estás segura? ¿No es verdad que últimamente visitas lugares en los que no deberías estar? Como el bosque, por ejemplo.

Lo dijo con una dulzura incómoda. Así era Feila, de las que vestían su astucia de buenos modales y melosidad. Pese a ello, a mí nunca había sido capaz de engañarme. Jamás habíamos conectado, había algo en ella que me generaba un rechazo instantáneo. Supuse que, teniendo en cuenta el desprecio que destilaba su voz, era mutuo.

Apreté los dientes hasta que me dolió la mandíbula y me enfrenté a su mirada mordaz. Si hubiera sido alguna de las otras chicas, podría haberme inventado cualquier excusa y no habría puesto en duda mi palabra. No obstante, se trataba de Feila. Pese a no tener nada en común con Maie y conmigo, de algún modo, se parecía más a nosotras que las demás. Existía algo dentro de ella que la hacía distinta, aunque en su caso era una experta en ocultarlo con maestría.

—¿Qué quieres?

—Aún no lo sé. Te lo diré cuando llegue el momento.

Y se marchó. Vi su figura de seda blanca desaparecer en el interior del cuarto.

Aquella semana reflexioné mucho sobre lo sucedido. Pensé en los Nusits, criaturas desconocidas que, hasta donde yo sabía, no debían estar en suelo sagrado. Pensé en el Hijo Prohibido, en su rostro único, en su protección y en sus palabras. Pensé en mi capa inservible y en las enseñanzas de Hermine. También en el chantaje de Feila.

¿Qué más nos estarían ocultando? ¿Cuánto de lo aprendido sería mentira? ¿Y qué sentido tenía escondernos la verdad? ¿Y si Hermine tampoco sabía que el tejido verde no funcionaba? ¿Y si la magia había cambiado? ¿Y si ya no estábamos protegidas?

Las preguntas se amontonaban en mi cabeza y no me dejaban dormir. Pasaba los días buscando indicios que me dijeran que aquel encuentro no había sucedido más que en mi imaginación, pero luego recordaba al Hombre Sauce y a Maie hablándome sin cesar de la tormenta plateada que nos había salvado, y asumía que todo era real; que él existía; que, por algún motivo desconocido, sabía mi nombre.

Cuando digerí aquello, comencé a fijarme en los detalles. Analicé el lugar en el que vivíamos, a Hermine y al servicio que cuidaba de nosotras, cada palabra con la que nos narraban quiénes éramos y por qué nos consideraban tan importantes y cada línea de los libros en los que aprendíamos lo que nos permitían del mundo que algún día encontraríamos afuera. Empecé a dudar de todo lo que me rodeaba, a meditar si lo que nosotras creíamos órdenes naturales para no correr peligro alguno no serían prohibiciones que respondían a otros intereses. Porque en mi cabeza no dejaba de repetirse el pensamiento de que, si aquellas capas no eran más que un abrigo, existía la posibilidad de que todo lo demás fuera igualmente un disfraz.

Sin embargo, pese a mi necesidad de encontrar un fino hilo del que tirar, no descubrí absolutamente nada.

Y el invierno pasó.

Durante esos meses helados en los que todo era blanco y gris, no tuvimos que vivir ninguna nueva despedida.

Ninguna Novia soñó. Solo lo hacía yo y me sumía en ese secreto, volviendo en el tiempo hasta aquella granja de tejado negro y puerta de cedro. Reviviendo momentos con mis padres. Rememorando paisajes que había tenido que conocer, pero que apenas podía formar con claridad en mi mente una vez que abría los ojos. Y con aquel claro de agua al que, pese a que me hundía una y otra vez, sentía que pertenecía más que a cualquier otro lugar.

VI

Un sonido desconocido me despertó. Era similar a un pequeño silbido, un siseo agudo que parecía provenir del piso de abajo. La casa estaba oscura. Todo el mundo dormía y la luna brillaba con fuerza en el cielo. Hacía frío; la primavera estaba cerca, aunque se negaba a llegar del todo. Ya no había nieve. Sí las primeras flores en los jardines que anunciaban que en poco tiempo el color explotaría y lo llenaría todo a este lado del muro.

Bajé las escaleras y seguí aquel murmullo que cada vez era más intenso.

Cuando llegué a la entrada de la casa, vi que la puerta estaba abierta y el viento hacía que las cortinas de los ventanales flotaran en un rítmico movimiento. También lo hizo mi pelo y el bajo de mi camisón.

Sentí un escalofrío y me abracé. Observé la quietud de la noche y uno de esos extraños presentimientos que me azotaban a veces me erizó la piel, susurrándome que no estaba sola.

—¿Quién está ahí?

Mi voz apenas fue un susurro ronco. No obtuve respuesta, solo un silbido de nuevo, una llamada que venía del bosque y que hizo que mis pies se movieran en su dirección. No debía ir, pero ese impulso era demasiado fuerte como para no obedecer a las prohibiciones.

Me dirigí por el camino de siempre, bordeando los jardines en busca del agujero del muro, pero, por primera vez, había algo distinto.

El gran portón central estaba abierto.

Me giré esperando encontrarme a Hermine al otro lado dejándome paso sin entender el motivo o castigándome por hacerlo, pero no vi más que la imponente mansión dormida en la que vivíamos.

Atravesé el muro y me enfrenté al silencio del bosque. En cuanto puse un pie descalzo sobre la tierra, noté que había algo diferente. Todo era más verde. Los colores brillaban con un vigor extraño, la niebla que cubría el camino estaba teñida de un fulgor que solo podía deberse a que allí había despertado la magia.

Anduve despacio y admiré tanta belleza sin percibir la más mínima molestia en mis pies desnudos.

Llegué a un claro. Era de noche, pero un destello cubría aquel trozo sin arboleda, igual que si un pequeño sol invisible lo iluminase. En el centro había una especie de butaca construida de un material que no lograba identificar. Era blanca. Al acercarme, descubrí que su tacto era resbaladizo, como si fuera de hielo y, ante el calor de mis dedos, se convirtió en agua, provocando que desapareciera delante de mis ojos.

Me di la vuelta con brusquedad, asustada, y fue entonces cuando lo vi.

También estaba descalzo. Llevaba un pantalón color arena y el pecho desnudo. Su pelo, rubio como el trigo, estaba recogido con un lazo. Sus ojos verdes me observaban sin parpadear, sin dudar, con la certeza del que ha llegado a casa. Tenía dibujos extraños en la piel, negros, ocres y dorados.

Nunca había visto a nadie como él, pese a ser solo un humano.

—Bienvenida, Ziara. Te estaba esperando.

Me desperté sobresaltada y sudando. Kiren, que dormía en la cama de al lado, se levantó corriendo y me zarandeó por los hombros.

—Ziara, ¿estás bien? Ese grito…

Me toqué la frente caliente y noté que me castañeaban los dientes. No estaba enferma, solo tenía miedo. Un miedo voraz que jamás había sentido.

Se trataba de un sueño, sí, pero este era nuevo. Este era el único que no tenía forma de secreto y, a la vez, del que no deseaba tener que hablar jamás.

—Oh, ¡por los dioses! —Kiren se tapó la boca con las manos antes de saltar por la emoción y compartir con las demás lo que había sucedido.

No hizo falta que contase nada, porque todo mi cuerpo gritaba en silencio que había llegado mi momento. Alcé la mano izquierda y me observé los dedos. En el anular, un insólito dibujo negro había brotado sobre mi piel.

Entré en el estudio de Hermine sin saber muy bien lo que iba a encontrarme. Cuando éramos escogidas debíamos pasar dos días siendo preparadas por la Madre, pero nadie conocía en qué consistía aquella parte del ritual. Nunca ninguna habló sobre ello. Las demás tampoco preguntamos. Ni siquiera Maie, cuya inquietud constante costaba atar en corto, había compartido conmigo nada al respecto.

Hermine estaba sentada frente a la mesa y escribía con una pluma dorada en un libro de hojas amarillentas. Era la primera vez que veía ambas cosas. Al acercarme, descubrí que en la página estaba escrito mi nombre unido a otro que no conocía, pero que no dudaba de a quién pertenecía.

Redka y Ziara

Redka.

Lo repetí en mi cabeza una y otra vez.

Redka.

Después lo leí junto al mío y tragué saliva.

Casi parecía el título de una leyenda que estaba a punto de ser escrita.

—¿Querías verme?

—Ziara, te estaba esperando. Sabes que hoy empieza tu preparación.

—Sí, Madre.

Me ofreció asiento a su lado y arrastré una de las sillas de madera que ocupaban parte del espacio. Ella seguía sonriente, casi diría que feliz como solo la habíamos visto los días en los que llegaban las nuevas niñas.

Me di cuenta de que las demás nunca veíamos a Hermine después de cada sueño; no hasta la ceremonia de plenitud, así que no sabía cómo se sentía ella al respecto. Ahora podía decir que le ilusionaba la noticia. Fui consciente en aquel momento de que Hermine creía fervientemente en lo que hacía, en aquella labor de educar y preparar a jovencitas para lo que el destino las había escogido.

De pronto, observando el brillo de su mirada, un montón de preguntas me asediaron.

¿Cuántos años tendría? ¿Quién sería aquella mujer de ojos esmeralda y pelo oscuro antes de acabar bajo el mandato de la Casa Verde? ¿Y por qué ella? ¿Qué la hacía merecedora de aquel puesto? ¿Cómo habría vivido ella los años en guerra?

Fui consciente de que no sabíamos nada de la Madre. Y de que tampoco nos habíamos molestado en averiguarlo.

Dejó la pluma en el tintero y entonces centré mi atención en sus tonos dorados; no era tinta real, sino que el tintero estaba vacío y salía un brillo de oro del extremo de la pluma cuando la apoyaba en el libro.

Magia.

Dentro de la Casa Verde.

Me quedé sin aliento.

Hermine sonrió ante mi desconcierto y me palmeó la mano con afecto. Su piel estaba fría.

—Voy a contarte una historia, Ziara. Una que se convertirá en leyenda gracias al valor de los hombres. Una de la que tú a partir de hoy formarás parte.

Asentí sin poder pronunciar palabra, porque tenía el presentimiento de que por fin iban a mostrarme algo más de lo que los límites permitían.

Hermine hojeó el libro que estaba frente a nosotras hasta llegar a la primera página, una en la que vi un mapa dibujado. Se parecía mucho al que estudiábamos en nuestras lecciones, pero a la vez era otro; otro que se remontaba a un tiempo que ya era pasado.

La Madre señaló una parte y comenzó a relatarme una historia que no me era del todo desconocida, aunque lo hizo con nuevos detalles que, de pronto, sabía que solo podían conocer los que vivían fuera de los muros.

—Había una vez un rey, al que aún servimos, que subió al trono muy joven tras la muerte de su padre. Provenía de una estirpe de reyes que llevaba gobernando desde que los hombres se asentaron a este lado del Mar de Beli. Era astuto, justo y valiente. Su majestad Dowen de Cathalian. Se casó con una descendiente de las Tierras Altas, Issaen, hija del Mar de Osya. Juntos reinaron en Cathalian y lo hicieron en paz con la magia durante unos años. Por entonces, las criaturas mágicas vivían en libertad. No solían compartir espacio con los hombres, pero, si querían, eran libres de vagar a su antojo por territorio humano, siempre y cuando mantuvieran la paz entre especies. Una muestra de la generosidad del rey y de sus antepasados, que, pese a la decepción con el linaje de las brujas, dieron una segunda oportunidad a la magia en su reinado. —Recordé las leyendas de Giarielle y otras mujeres que habían sido condenadas por su deslealtad; Hermine torció el gesto y supe que estaba a punto de compartir conmigo la peor parte de la historia—. No obstante, un día, ocurrió algo que lo cambió todo. Las Sibilas de la Luna fueron acusadas de alta traición y la quietud en la que llevábamos siglos viviendo se rompió.

—¿Ellas son…?

No era la primera vez que escuchaba ese nombre, aunque solo fuera entre susurros o cuando había curioseado en los libros con Maie, pero no era un tema del que se nos permitiera hablar. Todo lo que tenía que ver con ellas estaba prohibido, así que el hecho de que lo hiciera Hermine ya suponía algo trascendental.

La Madre pasó una página y les puse forma por primera vez.

La imagen estaba pintada con acuarelas plateadas. Parecían fantasmas. Mujeres de aspecto mortecino, casi irreal;

sin duda, solo con ver una pintura se sabía que no podían ser de este mundo.

—Sí, son las madres de los Hijos de la Luna. Eran siete, blancas como su diosa, de cabellos largos y figura espectral. Tenían su hogar asentado en las montañas de las Tierras Altas, pero, un día, llevaron fuera del límite la bondad del rey, utilizando niños humanos para sus hechizos.

Se me revolvió el estómago al momento.

—¿Qué sucedió?

—Dowen ordenó su detención. Fueron juzgadas y castigadas por su delito como cualquier otro ciudadano de Cathalian. Se las ahorcó en la Plaza de las Rosas, delante de sus habitantes, como una muestra de justicia. —Hermine hizo una pausa, porque le costaba relatar lo que venía a continuación. Sus ojos reflejaron antes de tiempo todo ese horror que se desató—. Sin embargo, los suyos no se lo tomaron bien.

—Declararon la guerra.

—Arrasaron con todo, Ziara. Mataron a toda mujer que encontraron, como un intento de devolver el daño que los humanos les habíamos hecho.

—Una madre por una madre —susurré, más para mí misma que para que Hermine lo oyera.

Era espantoso. No solo la venganza, sino el porqué de su resarcimiento. Ese dolor, tan innato y salvaje, implícito en ambos bandos. El ataque despiadado a la mismísima raíz de las dos razas.

—El mundo se convirtió en un lugar horrible. Todo era muerte, caos y destrucción. Dentro del mundo mágico también hubo divisiones. Muchos apoyaron a los Hijos de la Luna y aprovecharon para robar tierras o liberar sus instintos, pero otros decidieron que su vida era mejor cuando reinaba la paz y se posicionaron del bando de Dowen. No importó demasiado, ya que los Hijos Prohibidos no medían y actuaban por su cuenta, sin pedir permiso ni responsabilidades a nadie. Pese a que eran insignificantes en número, comenzamos a ver peligrar la esperanza de la raza humana. Las mujeres no podríamos vivir para siempre en la clandestinidad y, antes o después, ellos nos darían caza y nos matarían. Establecieron su base en las Tierras Altas y convirtieron el territorio en la Zona Salvaje. Ningún humano puede poner un pie ahí sin morir; no quiero ni imaginarme cómo.

Pensé en Maie y en el hombre con el que se había unido. Pertenecía a ese lugar y se lo habían arrebatado. ¿Dónde vivirían después de aquello? ¿Estarían a salvo?

—¿Y el concilio?

—Tras tres años de devastación, los Antiguos Hechiceros mediaron.

Aquella revelación me resultó sorprendente, teniendo en cuenta que eran de los suyos, pese a que Hermine nos había enseñado que los Hechiceros vivían en territorio neutral, ya que en otros tiempos habían sido humanos.

—¿Ellos no son la simiente de los Hijos de la Luna?

—Así es. Un verdadero Hijo Prohibido nace de la unión de Sibilas y Hechiceros.

—¿Por qué dices «un verdadero»? ¿Hay de otro tipo, acaso?

—No lo sabemos con exactitud, pero con cada luna llena las Sibilas buscaban compañía. No ponían límites a su deseo ni diferenciaban entre razas. Cualquiera les valía para desatar sus instintos salvajes. No siempre procreaban, pero en ocasiones sucedía.

El rostro de Hermine se contrajo en una mueca de desprecio. A mí aquella confesión me resultaba… inquietante. ¿Eran capaces de engendrar vida con cualquier raza? No quería ni pensar en la cantidad de híbridos que habría repartidos por el mundo ni en las capacidades que tendrían. Los humanos estábamos condenados.

Lo que no entendía era por qué los Hechiceros no tomaron partido antes y se mantuvieron durante tres años ajenos a esa guerra.

—¿Y por qué tardaron tanto los Hechiceros?

—Ziara, no podemos olvidar que ellos son tan humanos como Hijos de la Magia; no quisieron elegir. No obstante, Egona, uno de los primeros Hechiceros, tuvo una visión en sueños. Se levantó, sonámbulo, y marcó unas palabras en un muro de arcilla hasta que se le rompieron las uñas y le sangraron los dedos. Cuando despertó, los demás lo observaban conmocionados. Esa misma tarde, viajaron hasta la capital de Cathalian y se ofrecieron como mediadores. Pese a sus reticencias, Dowen no tuvo otra opción que aceptar, si quería que su pueblo tuviera un futuro.

Aquello era nuevo para mí. Una vez más la sensación de que vivíamos en una burbuja y que desconocíamos la mayor parte del mundo que nos rodeaba me azotó con fuerza.

—¿Y qué decía la profecía de Egona?

—Lo desconozco. Solo unos pocos privilegiados lo saben. La información es poder y supongo que consideran que es más sensato mantenerla a salvo. —Asentí y Hermine continuó narrando con la mirada perdida—. Los Hechiceros viajaron a la Zona Salvaje y consiguieron que los Hijos Prohibidos firmaran el concilio.

—¿Qué se acordó exactamente?

Sonrió y me observó con cariño, igual que el que mira un tesoro demasiado valioso como para esconderlo.

—Que los hombres tendrían un futuro. Por ese motivo se construyó la Casa Verde. En ella las niñas sois protegidas hasta que os convertís en mujeres y se os destina un esposo con el que engendrar vida. Sois la esperanza de los últimos hombres, Ziara. Sin vosotras, la humanidad llegaría a su fin.

—¿Y qué pasa con las que se salvaron? ¿Qué ocurre con las que no llegaron aquí?

Porque me costaba creer que fuéramos las únicas supervivientes. Allí fuera debía haber mujeres como la propia Hermine, las que formaban parte del servicio de la Casa Verde o mi auténtica madre. Mujeres de todas las edades que ya habían entregado su virtud a algún hombre y, por lo tanto, ya no eran dignas de poseer el título de Novia del Nuevo Mundo. Viudas, ancianas... Las posibilidades eran muchas.

—Con la firma del concilio les permitieron regresar a sus hogares.

—Eso es bueno, ¿no?

Hermine asintió, aunque su rostro se ensombreció.

—No es una mala vida, aunque, a su modo, también las condenaron. —Fruncí el ceño y ella suspiró con pena—. Al no emparejarlas, la magia las castiga a no tener descendencia. Y no debemos olvidar que la mayoría perdió a los suyos en la guerra: maridos, padres, hermanos e hijos. Son respetadas y protegidas por los nuestros, pero han sido relegadas a la soledad o a oficios al servicio de los demás, como cuidadoras.

—¿Y qué ganan ellos?

—¿A qué te refieres?

Mi mente divagaba de un lado a otro y había vuelto a centrarse en los Hijos Prohibidos. Porque no podía ser tan fácil. Ellos mataban a las mujeres y, de repente, habían accedido a dejar de hacerlo. Tenía que haber mucho más en juego.

—Los Hijos de la Luna firmaron, pero no lo harían en balde. Eso no tiene sentido.

La Madre apoyó la mano en mi mejilla en una caricia que no rechacé. Iba a echarla de menos.

—Tan perspicaz... —murmuró con ternura—. Lo hicieron, siempre que supusiera un castigo eterno para nuestra especie y no una bendición.

—Pero no lo entiendo...

Hermine se levantó y se acercó a una de las estanterías acristaladas cerradas con llave. Pareció estudiar los títulos custodiados en su interior, esos libros que no se nos permitía leer, y que guardaban en aquel despacho con un cuidado extremo.

¿Qué esconderían en sus páginas? ¿Qué historias no querían que conociéramos?

—Antes las parejas se unían por amor, niña. Ahora... Ahora estáis destinados. No hay elección y la magia se ocupa de que así sea. Si queremos perpetuarnos, solo puede ser con sus condiciones.

Pensé en ello. El amor..., yo sabía lo que era el amor. Las Novias establecíamos lazos, nos cuidábamos, nos queríamos. Maie y yo lo habíamos hecho como si compartiéramos sangre. También guardaba sentimientos por mis padres, pese a que se tratara de una emoción lejana. Todo eso era amor, sí, pero ¿habría otro tipo del que nos habían privado?

—Son unos seres horribles, Ziara. No saben amar, así que... nos quitaron lo que más nos definía como humanos.

Volvió a sentarse frente al libro. Estaba tensa y sus arrugas se marcaban más alrededor de sus ojos. Aquel relato la agotaba y no podía culparla. Al fin y al cabo, Hermine habría vivido aquellos años de oscuridad y saben los dioses qué penurias y desgracias habría soportado. Por primera vez pensé en ella no como la Madre, sino como una de esas mujeres condenadas sin familia, aunque en su caso le habían regalado una formada por decenas de niñas.

Pese a ello, su última reflexión sobre los Hijos de la Luna me causó un pensamiento muy diferente; me hizo darle vueltas a la idea de que solo un ser que amara profundamente podría convertir aquel sentimiento en un odio tan visceral. Solo quien sintiera que le hubiesen arrancado el corazón podría esforzarse tanto en vengarse de la misma manera.

La Madre siguió pasando páginas en las que se explicaba en letras e imágenes todo lo acontecido hasta llegar al comienzo del concilio. A partir de ahí, cada hoja estaba destinada a una pareja. Un montón de nombres enlazados durante nada menos que catorce años hasta llegar al mío. Y, por ende, al suyo.

Redka.

Volví a pronunciarlo en mi cabeza y se me erizó la piel.

—Al llegar aquí, las Ninfas Guardianas me dieron este libro y esta pluma. Cuando soñáis con él, al día siguiente vuestros nombres ya están escritos. De ese modo, ni el silencio os salva del hechizo. —Pensé en Runia; la de noches robadas al sueño intentando librarse de su destino, sin saber que daba igual lo que hiciera, porque siempre quedaría expuesto en aquel libro antes de que saliera el sol e intentase huir de su futuro—. Pese a ello, no sufras, Ziara. Es algo bueno. Sois la esperanza de la humanidad. Algún día, todo volverá a estar en orden y el hechizo que nos envuelve se evaporará. Entonces seremos libres.

—¿Cómo estás tan segura?

No contestó, pero supe que Hermine me ocultaba mucho más de lo que esa historia implicaba. También, que de verdad creía en sus palabras; quizá solo la movía la esperanza de que todo lo que hacía dentro de esa casa tuviera sentido.

Se levantó y colocó el libro frente a mí.

Las letras doradas que resplandecían. La caligrafía elegante y florida, imposible de trazar sin ayuda de la magia. Mi nombre.

Ziara, hija de Hermine,
la Casa Verde

Unido para siempre al suyo.

Redka de Asum, Hijo de
la Tierra, reino de Cathalian

Temblé al leer aquella descripción.

Hermine dejó escapar el aire contenido y asintió, asiéndome del hombro en un gesto de comprensión. Porque mi destino ya estaba enlazado con otro y no era el que ninguna de nosotras habría elegido.

Un Hijo de la Tierra.

Un guerrero.

VII

Estaba sentada frente a la ventana del aseo común y Hena, una de las cuidadoras, me peinaba con delicadeza. En el piso de abajo se sentía el traqueteo de las hermanas y oía sus risas emocionadas por las ganas de celebrar una fiesta.

Era un día precioso de comienzos de primavera. El jardín estaba radiante bajo el sol del mediodía. A través del ventanal abierto podía oler la mezcla de todas las flores, de las primeras frutas maduras de los árboles y de la brisa que nos traía el aroma mágico del Bosque Sagrado.

No obstante, sentía que no podía respirar.

—Ziara, necesito que te relajes.

No me había percatado de que Hena ya había terminado con mi cabello y que la tenía a mi lado, intentando dar color a mis mejillas con polvos rosados. Giré el rostro y me esforcé por controlar la respiración, acelerada desde que había salido el sol. Tenía la sensación de estar dentro de un cuerpo que no me pertenecía.

Después de aquella conversación con Hermine, las horas habían pasado a toda velocidad entre consejos y preparativos que no entendía del todo. Hena y otras mujeres del servicio me habían lavado con tanto ahínco que creía fervientemente que había mudado de piel. Luego habían tratado mi pelo con mejunjes de hierbas que no conocía para darle brillo y un aspecto que me recordaba más al de las ninfas de los libros que al de una humana. Me habían tomado medidas para que las hermanas pudieran terminar el vestido de mi ceremonia. Y, mientras todo eso sucedía, Hermine me hablaba sin cesar sobre el clan al que se me había destinado, sobre las costumbres de los hombres que vivían en campamentos en las fronteras del reino y de otras cuestiones más... terrenales.

—Ziara, ahora voy a explicarte cómo es un hombre desnudo.

Aquella conversación me había provocado sudores fríos. Sabíamos cómo se procreaba, pero jamás había visto el cuerpo desnudo de un hombre. Tan distinto. Tan imponente. Tan peligroso en apariencia. Si me lo resultaba en un dibujo, no quería ni imaginarme lo que supondría verlo de carne y hueso.

Al terminar la preparación, y sintiéndome menos preparada que nunca, Hermine me había hecho prometer con la mano sobre el libro que no contaría a mis hermanas lo aprendido durante esos días.

—Es por su bien, Ziara, no es bueno darles alas con las que fantasear. Menos aún, al no contar con la certeza de salir algún día de aquí.

Comprendía su explicación, aunque algo dentro de mí me decía que en realidad nos ocultaban toda la información posible por otros intereses. Quizá porque era mucho más fácil dominarnos cuanto menos supiéramos de la vida. La desconfianza se había asentado en mi interior para no marcharse.

Me di cuenta al momento de que, aunque quisiera compartir con alguien todo lo descubierto, la magia me anudaba la lengua en cuanto intentaba abrir la boca.

Por otra parte, no sabía gran cosa de él. Solo su nombre, su procedencia y que era el líder de un viejo ejército que vagaba por las fronteras de Cathalian para proteger el reino de posibles emboscadas. La guerra había terminado, pero aún se desataban conflictos con asiduidad. El territorio había sido dividido y muchas criaturas despojadas de hogar subsistían de forma nómada malviviendo de lo que encontraban por el camino. Y para eso existían los Hijos de la Tierra. Mortales cuyo destino era proteger la raza humana a cualquier precio.

Esa iba a ser mi vida.

Feila fue la encargada de traer mi vestido de ceremonia. La conocía tan bien que supe que había pedido aquel honor solo para molestarme. En cuanto entró en el cuarto, su sonrisa me dijo que no se había olvidado de nuestro acuerdo, aunque yo dudaba que pudiera hacer algo al respecto con el poco tiempo que me quedaba entre esas paredes. Y ya no tenía sentido denunciar mis huidas al bosque. Por una vez, me recreé en la satisfacción de haberle ganado en algo, ya que era una verdadera experta en salirse siempre con la suya.

Me vistieron entre Hena y ella, y me enfundaron los pies en unas botas oscuras que me cubrían hasta debajo de la rodilla. Cuando me miré al espejo, apenas me reconocí. Mi pelo estaba recogido en una trenza que me llegaba a la cintura y que lograba mantenerlo controlado. Una cinta con flores cosidas del color del cielo me lo adornaba en la parte alta. El vestido era precioso y de una seda que nunca antes había disfrutado, ya que las mejores telas se guardaban para las ceremonias. Sus mangas eran largas y en ellas habían tejido pequeñas hojas con un hilo dorado. Bajo el escote cuadrado se me pegaba al pecho como una segunda piel para, a partir de la cintura, caer igual que una cascada de espuma blanca. Por la parte de atrás se cerraba con pequeños botones perlados. Era perfecto, no solo por su belleza, sino también porque resultaba ideal para el clima de la primavera.

¿Qué pasaría cuando llegara el otoño? ¿Con qué me cubriría los meses de invierno? ¿Qué sería de mí para entonces? ¿Y aquella noche? ¿Qué sucedería cuando el sol se ocultara y me viera a solas con aquel completo desconocido?

—Es la hora, Ziara. —La voz de Hermine me hizo volver a la realidad.

No me había dado cuenta, pero llevaba un rato sola en aquella estancia con mis pensamientos.

La Madre se colocó detrás de mí y sonrió con afecto antes de rodearme con sus brazos para colocar una cadena en mi cuello.

—Esto es para ti, niña.

—¿Qué es?

La toqué con los dedos. La cadena era tan fina que parecía un hilo apenas visible. En ella se mecía un colgante con una diminuta gema blanca que brillaba a cada movimiento. Era preciosa. Y una joya que, pese a su tamaño, imaginé que solo las altas dinastías podrían permitirse. Yo nunca había tenido una. En realidad, yo nunca había tenido nada.

—Es un amuleto. Te protegerá.

—Pero, Hermine, esto…

—No hagas preguntas, Ziara. Todas sois bendecidas con un regalo antes de iros y este es el tuyo. —La advertencia implícita en sus ojos me asustó—. Debes llevarlo, pero intenta que pase desapercibido. Solo te pido que lo protejas. Es un amuleto y, mientras lo hagas, él te protegerá a ti.

Asentí y me pregunté cuál habría sido el de Maie. No recordaba haberle visto ninguna joya en su ceremonia ni nada que pudiera delatar novedad.

¿Cuánto me habría ocultado Maie antes de marcharse? ¿Cuántos secretos tendría? ¿Habría decidido proteger su propio amuleto incluso de mí? ¿Volveríamos a encontrarnos al otro lado de las murallas?

El atardecer se acercaba sin tregua.

La gran sala estaba decorada como tantas veces antes, pero para mí todo era distinto.

«Qué diferente se percibe el mundo según de qué lado lo observes», pensaba, mientras entraba en mi propia ceremonia y me sentaba a esperar. Apreté el tejido sedoso del vestido entre las manos con tanta fuerza que los nudillos se me pusieron blanquecinos. Notaba la garganta seca y un vacío en el pecho que me dificultaba respirar con normalidad.

Una de las chicas tocaba una música suave con un oboe. Había flores frescas azul cielo que la primavera nos había regalado en cada rincón, a juego con las de mi cabeza. Olía a frutos rojos y verduras asadas condimentadas. Un banquete que devorarían después en mi honor. Pero sin mí.

Por primera vez aquella fiesta me parecía una enorme incoherencia.

Algunos gritos de asombro fueron los que me obligaron a levantar el rostro de mi regazo y centrarlo en el portón abierto al otro lado de la ventana.

Entonces aparecieron. Eran tres. Caminaban con premura y las pisadas eran fuertes y seguras dentro de sus botas de piel. Vestían de color tierra y colgaban armas de sus cinturones. Cuchillos afilados que parecían tan parte de ellos como sus manos o sus pies. Llevaban el cabello más largo que cualquiera de los hombres que habíamos visto en otras ceremonias. Dos de ellos, por los hombros, y uno, recogido con una lazada hacia atrás. Sus camisas dejaban a la vista parte de su curtida piel. Bajo la tela, pude atisbar extraños dibujos en su torso y sus brazos. No se parecían a los del dedo que nos unían a ellos, sino que eran en tonos dorados y ocres, grandes y con formas geométricas cuyo significado desconocía. Los mismos dibujos que me habían fascinado en mi sueño.

—¿Qué demonios es eso? —susurró Kiren a mi lado, observando con asombro lo mismo que yo.

—No lo sé.

Aunque supuse que no tardaría en averiguarlo.

Hermine y parte del servicio los recibieron en la entrada. Las hermanas se colocaron en su posición circular, como tantas veces había hecho yo, de rodillas, con los pies descalzos y sus faldones estirados y pegados unos a otros, formando un manto blanco a mi alrededor.

Cuando entraron, el silencio retumbaba en mis oídos. Siempre había pensado que ese silencio era el sonido de la expectación, pero, de pronto, me di cuenta de que no, de que para mí así era como sonaba el miedo.

—Bienvenidos a la Casa Verde. Soy Hermine, la Madre.

No se oyó respuesta.

Tragué saliva y cogí aire cuando noté sus pasos dirigiéndose a la sala. Sentía mis latidos en las sienes y la respiración tan agitada que pensé que podría oírse más allá del bosque.

De forma inconsciente, aquel ser mágico de ojos grises apareció en mi cabeza.

Durante toda mi vida me habían atemorizado con la idea de que, si los llamabas, si acaso pensabas en ellos con el deseo de que se mostraran ante ti, aparecerían por la noche, con la luna alzada en el cielo, y te llevarían para siempre. Pues, en aquel instante, a punto de entregar mi vida por deseo del destino a un hombre que no conocía, lo hice. Deseé que el Hijo Prohibido que me había salvado dos veces de la muerte lo hiciera una tercera vez. Lo llamé. Anhelé que una tormenta de plata apareciera por la puerta y me llevara en su interior para evitar así una muerte en vida.

Sin embargo, no sucedió nada.

Las mentiras estaban por todas partes. Llenaban aquella enorme mansión y me arañaban las entrañas.

Sentía que todo en lo que creía se hacía pedazos delante de mí.

Mi mano se cerró nuevamente en un puño cuando Hermine los guio hasta la sala. Supe que las chicas contenían el aliento. Yo lo hice hasta que se me nubló la visión y parpadeé para recobrar la compostura.

No podía mostrarme débil. Era lo único que sabía.

—Bienvenido a su fiesta de plenitud, Hijo de Asum y de la Madre Tierra.

Los tres hombres se acercaron. Uno de ellos tenía el pelo más oscuro que los otros dos. Su mirada era amable, pese a la pintura que rodeaba sus ojos. El segundo observaba todo con astucia; su boca estaba torcida en una mueca permanente por una fea cicatriz; pese a ello, su rostro era hermoso, de ojos azules, y su cabello largo y claro le daba un aspecto que a mí me parecía ligeramente femenino. El tercero… Al tercero ya lo había visto antes en un sueño y tenía la mirada fija en mí.

Arrugué la tela del vestido hasta clavarme las uñas incluso con el tejido de por medio.

Hermine se acercó y me ofreció su mano para que me levantara y me acercara a ellos. Cuando coloqué la mía sobre la suya, me temblaron los dedos.

—Ziara, hoy y aquí comienza tu ceremonia de plenitud. Tus hermanas y yo, tu Madre, te deseamos una vida feliz. Nos presentamos y arrodillamos ante el hombre honrado para ser tu propio destino. Te has deslizado en sus sueños. Él se ha colado en los tuyos. La llamada de los últimos hombres os ha unido. Sois nuestra esperanza.

—Sois nuestra esperanza —repitieron mis hermanas.

Él dio un paso hacia delante.

Hacia mí.

Ya lo había visto en mi cabeza, pero en carne y hueso lo percibía todo distinto; con más fuerza, con más intensidad. Su pelo era del color del sol. Sus ojos, de un verde que me parecía irreal. Su cuerpo grande, imponente; un cuerpo forjado en la guerra. Su mirada, feroz.

Si hubiera podido escoger a uno de los tres, sin duda, él habría sido mi última elección.

Dio dos pasos al frente y se arrodilló, sin apartar ni un segundo la mirada de mí.

—Redka de Asum, Hijo de la Tierra, reino de Cathalian. Hoy te entrego mi vida a ti.

No era la primera vez que oía su voz, pero entre las paredes de la casa se sentía más profunda, grave y algo rota.

No quise reflexionar sobre lo que implicaban aquellas palabras ni prestarle atención al agujero que me abrían dentro del pecho.

Me arrodillé frente a él.

—Ziara, hija de Hermine, la Casa Verde. Hoy te entrego mi vida a ti.

Según me acercaba a su cuerpo, percibí su olor y eso sí que era nuevo. Vivo. Real. Un aroma totalmente desconocido. Una mezcla de tierra, sol y algo que no lograba identificar. Casi respiré su aliento cuando apoyé los labios en su mejilla para darle un primer beso y completar el ritual. Percibí la aspereza de su barba y se me erizó la piel.

Cuando me aparté, sus ojos se perdieron en los míos. Y en ese momento no fui capaz de ocultarle el miedo, el rechazo instantáneo que la situación me provocaba ni las ganas de huir que se reflejaban en ellos.

Vio todo aquello que yo debía haber sabido silenciar y que no tenía cabida en una Novia del Nuevo Mundo.

Me rozó la cara con la boca. Había estado conteniendo de nuevo la respiración desde el instante en que debía llegar su beso, pero me sorprendió que casi no me tocara. Apenas fue una caricia lejana. No me percaté de que había cerrado los ojos hasta que su mano tanteó la mía. Estaba caliente y eso me resultaba chocante ante la frialdad que el resto de él irradiaba. Me fijé instintivamente en su dedo anular, en aquel anillo pintado en su piel igual al mío. La marca que nos uniría para siempre.

Nos levantamos y fui consciente de que todo había acabado. Que sería la última vez que vería a aquellas mujeres, que pisaría ese suelo y que respiraría el aire de los jardines en los que, en tantas ocasiones, me había ocultado con Maie. Que todo lo conocido se convertiría en un recuerdo, y todo lo amado, en la nostalgia del que lo ha perdido.

Por mucha rabia que me diera haber descubierto que vivía dentro de un castillo de mentiras y pese a la curiosidad innata que siempre velaba en mí, deseando salir y conocer todo lo que nos escondían, intuía que lo que me esperaba a partir de aquel día sería infinitamente peor.

Eché un rápido vistazo a lo que me rodeaba. Estudié esos rostros dulces que se despedían de mí con la mirada; la ingenuidad de Kiren; la ternura de Hena; la insolencia de una Feila que parecía encantada con mi partida. Entre todas aquellas caras que formaban la de mi familia, me encontré con la de Hermine y, en un acto instintivo, acaricié mi vestido en el lugar exacto en el que, bajo la tela, descansaba el colgante que me había regalado. Luego aparté los ojos antes de que las lágrimas me delataran y me dejé llevar por aquella mano, por aquel hombre desconocido que no volvió a mirarme, por aquella nueva vida que me esperaba al otro lado de la puerta verde que durante años había guardado mi hogar.

VIII

Tenían caballos. Eso fue lo primero que captó mi atención. Una parte de mí, pese al temor y la incertidumbre, estaba ansiosa por atravesar las puertas y descubrir el mundo que durante tanto tiempo se nos había ocultado, pero nada más verlos no pude apartar la mirada de ellos.

Había soñado con estar cerca de alguno desde que era una niña. Me había lamentado millones de veces por no haberme fijado en aquellos animales cuando aún vivía en la granja de mis padres o por no haber sabido crear recuerdos con ellos. Y allí mismo, delante de mis ojos, tenía tres ejemplares magníficos.

Sus crines brillaban bajo el sol y pastaban tranquilos según nos acercábamos. Dos eran de color tierra, uno de ellos con mechones blancos, y el tercero, negro y rojizo. Me temblaban las manos de las ganas de tocarlos.

Aún sentía la de Redka entre mis dedos. Como mandaba la tradición, habíamos salido unidos de la Casa Verde. Yo no había echado la vista atrás ni una sola vez. Prefería quedarme con el recuerdo de las que formaban la única familia que conocía sonriendo, felices por mi celebración y a punto de culminarla con un banquete. De haber intuido pena en algún rostro, habría perdido la entereza que tanto me esforzaba por mostrar ante aquellos hombres ceñudos.

En cuanto atravesamos el portón, este se había cerrado de nuevo. Si lo pensaba bien, tenía que haber disimulado y mostrado más desconfianza o quizá asombro al entrar en el Bosque Sagrado, pero me era tan familiar que no fui capaz de fingir ningún sentimiento. Solo pensaba en avanzar por el camino y descubrir más allá de mis conocimientos.

Los hombres no hablaban. Caminaban rápido y vigilaban el terreno con la minuciosidad de un cazador. Durante las ceremonias disponíamos de la custodia de las Ninfas Guardianas para salir; Hermine me había contado en la preparación que formaba parte del hechizo, pero quizá ellos no lo sabían. O puede que estuviesen tan acostumbrados a luchar que esa actitud alerta era tan parte de ellos como los dibujos extraños que decoraban su piel.

Nos alejamos tanto como para estar ya fuera de terreno conocido para mí. Allí la vegetación era más espesa, como si los árboles se unieran por las ramas hasta formar una capa bajo el cielo. Los rayos de sol no lograban colarse entre sus hojas, dando al camino un aspecto fantasmagórico. En medio de aquella selva, en un pequeño claro y rodeados de luz, vi los caballos. Abrí la boca por la sorpresa y él me miró de reojo un solo instante, antes de soltar mi mano y coger la cuerda que los ataba a un tronco.

—Sonrah, ve primero. Nosotros iremos en medio y Nasliam nos cubrirá las espaldas.

Los hombres obedecieron y montaron sus caballos. Solo quedó uno. Era el de color negro, pero sus crines parecían pintadas con trazos rojizos. Me acerqué y dejó de comer mientras me observaba. Sus ojos azules me recordaron a las flores que aún adornaban mi pelo. Era el animal más bello que había visto en toda mi vida. Y me miraba a su vez con curiosidad. Parecía como... si estuviera pensando lo mismo de mí.

—Thyanne es mi caballo.

Me ruboricé al darme cuenta de que Redka me estudiaba sin disimulo. Me pregunté qué pensaría él al mirarme; qué vería en mí; si acaso habría sentido decepción al verme por primera vez o si, de poder elegir entre todas las Novias que habían presenciado nuestra ceremonia, yo habría sido su última elección. De ser así, no tenía muy claro si me aliviaba u ofendía. Me sentía tan abrumada por todo que incluso mis emociones resultaban contradictorias.

—Nunca había visto uno de cerca.

—Lo sé.

Aparté mis ojos de Thyanne y los posé en Redka. Ajustaba la silla de montar. Lo hacía con delicadeza y sin apenas ruido. Reparé entonces en lo que les había dicho a sus hombres y me tensé.

—Sonrah, ve primero. Nosotros iremos en medio y Nasliam nos cubrirá las espaldas.

«Nosotros».

Porque solo había tres caballos.

Tampoco habría sabido montar ni controlar uno de esos animales, pero la idea de compartir aquel mínimo espacio con él me turbaba.

Vi que el más moreno de los tres subía al suyo y avanzaba por el camino. El otro, el de la cicatriz y que respondía al nombre de Nasliam, hizo lo mismo, aunque se quedó a la espera de que nosotros pasáramos para cerrar la comitiva.

Redka dio un paso y su cuerpo ocupó toda mi visión. Los dibujos extraños que subían por su cuello brillaban bajo los rayos de sol. Un brillo iridiscente los cubría. Me fijé bien en los que decoraban su cara. Un entramado de espirales ocres en el lateral de su ojo derecho, mucho más grande y elaborado que el de los otros dos hombres. Desconocía su sentido y significado, pero no podía negar que, pese al aspecto salvaje que les otorgaba, transmitían algo bello.

—Sube.

Carraspeó y señaló con la mirada el lomo de Thyanne. Yo aparté la mía cohibida y la fijé en aquel animal que, de repente, me pareció enorme. Inalcanzable. Más alto que el muro que ocultaba la Casa Verde.

Dejé escapar un suspiro y clavé la vista en el bajo de mi vestido. Me sentía una niña. Supongo que lo era, más aún al lado de un hombre como Redka. No quería ni imaginarme qué impresión tendría él de mí. La mía, sin duda, estaba desdibujada y se escondía tras un montón de preguntas que se me agolpaban en la garganta.

¿Cuál sería su edad? ¿Cómo era su vida? ¿Qué pensaba de tener que ocuparse de una cría como yo? ¿Qué sucedería cuando nos dejaran a solas? ¿Por qué el destino me habría unido a él y no a otro? ¿Había alguna razón o simplemente jugaba con los humanos a su antojo?

Me giré y centré la atención en Thyanne. Puse la mano sobre su lomo y rocé su crin oscura. Era suave, y acariciarlo, una sensación increíble. Me moría por contarle a Maie que había tenido la suerte de tocar un caballo como los que vimos correr en estampida aquel día pasado en el claro del bosque. Sin embargo, al momento pensé que seguramente Maie ya habría visto algunos ejemplares. Puede que cientos. ¿Cuánta ventaja me llevaría? ¿Dónde estaría ella en ese momento? ¿Pensaría alguna vez en mí?

—Yo nunca...

Sin darme tiempo a reaccionar, me rodeó con un brazo y se me cortó la respiración. Hizo amago de agarrarme por la cintura, pero entonces me aparté ante su contacto con tanta brusquedad que me tambaleé al soltarme. Sentí un nudo en el estómago y todas mis alertas despertándose.

—No me toques.

Abrió los ojos con evidente asombro y me arrepentí al instante de mi osadía.

—Debéis ser complacientes con ellos, niñas. Sois cobijo y esperanza.

La voz de Hermine retumbaba en mi cabeza, pero siempre había sabido que ese espíritu indulgente no estaba dentro de mí. Yo sentía uno mucho más combativo latiendo en mi interior. Puede que hasta la Madre lo supiera. Puede que Redka, sin apenas haber compartido conmigo un par de kilómetros a pie, también lo intuyera por aquella reacción un tanto exagerada y estúpida, ya que su intención había sido la de asirme para subirme al caballo y ninguna otra.

Ignoré la ofensa y fiereza que expresaron sus ojos, y decidí mostrarle que no era una niña desvalida. Al fin y al cabo, las estrictas normas de aquella casa no tenían sentido una vez que pisabas terreno libre.

Sujeté la asidera de la silla y me impulsé hacia arriba. Fui incapaz de subir más de un palmo del suelo. Vi un saliente de hierro para colocar los pies y lo intenté de nuevo. Me impulsé y, en el salto, metí el pie por el hueco. Pese a mi esfuerzo, el vestido era tan largo que se me enganchó la tela y caí. Sin embargo, no desistí. Volví a intentarlo hasta en tres ocasiones, mientras sentía no solo los ojos de Redka observándome, sino también los de los otros dos, Nasliam y Sonrah, sobre sus propios caballos.

Cuando noté la quemazón en las manos por el esfuerzo, me mordí el labio con fuerza y me encaré con aquel hombre que me observaba curioso con los brazos cruzados y que parecía estar disfrutando de mi empeño; o puede que lo que de verdad lo deleitaba fuese mi fracaso.

Me sentía una estúpida.

Me aparté un mechón suelto de la cara y oí una risa disimulada a mi espalda. No sabía a cuál de los dos pertenecía, pero lo odié en silencio. Entonces, frente a mí, Redka subió al caballo de un salto. Después extendió su mano y dudé. Fue un solo segundo, pero las ganas de rechazar su ayuda fueron tan fuertes que las vio en el brillo de mis ojos. Una provocación que reverberó en cada parte de mi cuerpo.

Alzó una ceja y torció los labios en una mueca que no llegó a sonrisa.

—Debemos salir del bosque antes de que se ponga el sol.

De nuevo, una risa sonó a mi espalda.

Se estaban burlando de mí. Me veían incapaz de subir por mí misma a un caballo. Algo que cualquiera que viviese al otro lado del bosque sabría hacer. Me miré los pies y me sentí ridícula, con mi vestido blanco, mi corona de flores, mis mejillas sonrojadas con polvos de semillas y una actitud desafiante con la que les resultaría aún más hilarante. Una muñeca indefensa al lado de aquellos hombres.

—Vamos, niña. No tenemos todo el día.

Me crispé. No fue su voz, fue otra que no había oído hasta el momento y que pertenecía a Nasliam. El de pelo largo rubio, cicatriz en el rostro y mirada angelical.

Olvidé todas las instrucciones de Hermine.

Mi mente se quedó primero en blanco y luego se tiñó de rojo.

Algo dentro de mí despertó y tomó el control.

Giré sobre mis pies y eché a andar por el camino que me alejaba de mi hogar. Ninguno de los tres pronunció palabra. Pasé de largo por delante de Nasliam, y después adelanté a Sonrah, que parecía igual de perplejo, aunque una sonrisa genuina comenzaba a despertar en su rostro.

Cuando ya llevaba unos metros recorridos, la primera carcajada rompió la quietud del bosque. Algunos pájaros huyeron espantados. Al momento, la siguió otra. Nasliam y Sonrah estaban riendo con estruendo ante mi decisión de ir caminando antes de aceptar la ayuda de Redka.

No pude controlar la sonrisa que dibujaron mis labios, aunque se quedó a medias cuando un caballo pasó al galope a mi lado y unos brazos de hierro me levantaron en el aire.

Grité. Chillé como nunca lo había hecho. Sentí que volaba durante unos segundos eternos, solo agarrada de la cintura por aquel salvaje. Y únicamente dejé de hacerlo cuando Redka me colocó entre sus piernas y el cuello del Thyanne.

Sujeté las crines del caballo con fuerza hasta que los nudillos se me pusieron blancos. A mi espalda, el calor del cuerpo de Redka me rodeaba. Sus muslos me apretaban con firmeza para que no me cayera. O quizá para que no me tirase yo misma en otro impulso imprudente. Me sentía apresada, aunque a la vez protegida. Asumí que, después de mi impertinencia, merecía hacer andando el resto del camino, así que me prometí que cerraría la boca antes de cometer otra tontería. Aquella actitud con Hermine me habría tenido toda una tarde limpiando las ollas de las cocinas.

Con cada salto que el caballo daba, el corazón se me subía a la garganta. Íbamos tan rápido que a los pocos kilómetros no quedaba ni un mechón de pelo sujeto en la trenza que Hena me había hecho esa misma tarde. La tensión de mis piernas me provocaba temblores y calambres que intuía que harían de caminar los días siguientes un auténtico suplicio.

Poco a poco, comencé a disfrutar de la sensación de libertad que regalaba cabalgar y los nervios se fueron disipando. Me relajé hasta el punto de apreciar aquel primer contacto con el mundo exterior. Era bonito ver el bosque desde ahí arriba; la manera en la que la frondosidad iba desapareciendo y daba paso a una vegetación más tenue, menos colorida y más terrenal.

Los árboles cubrían cada vez menos el camino.

El sol se metía en el horizonte cuando llegamos a un tramo de tierra tan árida que me resultaba irreal. Allí las ramas eran palos desnudos y el aire no olía a flores y a vida, como el que respirábamos en la Casa Verde y sus alrededores, sino que traía un hedor que jamás había percibido, pero que me ponía el vello de punta sin saber el motivo. Me percaté rápido de que venía del río al que nos acercábamos. Habíamos llegado al Río de Sangre. El límite en el que la magia dejaba de protegernos y entrábamos en el Viejo Mundo.

Los caballos ralentizaron su marcha sin necesidad de orden alguna hasta pararse justo al llegar a la orilla. Los tres hombres cerraron los ojos y murmuraron unas palabras antes de volver a moverse y atravesar sus aguas. Sentí un escalofrío al ser consciente de que eran oraciones.

—No mires abajo.

Lo hice al instante, como una desobediencia incontrolable. El agua estaba turbia, de un color rojizo que me recordaba al de las paredes del castillo derruido que visitábamos Maie y yo cuando nos escapábamos y que siempre teñía nuestras faldas. No obstante, enseguida advertí que había algo más. Se trataba de huesos que flotaban en una zona poco profunda. Huesos humanos.

La arcada llegó sin avisar. Me doblé en dos sobre mi cuerpo y vomité en el agua. Thyanne no dejó de caminar mientras vaciaba mi estómago. La mano de Redka se posó en mis caderas para que no me cayera por el esfuerzo. Ninguno de los hombres se rio entonces; ninguno dijo ni una sola palabra.

Cuando por fin volvimos a tierra, una mano me ofreció un pañuelo para limpiarme por encima del hombro. No me atreví a preguntar qué era aquel lugar. No me atreví a decir en alto que por fin comprendía el origen de su nombre.

Ya era de noche cuando el cansancio pudo conmigo.

Ya había salido el sol de nuevo cuando desperté.

Me giré para comprobar que había caído en un sueño profundo sobre el pecho de Redka. Era tal mi agotamiento que ni siquiera me inquieté. Percibía mis sentidos abotargados.

Él no me miró.

El paisaje había pasado a ser color ocre, como la pintura de sus ojos.

Apenas había vegetación en la superficie, aunque sí árboles, de impenetrables y gruesos troncos, tan vetustos que seguramente ya estaban ahí antes de que mi raza existiera. También rocas, de formas puntiagudas que nos resguardaban según se estrechaba el camino por el que nos adentrábamos.

Pensé que, de poder huir, jamás sabría volver a la Casa Verde. Tuve que aceptar que, pasara lo que pasara, ya nunca regresaría. También, que no tenía ningún lugar al que ir. Estaba sola. La imagen de mis padres apareció en mi cabeza; el rostro de mi madre y sus ojos asustadizos; el olor a madera de mi padre; la granja.

La nostalgia que me asoló fue tan fuerte que apreté los dientes hasta sentir dolor.

Siempre los había echado de menos, pese a su resignación cuando me arrancaron de sus brazos, pero, al ser consciente de que por fin había salido al mundo que ellos también habitaban, ese sentimiento se acentuó. Porque me hallaba más cerca de volver a verlos, y, a la vez, sabía que la posibilidad de que alguna vez ocurriese era remota. Aquello provocaba que el daño se intensificase.

El silencio era ensordecedor. Solo lo rompían las pisadas de los caballos sobre el fango. No corrían; el sendero era tan estrecho que avanzaban despacio. En la mansión siempre había creído que el silencio era algo tranquilo, ya que allí era síntoma de paz. No obstante, con la respiración de Redka en mi oído, el traqueteo de los caballos de fondo y la quietud del paisaje que nos rodeaba, yo notaba truenos en los oídos.

Mi instinto me decía que, aunque en apariencia estábamos solos, había decenas de ojos mirándonos, vigilándonos y deseando cazarnos.

—*Cuanto más apacible parece el Bosque Sagrado, más posibilidades existen de morir.*

Eso nos había enseñado Hermine e, incluso con todo lo que pensaba que nos ocultaban, supe al instante que aquello no era mentira y que se podía aplicar de igual modo al exterior.

Pese a mi reacción inicial, me alegré de tener que compartir caballo con él.

Suspiré.

Tenía frío, aunque el sol nos acariciaba con su calidez.

Redka me colocó un manto de lana sobre los hombros.

No me dio tiempo a meditar sobre ese gesto amable, porque, de repente, llegamos a una bifurcación y atisbé la entrada de un claro y el humo a lo lejos. También los sonidos de vida que aumentaban según acortábamos la distancia. Y las siluetas de lo que parecía un campamento provisional. Había pequeñas cabañas de tela en las que cobijarse y personas alrededor de una hoguera preparando la comida.

Me quedé sin voz.

Ni siquiera había pensado en qué era lo que me iba a encontrar al llegar a nuestro destino. Estaba tan centrada en el hecho de haberme unido a aquel hombre y salir de mi zona segura que no se me había pasado por la cabeza que, quizá, aquello no era lo peor a lo que iba a tener que enfrentarme.

Su aliento me acarició el cuello poco después, cuando Thyanne paró frente a un establo y él susurró pegado a mi oído para que sus palabras fueran solo para mí:

—Bienvenida a casa, Ziara.

IX

A lo primero que me acostumbré fue a los gritos de auxilio.

Es increíble que podamos habituarnos a cualquier cosa, incluso al dolor.

Desde la cabaña de Redka se oían nítidos, pese a que la celda de la que provenían estaba situada al otro lado del campamento, internada en una zona boscosa de árboles primitivos, como descubriría más tarde. Ellos parecían no percibirlos. Se movían, comían, charlaban e incluso reían sin mostrar señales de que aquellos gemidos, que erizaban la piel y me ponían el estómago del revés, existiesen.

El primer día tuve pesadillas. Me imaginaba a Maie agonizando en aquella zona prohibida, atada de pies y manos y con el rostro cubierto de lágrimas. Su vestido no era blanco, sino rojo. Igual que el río que habíamos atravesado. Cuando ya no le quedaba una pizca de aliento, su cara se transformaba en la de otra de las hermanas escogidas, que volvía a ser torturada hasta que no había una gota de sangre dentro de su cuerpo. Y así, una tras otra, hasta que me despertaba empapada en sudor y temblando de forma incontrolable.

El segundo, apenas dormí. Cada vez que cerraba los ojos los gritos volvían, aunque en ese instante no fueran reales. Y temía volver a hundirme en las pesadillas y permanecer atrapada en ellas para siempre.

El tercero estaba tan agotada que caí en un sueño profundo del que no recordaba más que esbozos turbios al despertar.

El cuarto me di cuenta de que era capaz de olvidarme de que existían, pese a que a lo largo del día formaban un eco de fondo, igual que una canción triste que de tanto escuchar ya no te provoca nada más que una tenue indiferencia.

Apenas veía a nadie. El campamento estaba formado por un grupo de hombres en apariencia similares a los que habían ido a buscarme. No había mujeres. Tampoco niños. Era obvio que estaban ahí de paso, ya que las cabañas eran telares ligeros que transportar y en los que no guardaban más que ropa de abrigo y armas. La de Redka era la más austera de todas. Pese a ser el líder de aquel ejército, daba la sensación de que sus condiciones eran las peores.

La primera vez que vi a los soldados, sentí todos sus ojos puestos en mí. Percibí una sensación de quemazón a su paso por mi cabello, mi rostro y mis curvas escondidas bajo la tela blanca y pura, que parecía transparente ante su escrutinio. Comían alrededor de una fogata. Todo me olía a ceniza y sudor.

Me abrigué con la capa en un amago de protección.

Redka se dio cuenta de lo que había supuesto mi llegada. Gruñó y se acercó al grupo para murmurar algo que no logré descifrar. Luego desanduvo sus pasos y escupió la orden como si mi presencia fuera un castigo.

—Sígueme.

Si no hubiera estado tan asustada, quizá le habría dejado claro que aquello para mí tampoco era ninguna bendición, por mucho que me hubieran enseñado que debía serlo, pero me temblaban tanto las piernas que creí que perdería el equilibrio al moverme. Y no era solo por el miedo que me daba saberme viviendo con un grupo de guerreros, sino que el viaje a caballo sentada de lado como correspondía a una dama resultó ser una tortura para mi cuerpo.

Me llevó a una de las tiendas. Estaba alejada del grupo y pegada al bosque que habíamos atravesado.

—Dormirás aquí.

Me fijé en la manta estirada en el suelo y tragué saliva. No había mucho más. Un morral con lo que parecían prendas y una vasija con agua turbia. Ni siquiera contaba con un candil para iluminar la noche.

Me mordí los labios y, por primera vez, sentí las ganas de llorar amenazando con escapar. ¿Aquello era todo? ¿Una manta sucia y roída en la que yacer con un hombre que no conocía? ¿Esa era la esperanza de la humanidad? ¿Ese era el futuro que mis hermanas esperaban con ansias? ¿Mi existencia se resumía en eso?

—Procura no salir demasiado.

Me giré y lo observé. Su mirada era apática. Su cuerpo destilaba rudeza. Yo me sentía cada vez más pequeña.

—¿Por qué?

—¿Quieres saber cuánto tiempo hace que no tienen cerca a una mujer? —dijo en un tono que parecía burlón; pese a ello, me estremecí.

Fuera o no un intento de meterme miedo para que no le diera problemas, volví a sentir la mirada de aquellos hombres sucios y robustos sobre mí. Nunca me había enfrentado a ninguno, pero no tenía que ser muy lista para saber que debía estar alerta. Hermine se había cuidado bien de explicarnos los peligros a los que nos enfrentábamos las mujeres no solo durante la guerra, sino también en otros tiempos.

Redka se acercó a la puerta y señaló una de las paredes con los ojos.

—Bajo ese fruncido hay una doble tela. Mete la mano si estás en peligro.

Y, tras esas desconcertantes palabras, me dejó sola.

Ya tenía suficiente con las advertencias de Hermine, así que evité recrearme en todas las supuestas amenazas a las que podría verme obligada a enfrentarme. Los animales que vivirían en aquel bosque. Las criaturas desconocidas que ya no tenían fronteras que evitar, como en la Casa Verde, y para las que podía ser un gran almuerzo o, peor aún, un magnífico entretenimiento. Los Hijos Prohibidos, nuestros principales enemigos. Los propios hombres que formaban el campamento. El mismo Redka y sus derechos otorgados sobre mí.

Aguardé unos minutos sin moverme. El miedo a que él regresara buscando algo más me paralizaba.

El chamizo olía a guerrero. Nunca antes había percibido ese aroma, pero supe enseguida que solo podía deberse al hecho de que allí dormía uno de ellos. Una mezcla desconcertante de sudor, piel, tierra y el acero de sus armas.

Cuando ya solo oía voces lejanas, me atreví a curiosear.

No había mucho donde mirar, pero no pude evitar revisar los ropajes que salían del morral. Pantalones, camisola y lo que supuse que sería ropa interior. Un solo juego de cambio. Aquello me hizo intuir que se movían a menudo de un lugar a otro, tanto como para no poder cargar con equipaje. De algún modo, me tranquilizaba saber que aquel no iba a convertirse en mi hogar.

En un lateral del saco, vi un pequeño bolsillo escondido. Cuando fui a meter el dedo para soltar el botón, ocurrió. Fue un gemido agudo y prolongado. Un grito desgarrador que solo podía responder a un dolor tan profundo que se me cortaba la respiración.

Me levanté y me coloqué frente a la puerta, esperando que quien fuera que los hubiera atacado me encontrara. En mis manos, blandía un cuchillo.

Redka apareció después, cuando yo ya pensaba que todos estarían muertos. Solo alzó una ceja al encontrarme empuñando un arma con manos temblorosas.

—¿Qué ha pasado? —preguntó.

Él se mostraba tranquilo, mientras yo estaba aterrorizada y fuera de mí. Ni siquiera parecía herido. Solo… Solo confuso, lo cual me abrumó aún más. Si aquello no había sido un ataque…, ¿de qué se trataba entonces? Y, más importante incluso, ¿quién era el responsable de aquel tormento? ¿Y si lo tenía delante de mis ojos?

Bajé el brazo lentamente. Llevaba tanto tiempo en tensión que, cuando lo hice, el cuchillo se me resbaló de los dedos. Redka se acercó con tiento y lo recogió.

—¿Alguien ha entrado? —susurró con la preocupación tiñendo su rostro.

Negué con la cabeza y lo observé; parecía tan enfurecido ante la posibilidad de que alguien hubiera intentado hacerme daño que borré mis pensamientos anteriores y otro surgió. ¿Y si seguía dentro de una de aquellas pesadillas? ¿Y si se habían enredado en mi mente hasta el punto de hacerme delirar?

No me podía creer que Redka no hubiera oído aquel sonido que solo podía pertenecer a la muerte, así que esa explicación me resultaba incluso sensata.

—Ziara, dime qué ha sucedido.

Me estremecí cuando pronunció mi nombre.

—Dímelo tú. ¿Qué…? ¿Qué demonios era eso?

Entonces comprendió mi turbación y noté la tensión de su mandíbula. Aquello me confirmó que mi conmoción tenía sentido. Casi deseé haberme vuelto loca, de ese modo nadie tendría que padecer aquel martirio.

Redka entró en la cabaña y comenzó a quitarse las botas sin mirarme.

—No es de tu incumbencia.

Tragué saliva y me crucé de brazos. De repente tenía mucho frío y me sentía mareada. Había estado tan aterrorizada que mi cuerpo se resentía.

—Si voy a tener que vivir aquí…

—Créeme. Es mejor que no lo sepas. —No me pasó desapercibida la derrota en su voz.

Se desprendió de la camisa y me giré avergonzada al ver su torso desnudo. La intimidad repentina me aturdió. Más aún que él no mostrase ningún tipo de reparo en enseñar de ese modo su cuerpo. Un cuerpo de tez dorada por el sol, cuya tersura se rompía con cicatrices que sobresalían, marcas de la batalla que me recordaban una vez más su posición de guerrero. Un Hijo de la Tierra. Así era como llamaban a los hombres que arriesgaban su vida por los demás; y no solo como un modo de oposición a nuestros enemigos, los Hijos de la Luna, sino como una forma bella de honrar a los que morían y acababan enterrados en el campo de combate, alimentando nuestro hogar y convirtiéndose de nuevo en vida a través de la vegetación que crecía encima.

Redka soltó un amago de risa ante mi azoramiento. Cerré los puños con rabia, porque aquella actitud desairada me molestaba sobremanera. Me abrumaba la sensación de que me mirara desde una posición superior, aventajada y un tanto paternalista. Y sí, seguramente tendría razones, pero eso no hacía que la burla implícita doliese menos.

Cuando me giré para encararme con él y demostrarle que quizá no era la niña que creía que era, reparé en que ya no había gritos. Fuera lo que fuera aquello, o habían dejado de hacerle daño o estaba muerto. Por un instante, deseé que fuese lo segundo. Nadie, daba igual la raza, merecía que aquel castigo continuase.

Redka pasó por mi lado vistiendo solo unos pantalones finos que dejaban traslucir el color de su piel. Iba descalzo y con el torso descubierto. Sentí que mis mejillas ardían cuando él se percató de adónde se dirigía mi mirada al mismo tiempo que yo asumía que era incapaz de apartarla.

—Imagino que tú usarás algo parecido, ¿verdad?

Pasé de tener frío a notar la frente perlada de sudor. Me giré hacia el otro lado, conteniendo el aliento, y él soltó una carcajada que me pareció un rugido antes de desaparecer por la puerta con la vasija de agua en las manos.

En realidad, no. No se parecía en nada a mi ropa interior. No, en su cuerpo. No con… aquello que ocultaba bajo la tela. Pese a que guardaba recuerdos de mi padre y de la colada colgada en la parte trasera de la granja mecida al viento, ninguno de ellos se parecía a lo que acababa de ver desfilar frente a mí sin muestra de decoro alguno. Pensé que la guerra forjaba a esos hombres de otra pasta y acababa con su decencia.

Me quedé sola unos minutos, esforzándome por distinguir aquel dolor infligido en el ruido vivaz del campamento, pero no encontré nada. Aun así, no pude frenar mis cavilaciones sobre ese secreto oscuro que, según él, era mejor que no descubriera. Lo que Redka no sabía era que la curiosidad vivía dentro de mí por naturaleza, más aún cuando iba a ser imposible que borrase aquellos gritos agónicos de mi cabeza.

Me fijé en que había dejado el cuchillo sobre la manta que hacía de cama. Me veía tan desvalida como para no temer que se lo clavara en la garganta por sorpresa.

Lo recogí. Envuelta en el miedo, no había reparado en el arma. Su mango era corto, perfecto para mi mano, y estaba tallado en madera. Los dibujos parecían raíces de árbol. La hoja era larga, ancha y en ella había un grabado en un idioma que no conocía. Lo estudié a conciencia, intentando averiguar si se trataba de un antiguo dialecto humano o si pertenecía a alguna otra raza. De ser así, ¿qué hacía en manos de un Hijo de la Tierra? ¿A quién habría matado Redka para después arrebatárselo? ¿Cuánta sangre habría derramado con él?

Pasé el dedo por la punta afilada y una gota carmesí brotó de la yema. Me la llevé a los labios. Recordé que Maie siempre se mareaba ante la sangre; su rostro empalidecía y había que sujetarla para que no se desplomase en el suelo. Yo no. Yo siempre había sentido fascinación por las heridas; por eso Hermine me había dejado leer algunos libros de anatomía de las especies y había servido a la curandera como ayudante en sus visitas.

Cuando alcé la mirada de nuevo, Redka estaba en la puerta. No lo había oído entrar. Pese a su vasta presencia, era silencioso como el mejor de los cazadores. Su cuerpo estaba mojado, el pelo le caía por los hombros y su ropa interior estaba seca, lo que significaba que se había aseado desnudo. No había restos de aquellos extraños dibujos en su cara ni en su torso, habían desaparecido con el agua, dejando a la vista su piel sin artificios. Ya algo más tranquila ante su presencia, lo admiré con detenimiento. Pese a su juventud, su piel estaba curtida, con pequeñas marcas blanquecinas que no podía evitar preguntarme cómo y quién las habría provocado. Tenía una cicatriz alargada en un costado. Nacía de la parte alta de su espalda y bajaba por el lateral hasta casi rozar su ombligo. Imaginarme el acero rasgando su piel me conmocionó.

Estaba claro que Redka y yo no podíamos haber tenido vidas más distintas, pero ni siquiera era capaz de atisbar cuánto. De algún modo, solo con contemplar su cuerpo, vislumbraba que había vivido más que cualquier persona que yo hubiese conocido, independientemente de su edad.

Entró y dejó la vasija en el mismo lugar de antes. Luego se vistió de espaldas a mí con las prendas limpias. No quise pensar que estaría cambiándose también su ropa interior. No quise pensar en nada. Tampoco en la posibilidad de que llegara la noche y tuviéramos que compartir aquella cama.

—Tendrás hambre.

No fue una pregunta, sino una afirmación, y mi estómago rugió como respuesta. Me sentía famélica. No recordaba cuándo había comido por última vez, ya que el día anterior estaba tan nerviosa por la ceremonia que no había probado bocado. Además, lo poco que me hubiera quedado dentro ya lo había dejado en las aguas del Río de Sangre.

Entonces oí las carcajadas de los hombres de fuera y me encogí.

—No pienso salir.

—No iba a pedírtelo, te traeré comida en un rato. —Asentí y evité mostrarme demasiado agradecida; él se dirigió a la salida. Su pelo humedecía la espalda de su camisa—. Puedes asearte, el agua está limpia. Y ahí tienes un bacín.

Abrí la boca al entender lo que pretendía que hiciera en ese cubo metálico, pero no me salió palabra alguna. Eché mucho de menos las comodidades a las que estaba acostumbrada y que, por tenerlas siempre disponibles, no valoraba. Sentí nostalgia por aquel hogar verde y blanco del que tantas veces había deseado huir.

Me tensé ante la presencia de dos hombres que pasaron cerca de la cabaña. Sus sombras se dibujaron en la pared y me puse alerta de nuevo. Tenía la continua sensación de estar al borde de un precipicio. Al percatarse de mi reacción, Redka habló en susurros:

—Puedes estar tranquila, mis hombres son de confianza.

—No de la mía —respondí más desafiante de lo que era aconsejable. Él me observó con los ojos entrecerrados y sacudió la cabeza.

—Estando yo cerca, nadie se atreverá a tocarte. Mucho menos a poner un pie aquí.

Ignoré el pensamiento de que él me daba más miedo que ningún otro.

Más tarde, sentí su presencia al otro lado, pero no me pidió paso. Coló la bandeja por debajo de la tela y el olor de la comida me mareó. Estaba exhausta y me dolía el estómago por el vacío. Sin embargo, cuando vi mi ración, me di cuenta otra vez de que aquello no se parecía en nada a mi vida con Hermine. Un trozo de pan duro y lo que parecía una papilla de semillas y restos de carne. Una carne oscura y gelatinosa cuya procedencia animal desconocía.

Me lo comí, aguantando la respiración para que mi estómago no se resintiera; después me tumbé en la cama hecha un ovillo y esperé a que se cumpliera lo que el destino había ordenado para mí. Por mucho que Redka hubiera intentado tranquilizarme, no pensaba asearme ante la posibilidad de que cualquiera entrara y me encontrara sin ropa. Mucho menos ante la posibilidad de que lo hiciera él. También me negaba a aliviar mis necesidades en un cubo. Solo quería que, fuese cual fuese el siguiente paso, ocurriese cuanto antes. Al fin y al cabo, no tenía poder de decisión; llevaban toda la vida repitiéndomelo.

No obstante, las horas pasaron, el sol desapareció, me sumí en la oscuridad y no sucedió nada. La luz de la luna se colaba levemente por la puerta de la tienda, lo que hizo que me acostumbrara a esa penumbra y a que las sombras de los árboles que rodeaban la tienda, y que al principio se convertían en mi cabeza en horribles criaturas, acabaran por producirme calma al mirarlas.

Esa noche dormí sola sobre aquella manta y tuve pesadillas. También me levanté de madrugada con un dolor intenso imposible de soportar por más tiempo y oriné en el cubo, sintiéndome más avergonzada que en toda mi vida.

Cuando me desperté, seguía sin compañía en aquella estancia nómada.

Los días pasaron y aquello se convirtió en una rutina.

Redka entraba y salía de vez en cuando para cambiarse de ropa, usar la vasija de agua o comprobar que yo seguía viva. Al menos esa era la sensación que me daba. Se colaba en la tienda de forma silenciosa, me observaba de reojo y asentía al ver la bandeja de la comida vacía. Apenas hablábamos, solo lo necesario y siempre respondiéndonos con monosílabos, y nunca aparecía de noche. Tenía la sospecha de que, si no fuera porque el concilio obligaba a los hombres a cuidar de sus esposas, él ni me habría mirado.

Yo solo me asomaba al exterior para vaciar la bacinilla. El primer día, cuando intentó cogerla para sacarla él mismo, se la había arrebatado con un grito y me había negado a perder la poca dignidad que me quedaba. Así que salía y unos metros detrás de la cabaña la limpiaba en un pequeño socavón entre árboles. En esos escasos minutos estudiaba el entorno con premura. Quizá buscando algún resquicio de esperanza en forma de salida por la que escapar, aunque la simple idea fuera un imposible. Pese a ello, no perdía la ilusión de que todo lo sucedido no fuera más que otro de mis sueños del que despertaría muy pronto. A veces cruzaba la mirada con alguno de sus hombres, entre ellos Sonrah y Nasliam, pero ninguno mostraba un especial interés en mí. Supuse que había dejado de ser una novedad y que Redka no me había mentido. Además, fui incapaz de desnudarme para asearme los primeros días, así que solo era una cría sucia y despeinada.

Aprendí rápido que los gritos sonaban cada día a la misma hora, con el sol del mediodía y de nuevo antes de caer la tarde. Duraban un tiempo que se me hacía eterno y después desaparecían. Me imaginé toda clase de animales que podían vivir en los alrededores y a los que quizá pertenecía aquel gemido agónico. Consideré la posibilidad de que se tratase de criaturas con extraños ritos de apareamiento y presas cazadas muriendo lentamente. Pensé en el eco de la Gran Guerra, atado al mundo de un modo que hiciera posible escucharlo atrapado en el aire para siempre. Incluso se me pasó por la cabeza que fuese producto de la magia, de algún hechizo con el que perturbar a los que fueran demasiado débiles para soportarlo.

Pese a ello, y por mucho que quisiera ignorarlo, dentro de mí crecía la certeza de que convivía con los culpables de aquella angustia infinita.

Al cuarto día de estar allí, a punto de enloquecer encerrada en esas cuatro paredes y cuando ya me sabía de memoria cada palmo de la tienda, recordé el pequeño bolsillo del morral de Redka. Me agaché y metí los dedos para tirar del ojal y soltar el botón. Me encontré con una cadena. Era de plata. De ella pendía una gema.

Solté un suspiro de asombro, porque ya la había visto antes.

Era idéntica a la que colgaba en mi cuello.

X

Llevaba cinco días encerrada en aquel chamizo. Mis ojos se habían acostumbrado a la penumbra y el olor de Redka impregnado en la manta había pasado a ser un poco el mío. Mi vestido ya no era blanco y me picaba la piel bajo la tela. El pelo se me había enredado hasta formar nudos que no creí posible deshacer. Mi capa verde guardaba polvo en un rincón. La había usado de almohada por las noches. Al fin y al cabo, había dejado de ser una protección para transformarse en solo un trozo de tela. Seguía sintiendo el impulso de descubrir el porqué de esa mentira, pero no encontraba a quién consultarle.

Necesitaba un baño. Y que la luz del sol me tocara el rostro. Y salir de aquella burbuja de tela o iba a volverme loca. Para una persona que se agobiaba en una mansión cuando llegaba el crudo invierno y no podía salir al jardín, aquello estaba resultando un suplicio. A ratos sentía que me faltaba el aire.

Ya ni siquiera me estremecían los gritos; se habían convertido en música en mis oídos; algo que me avisaba de que las horas pasaban y de que yo seguía viva.

Vislumbré la sombra de Redka tras la puerta. Segundos después una bandeja se coló por debajo. Desde la mañana anterior, ya no quedaba pan. Solo había leche fresca, que no sé de dónde habrían sacado, y un par de frutos de color amarillento poco maduros aún como para que comerlos fuera agradable. Pensé en bollos de amapola en cada mordisco, intentando engañar al sentido del gusto, aunque sin mucho éxito. A ratos me costaba entender que aquellos hombres grandes y fuertes pudieran mantenerse en pie con el poco sustento que tenían.

Aquel día, cuando salí para vaciar el orinal, sentí una tensión extraña en el ambiente. Unos cuantos hombres charlaban alrededor de una hoguera ya consumida. Otros limpiaban armas en silencio. Al fondo del claro, vi a Redka salir de una de las chozas a paso rápido. Parecía furioso. Se acercó a una roca y clavó en ella el puño con un rugido que me dejó paralizada. La bacinilla se me cayó al suelo y el ruido del metal contra una piedra lo hizo volverse hacia donde yo estaba.

Pese a la distancia que nos separaba, pude verlo.

Su cuerpo estaba cubierto de sangre.

Fue entonces cuando fui consciente de que los gritos habían cesado.

Llevaba todo el día dándole vueltas al hecho de que tenía que actuar. Mi vida no iba a ser mejor quedándome para siempre en esa choza que ya se me asemejaba a una celda ni tampoco viendo las horas pasar sobre una manta roída. Había ensayado mil veces cómo dirigirme a él, pero Redka no había aparecido en todo el día en la cabaña y no me sentía capaz de pasar así una noche más. Menos aún después de ser testigo de su reacción salvaje unas horas antes. Recordaba su puño golpeando la roca y la sangre de su cuerpo y me estremecía sin remedio.

Si esa iba a ser mi vida, necesitaba colaborar, ser parte activa y no una sombra inerte. Si aquel iba a ser mi destino, necesitaba comprenderlo y saber todo lo posible acerca de ese mundo para poder enfrentarme a él. Sobre todo, cuando no se parecía en absoluto al que me había relatado Hermine. En vez de una bendición, yo parecía una carga para aquel hombre de rostro fiero.

Había salido por primera vez más allá de la parte trasera del chamizo. Me había adentrado en el campamento con la cabeza alta y procurando no fijar la mirada en ninguno de los hombres que dejaba a mi paso. Escuché algún murmullo en el camino, pero continué andando con una aparente seguridad que no sentía. Siempre se me había dado bien fingir confianza, como cuando ocultábamos a Hermine secretos; a Maie solía delatarla un leve temblor en el labio, pero, cuando yo clavaba mis ojos sin parpadear en los suyos, la Madre nunca mostraba dudas.

Me crucé con Sonrah en los establos y le pregunté por su líder. Si le sorprendió mi visita, no lo demostró. Las pupilas de Thyanne se dilataron al verme y le acaricié el lomo. Sonrah indicó la cabaña en la que Redka se encontraba y me dirigí a ella.

Se trataba de un pequeño cuarto algo apartado del resto que no pertenecía a nadie en particular. Cuando me asomé, me encontré con cuatro hombres alrededor de un árbol cortado cuyo ancho tronco hacía la función de mesa. Los cuatro rostros dejaron de estudiar el mapa apoyado sobre él y clavaron los ojos en mí.

—¿Qué haces aquí? —El tono despectivo de Redka provocó que cerrase los puños con fuerza. Tragué saliva y cogí aire.

—Necesito hablar contigo. —Mi voz sonó demasiado aguda dentro de aquella tienda. Él me fulminó con una mirada llena de furia.

Los ojos de Nasliam brillaron con socarronería antes de hablar y burlarse de mí con una sonrisa torcida. Parecía encontrar un gran placer en ello.

—Tus compromisos matrimoniales son mucho más importantes que la paz de Cathalian, Redka. Adelante, no hagas esperar a tu dama.

Hizo una reverencia y apreté más aún las manos. El aludido le dedicó una mirada letal antes de emitir un gruñido como respuesta. Sentí que me ardían las mejillas; sin embargo, no aparté la mirada en ningún momento. Estaba dispuesta a no dejarme amedrentar por ninguno de esos hombres. De reojo, atisbé parte del mapa. Pequeñas cruces negras señalaban puntos concretos. Me pregunté qué misión tendría aquel ejército y cuál sería nuestra posición sobre ese plano.

Finalmente, Redka asumió que no pensaba moverme de allí si no era con él y se dirigió al exterior. Una vez fuera, tomó mi brazo para que lo siguiera hasta un camino lateral que nos daba cierta intimidad.

—Te agradecería que no volvieras a interrumpirme de esta manera.

—Lo siento.

Quise decirle que tampoco hallaba muchas oportunidades de encontrarme con él, ya que desaparecía durante el día y solo se dejaba caer de vez en cuando por la cabaña con tal tensión y cansancio que dirigirle la palabra parecía un riesgo importante. No obstante, se me adelantó de forma cortante.

—Tú dirás.

Se me encaró con los brazos cruzados. Yo lo observé, buscando restos de toda esa sangre que le cubría horas antes, pero ya no quedaba nada, pese a que, en esa ocasión, no se había limpiado en la tienda. Sí pude ver sus nudillos hinchados y enrojecidos por el golpe.

—Yo... —Lo intenté, pero se me cortó la voz.

Su presencia me imponía. Y no solo era eso, sino que me parecía una estupidez lo que quería pedirle cuando lo que fuera que estaban haciendo allí me constaba que era mucho más importante. La preocupación de sus ojos casi se podía tocar; la inquietud pesaba sobre sus hombros.

—No tengo todo el día.

Su impaciencia me ponía cada vez más nerviosa, así que rebusqué en mi cabeza lo que quería decirle y lo solté sin más.

—Quiero un vestido.

Alzó una ceja y me estudió de arriba abajo. Su expresión se transformó en dura, afilada, decepcionada. Hasta entonces ni siquiera había pensado que Redka pudiera tener una idea formada sobre mí, mucho menos buena, pero, fuera la que fuese, en aquel instante se hizo pedazos.

—Quieres un vestido. —Asentí y reuní fuerzas para explicarme, pero él se adelantó a mi discurso con un tono autoritario que fui incapaz de callar—. Mira, Ziara, voy a explicártelo solo una vez. Ni tú quieres estar aquí ni yo quiero que estés, pero, como no podemos cambiar las cosas, vamos a hacer que esta situación sea lo más llevadera posible para los dos. Esto es territorio de guerra. No sé qué te habrán contado y qué no, pero seguimos luchando por lo que nos corresponde. Yo estoy al cargo de estos hombres y mi objetivo principal es que no mueran. Como comprenderás, no tengo tiempo ni ganas de tratar estupideces de niñas. Entre ellas, conseguirte un vestido.

Parpadeé un par de veces, controlando las lágrimas que comenzaban a nublarme la vista, pero no eran de tristeza, ni de miedo, ni de vergüenza. Eran de rabia. Una rabia que había estado alimentándose durante los días que llevaba allí; puede que durante los años que llevaban preparándome para aquella vida. Hasta aquel momento, había estado tan alerta a todos los peligros que me rodeaban que me había olvidado de que yo no era así; yo era otra cosa que habían intentado callar durante mucho tiempo. Además, por mucho que hubiera temido la unión con ese hombre, las bases del concilio decían que él no podía matarme. Podría hacer conmigo lo que quisiera, no era tan ingenua como para no saber que se podía saborear la muerte en vida de innumerables formas, pero nunca podría acabar con todo lo que me bullía por dentro.

—De acuerdo. Perdona la intromisión. No volveré a molestarte.

Le sonreí con dulzura y me di la vuelta. Regresé a la cabaña despacio, mirando a mi alrededor y sintiéndome observada a la vez, notando cómo despertaba dentro de mí esa parte que era más instinto que sensatez y que durante años había estado oculta. Ya no tenía motivos para esconderla. Si me hacían daño, que fuera por mis propias decisiones o errores, no por los de otros.

Cuando llegué a mi destino, miré una sola vez hacia atrás y me encontré con Redka aún parado, viéndome desaparecer con el ceño fruncido.

El agua de la vasija estaba limpia. Redka se ocupaba de cambiarla cada día y de que tuviera siempre agua fresca en la cabaña. Solo la había usado para beber, pero por primera vez pensaba darle otro uso.

Saqué el cuchillo de su escondite y lo coloqué cerca de mis pies. Si entraba alguien, no albergaba dudas de que me defendería. Después me deshice de mi ropa y dejé que el agua limpiara mi piel.

Cuando abrí los ojos, horas más tarde, me encontré con una silueta observándome. Así el cuchillo con fuerza y lo levanté frente a él. Redka, en cuclillas, no se inmutó.

—¿Qué estás haciendo? —titubeé.

—¿Qué haces tú con mi ropa?

Bajé la cabeza; entonces recordé la decisión que había tomado después de ir en su busca y de que me respondiera con resentimiento. Me erguí, incluso percibiendo el temor por lo que mi osadía me había llevado a hacer.

—Te dije que quería un vestido.

No contestó, solo asintió y se pasó la mano con estudiada lentitud por el mentón. Pensé cómo sería hacerlo yo sobre ese vello espeso y descuidado que lo cubría. Tan diferente a todo lo que conocía. Tan salvaje en apariencia. Sus ojos brillaban con fuerza, pese a la oscuridad que nos rodeaba, como si mi acto lo hubiera sorprendido.

Asearme había resultado sencillo. Como el campamento estaba asentado sobre la tierra, no era necesario tener cuidado con que el agua mojara el suelo. Incluso había recordado las tardes de verano jugando con mis hermanas a refrescarnos en los jardines de la Casa Verde. Con el pelo no había tenido suerte y me había conformado con humedecerlo para intentar deshacer los nudos con la ayuda de un tenedor que me había guardado en la comida. Había sumergido mi ropa en el agua restante. No tenía jabón, pero hice lo que pude con unas flores que había recogido al vaciar el bacín aquella mañana. No limpiaban, pero sí que dejaban un aroma agradable en el tejido que escondía un poco la suciedad. Había tendido detrás de la choza la ropa para que se secara al sol y cruzado los dedos para que al día siguiente pudiera ponérmela de nuevo.

Sin embargo, para hacer todo aquello había necesitado prendas de cambio y las únicas disponibles eran las de Redka.

Observó mi cuerpo enfundado en su ropa. Me había tenido que atar los pantalones con el cordón de las botas, ya que eran tan grandes que se me caían sin remedio. La camisa me cubría hasta las rodillas. Lo único que no me había atrevido a usar era su ropa interior, y solo pensar que yo no llevaba la mía me provocaba un rubor instantáneo. Había estado tan tensa en todo el proceso que había caído en un sueño reparador en cuanto me senté a descansar un rato.

—¿Y qué voy a ponerme después del baño? —susurró, sin apartar sus ojos de los míos.

—Quizá mi vestido ya esté seco.

Me arrepentí en el acto de mi descaro, pero ese sentimiento se disipó ante una carcajada genuina. La primera verdadera que escuchaba de sus labios. Agarré la manta entre los dedos por la impresión y una sensación de lo más placentera se asentó en mi estómago.

—Supongo que me lo merezco.

Fue honesto; había pensado que yo quería un vestido como el capricho de una esposa malcriada, pero solo deseaba algo de ropa seca para poder asearme. De algún modo, aquella petición suponía un acercamiento, una aceptación de lo que iba a ser mi vida a partir de entonces.

Una vida a su lado, que quizá ninguno de los dos deseaba, pero de la que tampoco podíamos escapar.

Se levantó, cogió la vasija y se marchó de allí.

Antes de apoyar la cabeza en mi capa convertida en cojín, irremediablemente, sonreí.

Comencé a aventurarme en la vida del campamento.

Al día siguiente decidí salir y conocer el lugar; quizá incluso a sus gentes. Si iba a vivir allí, debía acostumbrarme. Además, encerrada en la choza me era imposible aprender a subsistir en un ambiente que, pese a la calma que transmitía a veces, para mí era hostil.

Los Hijos de la Tierra nos protegían y entregaban su vida a Cathalian, era cierto, pero a la vez había escuchado historias sobre sus costumbres salvajes, su manera hosca y fiera de relacionarse con las mujeres y sobre su cuestionable moral. Por eso ninguna Novia anhelaba desposarse con uno de ellos. Las fantasías eran para los caballeros, no para los hombres que escupían al andar, olían a sudor y acero, y comían con las manos alrededor de una fogata.

Enseguida aprendí que Redka era respetado, casi tratado como un dios. Todo lo que él decía se aceptaba sin réplica. Cualquier decisión que tomaban, por muy insignificante que fuera, pasaba antes por su consentimiento. Desconocía cómo había llegado a cargar con tanta responsabilidad dada su juventud, porque solo con un vistazo se advertía que era el más joven de aquel ejército, pero resultaba obvio que era alguien esencial para todos ellos. También que Nasliam y Sonrah no eran solo sus segundos al mando, sino, sobre todo, sus hombres de confianza; sus amigos.

Descubrí que aquella era una milicia nómada enviada por el rey Dowen. Viajaban buscando información sobre alianzas secretas entre las razas mágicas para acabar con los humanos. No tardé en comprender que, por mucho que hubiera un concilio firmado, la guerra no había terminado; aún quedaban rescoldos que fácilmente se convertían en muerte.

«Esto es territorio de guerra», me había dicho. En aquel momento estaba tan furiosa y avergonzada por su reacción que no me había percatado de lo que implicaba esa revelación. Rápido asumí que era más vital de lo que creía. La guerra seguía entre las sombras, buscando huecos por los que acceder y asentarse. Me dolía que dicha información se sumara a tantas mentiras con las que me habían adoctrinado. Existía un concilio de paz, sí, pero eso no evidenciaba que la lucha hubiese acabado. Lo que no terminaba de entender era cuál era nuestra posición en todo aquello, teniendo en cuenta que, si la guerra seguía viva, eso significaba que alguna de las partes del tratado no estaba cumpliendo lo prometido.

Pese a su actitud del primer día ante mi llegada, los hombres me respetaban. Me miraban con curiosidad, pero ninguno se acercaba lo bastante como para incomodarme. No sabía si por deferencia a Redka o porque de verdad mi existencia les era del todo insignificante. Yo los observaba con tiento e iba aceptando que, pese a que siempre me habían enseñado que las mujeres y los hombres éramos diferentes, no lo éramos tanto. De hecho, en todo aquello que nos caracterizaba como raza, se me mostraban como iguales. Los veía charlar y reír con camaradería en los ratos muertos y las semejanzas con los instantes compartidos con mis hermanas eran muchas.

La primera vez que comí con ellos, el silencio fue doloroso. Supongo que no dejaba de ser una presencia extraña en su círculo íntimo. Al mirar entonces a Redka, no podía evitar preguntarme de nuevo cómo había llegado a ocupar ese liderazgo que todos asumían con naturalidad. Si yo era un bebé cuando el equilibrio entre especies se rompió, él debía ser poco más que un niño. Tras tres años de guerra los Antiguos Hechiceros habían mediado y conseguido un acuerdo con hechizo mediante. Catorce años después de ese pacto, él y yo nos habíamos encontrado. ¿Cuándo habría tomado él el mando de aquella milicia?

Las preguntas se me amontonaban, pero las silenciaba mientras me empapaba de esa vida nómada que me resultaba tan diferente a lo esperado.

Los hombres comenzaron a relajarse y a tratarme como lo que era: la esposa de su líder. Todos, excepto Redka. Él y yo nos relacionábamos como dos desconocidos obligados a compartir espacio, incómodos y esquivos cada vez que nos cruzábamos. Yo ignoraba dónde dormía cada noche, pero tampoco me atrevía a preguntarlo por miedo a que las cosas cambiaran y tuviera que compartir manta con él. Quizá mucho más. Lo desconcertante era que nadie dudaba de que hacíamos vida común, como si para ellos aquella situación fuera habitual. Me preguntaba cuántos de esos hombres tendrían una mujer esperándolos en algún lugar.

Una semana después de mi llegada, aún no había visto ninguna.

El último día antes de marcharnos de aquel claro en el que parecía que éramos los únicos habitantes del reino, sucedieron dos cosas:

Un vestido nuevo apareció sobre mi cama improvisada.

Los gritos regresaron con más fuerza que nunca.

XI

Redka entró en la cabaña. Era el décimo día desde mi ceremonia de plenitud.

—Mañana nos vamos al amanecer.

Pese a que seguía alerta por los posibles peligros que me rodeaban, mis temores habían menguado. Puede que se hubieran agazapado, esperando nuevas amenazas ante las que estar preparada; para huir o para pelear, aunque mis posibilidades de lograr cualquiera de las dos opciones fueran nulas. Estaba atada al destino de Redka, lo quisiera o no; cada mañana, cuando me despertaba, me miraba el dedo y notaba una presión imaginaria en el anillo de tinta que lo decoraba. Un detalle que hacía imposible relajarme del todo y olvidarme de ello un solo instante.

Habían transcurrido días tranquilos.

Por las mañanas, cuando Redka desaparecía, siempre después de comprobar que todo estaba en orden y mi estómago lleno, me aseaba.

No había podido lavar de nuevo mi vestido y él no había vuelto a dejar sus prendas a la vista, pero sí que me ocupaba de limpiar la ropa interior y hacía lo que podía con el cabello. Si ya era incontrolable de por sí, se había convertido en mi propia zona de guerra. Solo me habían hecho falta unos días con ellos para comprender por qué la mayoría lucía mechones anudados que jamás podrían deshacerse.

Después del aseo, salía a pasear. Nunca hacia al bosque; había tenido un encontronazo con un animal de colmillos largos y cuerpo de cerdo. Un jabalí mestizo, según Nasliam, que me había hecho correr gritando hasta resguardarme en la primera cabaña que encontré: la suya. Comprobé que la austeridad tan característica de Redka no iba con él; pese a que no tenía gran cosa allí dentro, se respiraba cierta petulancia en su espacio personal. «¿Quieres quedarte un rato?», me había dicho con una sonrisa lasciva; yo había huido, alejándome todo lo posible de sus carcajadas. Así que, tras ese incidente, mis paseos se limitaban al campamento.

Algunas veces me sentaba frente a la hoguera y pelaba frutos secos para la comida. Yuriel, el encargado de la cocina, no me dirigía la palabra, pero tampoco parecía molesto por mi compañía; incluso me dejaba ayudarlo en sus tareas. Era un soldado como los demás, pero nada más conocerlo reparé en que su pierna derecha no respondía como debía, lo que le hacía ser un lastre para un ejército, aunque quizá me equivocaba, teniendo en cuenta que desconocía el alcance de sus misiones. La posibilidad de que siguiera con el grupo incluso siendo una carga me ablandaba un poco y me hacía mirar a Redka desde un nuevo prisma.

En otras ocasiones me acercaba a la zona reservada para los caballos. Allí pasaba las horas observando a los animales. No podía evitarlo, el tiempo volaba y me tenía que obligar a volver. Eran hermosos, pero no solo se trataba de admirar su espléndida apariencia, sino que percibía una nobleza en ellos que no había conocido jamás en nadie. De todos, Thyanne era mi favorito. Y no se debía a que mi primer contacto hubiera sido con él, sino porque encontraba algo distinto en sus ojos. Una complicidad especial cuando me miraba, mientras yo lo limpiaba con un cubo de agua y un cepillo y tarareaba las viejas canciones que Hermine me había enseñado en la infancia. Sus ojos azules parecían seguir el ritmo de las melodías. Sus pupilas se dilataban cuando me veía aparecer. Acercaba el hocico a mi torso para que lo acariciara cuando sabía que era el momento de la despedida. Me hacía pensar que nos parecíamos, allí encerrados sin poder alguno de decisión, o que me comprendía, como si habláramos entre nosotros un lenguaje único y especial. Su familiaridad me ayudaba a que la soledad pesara menos. Cabía la posibilidad de que la situación y tanto tiempo sin compañía me estuvieran nublando el juicio, pero tenía la constante sensación de que entendía mis palabras con una inteligencia desmedida.

Comía y cenaba con el grupo.

Al mediodía no todos aparecían, solo los que no estaban de caza. Yo no quería averiguar lo que eso significaba, pero teniendo en cuenta lo poco que conseguían para comer no se trataba de capturar algo que llevarnos a la boca. No cogían los caballos, así que se aventuraban en la penumbra del bosque y sus alrededores solo con armas. Regresaban a media tarde; solían hacerlo callados o murmurando entre sí secretos que no lograba descifrar.

Las cenas eran más amigables. Recordaban su hogar, muy lejos de allí, en un pequeño pueblo en la costa este del reino del que había oído hablar vagamente y que recibía el nombre de Asum. Cuando lo hacían, sus ojos chispeaban con una nostalgia tan pura que envidiaba, porque, pese a que echaba de menos mi antigua vida, en el fondo, siempre había esperado algo más; siempre me había acompañado un vacío desconcertante que solo había sabido llenar con el cariño de Maie. Algunos hablaban de sus familiares. Nombraban a mujeres bellas y comentaban sus encantos con un deseo sin velar. Seguramente, esposas como yo. ¿De quiénes podía tratarse, si no? Era posible que, en el caso de los soldados de mayor edad, se refirieran a mujeres de aquel pasado en el que aún vivíamos libremente. Imaginármelas muertas a manos de los Hijos Prohibidos me dolía como si fueran de mi propia familia. Rezaba a menudo por que siguieran vivas. También me esforzaba por averiguar algún detalle de ellas, por si, con esa información, encontraba a alguna de mis hermanas, pero siempre en vano.

Redka apenas hablaba. Comía con la mirada perdida en el fuego. Pese a estar rodeado por sus hombres, a mí me parecía que se encontraba muy lejos. Al rato despertaba de su propia ensoñación y me hacía un gesto con el que me indicaba que era el momento de retirarme a la cabaña. Él me acompañaba y se despedía con un escueto «buenas noches» antes de desaparecer donde quiera que se encontrase su lecho. Cuando nos alejábamos, solían acompañarnos susurros burlones e incluso llegaban a mis oídos algunos comentarios pícaros; aquello me daba a entender que ninguno sabía que Redka se escapaba por las noches, dejándome mi propio espacio y respetando una intimidad que, aunque deseaba como ninguna otra cosa, nunca le había pedido. Me confundía. Me agradaba la distancia, jamás habría podido imaginar nada mejor, pero, a la vez, me hacía preguntarme qué clase de persona era Redka cuando dejaba sus armas y solo quedaba el hombre.

Sin embargo, aquel último día, todo sucedió de manera diferente.

Cuando me levanté, el campamento estaba casi vacío. Solo Yuriel encendía un fuego y desplumaba un ave con sus curtidas manos. Su pierna temblaba apoyada sobre un tronco; tenía cara de no haber pasado una buena noche. Habitualmente debía morderme los labios para no indagar sobre la lesión, pero aquella mañana las preguntas eran otras muy distintas y se me agolpaban en la garganta.

—¿Dónde están todos?

—Caza Mayor.

—¿Qué significa eso?

Pero, como ya intuía, no me contestó. Rara vez lo hacían cuando las cuestiones distaban de lo que una dama debía saber. Solo me ofreció una manzana que no rechacé.

Fui a ver a los caballos. A Thyanne le encantaban aquellas manzanas rosadas y pretendía compartirla con él. No obstante, mi intención se quedó en nada. Me di cuenta antes de llegar del silencio, y que no se encontraran allí era algo nuevo.

A media tarde, escuché el galope antes que las voces. Salí de la choza y me encontré con el grupo entrando en el claro. Entre dos de los caballos cargaban algo.

Un cuerpo envuelto en mantas, inmovilizado.

Ni siquiera me miraron al pasar. Dejaron los caballos en los establos, excepto los que llevaban aquella carga, que se separaron del grupo y se dirigieron al otro lado del campamento. Los vi adentrarse en un sendero del bosque. Tuve que contener las ganas de correr hasta allí.

Redka entró en la cabaña detrás de mí.

—¿Qué era eso?

—No salgas de aquí.

Fue lo único que dijo antes de vaciarse la vasija de agua sobre la cabeza para quitarse la capa de polvo que lo cubría y marcharse de nuevo. En momentos como ese, lo odiaba con todas mis fuerzas. Odiaba su mirada fría y sus palabras directas y tensas, siempre en forma de advertencia. Odiaba su condescendencia. Odiaba haber guardado en mi interior la esperanza de encontrar en el hombre destinado a mí un futuro bonito y bueno. Porque, pese al miedo y al rechazo que la simple idea de desposarme me provocaba, en el fondo de mi ser, existía el deseo de que saliera bien. Todas soñábamos con ello. De algún modo, ese anhelo nos mantenía cuerdas. Y yo solo había obtenido aquello.

Me paseé nerviosa dentro del chamizo. Ansiaba salir de allí y desobedecer la orden, pero mi instinto de supervivencia era mucho más fuerte y me decía que la mejor opción era quedarme. Cada día crecía un poco más la sensación de que era un animal enjaulado. La mascota de Redka, con la que podía hacer lo que quisiera, a su antojo, aunque él optara por no hacer nada más que mantenerme bajo un techo seguro.

Revisé el cuchillo escondido. Lo hacía a menudo. Quizá como un modo de tener confianza. Me había aprendido aquellos símbolos de memoria de tanto rozarlos con los dedos. No sabía lo que significaban, pero era capaz de dibujarlos a la perfección sin tenerlos delante.

Me senté en la tierra y los tracé con un palito que me encontré.

A la tercera palabra, los gritos regresaron.

Pasaron dos horas antes de que volviera a verlo. Fue cuando me dijo que nos íbamos al amanecer.

—¿Por qué? ¿A dónde nos vamos? Por la Madre Tierra, ¿de quién es esa sangre?

Su cuerpo estaba totalmente cubierto. No solo su camisa, sino también su cuello, su rostro, sus manos. Como si una bomba de sangre hubiera explotado delante de su cara. O alguien se hubiera hecho pedazos.

Caza Mayor.

Las palabras se me grabaron a fuego.

No necesitaba mucho más para intuir a quién pertenecía la sangre. Tampoco para saber que sus manos eran las causantes de aquellos espantosos quejidos. Bajo el hombre atento y cauteloso, se escondía una bestia como las que nos hacían temer. Si era capaz de infligir tal agonía a un enemigo, ¿qué lo diferenciaba de ellos?

—Viajaremos durante tres días. Intuyo que no vas a poder sentarte en una semana, así que te conviene descansar.

Pensé en pasar tres días sobre Thyanne junto a él y me estremecí. Por mucho que se lavara, el recuerdo de la sangre sobre su piel me haría insoportable tocarlo y tenerlo tan cerca como para sentir su aliento en el oído. No quería ni imaginarme el infierno que iba a ser ese viaje.

Sin embargo, en aquel instante no me importaba en absoluto adónde íbamos. Solo podía pensar en los gritos, en el dolor, en las manos ensangrentadas que tocaban la vasija que yo usaba a diario. En ese hombre al que no conocía y que, pese al acercamiento que compartimos el día que lo desafié y me vestí con sus ropas, lo poco que había visto de él me hacía temerlo y despreciarlo. Odiaba las contradicciones, y Redka se me mostraba como la mayor a la que había tenido que enfrentarme.

—¿Qué le habéis hecho?

Redka pareció sorprenderse un segundo ante el tono ronco de mi voz y mi suspiro de decepción. Aquella pregunta había caído entre nosotros con la fuerza de un puñal.

Parpadeó y chasqueó la lengua. Tuvo la decencia de apartar la mirada, casi parecía avergonzado por sus actos. Me alegré de que así fuera. Que sintiera arrepentimiento, aunque fuese leve, ya lo alejaba de ser un monstruo.

—Te traeré la cena.

Ninguna respuesta. Nada que compartir conmigo. Pensé que quizá no encontraba justificación para explicar lo que hacían con los que apresaban.

Me dejé caer sobre la cama y me abracé las piernas con fuerza. Quería que se marchara. Necesitaba estar sola.

—No tengo hambre.

Recé a la Madre Tierra por que todo aquello acabara.

Redka respetó mi negativa y no apareció con la cena. Se me pasó por la cabeza que quizá su decisión fuera más bien un castigo, teniendo en cuenta que debía llenar el estómago para no desfallecer en el viaje, pero si se trataba de eso tampoco me molestó.

No quería verlo. No creí que pudiera hacerlo sin rememorar la sangre, aunque ya estuviera limpio de restos.

Dormí a trozos.

Entre sueños vi extrañas criaturas retorcidas de dolor.

Vi a nuestros enemigos goteando sangre, pero, en vez de sentir miedo, les tendí la mano.

El campamento estaba en silencio. Apenas se oían silbidos de los hombres que dormían en las cabañas cercanas. La hoguera estaba apagada, aunque la luz de algunas brasas indicaba que aún desprendía calor. Ningún indicio de vida que pudiera llamar la atención.

Parecía mentira que solo unas horas antes la muerte hubiera sobrevolado el lugar al escuchar la agonía de su presa. Se respiraba una calma letal.

Salí descalza. La tierra se me clavaba en los pies, pero apenas sentía nada. Observé unos instantes lo que me rodeaba, resguardada en la oscuridad del espacio entre dos chozas. Al no percibir ningún cambio que pudiera indicarme que alguien se había percatado de mi presencia, caminé por la parte trasera de mi refugio, entre los árboles que bordeaban el claro, hasta llegar al otro lado, al pequeño sendero donde había visto perderse los dos caballos que llevaban aquel cuerpo cazado.

No hacía frío; sí, una brisa templada que me erizaba el vello.

Enseguida la encontré, pese a la oscuridad de la noche. Una tienda que no había visto hasta entonces, porque ellos no querían que lo hiciera. No era sitio para una mujer, menos aún para una cría como yo.

Parecía vacía.

No obstante, el reguero de sangre oscura bajo mis pies me dijo que había hallado lo que andaba buscando. Supe que me llevaría parte pegada a la piel.

Entré con cautela, pero no había nadie. Ningún guardia custodiaba aquella celda improvisada. Nadie vigilaba a la presa ante el temor a que pudiese escapar. Supuse que no era necesario, ya que nunca sería capaz. Yacía colgada, muerta y atada en un poste de madera.

Me acerqué lentamente, observando con detenimiento. Su aspecto no encajaba con ninguna de las criaturas de los libros de Hermine. Tampoco era humano. Su apariencia no resultaba muy diferente a la nuestra, pero había algo en él que susurraba que no era de este mundo. Su pelo era cobrizo. Sus ojos, abiertos de par en par, color tierra. Su cuerpo era esbelto, grácil, pese a que sus extremidades estaban torcidas en algunos puntos como para que se asemejara a un rompecabezas que ordenar. Vestía una túnica verdosa, bajo la que se intuían prendas color arena.

Tragué saliva y contuve las ganas de vomitar.

—Es un Hombre de Viento.

Me giré con brusquedad, soltando un grito por el susto, y me encontré con el rostro tranquilo de Sonrah. No entendía por qué, pero suspiré con alivio. Su presencia nunca me había inspirado miedo. Siempre tenía una mirada amable para todo el mundo y, aunque podía de igual modo alertar a Redka y yo ser castigada por mi desobediencia, me alegré de que fuera él y no otro el que me hubiera descubierto.

—Yo… —Fui a disculparme, pero señaló al cadáver con el mentón y se acercó hasta colocarse a mi lado, ambos frente al cuerpo sin vida.

Su rostro mostraba un cansancio infinito. Al igual que con Redka, avisté un profundo pesar por aquella situación. Asumí que su posición no debía de ser fácil. La muerte, fuese por una causa noble o para evitar muchas otras, nunca lo era.

—Es un enemigo.

—Yo no debería estar aquí.

—No, no deberías.

Su actitud paternalista provocó que bajase la cabeza avergonzada. Luego volví a observar al Hombre de Viento.

—¿Quiénes son?

—Son aliados de los Hijos Prohibidos. Llevaba rondando la zona unos días, pero no lográbamos atraparlo. Venden información a cambio de pueblos que arrasar.

—¿Pueblos?

—Sí. Los Hijos Prohibidos controlan lo que un día fueron las Tierras Altas. En ellas aún quedan aldeas ocupadas.

—¿Por humanos?

—¡Por la Madre Tierra, no! —Se rio ante mi ignorancia. Yo odié a Hermine por ocultarnos todo un mundo demasiado inmenso y cruel como para asumir las atrocidades que albergaba—. Ningún humano respira allí. Están habitadas por seres mágicos. Razas inferiores, carroñeros… Pobres e insignificantes para ellos, al fin y al cabo.

—¿Qué les hacen?

—Se alimentan de lo que encuentran en su camino. Los hace más fuertes y jóvenes.

Recordé las tormentas de aire con las que Hermine nos asustaba cuando no quería que saliéramos al jardín. Decía que las criaturas de viento se alimentaban del aliento de otros seres que encontraban a su paso. Tornados mágicos que acababan en muerte. Yo me los imaginaba como el reguero de plata que los Hijos de la Luna dejaban, pero en forma de polvo y tierra. Aunque quizá no se parecían en nada. Deseé no descubrirlo jamás.

También recordé las ocasiones en las que Hermine nos hablaba de seres de los que no teníamos una imagen, ni tampoco nos aleccionaba sobre ellos, pero sobre los que se le escapaba información en forma de amenazas como aquella. Me reprendí por no haber estado más atenta a los detalles. Tal vez me habrían servido para no sentirme tan perdida en ese instante.

—¿Qué buscaba este?

—A ti.

Sentí que se me aceleraba el corazón y que me faltaba el aire. Aquello no tenía sentido.

—¿Qué? ¿Por qué?

Su mirada se volvió cálida. La pena tiñó sus oscuros ojos. Sonrah sentía lástima por mí y yo no comprendía la razón.

—Alguien nos vio de camino al campamento. Eres la primera Novia que nos destinan. Eres… valiosa.

—¿La primera…? Pero… Yo creía…

Pensé en todas esas chicas saliendo de la Casa Verde y despidiéndose con la emoción en sus ojos. Al momento, el recuerdo de aquellos hombres elegidos para ellas apareció en mi cabeza y fui consciente de que ninguno se parecía a Redka. Había visto nobles, antiguos miembros de altos linajes, ciudadanos medios de Cathalian, mercaderes… pero nunca un guerrero.

—Cathalian está lleno de mujeres como tú, pero los Hijos de la Tierra tenemos un futuro dudoso. Morimos a menudo, Ziara, así que no es habitual que suceda. El objetivo del hechizo es que perpetuemos la raza, no que la comprometamos aún más.

Asumí entonces que mi presencia en el campamento suponía un riesgo con el que no habían contado. Recordé la advertencia susurrada de Redka cuando llegamos y comprendí que aquellos hombres no me habían observado con deseo ni como un trofeo, sino como un lastre para sus objetivos. No me querían allí y, aunque había llegado a intuirlo con los días, saberlo con tanta crudeza me hacía sentir más vulnerable.

—¿Y por qué yo…? —Ni siquiera pude terminar la pregunta.

—No lo sé. Y Redka tampoco.

—Qué afortunada. —Sonrah se rio y no pude evitar sonreírle. Volví a centrar mi atención en el Hombre de Viento—. ¿Por qué le habéis hecho esto?

—No hemos sido nosotros. —Lo miré con acritud y torció los labios en una mueca de desagrado; no quise saber los actos que estaba recordando—. Al menos, no del todo. La tortura no es el mejor medio para conseguir información, Ziara, pero él nos atacó primero y no nos lo estaba poniendo fácil.

—Así que lo matasteis.

Para mi sorpresa, Sonrah negó con la cabeza.

—Se autoenvenenó antes de que fuera necesario. Llevaba una semilla de grosella amarilla bajo la lengua. Solo debía morderla para que le explotara el corazón.

Recordé entonces el cuerpo de Redka cubierto de sangre, y aquella imagen, frente a aquel muerto con el pecho abierto y sus entrañas a la vista, cobró sentido. Aun así, me costaba creer que alguien llegara a ese extremo.

—¿Por qué iba a hacer algo así?

—Los Hombres de Viento prefieren morir antes que vivir encarcelados y sabía bien cuál era el precio de sus actos bajo las leyes de Cathalian. Habría acabado pudriéndose en una celda en Onize. —Lo observé anonadada y su expresión se endureció—. Lo creas o no, intentamos no llegar a estos límites, Ziara, pero él escogió ese camino.

Se encogió de hombros y me estremecí. Ambos supimos que había omitido decir que su muerte había sido en vano, lo cual la hacía aún más cruenta ante mis ojos.

Pese a que su revelación les restaba parte de culpa, volví a ver las manos de Redka sucias por sus acciones.

Parpadeé para apartarlo de mi mente y me centré en lo que había ido a buscar.

Frente a mí, el Hombre de Viento se desangraba gota a gota a través de una herida abierta bajo su ropa. Conocía los efectos devastadores del veneno de la grosella amarilla, lo había aprendido con la curandera de la Casa Verde:

ocupaba todos los órganos hasta que reventaba el corazón. Su mirada estaba perdida en algún punto de aquella jaula de muerte. Aún se reflejaba el pánico en la expresión de su cara inerte.

¿De verdad aquel ser mágico merecía ese fin? ¿Tanto valía mi vida? ¿Qué habrían obtenido Redka y sus hombres a cambio de su aflicción? ¿Podrían dormir por las noches sintiendo sobre ellos el peso de su muerte? ¿Cuántas más cargarían a sus espaldas?

Di dos pasos hasta estar a un palmo de tocarlo. Le rocé el pie y recé por él. Cerré los ojos y se me humedecieron al descubrir que su piel aún estaba cálida. Encontré en ese gesto la respuesta a mis preguntas: no, mi vida no valía tanto si ese era el precio por mantenerla a salvo.

En cuanto la primera oración salió de mis labios, Sonrah apoyó la mano en mi hombro. Su contacto provocó que mis lágrimas se derramaran. Por primera vez en aquel lugar, no me tensé. Casi sentí consuelo.

—No sufras por él, Ziara. Estaba dispuesto a venderte. De no ser por Redka, tú estarías ahora mismo en su situación y en manos mucho peores.

Después se marchó.

Me quedé unos minutos más observando al Hombre de Viento y rezando por él.

Cuando volví a la cabaña, alguien había dejado una prenda sobre la cama.

XII

Nunca habría creído que un hogar pudiera desaparecer en apenas una hora. Eso era lo que habían tardado los hombres de Redka en levantar el campamento y ponerse en marcha. Sin embargo, yo sabía que «hogar» era algo más que un puñado de cabañas medio vacías y una fogata. Lo que no tenía muy claro era si su vida nómada les permitía llegar a contar con uno.

Thyanne iba en cabeza de la comitiva. Yo lo hacía tensa, sujeta a sus crines y con el cuerpo de Redka rodeando el mío. Solo llevábamos unos pocos kilómetros y ya sentía esa presión en los muslos que me prometía unas buenas agujetas. Me había pasado días dolorida tras el primer viaje a caballo y en aquella ocasión no iba a ser diferente.

En todo ese tiempo no le había dirigido la palabra. Él me había preguntado si estaba lista para partir y mis labios se habían tensado. Había evitado incluso cruzar mis ojos con los suyos. Y no solo lo hacía para demostrarle lo que sentía ante nuestra unión y su actitud salvaje, sino también para evitar una conversación que temía. Y es que… el vestido había aparecido en mi cama cuando yo debía haber estado durmiendo y no explorando en zonas prohibidas.

No había pasado buena noche. Había conseguido dormir a altas horas de la madrugada, pero inquieta y con sobresaltos provocados por los gritos de auxilio del Hombre de Viento enredados en mi cabeza. Veía sus ojos aterrorizados pidiendo ayuda. Luego la imagen se mezclaba con la mía, colgada inerte del mismo modo que él, capturada por aquel aliado de nuestros enemigos sin comprender el motivo.

Asumía que debía estar agradecida. Al fin y al cabo, lo habían capturado para proteger mi vida. La guerra funcionaba así, de forma cruel y despiadada y no atendía a razones ni sentimientos. Incluso con eso, la necesidad de mantenerme fuera de aquel juego que no entendía era mayor, aunque sentía que ya estaba dentro.

—¿Te ha gustado?

El susurro de Redka me erizó el vello de la nuca. Me quedé muy quieta para evitar que descubriera lo que me provocaba. Recé para que creyese que no lo había oído y desistiera, pero presionó las piernas con fuerza para llamar mi atención y di un pequeño brinco.

—No sé a qué te refieres.

Me tensé aún más de lo que ya estaba y él lo notó. Me percaté de que la necesidad de desafiarlo tiraba de mí de un modo instintivo. Ya que no tenía ningún tipo de voz ni voto en mi vida, mostrarme reticente era lo único que me quedaba.

Noté su respiración pegada a mi cuello y me estremecí por su proximidad.

—El vestido.

—Ah, eso.

No me lo había puesto. No me había atrevido por lo que hacerlo podría significar para él. Quizá una ofrenda de paz, un acercamiento o una muestra de que acataba todas las órdenes sin cuestionármelas, como si fuera una marioneta. Y, pese a que ese debía ser mi comportamiento, me negaba a anularme hasta el punto de perderme a mí misma.

El vestido era precioso, de una tela fuerte color azul noche y ribetes blancos. El escote cuadrado se cerraba en la parte central con un lazo. Las mangas llegaban hasta el codo, ajustándose al final con un botón nacarado. Al cogerlo y colocármelo por encima, un cosquilleo en las tripas me había sorprendido tanto como para palparme el vientre con la mano. Jamás había vestido nada que no fuera blanco o la capa verde. Tocar la tela ya me hacía sentir distinta.

Le había pedido a Yuriel un saco para guardar mis escasas pertenencias, que se resumían en el dichoso vestido y en el cuchillo que Redka escondía y del que no había sido capaz de separarme. Pese a las pocas posibilidades que tenía de, llegado el momento, sobrevivir sola, llevarlo conmigo me daba una seguridad a la que no pensaba renunciar. Me palpé el muslo y lo noté por debajo de la tela de mi falda. Me lo había atado con una cuerda que había encontrado en la zona de los caballos.

—Siento que no te haya gustado tanto como el cuchillo.

Aparté la mano de forma perezosa, en un intento por disimular lo que él ya sabía que le había robado, y su risa silenciosa me rozó el hombro. Supuse que eso significaba que podía considerar mía aquella daga. Eso y que, aunque mi objetivo era precisamente el opuesto, mi actitud seguía divirtiéndolo.

—Aunque pertenece a Thyanne —añadió para mi desconcierto—, así que quizá tendrías que preguntarle a él si puedes quedártelo.

El caballo relinchó de forma inesperada, como si pudiera seguir nuestra conversación y estuviera de acuerdo con regalarme su supuesto puñal. Parpadeé confundida y me llamé estúpida por no haber llenado el estómago; aquel debía ser el efecto de mi cuerpo debilitado.

—Dice que es tuyo.

Sentí su sonrisa y contuve mis ganas de increparle por burlarse de mí como si fuera una niña ingenua. Comprendí que mi voto de silencio no iba a funcionar con una persona como Redka, así que decidí cambiar de táctica.

—¿Adónde vamos?

—¿No prefieres que sea una sorpresa?

—No me gustan demasiado.

Sentí de nuevo su sonrisa en la espalda. Ambos habíamos pensado en el condenado vestido.

—Vamos a Ziatak, zona sur de Cathalian.

—¿Y por qué allí?

—Porque allí está el pueblo de Asum, mi casa.

Su voz se dulcificó al nombrar aquel lugar. Yo lo conocía. No solo había oído a los hombres hablar de él alrededor de la hoguera, sino que también lo había estudiado en las clases de Hermine. Un pequeño punto al sudeste de Cathalian. Era un pueblo de pescadores que no tenía relevancia histórica, así que eso era lo poco que sabía de él. Lo habitaba gente humilde que se ganaba la vida con el comercio. Sin duda, no era el hogar de un guerrero. Menos aún el de uno que comandaba un ejército nómada.

—Yo pensaba…

—¿Que nos pasábamos la vida solo con un par de prendas?

Me ruboricé y me puse a la defensiva. Me daba la sensación de que se mofaban de mí y de mi ignorancia constantemente.

—Pensé que vivíais siempre de forma nómada y que lo de la escasa ropa interior era solo poco gusto por la higiene personal.

Apretó las piernas y se me clavó el cuchillo en la piel por la presión hasta escocer. Me mordí los labios para contener un gemido de dolor, pese a que quizá, por una vez, mi impertinencia lo merecía.

—Me habían contado que las Novias eran serviciales y correctas.

—Y a mí que adonde iba era mejor que el lugar del que venía —susurré, aunque lo bastante alto para que él me oyera.

Cerré los ojos y contuve la respiración.

Cuando ya pensé que mi osadía iba a acabar lanzándome al suelo desde el caballo, la presión de sus piernas cedió y su voz se coló por mi oído. Percibí en ella una pizca de diversión.

—Entonces somos un par de afortunados.

El mismo comentario que le había hecho yo a Sonrah el día anterior.

Le oculté una sonrisa de lo más inesperada, teniendo en cuenta lo que pensaba de Redka, pero había algo en él que me descolocaba. Detalles. Pequeños gestos. Como el vestido, por ejemplo. O la conversación que acabábamos de mantener. Esa contradicción constante entre hechos que me mantenía en vilo.

Thyanne, ante nuestro intercambio de palabras, giró la cabeza y me pareció que me guiñaba un ojo, como si estuviera de mi parte. Me eché hacia atrás, de nuevo tan desconcertada que no fui capaz de encontrarme la voz, hasta chocarme con la barbilla de Redka. Me pincé los labios por el dolor y lo oí maldecir en silencio.

—¿Qué diablos ocurre ahora?

El caballo dio un traspiés antes de que yo pudiera responder a su dueño. Asumí que, hubiera sido una alucinación mía o no, era mucho más sensato quedarme callada y contar los segundos en silencio hasta llegar a nuestro destino.

Durante horas, recorrimos terrenos deshabitados. La Tierra Yerma de Thara no podía haber llevado un nombre más certero. Intentaba imaginar, según recorríamos los senderos secos y avanzábamos entre pueblos fantasma, cómo habría sido habitar esos lugares antes de que la guerra comenzara, pero me costaba. Parecía mentira que aquella zona árida y gris algún día hubiera albergado vida. También me preguntaba sin remedio dónde estarían los dueños de esas casonas vacías; si habrían muerto; si aún lucharían por su rey o si el hecho de que les hubieran arrebatado su hogar tendría algún sentido para ellos.

No obstante, me vi empujada a dejar de fantasear cuando atisbé una nueva aldea a lo lejos. Parecía tan desolada como las demás, pero había algo diferente en ella. De las chimeneas de algunas de las casas salía humo. Noté que el corazón me brincaba por la inquietud.

—¿Dónde estamos?

—Siam. El último asentamiento vivo de Thara.

Me mantuve callada mientras comenzábamos a ver a los primeros aldeanos. Todo el ejército avanzaba en silencio y con gesto serio. Me giré un poco para comprobar que el rostro de Redka era el más adusto de todos, como si su posición de líder lo empujara a demostrárselo a esa gente. No conocía las razones, pero en ese instante tampoco me importaban más que el poder ver con mis propios ojos a otros humanos. ¿Habría mujeres? ¿Novias? ¿Niños? Una emoción anticipada se me asentó en el estómago, aunque no tardó en disolverse y en convertirse en amargura cuando mis ojos se cruzaron con los de los primeros habitantes.

La pobreza era innegable. Estaban sucios y hambrientos; algunos incluso parecían enfermos, con la piel cubierta de manchas oscuras y el cabello tan debilitado como para dejar entrever la carne de debajo. Pasamos junto a un hombre que enterraba las manos en lo que un día habría sido tierra de labranza, pero que ahora no ocultaba más que raíces muertas. Me di cuenta enseguida de que buscaba algo que llevarse a la boca, pese a que era obvio que hacía demasiado que en ese suelo no crecía nada. En una ventana, una mujer de aspecto demacrado y ojos tristes nos contemplaba con una expresión de admiración, aunque también temerosa, antes de cerrarla y esconderse en la seguridad de su casa. Parecía mayor para ser una Novia y eso me hizo recordar las revelaciones de Hermine. Ya fuera de la Casa Verde, medité qué habría de verdad en lo que ella me había relatado y cuál sería la realidad de aquellas mujeres que liberaron con la llegada del concilio; mayores para ser protegidas como lo había sido yo, pero bajo la prohibición mágica de tener familia. Viudas de guerra, huérfanas o cuidadoras como Hermine, cuyo futuro estaba ligado a proteger a su modo la raza, aunque lo hicieran fuera del concilio de unión.

Por primera vez me pregunté si para los hombres como aquel aldeano las normas serían las mismas que para ellas y cuál sería su condena, porque me daba la sensación de que el desequilibrio era parte del castigo en el que vivíamos.

Cuando vi a un anciano decrépito arrodillarse frente a la comitiva en señal de respeto, noté que la emoción me embargaba y me agarré con fuerza a Thyanne. El hombre estaba descalzo, tenía los ropajes gastados y una barba blanca cubría su rostro de ojos enrojecidos y facciones pronunciadas por la delgadez. Parecía estar a punto de deshacerse en forma de polvo o de que sus huesos se hicieran pedazos. Me costaba comprender cómo podía mantenerse en pie sobre esas piernas huesudas que me recordaron a las del Hombre Sauce que había visto con Maie hacía una eternidad. Y, pese a su lamentable estado, sonreía y contemplaba al ejército nómada con una devoción sincera.

—¡Que los dioses os protejan siempre! ¡Larga vida al rey Dowen de Cathalian! —exclamó desde el suelo con fervor.

Redka se tensó a mi espalda. Reparé en que presionaba mi cadera con los dedos de una de sus manos, como si aquella imagen lo incomodara tanto como a mí y tuviera que sujetarse para no intervenir, aunque quizá lo hiciese por motivos distintos. Yo sentía pena, una compasión tan grande por aquel viejo y sus vecinos que me costaba digerirla. Porque ¿y si eso era todo? ¿Y si fuera de las murallas en las que había crecido la vida era una tan despiadada que debía sentirme una privilegiada? Las preguntas seguían agolpándose en mi mente, aunque lo hacían con la certeza de que lo que iba descubriendo no me gustaba. Pero Redka..., ¿qué sentiría Redka?

El resto del tiempo que tardamos en atravesar Siam, él no quitó la mano de mi cintura. Solo cuando ya dejábamos la última casa atrás, percibí que me soltaba y se giraba con rapidez para lanzar algo que cayó en medio del sendero. El sonido de las monedas desperdigándose por el camino y del bullicio de agradecimiento de un pueblo que aún defendía a un monarca que los dejaba morirse de hambre me acompañó hasta que llegamos al siguiente.

Rompí el silencio cuando la calma se había vuelto a instaurar en el grupo.

—Os respetan. —Miré a Redka de reojo por encima del hombro y entonces recordé a la mujer que se había escondido en su casa—. Algunos os temen, pero había cierta veneración hacia vosotros en todos ellos.

—Mantenemos esta zona limpia cuanto nos es posible.

—Y les dais monedas.

Redka suspiró e intuí que compartir conmigo aquello no le agradaba del todo. ¿Sentía acaso vergüenza de su generosidad? Pese a ello, parecía dispuesto a hablar más de lo que estábamos acostumbrados.

—Intentamos aportar lo que podemos, aunque resulta obvio que no es suficiente.

Percibí su culpa y entonces caí en la cuenta de la verdad implícita en sus palabras. Porque Redka no estaba hablando en nombre de su rey, sino que se refería a su modesto ejército y a nadie más.

—Las monedas son vuestras.

No respondió y esa fue una respuesta más valiosa que cualquier otra. Y, pese a que intuía que Redka no deseaba seguir hablando sobre eso, no puede evitar susurrarle una pregunta que era un juicio indirecto hacia Dowen de Cathalian.

—¿Cómo puede permitir esto?

Sin embargo, Redka contestó, y lo hizo con la voz tomada por algo desconocido.

—La guerra siempre trae consigo miseria, Ziara.

—¿Y merece la pena?

Supe que había fruncido el ceño, aunque no lo viera.

—¿Qué quieres decir?

—Que si merece la pena luchar por el futuro de tu raza, si en el presente dejas que se mueran de hambre.

Redka suspiró y me sentí nuevamente una niña, pero no podía acallar esa voz que me gritaba sin cesar las injusticias que veía.

—Lo creas o no, ellos lo han decidido así, Ziara. Si siguen aquí es porque creen en Dowen y en sus decisiones. Pero toda lucha tiene sus consecuencias.

Tragué saliva y eso fue todo.

Me pregunté cuánto más tendría que ver para tomar las mías propias.

XIII

Nuestra primera parada fue en un valle de tonos rojizos cerca de la frontera con el reino de Cathalian. Todo era marrón, ocre y rojo. Una pequeña laguna de color turquesa en el medio hacía que la imagen fuera de una belleza extraordinaria. Según se metía el sol en el horizonte, los colores brillaban con más intensidad. El contraste era único. Sin duda, tocado por la magia.

Llevábamos todo el día cabalgando. Solamente habíamos parado después de dejar una hora atrás Siam, y no por nuestro descanso, sino para que los caballos bebieran agua y pastaran. Nasliam me lo dejó claro entre carcajadas cuando tuve que correr para hacer mis necesidades detrás de un arbusto mientras todos los hombres me esperaban. Había resultado humillante. Y de aquello ya hacía mucho. El dolor de mis piernas comenzaba a ser insoportable. Hacía un rato que ya no sentía el trasero.

Abrí la boca asombrada cuando nos adentramos en el sendero que nos internaba en el valle. Se respiraba una quietud única. Parecía un lugar congelado en el tiempo.

—Es el Valle de Misia —susurró Redka al percibir mi fascinación.

Jamás había oído hablar de aquel punto del mapa. Busqué en mi memoria, pero estaba totalmente segura de que no aparecía en ninguno.

—¿Qué es…?

—Más bien quién. Misia es una vieja aliada.

Por fin. Una mujer y una amiga. Aquella revelación me tranquilizó un poco. Quizá las cosas mejorasen con ese viaje. Quizá encontrara a alguien que me explicase lo que no me atrevía a preguntar. Quizá dejaría de sentirme tan fuera de lugar, perdida y sola entre aquellos hombres.

Antes de desviarnos del camino y liberar a los caballos en el prado para que descansaran, una figura apareció frente a nosotros. Si no hubiera visto sus pies tocando el suelo, habría jurado que flotaba sobre él como un espectro.

—Redka de Asum. Bienvenidos.

Su voz… Su voz fue como una corriente de hielo que salió de su boca, atravesó la distancia que nos separaba y erizó mi piel.

—Misia.

Redka bajó de Thyanne de un salto y le hizo un gesto reverencial con la cabeza.

Por primera vez, no me ofreció su mano para ayudarme a descender y que lo acompañara. Mi instinto lo agradeció y me dijo que lo hacía por protección. Aquella mujer no era lo que yo esperaba. Su pelo era rubio ceniza, largo y de un brillo que le hacía parecer irreal. Su vestido era del mismo color que las hojas de aquellos árboles; de un tono rojo que, según se movía, se tornaba bronce, como si el tejido estuviera vivo, formado de hojarasca que aún respiraba pese a haber sido arrancada de su rama. Sus ojos tan negros, sin distinguir la pupila del resto, te congelaban la sangre. Más aún cuando se posaron en mí y una sonrisa lobuna se dibujó en sus labios rosados.

—¿Qué me traes aquí?

De nuevo aquella voz de serpiente, tan bella y espeluznante a la vez.

—Ella es mi esposa.

Apenas conocía a Redka, pero supe que en ese instante irradiaba una calma ficticia. Había caminado escoltada por aquellos hombres ya lo bastante como para discernir si estaban relajados o alerta, preparados para atacar en cualquier momento o ante la más mínima orden. Y frente a Misia, aquella extraña mujer, la tensión se podía cortar con un cuchillo.

Ella me observó con minuciosidad. Desde mis botas, pasando por mi vestido blanco, con rotos en la parte baja y un tono grisáceo por tanto uso, hasta llegar a mi rostro, mis labios oscuros, mis pecas, mis ojos. Cuando su mirada acarició mi pelo, tan parecido al color de su valle que me incomodó, sonrió y sentí un escalofrío. Sus ojos negros se agrandaron como los de un lobo que acaba de encontrar su próxima presa. Quise huir, pero tenía algo que te paralizaba, que te obligaba a quedarte atrapada en aquellos ojos de demonio.

—Vaya…, sí que han cambiado las cosas desde vuestra última visita. Ahora, a su lado, cualquier tributo que me traigas será basura.

Todos se rieron, menos yo, aunque las risas eran más inquietud que alivio. Fue un halago, pero lo sentí como un mordisco feroz. Me sentía intimidada. No, peor que eso. Me sentía desnuda ante su mirada, como si pudiera arrancarme la piel y asomarse en mi interior. Un postre sobre la mesa que deseaba con una furia desmedida. Y no podía apartar de mi cabeza la palabra «tributo».

—Creo que te gustará lo que hemos traído.

La voz ronca de Redka captó la atención de Misia, que dejó de estudiarme y se centró en aquel encuentro.

El último caballo se acercó. Entonces lo vi. Ni siquiera me había percatado de que lo llevábamos con nosotros al final de la comitiva. Dos de los hombres lo bajaron y se lo mostraron sobre la tierra. Seguía prácticamente igual que la noche anterior, solo su piel estaba más mortecina.

Misia se agachó. Colocó las extremidades alrededor del cadáver en una postura que resultaba irreal. Sus movimientos me recordaron a los de una araña.

—Un Hombre de Viento. O lo que queda de él.

—Murió anoche —explicó Redka, y me miró de reojo un instante, tan rápido que dudé de si había sucedido.

Ella se acercó y pasó su nariz por el cuerpo desnudo y roto de la criatura. Lo olió y casi pude oír cómo salivaba ante aquel regalo. Por un segundo, me alegré profundamente de que no siguiera con vida. La muerte debía ser mejor que acabar en manos de un ser como Misia.

—Su magia aún brilla bajo el veneno. Me sirve. Podéis quedaros hasta el amanecer.

Al momento Misia cargó con el cadáver, que en sus manos parecía liviano como una pluma, y desapareció entre los árboles. No aparté la vista del lugar por el que se marchó hasta que oí un suspiro de alivio generalizado a mi alrededor.

¿Qué haría con él? ¿A qué raza pertenecería aquella escalofriante mujer? ¿Y qué era ese remanso de aparente paz en mitad de la nada?

Me costaba dejar de darle vueltas a todo. A esa muerte, que había servido para salvarme y para llegar a un trato con aquella criatura horrible que se hacía llamar Misia. A una vida que se me presentaba nómada, sucia y plagada de crueldades para proteger a los humanos, aunque muchos otros perdieran lo que consideraban igualmente suyo por el camino. Al cansancio acumulado por tantos días durmiendo y alimentándome mal, que se unía al esfuerzo físico que me suponía seguir el ritmo de un ejército. Al futuro gris y desolador que se me presentaba.

Llevaba años imaginando cómo sería mi vida al salir de la Casa Verde y no se parecía en nada a lo que me había encontrado. Nunca había sido tan optimista como las demás, no confiaba en hallar la dicha en una unión obligada y fría, pero tampoco había esperado acabar atrapada en aquel sino. Hermine nos llenaba la cabeza con las posibilidades del exterior, con la felicidad siempre presente en nuestro porvenir, con el bien que hacíamos por nuestra raza y lo especiales que éramos. Sin embargo, allí, sobre aquel caballo, rodeada de esos hombres feroces y unida para toda la eternidad a Redka, un salvaje cuya misión en la vida se resumía en dañar a otros por orden de un rey que decía ser noble y justo, me sentí profundamente desdichada y triste.

La realidad se me vino encima de golpe. Se me revolvió el estómago y tuve que sujetarme a las crines de Thyanne para no caer redonda ante el mareo que lo acompañó. Antes de que Redka se diera cuenta de lo que me ocurría, el caballo se anticipó, se arrodilló y se tumbó en la tierra para que yo lo hiciera sobre su cuerpo y no me hiciera daño en la caída.

—Ziara.

Abrí los ojos lentamente. Los párpados me pesaban. Por unos segundos había esperado encontrarme a Hermine, a Feila con una mueca burlona o incluso a Maie sentada frente a mí. Había olvidado dónde estaba y quién era la persona que me miraba con sincera preocupación.

—¿Dónde…? ¿Dónde estoy?

—Te has desmayado.

Entonces las imágenes volvieron con fuerza. El sueño. Redka. El campamento nómada. Los gritos. El Hombre de Viento. Misia. Thyanne. Thyanne observándome con curiosidad, su complicidad siempre presente, sus guiños, que parecían alucinaciones mías, y su posterior ayuda para que no acabara desplomándome contra el suelo.

Abrí los ojos por la conmoción y me incorporé con una inquietud evidente.

—No es… No es un caballo normal. Él… Él entiende lo que le digo. —Ni siquiera estaba compartiendo la revelación con Redka, sino que lo decía en alto para mí misma.

Era tan imposible que necesitaba ponerle voz para comprobar que seguía sin tener el más mínimo sentido.

Me faltaba el aire.

Redka me colocó un paño de agua helada en la frente y lo observé con un temor imposible de ocultar. La magia permanecía en cada rincón de la tierra, encontrarme con seres como Misia o los Nusits por el camino no me sorprendía, pero sí lo hacía saber que había tenido todo el tiempo a mi lado un ser que pertenecía a aquel mundo mágico contra el que luchábamos. Además, le había contado mis inquietudes las tardes en las que lo acompañaba en los establos, y ni siquiera sabía qué era lo que aquello implicaba.

Redka odiaba la magia. Todo su ejército lo hacía. Al fin y al cabo, se enfrentaban a ella cada día. Por esa razón me sorprendía más aún haberlo visto cuidar a Thyanne como el que lo hace con alguien que ama. ¿Y si…? ¿Y si la relación no era la que yo creía? ¿Y si no lo quería, sino que solo lo tenía como el que mantiene vivo a un esclavo?

Por primera vez, nos miramos durante unos segundos eternos, sin disimulo, sin condescendencia; sin esconder lo que ambos éramos de verdad, dejando a un lado nuestras máscaras; al menos yo, que ya era incapaz de seguir fingiendo por más tiempo mis sentimientos, mis dudas y mis miedos.

—Ziara, ¿te apetece dar un paseo?

Redka me dejó asearme a solas y me obligó a comer algo antes de encontrarnos. No me quejé. Después del viaje y de mi indisposición necesitaba lavarme al menos la cara y las manos, y llevaba todo el camino soñando con meterme algo en el estómago, porque el día anterior, por culpa de mi orgullo, Redka no me había llevado la cena y apenas había almorzado un par de manzanas durante el trayecto. Casi me merecía el desmayo, por imprudente. Eso era lo que había susurrado él entre dientes antes de desaparecer con el resto del grupo. Por una vez, no le rechisté.

Aquella noche no hubo campamento, solo un puñado de hombres durmiendo alrededor de una fogata. Pese a ello, Redka encontró una zona de arbustos en la que podía estar resguardada, aunque lo bastante cerca del resto para seguir protegida. Era una intimidad irreal, pero me hacía sentir bien, más tranquila.

Al meter las manos en la laguna, me impresionó su temperatura. Fue cuando reparé en que apenas hacía frío. Ni calor. En aquel valle todo era sumamente… neutro. Perfecto. Me ponía el vello de punta.

Nos acercamos al lugar en el que descansaban los caballos. Thyanne dormía plácidamente tumbado sobre el suelo cubierto de hojas rojizas. Había castañas mordisqueadas a su alrededor. Los contemplé, fascinada de nuevo por su belleza, todos en calma, sintiéndose seguros allí y con la dicha pintada en sus rostros.

Redka se acomodó frente a su caballo, con la espalda apoyada en un tronco, y lo acompañé. Allí, sentados juntos, me embargó la sensación de que era la primera vez que lo estábamos. La primera en la que nos tratábamos con la normalidad de dos personas que acaban de cruzarse, sin lazos mágicos de por medio, y que, quizá, se deben una explicación.

Pensé en Thyanne, en lo que había descubierto, y me abracé las rodillas. Necesitaba saber, pero, a la vez, me daba un miedo atroz descubrir una verdad para la que no sabía si estaba preparada.

—Es un etenio.

—¿Qué es un etenio?

—Un ser que fue otro en otra vida.

Giré la cabeza, impresionada. Cada nuevo descubrimiento seguía fascinándome. La magia no tenía fin. No conocía de límites ni condiciones.

—Fue… ¿humano?

—Humano o no, nunca lo sabremos. Solo él.

Revisé de nuevo las enseñanzas de Hermine y fruncí el ceño. Una vez más era consciente de todo lo que desconocíamos. De cuánta era la magia que nos rodeaba y con la que convivíamos; imparable, desmedida.

—¿Cómo es posible?

—Murió en el Santuario de los Dioses. Se encuentra en Lithae, la tierra de los Hechiceros. Quien muere allí se convierte en otra cosa.

De aquello sí que habíamos oído hablar. Un palacio antiguo construido más allá de Muralla de Huesos, mucho antes de que mis antepasados siquiera nacieran.

Cuando miré los ojos de Thyanne, me di cuenta de que estaba despierto. Eran inteligentes y muy vivos, lo había percibido desde el primer momento. Nos observaba y escuchaba a su dueño hablar de él, de su vida y de quién había sido. Quizá él había sido humano, como nosotros, y sabía lo que yo estaba pensando y se moría de ganas de darme la razón, pero no podía. Un cuerpo de caballo convertido en cárcel. Puede que hubiera sido un mago o un horrible y maloliente Nusit. Incluso un Hijo Prohibido.

No conocer a quién pertenecían los ojos que me estaban mirando me asustaba.

—¿Y cómo sabes que es uno de ellos?

—Mi padre lo encontró allí, en el Santuario. Justo cuando cogía su primera bocanada de aliento.

—¿Él te lo regaló?

—Sí, lleva conmigo desde que era un niño.

Los imaginé juntos toda una vida. Creciendo, aprendiendo del mundo, uniéndose a una guerra que parecía no tener fin. Al instante comprendí que eran familia. De nuevo, me había equivocado con Redka al pensar en la posibilidad de que la vida de Thyanne con él pudiera ser un castigo.

—Así que era verdad. El cuchillo era suyo.

Redka se rio ante mi ceño arrugado.

—Sí. O no. No lo sé. Estaba a sus pies cuando ya se había convertido. Mi padre me lo regaló y ahora es tuyo.

Negué con efusividad al ser consciente de lo que eso implicaba.

—No, yo no… No puedo aceptarlo.

Sin embargo, Thyanne se incorporó levemente y asintió con vehemencia en mi dirección. Una oleada de ternura y gratitud me inundó y tragué saliva. Le sonreí y el caballo recuperó su postura de descanso bajo nuestra atenta mirada.

Suspiré para soltar la emoción que me había embargado y me dirigí al Redka más amable que había conocido hasta el momento.

—Tú odias la magia.

No pude evitar echarle en cara lo incoherentes que me parecían esas contradicciones. Él negó con la cabeza.

—Te equivocas, esto no tiene nada que ver con la magia. Yo odio todo lo que dañe a mi pueblo, venga de donde venga. —Su mirada fue tan fiera que aparté la mía y jugueteé con un puñado de tierra entre los dedos—. Además, Thyanne no es magia para mí, Ziara. Él es mi amigo.

Ambos lo miramos. Sus ojos azules volvieron a clavarse en mí y me pareció ver en él esa complicidad especial que había sentido desde el primer día. Pese a su condición, tuve la certeza de que Thyanne, junto a Redka, llevaba una vida feliz.

—¿Cuánto vive un caballo?

—¿Es una manera de intentar calcular los años que tengo yo?

Redka me concedió una sonrisa torcida y me ruboricé. No lo era, pero a la vez me moría de ganas de conocer más sobre él.

—No, es simple curiosidad.

—Unos veinticinco años, pero te olvidas de que Thyanne no es un caballo. Así que… quién sabe si no nos enterrará a todos.

Me desperté ante la llamada de algo desconocido. Fue una sensación parecida a la que había tenido la noche que soñé con Redka, pero, a la vez, era algo totalmente diferente.

Para empezar, tenía la absoluta certeza de que estaba despierta.

Mis pies se movieron solos, como si un hilo estuviera tirando de mí hacia el otro lado del valle. La luna brillaba con fuerza y la brisa olía a otoño, pese a estar en primavera. La hojarasca que cubría el suelo crujía con cada pisada. Paseé entre los hombres dormidos, atravesando la hoguera ya consumida, y nadie se inmutó. Descansaban en un sueño profundo. Supe enseguida que ella era la culpable de su inconsciencia y de que mi cuerpo no respondiera a mis órdenes, sino a las suyas.

Pese a ello, no sentía miedo y sí una necesidad visceral de encontrarla. Lo hice entre unos árboles del bosque que nos rodeaba. Estaba sentada en el suelo; su vestido se expandía y se mimetizaba con el paisaje. Ella era tan parte de él como aquella vegetación le pertenecía.

—Hola, Ziara.

Me acerqué y me senté frente a Misia, en la misma posición.

—¿Qué estoy haciendo aquí?

—No tengo ni idea.

Ella no se refería a aquel momento, sino a mi presencia en el ejército de Redka.

—Quieres algo de mí —afirmé.

No hizo falta que respondiera, porque lo sentí crecer en mi interior; esa sed que Misia tenía de mirarme por dentro. Ese hilo tirando, acercándome a ella. Notaba que mi pecho se abría, dándole paso a mis entrañas, a mis secretos, a mi alma y a todo aquello que me esforzaba por mantener oculto.

Sus ojos me estudiaban sin descanso. Tan negros. Tan insoldables. Tan… muertos.

—Quiero comprender.

—¿Y eso qué significa?

—Deja que las hojas hablen.

Movió la mano en un gesto elegante y las hojas bajo mis pies comenzaron a mecerse a mi alrededor. Un tornado ocre que me rodeó y me cubrió. Observé ese halo mágico maravillada, ese viento invisible que las hacía danzar.

Alcé los dedos sin poder evitar el impulso y toqué una de ellas. Se hizo pedazos al momento y se convirtió en polvo. Las demás cayeron y la magia se evaporó. La quietud regresó, como si allí no hubiera sucedido nada.

—Interesante. Y valiosa.

Las palabras de Sonrah me retumbaron en la cabeza; él había dicho lo mismo sobre mí y no entendía por qué.

—¿Qué ha sido eso?

—Lo que llevas dentro, Ziara.

Sonrió y el brillo de sus ojos me hipnotizó. Una oscuridad sin igual los completó hasta que no quedó nada blanco en ellos. Misia comenzó a caminar y yo la seguí, presa del encantamiento de esa mirada cubierta de negrura y niebla. Cuando llegamos a la misma laguna en la que me había refrescado, me invitó a asomarme con un movimiento de cabeza. Yo lo hice, pero solo vi el azul intenso y único de sus aguas. Sin embargo, cuando ya no esperaba que sucediese nada, una leve luz captó mi atención. El turquesa de su fondo se fue transformando en colores tenues. En una figura. En un paisaje color trigo.

Era yo. Tenía cuatro años, el pelo alborotado y llevaba un vestido azul con una capota de lana. Corría y corría por un prado amarillento hasta llegar a un acantilado. Entonces todo terminaba y se volvía negro.

—¿Dónde estoy?

—No lo sé. La visión es tuya, no mía.

No pude decir nada, porque Misia tenía razón. Aquel era uno de mis recurrentes sueños y lo había visto reflejado en su magia.

Redka despertó cuando yo seguía en pie, mirando a un infinito donde minutos antes había estado con Misia. Pese a estar rodeada por aquellos hombres que se desperezaban, me sentía muy lejos. Algo había cambiado en mí. No sabía el qué ni el motivo, pero aquella criatura oscura e imposible había acariciado mi interior sin tocarme.

Sentí la presencia de Redka a mi lado, pero era incapaz de girar la cabeza. Mis ojos seguían atados al hilo que Misia había trenzado entre nosotras.

—Te ha reclamado.

—¿Cómo lo sabes?

—Cuando me reclamó a mí estuve como tú casi una hora. Era incapaz de moverme.

Me imaginé a Redka sintiéndose igual que yo y la curiosidad por saber qué habría visto él en la laguna despertó en mí. Yo había vuelto a mi sueño; a ese recuerdo al que solo podía acceder dormida, porque si intentaba rememorarlo en mi cabeza se convertía en una nube difusa. Y lo había hecho de un modo mucho más real que en las ocasiones anteriores. Aún sentía el olor y el tacto del trigo entre mis dedos. Lo que no lograba atisbar era el significado que tenía como para estar tan atado a mí.

Sentí un escalofrío y me abracé.

—¿Cuál es su poder?

—Entre otros que desconozco, te muestra lo que los demás no pueden ver. El futuro.

Me erguí y él percibió mi desconcierto. Conseguí despegar la mirada del bosque y la clavé en Redka. Aquello no guardaba sentido alguno. Mi futuro seguía siendo igual de incierto que hasta el momento.

—¿El futuro? Pero yo no… —Me miró confuso y las palabras se me enquistaron—. No importa.

No quise contárselo. No sé si por mí o porque aún Misia tenía algún poder sobre mi voluntad, pero, de repente, lo que había divisado me recordaba a un secreto. Además, no confiaba lo bastante en él como para compartir una parte tan importante de mi vida. En realidad, fui consciente de que no confiaba en nadie. Quizá en Thyanne, pese a que el descubrimiento que había hecho sobre él me hacía enfrentarme a su compañía con nuevos ojos.

Yo me había visto a mí en la laguna de Misia, pero a una versión de muchos años atrás. Aquella niña de cuatro años que fue arrebatada de los brazos de sus padres; era uno de mis pocos recuerdos y sentía que, de algún modo, esa criatura extraña me lo había robado.

—¿Qué es ella?

—La llaman la bruja del Valle de Otoño. —Asentí, porque aquel lugar no podía llevar otro nombre más certero—. Está retenida aquí por un viejo hechizo. Dicen que traicionó a su linaje y se rindió a los humanos. Otros creen que es una bruja antigua, de otra era, atrapada en un cuerpo mortal y congelada para siempre en este valle. Este lugar le pertenece y, a la vez, está atada a él.

Lo había sentido. Misia tenía una conexión extraña con aquella laguna, con las hojas, con el aire que corría y respirábamos. Eran uno. Y, por un viejo hechizo, quizá para siempre.

—¿Por qué haces tratos con ella? ¿El rey Dowen no había decretado el destierro total al linaje de las brujas?

Redka suspiró y yo sentí la rabia creciendo en mi interior. De nuevo nada era como me habían contado. De nuevo aprendía que hasta los que se proclamaban justos y exigían el cumplimiento de las leyes hacían excepciones en pro de sus intereses.

—Yo solo sé que venimos de la zona de guerra, Ziara. La frontera de esta parte está llena de trampas, senderos de difícil acceso para evitar que otras razas indeseadas lleguen a Cathalian. A veces, hemos perdido hombres por el camino. El regreso por aquí es mucho más fácil. Pocos se atreven a atravesar el valle, pero nosotros... El rey Dowen y Misia se conocen, es una de las aliadas a la corona. No sé por qué ni qué lazo los une, pero a nosotros nos permite el paso y nos concede su protección por una noche a cambio de un tributo. Es todo lo que debería importarnos.

—El Hombre de Viento.

—Sí.

Tragué saliva. Recordé la primera mirada que Misia me había dedicado, la de un cazador a punto de conseguir un trofeo, y no quise imaginarme lo que me habría hecho de habérselo permitido. Misia era un animal; un animal enjaulado en el valle y alimentado por los soldados de Dowen.

No necesitaba saber más, aunque no pude contener la pregunta.

—¿Qué hace con los muertos?

—No lo sé. E intuyo que es mejor no descubrirlo.

Redka se estremeció; él también temía a aquel demonio con cuerpo de mujer.

Entonces, otro pensamiento me sacudió.

—Y si... ¿Y si no llegáis a tener un cadáver?

—También los acepta vivos. De hecho, los prefiere.

Mi expresión se nubló. Aquello era horrible y él formaba parte, lo quisiera aceptar o no. Redka suspiró ante la mirada de rechazo que le dediqué y se pasó la mano por el rostro con evidente cansancio. Respondió con un tono de voz tan bajo que pude atisbar en él un montón de sentimientos contradictorios: desprecio por sí mismo, arrepentimiento, desesperanza, orgullo.

—Sé lo que estás pensando, Ziara, pero no es tan sencillo.

—Creo que no tienes ni idea.

Pensaba que, para mí y por el momento, ellos eran más monstruosos que cualquiera de las criaturas con las que me había cruzado. Ellos torturaban. Ellos mataban. Ellos hacían tratos con brujas malvadas, aunque tuvieran que entregar a cambio una vida que no les pertenecía y se saltaran las leyes por las que a los demás nos juzgaban.

—La guerra…

—No eres mejor que tus enemigos —escupí con odio.

—No, no lo soy. Mis manos no están limpias, pero prefiero matar a uno de ellos a que destruyan mi reino.

—Una vida, la que sea, ya vale más que un reino.

Leí la advertencia en su mirada. Mis palabras cruzaban una línea que no debía mostrar delante de nadie.

—Puede ser, pero, mientras los demás no piensen así, seguiré protegiendo la mía.

Nos marchamos de allí poco después. No volvimos a ver a Misia, aunque antes de salir de los límites del valle la brisa me trajo el eco de su voz.

—Ziara…

Me tensé y Redka notó mi repentina inquietud.

—¿Ocurre algo?

—Dile que no…

La voz sibilina de la bruja me acariciaba las entrañas. Notaba sus uñas escamadas erizándome la piel.

Cogí aire y negué con la cabeza antes de mentir a Redka.

—No. Solo es un calambre. Demasiadas horas a caballo.

Thyanne siguió su trayecto. Todos lo hicieron como si no estuviera ocurriendo nada. Pese a ello, yo sentía el tacto frío de Misia acariciando mis mejillas, jugueteando con mis cabellos; su aliento, en mi nuca; sus palabras, colándose en mi cabeza y hablando conmigo sin necesidad de abrir la boca. Sin embargo, no tenía miedo. Debía temer a aquel ser sin corazón, pero tenía la certeza de que Misia no iba a hacerme daño. De haber querido, ya lo habría hecho. Era poderosa. Quizá bajo aquel hechizo su magia estaba debilitada o encerrada, pero yo podía sentir su fuerza llenándolo todo; se respiraba en ese valle que parecía haber robado el otoño.

—*¿Qué quieres?*

Ella sonrió ante mi pregunta. No la veía, pero su espectro despertaba mis sentidos de un modo único y percibía su sonrisa balanceándose a mi alrededor.

—*Quería despedirme de ti, aunque sé que algún día volverás a mí.*

¿Qué demonios significaba eso? ¿Qué podía tener Misia para que yo regresara a aquel lugar maldito? Las preguntas se me agolpaban sin control. Ella, en mi mente, las ordenaba y jugueteaba con las palabras a su antojo.

—*Cuando la muerte te aceche, ven a buscarme. Te haré un regalo.*

Aquello no tenía ningún sentido.

—*¿Por qué debería hacerlo? ¿Por qué tendría que fiarme de ti?*

La risa de Misia me estremeció y la sensación se quedó impregnada en mí como para resultar realmente desagradable. Su cercanía comenzaba a asfixiarme; de pronto, todo me olía a lluvia y resina.

—*No tienes por qué hacerlo, pero quiero que sepas que estoy aquí. En mi valle. Cuando lo necesites, es tuyo.*

Mi respiración estaba levemente acelerada. Notaba la mirada de Redka en mi nuca; su preocupación por mí era casi tangible y se mezclaba con la falsa melosidad de la bruja. Quería marcharme, llegar por fin al camino bicolor que señalaba los límites del valle y que Misia desapareciera, pero sabía que no pisaría suelo verde hasta que nuestra conversación terminase. Así que lancé una pregunta cuya respuesta no sabía si deseaba conocer:

—*¿Por qué?*

Ella se rio y el sonido reverberó en mis oídos como si se atara a ellos. Un calor repentino y asfixiante me recorrió el cuerpo. La piel me ardía. Apenas podía respirar por la quemazón, pero igual que las brasas llegaron, se desvanecieron y volví a disfrutar de la apacible temperatura del Valle de Misia.

¿Qué había sido eso? ¿Qué había provocado en mí la bruja para sentir esa clase de fuego?

—*Las preguntas no siempre se pueden responder. A veces, hay que esperar su momento. Llegará, Ziara. Lo hará y las respuestas te harán regresar.*

Antes de que pudiera lanzarle nuevos interrogantes, Thyanne pisaba suelo verde.

Cuando me giré en busca de la bruja, ese pequeño mundo ocre y rojo había desaparecido.

XIV

El segundo día apenas podía moverme. El viaje estaba resultando mucho más tedioso y desagradable que el primero que hice desde la Casa Verde. Tal vez se debía a que mi cuerpo había cambiado. La comida escaseaba y no era, ni mucho menos, tan variada y cuidada como bajo la tutela de Hermine. Así que los huesos de la cadera se me marcaban cada vez más. Cuando observaba mi rostro en el reflejo del agua, veía los rasgos más afilados y la piel más blanquecina. Mi pelo había pasado a ser un matojo rojo complicado de domar. Casi no dormía; al menos, no en condiciones, sino a trozos incómodos que me hacían despertar con la cabeza embotada y los sentidos menguados. Me sentía débil, apática y demasiado triste como para ocultarlo.

Redka y yo no habíamos vuelto a hablar. Supongo que él aceptó mi silencio como una muestra de que necesitaba meditar sobre todo lo sucedido y sobre lo que iba descubriendo acerca de él y de los suyos. De los míos. Me sentía como si me hubieran quitado una venda de los ojos y, de pronto, me veía obligada a digerir que el mundo que creía que habitaba no se parecía en nada al real. Este era mucho más duro, áspero e hiriente.

Se me escapaban cosas. Detalles sin explicación que me esforzaba por encajar sin éxito. Como el collar que Redka escondía en su morral, aquel que era idéntico al que colgaba de mi cuello y que ocultaba bajo el vestido por miedo a que significara algo importante. Los motivos que tendrían los enemigos de los últimos hombres para usarme como moneda de cambio. La razón de haber visto en los ojos de Misia aquella imagen pasada y no otra futura, como les ocurría a todos los demás que eran reclamados por su llamada. La existencia de Thyanne, un ser desconocido que habitaba el cuerpo de un caballo y que me había regalado un cuchillo. El vestido de Redka, su forma de protegerme y de intentar que estuviese lo más cómoda posible, dadas las circunstancias, como si mi presencia sí le importase, pese a que fuese una carga que hubiera trastocado sus planes. O la afirmación de Sonrah y Misia de que había algo en mí que tenía valor. Y después estaba la unión con Redka, un Hijo de la Tierra, una relación que no entendía y a la que no le veía ningún sentido. Por no pensar en los gestos que me hacían sospechar que había sentimientos buenos en su interior y que no todo lo ocupaba la muerte que lo rodeaba.

Llegamos a la frontera de Cathalian al mediodía. Allí el paisaje era verde y frondoso; me recordaba un poco al de casa, pero de un tono más apagado. Las montañas se alzaban frente a nosotros y no quise pensar en el cansancio que supondría tener que atravesarlas para llegar a la civilización. La vegetación no era tan bella como la del Bosque

Sagrado o la del Valle de Misia, pero me provocaba una tranquilidad cada vez más agradable al ser un entorno más humano, más real.

Me mantuve callada. Me dediqué a observar todo lo que nos rodeaba y los lugares que íbamos dejando atrás. No nos cruzamos con vida. Solo con algún animal que nos esquivaba al sentir el galope de los caballos antes de desaparecer entre la espesura. Pese a ello, la constante sensación de que éramos observados por ojos ocultos me hacía sentir escalofríos.

Hicimos noche en una cueva. El sol se metió cuando aún estábamos en medio de una zona rocosa en la parte alta de la Montaña de Nimera. Sonrah avanzaba a nuestro lado cuando los caballos ralentizaron su marcha y comenzó a contarme una historia. Agradecí que rompiera un silencio que empezaba a ser inquietante.

—Nimera era una reina que vivió aquí hace quinientos años. Era una bruja poderosa y muy bella. Asentó a su pueblo en esta montaña y su castillo estaba en la cumbre.

Conocía aquella leyenda. Era una de las que Hermine nos relataba antes de dormir cuando éramos unas niñas. Aun así, no le dije nada, porque resultaba agradable oír una voz que no fuera la de mi compañero soltando maldiciones entre dientes cuando nos cruzábamos con un animal o con algún otro obstáculo que retrasaba nuestro viaje. Además, de todas las personas que componían aquel grupo, Sonrah era mi favorita. Sentía que con él no me hacía falta estar permanentemente alerta, que contaba conmigo como parte de aquella familia, aunque fuese en silencio y desde la distancia; que me respetaba como a una igual. Su mirada siempre era paciente y amable. Transmitía una confianza que, pese a que aún yo no tenía con nadie, podría llegar a compartir algún día con él.

—Dicen que era capaz de crear nieve con sus manos. Construyó una muralla de hielo alrededor de su pueblo, de ese modo todos estaban protegidos de posibles ataques. Porque, pese a que ella era fuerte, su gente solo lo era en humildad y bondad. Un día, pidió paso por sus tierras un príncipe. Pertenecía al linaje de Jaran, al oeste de Thara, y él y su séquito viajaban hacia Lithae en busca de una cura para la enfermedad de su hijo.

—Beniom.

—El mismo.

Sonrió al comprender que yo ya había oído aquella historia y que, pese a ello, deseaba escucharla de su boca.

—Entró en el castillo y esa misma noche mató a Nimera. Se aprovechó de su amabilidad y de la de sus súbditos. Fue una masacre. La engañó para quedarse con todo lo que ella poseía. Beniom ni siquiera tenía hijos. Sí una necesidad imparable de riqueza.

—Menudo cretino.

Percibí la sonrisa de Redka a mi espalda. Sonrah también me mostró su simpatía. Luego torció el gesto y lo transformó en pesar por aquella bruja engañada.

—Sin embargo, aquí no acaba la historia. —Abrí los ojos sorprendida, porque Hermine contaba aquello como el final de la única bruja buena de la que se tenía constancia. En mi cabeza, allí había acabado todo para Nimera y su reino de hielo—. Beniom se quedó con sus dominios, pero, pocos meses después, parte de su séquito viajó hasta el castillo. Pensaban asentarse en este lugar y sembrar la semilla de un reino de terror que abarcaba lo que hoy forma la zona sur de Cathalian. Para su sorpresa, lo encontraron todo vacío. No había gente, aunque tampoco cadáveres. Desconocían lo que había ocurrido, dónde y por qué habían huido. Creyendo que la ausencia tendría una explicación y que pronto volverían, pasaron la noche allí, pero marcharon antes de que saliera el sol.

Estaba tan hipnotizada por su voz grave y profunda, por aquella leyenda que había sucedido en el camino que estábamos pisando nosotros, que no me di cuenta de que habíamos llegado a las ruinas de una aldea fantasma. Lo que un día fueron casas no eran más que escombros. El castillo se alzaba en la cumbre de la montaña, lejos de donde nos encontrábamos nosotros, pero igualmente imponente, pese a que solo fuera el esqueleto de la grandiosidad que un día fue. No quedaba nada. Solo el cementerio de un pueblo que murió por la generosidad de su reina.

—¿Por qué se marcharon?

—Al volver a su hogar, dijeron que se oían los gritos, los lamentos de los muertos y el llanto de Nimera. Beniom apareció un día, mucho tiempo después; lo hizo solo, cubierto de harapos y sin explicación acerca del destino del resto de su corte. Enloqueció y acabó siendo un ermitaño encerrado en su propio castillo. Nunca nadie ha vuelto a habitar esta montaña.

Los caballos pararon y los hombres comenzaron a descender. Apenas había luz en el cielo y el aire gélido me rozó la cara. Lo sentí como una caricia del pasado, por muy imposible que aquello resultara. Sonrah sonreía ante mi desconcierto. Redka lo insultaba por asustarme mientras saltaba de Thyanne y me ofrecía su mano.

Yo negué con la cabeza; noté el miedo haciéndose un hueco entre mis costillas y asentándose dentro de mí.

—¿Y por qué paráis, entonces?

—Tenemos que dormir, Ziara. Estamos agotados.

Sonrah se echó a reír y se marchó para inspeccionar la cueva que se abría delante de nosotros. Yo me abracé.

—No le hagas caso, solo son leyendas. —Cogí la mano de Redka y me bajó del caballo. Ni siquiera rechisté; lo había hecho en cada ocasión desde que comprobé por mí misma que con ese vestido era imposible manejarme yo sola sobre Thyanne.

Él percibió mi desconcierto. Clavó su mirada verde en la mía asustada y, por mucho que intentase quitarle peso al relato de Sonrah, yo sabía que aquel lugar estaba maldito. Lo notaba en cada poro de mi piel. Los presentimientos que siempre me acompañaban se desperezaron y se agarraron a mis alertados sentidos.

—Las leyendas nacen de algo. Normalmente, de aquellos que han muerto —dije, más para mí misma que para él.

En la cueva el viento no soplaba, pero la humedad era infinitamente peor. Si en el Valle de Misia la temperatura era la de una perfecta y templada tarde de otoño, en la Montaña de Nimera el frío hacía daño. Sentí nostalgia de la primavera de los jardines en los que tantas veces me perdí con Maie.

Me apoyé en la roca, pero enseguida noté que el agua me calaba la capa. Dormir iba a ser un imposible para mí y no solo por el miedo que la historia de Sonrah me había metido en el cuerpo.

Aquella noche no había hoguera. Era demasiado peligroso. Al menos eso fue lo que les oí murmurar. Ni siquiera quise pensar en el motivo de aquel riesgo, ya que, supuestamente, esa zona estaba deshabitada y pocos se atrevían a quedarse más de unas horas.

Poco después, comencé a tiritar. Tenía los pies empapados dentro de las botas. Apenas notaba la sangre circular hasta mis manos, blanquecinas por las bajas temperaturas en la madrugada. Me dolían los huesos.

—Ponte esto.

Redka se acercó y me tendió su capa. Tentadora, pero estaba un poco cansada de que me vieran vulnerable y de sentirme una carga. Quería ser tan fuerte como cualquiera de ellos. Necesitaba sentir por una maldita vez que podía valerme por mí misma, más aún cuando solo se trataba de frío.

Bajé la cabeza y le oculté el rostro; una negativa estúpida en cuanto pasó otra hora y pestañear me suponía un gran esfuerzo. Me costaba imaginar todo un reino viviendo en aquel rincón de hielo.

Todos dormían. Los caballos lo hacían fuera, junto a los dos hombres que se encargaban de la guardia. Sus respiraciones eran profundas. Algunos roncaban. Yo intentaba cerrar los ojos, pero no podía. Tenía tanto frío que me daba miedo no volver a despertar. Más aún dormirme y sumirme en las pesadillas que aquella montaña pudiera avivar en mí.

Contaba los minutos y me concentraba en canciones que me sabía, en las anécdotas que guardaba a buen recaudo de una infancia feliz, y en cualquier cosa que me hiciera dejar de pensar en el agujero en el que estábamos, en la maldita frialdad y en los susurros que había comenzado a escuchar de fondo como un silbido de viento.

Al principio fueron solo un leve siseo, pero, poco a poco, se transformaron en un sonido audible. Con forma. Con sus altos y bajos, sus tonos agudos y con variaciones que me decían que la procedencia no era de un solo ser, sino de varios. Cientos.

Eran voces vacías. El eco de la vida que ya no estaba. Si te concentrabas en descifrarlas, podías discernir los gritos. Sí, eran gritos. Dolor. Angustia. Horror. Muerte. Igual que la leyenda de Sonrah. Una llamada de auxilio olvidada y atrapada en aquel lugar inhóspito y oscuro.

El corazón me latía con tanta fuerza que sentía una opresión en las costillas. Pese al frío, el sudor comenzó a mojar mi nuca. Me estaba dejando llevar por el pánico que suscitaba aquel lugar encantado en el que ningún ser con dos dedos de frente querría cerrar los ojos.

Ni siquiera me inmuté cuando Redka se colocó a mi lado. En aquella oscuridad, no nos veíamos, pero nos sentíamos. Su aroma, su respiración calmada, el calor de su cuerpo... El mío se imantó al instante al suyo. Nuestros brazos se tocaban y mi vestido cubría su pierna. Pasó su capa por encima de mis hombros y nos tapó a ambos, formando desde fuera un solo cuerpo. Me cobijé en él.

De haber estado en otro lugar o en otro momento, habría sentido una reticencia inmediata, un intenso desasosiego, ese miedo ante lo desconocido, ese burbujeo en el estómago ante la caricia de un hombre. Sin embargo, todos mis sentidos y mis alertas estaban centrados en aquel gemido fantasmal que me ponía los pelos de punta.

Agradecí tenerlo cerca.

—Dime que puedes oírlo.

Redka no contestó, pero apoyó la mano sobre la mía y la rodeó con sus dedos. Eran ásperos y callosos. Ya lo había comprobado en otras ocasiones, al salir de la Casa Verde o cada vez que me ayudaba a descender del caballo, pero era la primera que me tocaba por voluntad propia y aquel gesto provocó que las sensaciones fueran diferentes. Movió los dedos en círculos sobre la palma, las yemas, hasta llegar a mi muñeca y volver a empezar.

Fue solo un juego de niños, pero consiguió que, poco a poco, mi respiración volviera a ser regular y que el miedo mermara.

A mi alrededor, los resoplidos de aquellos hombres sonaban desacompasados.

Su sueño tampoco había sido inmune a aquel canto de muerte.

Cuando horas después abrí los ojos, ya se intuía el inminente amanecer por la boca de la cueva. El grupo dormitaba aún, tranquilo y ajeno a la visita fantasmal de la que habíamos sido testigos en el más completo silencio. Había percibido un respeto casi reverencial ante aquellos muertos. Incluido Redka, cuya mano seguía entrelazada con la mía bajo su capa oscura.

Dediqué un momento a observarlo. Dormía con la cabeza apoyada en la pared de roca. Su respiración profunda movía sus labios. Por primera vez me fijé con calma en sus facciones, tan relajadas que parecían las de otro rostro. En su nariz, sus largas pestañas, su cabello rubio enmarañado. Cuando dejaba de lado toda esa preocupación y fiereza que siempre lo acompañaban era… Era apuesto. Era un hombre hermoso.

La revelación me hizo visualizar al instante su cuerpo cubierto de sangre. Aquella antítesis me trajo de nuevo otro recuerdo: las sonrisas que se le escapaban ante algún comentario mío que le hacía gracia, el vestido que yacía en mi saco, su mano aún unida a la mía para librarme del miedo. El peso de la muerte sobre sus hombros.

¿Cuántas contradicciones más cabrían en aquel cuerpo?

Cogí aire y lo solté antes de recuperar mi mano y alejarme de él.

El resto del viaje fue bastante tranquilo. Los hombres cada vez parecían más animados. Hacían chascarrillos que, en su mayoría, yo no comprendía, pero que me despertaban sonrisas. De repente, se me asemejaban más a un grupo de amigos que a un ejército cansado.

La civilización comenzó a ser palpable. El humo que ascendía en algunos puntos del camino me indicaba que en aquella zona ya había aldeas habitadas. Redka me explicaba de vez en cuando dónde nos encontrábamos y qué pueblos íbamos dejando atrás. Yo no hacía preguntas, pero agradecía su esfuerzo para que aquello fuese más llevadero. Si era sincera conmigo misma, debía admitir que, según descubría más mundo, me veía cada vez más insignificante y fuera de él.

Me sentía extraña. Aún notaba la aspereza de la piel de su mano en la palma de la mía. Había sido un detalle bonito. Si me paraba a pensarlo, desde el principio Redka había sido extremadamente cuidadoso conmigo. Quizá lo ocultaba bajo esa apariencia ruda y su forma un tanto hosca de dirigirse a mí, pero asumía que todo lo que había dicho o hecho había sido por mi bien, para mantenerme protegida. Incluso las órdenes no eran más que un disfraz para advertirme de que debía estar alerta. Simplemente, aquella brusquedad visible en todo lo que hacía había sido su modo de enfrentarse a mí.

Miré sobre mi hombro y me encontré con su permanente rostro fruncido un poco más relajado. Entonces la pregunta salió sola, sin darme siquiera cuenta de que la estaba pronunciando.

—¿Por qué soy valiosa?

Bajó la mirada y se encontró con la mía. Parecía sorprendido. Casi como si acabara de despertarse repentinamente de un largo sueño.

—¿Quién te ha dicho eso? —Alzó una ceja, expectante.

—No importa. Contéstame. Por favor.

Me atreví a no apartar la vista. No parecía dispuesto a responder, supe que me ocultaba algo. Supuse que, casi sin conocerlo, ya era capaz de leer en los ojos de Redka.

—En realidad, no se trata de eso.

—¿De qué, entonces? —Se tensó y la expresión de su rostro me dijo que la conversación había terminado. Suspiré con desgana y volví mi mirada al frente. Luego susurré más para mí que para él—: Creo que tengo derecho a saberlo.

Pasaron unos minutos en silencio. Asumí que, por mucho que Redka pareciese preocuparse por mí, eso no significaba que pudiera compartir conmigo todo lo que desconocía. Tampoco que quisiese hacerlo.

No obstante, de pronto, su voz muy cerca del oído me erizó la piel y me erguí por la sorpresa.

—Eres la esposa de un soldado del rey Dowen. Si te cogieran..., podrías ser una buena moneda de cambio.

Fruncí el ceño, pero al momento me relajé y sonreí. No fue una sonrisa de verdad, porque sabía que, por mucho que hubiera un tratado firmado con los Hijos Prohibidos, eran expertos en saltárselo cuando les convenía. Hermine nos lo había enseñado bien. Nos había contado historias de hermanas muertas a manos de ellos o de otros seres mágicos. ¿Su precio por romper el acuerdo? Ser juzgados por las leyes de los hombres, pero eso solo si eran capaces de cazarlos... Estábamos claramente en desventaja. Yo ya había comprobado por mí misma aquel día en el bosque meses atrás que los

Hijos de la Luna se saltaban los límites con astucia. Primero con Maie y luego yo sola. Por eso siempre me encontraba alerta.

Me rocé el cuello, porque el recuerdo de sus manos en él me escoció. Cada vez que pensaba en aquel encuentro, sucedía; mi piel ardía en el lugar exacto que él había tocado.

—¡Pero no deben hacerme nada! —exclamé nerviosa, y percibí que nuestra conversación captaba la atención de los que nos rodeaban—. Las Novias estamos protegidas. El concilio…

—¿Acaso crees que les importa algo el maldito concilio? —replicó con dureza y rabia.

Se me aceleró la respiración y él, al notar mi nerviosismo, apoyó una mano sobre la tela de mi vestido. Me percaté enseguida de que no deseaba que la retirase.

Thyanne ralentizó el paso y se alejó de la comitiva para darnos una intimidad que le agradecí. Cuando se paró del todo, giré el cuerpo lo que mi posición me permitió y me encaré con Redka. Nunca lo había hecho de forma tan directa. Sin embargo, aquella ocasión no tuve que esforzarme por sacarle información, sino que él se adelantó. El tono de su voz había transformado la furia en desesperanza.

—El concilio está hecho con magia, y la magia siempre tiene trampas, Ziara. Debes aprenderlo cuanto antes.

—¿Y eso qué significa?

Su silencio me dolió antes de tiempo. No tuve que pensar mucho para intuir su respuesta.

—Que ahora no solo tengo que cubrir mis espaldas, sino también la tuya.

—Y vives en guerra.

—Y, por gracia del destino, ahora tú también.

Tragué saliva. Recordé la expresión de desaliento de Hermine cuando compartió conmigo el nombre de aquel hombre que en ese momento me observaba del mismo modo. Ella sabía lo que implicaba la posición de Redka. Lo sabía y no quiso compartirlo conmigo. Él también había tardado en hacerlo. No sabía si para evitarme más temores o porque ya era suficiente tener que cargar con mi presencia como para encima hacerlo conmigo llena de miedos.

Entonces me di cuenta de que no había comprendido hasta qué punto mi vida estaba enlazada a la suya. Ya no solo por un hechizo, sino por algo tan simple como que, mientras él fuese un guerrero, siempre estaría en sus manos.

—Y no puedes… negarte. A esto. A esta vida.

—No es tan sencillo de explicar.

—Por suerte tenemos toda la vida para que lo intentes.

Un amago de sonrisa que se quedó en mueca fue su respuesta.

Thyanne volvió a moverse, poniendo fin a nuestra conversación. Yo me giré y me agarré con fuerza a sus crines. Necesitaba el contacto de alguien que me diera cierto consuelo y, pese a lo que sabía de su mágica condición, aquel caballo se había convertido en el único ser que me generaba confianza.

Nos mezclamos de nuevo con el grupo.

Redka no volvió a dirigirme la palabra.

Yo pasé las últimas horas antes de llegar a Asum con toda la información hirviendo en mi cabeza. Uniendo detalles que me decían que mi situación no solo era complicada por estar a merced de un hombre que no conocía, sino que era aún peor si me alejaba de él.

Podían matarme. Esa era la conclusión que no dejaba de repetirme como un mantra peligroso que comenzaba a crispar mis nervios. Si alguno de esos seres me cogía, podían usarme igual que Redka y sus hombres hacían con los que capturaban. Podrían torturarme y quién sabe qué más. Venderme a los Hijos Prohibidos. Convertirme en moneda de cambio como venganza.

De repente, mi objetivo no era lograr algún día escapar del ejército de Redka buscando la libertad, sino intentar permanecer lo más cerca de él si quería seguir viva y no acabar como el Hombre de Viento.

XV

Llegamos a Asum al atardecer del tercer día. La temperatura era cálida y el olor a salitre llevaba acompañándonos los últimos kilómetros, aunque al entrar en el pueblo se acentuó hasta resultarme un poco molesto.

—Te acostumbrarás. Yo ya ni lo huelo —dijo Nasliam al pasar a mi lado y sonreír con malicia ante la falta de color de mi rostro. Ya lo había nombrado en mi cabeza como el ser más insufrible del mundo, por delante incluso de los horripilantes Nusits.

Estaba agotada. Había dormitado durante el trayecto, pero nunca alcanzaba un sueño profundo. La revelación de Redka me había dejado exhausta de tanto reflexionar sobre mis posibilidades. Había llegado a la conclusión de que no tenía ninguna que no fuera mantenerme a su lado y acatar lo que él decidiese si quería sobrevivir; a fin de cuentas, ese era mi destino.

Pese a ello, en mi mente siempre pervivió la creencia de que, algún día, podría ser libre o aspirar a algo más que a ser una complaciente esposa sin voz ni voto. Aquel nuevo golpe de realidad había deshecho mi ánimo.

No obstante, pese al mal cuerpo que se me había quedado tras la conversación y la rigidez que había acompañado a Redka desde entonces, cuanto más nos acercábamos al final del viaje, a él se le veía más calmado. De hecho, hasta habría jurado que estaba contento, si no daba importancia a la inexpresión de su rostro ni tampoco a la fiereza que siempre llenaba sus ojos verdes.

Cathalian se dividía en tres zonas cuyas fronteras estaban abiertas para cualquier ciudadano humano. Iliza, al norte, Onize, en el centro, y Ziatak, al sur. El pueblo de Redka pertenecía a esta última. Se encontraba en la costa, rodeado por el Mar de Beli.

Yo no recordaba haber visto antes el mar. En mi sueño del acantilado no llegaba a vislumbrar nada al llegar al borde, solo una negrura inmensa que me hacía despertar, así que no estaba muy segura de cómo era el océano más allá de lo que había oído en las historias o visto en pinturas.

Rápido lo supe. Fue tal la impresión que jadeé al recuperar el aliento.

—Es magnífico, ¿verdad?

—Lo es.

Cortaba la respiración. Su extensión sin fin; su rugido cuando las olas chocaban con la pared de piedra de los acantilados; el color azul, una mezcla de todos los azules que conocía, hermoso y único; el olor de la sal, del sol sobre el agua, de los peces y los seres que vivían en su interior, una mezcla que, aunque al principio me había resultado cargante por su intensidad, de repente me parecía de lo más agradable. Me recordaba al efecto que tenía un perfume que Hena, una de las cuidadoras de la Casa Verde, había fabricado con las flores del jardín; cuando lo olías en el frasco resultaba demasiado intenso, incluso provocaba un picor molesto en la nariz, y, sin embargo, cuando se fundía con la piel, dejaba un aroma con el que deleitarse.

El Mar de Beli provocaba lo mismo en mí.

Caminábamos por un sendero sobre los acantilados. Bajo nuestros pies, el suelo se terminaba y la altura, junto con las rocas puntiagudas, hacía que me marease solo con mirar hacia abajo. Un tropiezo de Thyanne y caeríamos sin remedio hasta alcanzar la muerte. Daba igual, porque no podía dejar de asomarme. Me sentía hipnotizada por esa belleza salvaje que nos regalaba la naturaleza. Supe que aquellos hombres pensaban lo mismo cuando me giré y los vi trotando en silencio con las miradas perdidas en el punto en el que mar y cielo se unían. Algunos cerraban los ojos y respiraban con profundidad.

Regresaban a casa.

El camino terminó en una bajada de tierra desde la que ya podíamos atisbar las primeras viviendas. El sonido de la civilización rompió esa quietud que sobrevolaba al grupo. Comencé a oír la algarabía de los que averiguaban que la caballería que llegaba pertenecía a su pueblo. Algunos de los hombres trotaron más rápido. Nosotros no. No lo hicimos porque Thyanne caminaba mirando el mar. Lo hacía como el que observa algo que ama y que sabe que ya no le pertenece. ¿Qué significarían esas aguas para el alma que habitaba en aquel cuerpo? La nostalgia en sus ojos provocó una punzada en mi corazón. No pude evitar el impulso de acariciarlo.

—Es lo que más le gusta del mundo.

Asentí ante el susurro de Redka y seguí acariciando al caballo.

Lo entendía perfectamente, porque yo tampoco había visto nunca nada igual. Ni siquiera la magia podía competir con algo tan grandioso como el océano.

Redka comenzó a hablar al llegar a las primeras casas. Su estado alegre me resultaba contagioso y me olvidé un poco de todo lo acontecido horas y días antes; incluso un poco de mi propio destino.

Asum era un pequeño pueblo en una llanura entre dos montañas y rodeado de mar. Un entorno tranquilo e idílico que distaba mucho de la imagen que se podría imaginar del hogar de un ejército. De hecho, era tan pequeño en proporción a lo que sabía de los demás asentamientos de Ziatak que me hacía cuestionarme el motivo de que de él hubiera salido aquel grupo de soldados.

Las viviendas eran de piedra blanca. Según me explicó Redka, eran de un tipo de roca que aguantaba la quemazón de la sal y la humedad durante siglos. En los peores días de invierno, el agua llegaba a las calles y provocaba algunos destrozos. Aunque me olvidé rápido de aquello, porque era un precioso día de primavera y el sol teñía el pueblo con un brillo especial. La estampa era perfecta, la mezcla de la tierra con las construcciones claras y el mar azul. Y, para mi consuelo, no se asemejaba en absoluto a las condiciones de vida que había observado en Siam. Fuera por el motivo que fuera, en Asum habían sobrevivido a las consecuencias de la guerra.

En las puertas de las casas, los pescadores vendían la recogida del día en grandes cajas de madera rellenas de sal. Había flores de colores vivos en las ventanas y el suelo se empedraba a trozos, lo que hacía que los cascos de los caballos sonaran con más fuerza. Los niños gritaban y saltaban alrededor de sus patas según pasábamos. Sus rostros estaban pintados de forma irregular con aquellos extraños dibujos que había observado en Redka y sus hombres el día de mi ceremonia de plenitud, unas formas color ocre cuyo significado desconocía y que parecían haber pintado con premura en su honor al percatarse de su llegada. Al instante, me chocó comprobar que no había niñas entre ellos; su destino, al igual que el mío, era otro. Algunos saludaban a los hombres por su nombre y estos les correspondían con un guiño cómplice. No solo Redka parecía aliviado por llegar, sino que todos ellos transmitían una euforia comedida.

Al entrar en una plaza circular, bajamos de los caballos y los abrazos llegaron.

Yo no podía dejar de observarlos a todos.

Nasliam acogía en sus brazos a una diminuta anciana mientras ella lo observaba detenidamente con las manos sobre sus mejillas, pasando sus aguados ojos por los del joven, por su cuello, su cuerpo, quizá revisando que estuviera de una pieza. Por primera vez, vi a Nasliam como lo que era más allá de sus cometidos y sus constantes burlas hacia mí; lo vi como un hombre que tendría un pasado, un hogar, seres queridos por los que alejarse largas temporadas de allí y manchar sus manos de sangre.

Lo vi alejarse rodeando los hombros de la anciana y sin mirar atrás.

Me fijé en los demás. En sus expresiones de cariño, en su gratitud, en la certeza de que aquel lugar era especial para ellos; cobijo y paz. Luchar por mantener aquel rincón a salvo guardaba lógica después de percibir el sentimiento tan puro que flotaba sobre ellos.

En una esquina, algo más apartado del grupo, Sonrah ofrecía figuras de animales tallados en madera a los niños; le había visto moldearlas con sus manos en sus ratos libres en el campamento, pero nunca habría adivinado los destinatarios de esos regalos. Se encontraba arrodillado, rodeado de los más pequeños, que daban saltos de emoción a su alrededor y lo miraban con auténtica adoración. Nadie lo saludaba con la familiaridad y alivio que transmitían otros, como si su verdadero hogar no fuera ese, pero, aun así, parecía feliz de su regreso.

Fui consciente de que no conocía nada de aquellos hombres; que ellos eran algo más que armas, caza y muerte.

Una mujer llegó corriendo a toda velocidad desde el otro lado de la plaza; sus piernas desnudas se veían por debajo de su falda a cada zancada; tenía el pelo rizado de color caramelo suelto al viento y le brillaban los ojos con una emoción imposible de esconder.

—Atenta.

Hice caso a la advertencia de Redka y la vi estamparse contra el cuerpo de Yuriel, que la acogió entre sus brazos y la levantó en un abrazo antes de apretar su boca contra la suya. Se besaron con fervor sin importarles el público, ni que sus amigos los jalearan y lanzaran burlas, ni las risas de los niños ante su ímpetu, y aquel beso…

Me ruboricé. Aparté la vista y me encontré con una sonrisilla en la cara de Redka, que no me miraba, pero supe que estaba dirigida a mí.

—¿Es su esposa? —le pregunté, porque su actitud no se parecía en nada a lo que me habían enseñado que debía ser. No solo era alegría y felicidad, tampoco deseo, era una emoción tan pura, tan visceral, que me costaba comprenderla. Para mí era como desnudarse.

La observé, entre maravillada y avergonzada por su naturalidad. Sin duda, no parecía una Novia. Y no solo porque no la reconocía. Tampoco por su ropa, ni por su aspecto o su comportamiento, sino por su sonrisa, por la vida que tenía en sus ojos negros, por el modo en el que miraba a Yuriel, como si un mundo entero cupiera en ese beso.

—Es el amor de su vida.

—¿Y no es lo mismo?

Redka apartó la vista de la pareja y la clavó en mí. Parecía confundido, como si no pudiera creer lo que le estaba diciendo. Pero era para lo que la Madre me había preparado y lo bien que me había aleccionado al ser escogida antes de marcharme de allí de la mano de Redka.

—No tiene nada que ver.

Entonces recordé lo que Hermine me había contado acerca del amor. Aquel sentimiento que los Hijos de la Luna habían querido robarnos. Mientras lo hacía, volví a observarlos. Ni rastro de magia en ellos y, pese a todo, yo vi algo tan grande e intenso que ningún hechizo podría borrar. Una emoción que me era del todo desconocida, que me asustaba y que, a la vez, provocaba unas cosquillas plácidas en mi estómago.

Noté otra presencia cerca. Me di la vuelta y vi a una mujer. No me miraba a mí, sino a él. A Redka. Y lo hacía conteniendo la respiración y con un pañuelo arrugado en su mano. En cuanto él la vio, dos lágrimas rodaron por sus mejillas. Redka las limpió con los dedos antes de dejarle un beso en la frente y acunarla en sus brazos.

No podía moverme. Mirase donde mirase, veía sentimientos que me dejaban sin aire. Y ninguno de ellos me pertenecía. Ni siquiera recordaba haberme comportado con tanta efusividad con Maie.

—Ziara, esta es Syla. Syla, ella es mi esposa.

Redka cogió la mano de la mujer y se acercaron a mí. Era bellísima. Me saludó con una sonrisa que intenté devolverle, aunque me salió torcida. Sus ojos continuaban anegados en lágrimas y la sorpresa en ella al verme resultaba innegable. Supuse que el matrimonio de Redka era una novedad para todos, incluso para aquella mujer que no sabía qué relación tenía con él, pero que había sido la única que lo había recibido con una emoción que destilaba cariño sincero.

Su pelo era del color del sol, largo y sedoso. Sus ojos, del azul de aquel mar que nos observaba. Su rostro, el de un ángel en tierra. Su apariencia transmitía una armonía de las que encandilaban. A su lado, con mi pelo revuelto tras tantos días sin peinar, mi ropa sucia y desgastada, mi rostro pecoso y algo tostado por el sol, me sentía una niña desgarbada.

—Encantada de conocerte. No te esperaba.

—Lo lamento.

No sé por qué dije eso, pero sentí la necesidad de disculparme. Tenía la constante sensación de que aquel no era mi sitio. Más bien, guardaba la certeza de que no lo era. El problema radicaba en que tampoco sabía cuál era mi lugar en el mundo.

—Yo también.

No entendí su respuesta, pero Redka soltó una carcajada y asumí que lo decía por haberme visto obligada a desposarme con el hombre que la contemplaba con tanto afecto que tuve que apartar la mirada.

Syla nos acompañó hasta llegar a una casa un poco apartada del resto. Era como todas las demás, de piedra blanca y madera en puertas y ventanas, pero estaba situada en un pequeño saliente de tierra frente al mar, lo que le daba una vista privilegiada y una tranquilidad sin igual. Se despidió de nosotros con la promesa de visitarnos pronto y la vimos marchar abrazándose a sí misma, aún con el pañuelo de seda en la mano.

Redka abrió un portalón lateral que resultó ser la entrada a un establo. Thyanne desapareció en su interior con la familiaridad de quien conoce un lugar. Luego hizo lo mismo con la otra puerta y me indicó que pasara con un leve movimiento de cabeza.

—Esta es mi casa. Nuestra casa —rectificó, y me estremecí al darme cuenta de que aquello, me gustara o no, sí era un proyecto de hogar definitivo y no los días que habíamos compartido en el campamento.

Entré y observé la estancia. No tenía nada que ver con donde había vivido hasta entonces, pero me recordaba a la humildad de los recuerdos que guardaba de la granja de mis padres. Una sala con una mesa de comedor, sofá y chimenea. Dos habitaciones. Un aseo. La bañera no era más que una palangana enorme de metal.

—Es bonita. —No fue una mera cordialidad, sino que, pese a la dejadez por haber estado tiempo cerrada, transmitía calidez.

—Gracias.

—Puedes dormir aquí. Era el dormitorio de mis padres.

No me atreví a preguntarle dónde estaban o, lo que me decían mis instintos que sería más correcto, qué les había ocurrido. Tampoco por qué estaba tan solo y únicamente Syla había demostrado tener con él una relación cercana. Se notaba que el resto del pueblo lo respetaba, pero como el que venera a un rey o a un dios: desde la distancia. Casi igual que en el campamento. De algún modo, la figura de Redka despertaba un sentimiento de admiración inmediato en todo el que lo conocía. No sabía si era por su posición, por su pasado o por la persona que escondía a mis ojos.

Entré en la habitación. La cama estaba cubierta por una manta y un tocador descansaba al lado de un armario. Unas flores muertas guardaban polvo sobre la repisa de la ventana. Quién sabía hacía cuánto tiempo llevaban pudriéndose allí. Pasé los dedos por encima de la manta. Ocupar esa habitación me incomodaba un poco; consideraba pocas cosas más íntimas que una cama ajena. No obstante, era lo que tenía y asumía que debía sentirme agradecida. Para Redka tampoco debía ser fácil ofrecerme un espacio tan significativo.

Me estremecí al sentir su cuerpo en mi espalda. Allí dentro, su presencia era aún más intimidante. Me mordí los labios al percatarme de que, quizá, bajo el techo de su verdadera casa nuestra relación cambiaría. Era un dormitorio para dos. Un dormitorio que un día albergó el amor de sus padres. Recordé las palabras de Hermine, mi deber, la esperanza que los hombres depositaban en nosotras para que la humanidad tuviera un futuro, y supe que, algún día, deberíamos cumplir con nuestra parte.

Me temblaron las manos. Redka carraspeó; su incomodidad repentina me hizo intuir que compartíamos aquel pensamiento. Me habría encantado conocer lo que pasaba por su cabeza al mirarme. Saber si hacía todo aquello porque a él le desagradaban los términos de nuestra unión lo mismo que a mí o si su actitud se debía a que de verdad me respetaba. Fuese por lo que fuese, reparé en que ya no temía estar a solas con él. Tenía la certeza de que jamás me haría daño.

—Yo dormiré al final del pasillo. Si necesitas algo, no dudes en pedírmelo.

Cerré los ojos y tragué saliva con fuerza. Él se dirigió a la puerta, pero, antes de que me dejara sola, tuve que demostrarle que agradecía enormemente lo que me estaba regalando.

—Redka.

—Sí.

—Gracias.

—¿Por qué?

«Por respetar mi intimidad. Por no obligarme a hacer algo para lo que no estoy preparada, incluso teniendo el derecho a hacerlo. Por tratarme bien. Por abrirme tu casa, pudiendo haberme hecho dormir junto a Thyanne sobre una alpaca de heno».

Sin embargo, fui incapaz de abrir la boca.

Syla regresó aquella misma noche. Lo hizo después de que ambos nos aseáramos y con un cesto lleno de comida recién hecha, fruta y leche fresca para que cenáramos. Me rugieron las tripas con tanta fuerza que el rubor cubrió mis mejillas ante la sonrisa de ambos.

—No era necesario, Syla.

—No digas tonterías. Tenéis que estar agotados.

Ninguno de los dos le quitamos la razón. Yo apenas me tenía en pie. Me dolían las piernas del viaje, aunque de algún modo me había acostumbrado a esa incómoda tirantez en los músculos. Incluso con eso, después de llenar el estómago, se me cerraban los ojos y no podía dejar de bostezar. Redka parecía igual de preparado que siempre para enfrentarse a un ejército de Hijos de la Luna él solito, pero la tez oscura bajo sus párpados lo delataban. Se notaba a la legua que necesitaba aún más que yo dormir una noche entera en una confortable cama y no en un suelo húmedo.

Durante la cena charlaron de personas que yo no conocía. Descubrí que Syla vivía cerca, en una de las calles que habíamos atravesado de camino a la casa. Y sola. No tenía familia. No abrí la boca más que cuando ella me hacía preguntas, y solo para responderlas cortésmente, pero de la forma más escueta posible. Era amable, pero me intimidaba un poco. Quizá porque era mayor que yo y, aunque el rostro de él estuviera curtido, también era mayor que Redka. Puede que fuera porque se notaba que había vivido tantas experiencias en la vida que, a su lado, yo solo era una niña. O porque entre Redka y ella flotaba un hilo cómplice que no comprendía.

Antes de irse, me pidió que la acompañara al dormitorio que ocupaba Redka. Me asomé con timidez y vi que era prácticamente igual que el otro, aunque en este había dos camas y la espada de Redka descansaba sobre una de ellas.

Se acercó al armario y sacó de él unas prendas de mujer.

—Toma, puede que no sean de tu talla, pero servirán.

Me ofreció el montón de ropa y negué con la cabeza.

—Pero… no puedo aceptarlas.

—Son mías, hasta hoy ni siquiera recordaba que estuvieran aquí. —Sonrió con nostalgia, pero la sonrisa no le llegó a los ojos—. Considéralas mi regalo de boda.

Me guiñó un ojo y me sonrojé de nuevo. Después se marchó.

Sentada sobre la cama de Redka, revisé las prendas. Había un vestido verde oscuro y otro color tierra. Un par de calzas de lana y una capota negra. Ropa interior, un camisón blanco y, entre sus dobleces, encontré un cepillo de madera para el cabello que agradecí en silencio, así como una pastilla de jabón.

Antes de salir, eché un vistazo al dormitorio. La ropa sucia de Redka descansaba en un rincón; él sí había podido cambiarse de muda después del aseo. Sin poder frenar mi curiosidad, me acerqué al otro lado del armario y lo abrí. Mantas, más ropa de hombre y lo que parecía una casaca metálica. El corazón se me aceleró. Aquel era un uniforme mucho más distinguido que los que usaban Redka y sus hombres. Se percibía a simple vista que no solo era de calidad superior, sino que, además, denotaba cierto estatus. Por encima de la rejilla metálica plateada colgaba la armadura, forrada de piel color sangre. Tenía un escudo grabado en el centro. Medio sol dorado junto a dos estrellas de seis puntas. El emblema de Cathalian.

Un ruido en la casa me hizo brincar y cerré la puerta de golpe. Percibía el corazón en la base de la garganta. Me dirigí a mi cuarto, pero, antes de llegar, atisbé la sombra de Syla abrazando a Redka.

Me miré en el espejo y suspiré tres veces antes de salir al pasillo. Por fin mi pelo parecía haber vuelto a su estado original, aunque me había costado un gran esfuerzo. Aún me escocía la piel de tanto frotarla durante el aseo y la tenía ligeramente rosada en las mejillas, pero si ese era el precio por sentirme limpia por primera vez desde el día de mi ceremonia lo pagaba gustosa. El camisón me llegaba hasta los tobillos y se me ajustaba de más en la parte de arriba, pero no me sentía demasiado ridícula como para que Redka me viera con él.

Había estado pensando en lo sucedido durante el día; sobre todo en la última imagen que había visto a escondidas antes de encerrarme en mi cuarto. En cada cepillado, recordaba la escena de Yuriel y aquella mujer y la comparaba con los encuentros entre Syla y Redka. Después pensaba en el hechizo que la humanidad cargaba y en qué pieza conformaba yo en todo aquello; en qué lugar ocupaba. Ya con el pelo totalmente desenredado, me di cuenta de que no había llegado a ninguna conclusión y que, ante mi empeño, lo único que había logrado era disipar el sueño que un rato antes me impedía mantener los ojos abiertos.

La puerta de la calle no estaba cerrada del todo; a través de la rendija, se colaba una suave brisa. Me puse la capota sobre los hombros y lo busqué. La noche estaba estrellada y el mar parecía mucho más salvaje en la oscuridad.

Redka observaba el infinito sentado en una pila de leña cortada. Llevaba la misma ropa que en la cena, aunque su pelo se había deshecho de su habitual lazada, y bebía algo de una taza humeante. El cabello largo le tapaba los ojos.

Me senté a su lado y allí nos quedamos, sin hablar, hasta que encontré las agallas para hacerlo.

—¿Puedo preguntarte algo?

—Claro.

Cogí aire y lo solté. Agradecí que la oscuridad no hiciera visible mi maldito rubor.

—Tú y Syla…

Se rio y escondí el rostro en el tejido de la capota.

—No. ¡No, por los dioses! —El sonido de su risa resultaba refrescante.

—Pero es… una mujer maravillosa. Y muy bella.

—Ya lo sé.

—Te mira como… —Tragué saliva, porque me costaba explicarlo.

—¿Como si me quisiera?

No, no era solo eso, era algo más. Algo que yo había visto muchas veces en los ojos soñadores de mis hermanas, esa esperanza, ese deseo que se despertaba en Maie cuando nos cruzábamos con algún ser en la espesura del Bosque Sagrado. Ese afán por conocer en la vida real lo que yo sentía cuando leía a escondidas libros que no me permitían. El escalofrío que me recorría el cuello al recordar el encuentro con aquel Hijo Prohibido.

—Como si anhelase algo.

—Y lo hace.

—¿Y tú no… podrías dárselo, si quisieras?

Volví a apartar la vista. Me avergonzaba mostrarme tan insegura, pero mi inexperiencia en aquellas cuestiones me provocaba un temor inmediato. No obstante, solo con ver la felicidad desbordante en los ojos de Yuriel, el mismo hombre al que yo no había visto sonreír ni una sola vez en el campamento, me nacía la necesidad de no interponerme en un sentimiento similar entre Syla y Redka. La magia nos obligaba a desposarnos, pero nadie podía controlar aquel brillo único en la mirada del cocinero parco en palabras.

La mirada de Redka, en cambio, parecía divertida ante mi exposición.

—¿Qué pretendes decirme?

—Yo no quiero ser un obstáculo para ti. Para vosotros. No me debes nada.

—Te respeto.

—No me faltarías al respeto si la amases. Quizá a la magia sí, pero eso no es nuestro problema. Si ellos hacen trampas, nosotros también podemos. Bastante tenemos ya con esta condena.

Redka sonrió. Yo hablaba completamente en serio. Nadie que lo tuviera al alcance merecía perderse ese brillo por una guerra tan lejos de allí.

Él sacudió la cabeza. Su mirada se mantuvo perdida en el Mar de Beli unos instantes. Luego la dirigió a mí de nuevo y vi que la diversión se había convertido en dolor.

—No me desea a mí, Ziara.

—¿El qué, entonces?

—Syla era la pareja de mi hermano. Al comenzar la persecución de los Hijos Prohibidos, conseguimos mantenerla oculta con otras mujeres. Se crearon escondites para ellas por todo Cathalian. Cuando se firmó el concilio y Syla por fin regresó…, Guimar ya no estaba. Él murió en la guerra.

Guimar. Era la primera vez que escuchaba aquel nombre, pero lo sentí como si fuera el de una persona conocida, familiar. Quizá por la pena que me provocaba Redka. O por la que sentía hacia la propia Syla. De nuevo el dolor manifestándose, la muerte colándose entre sus recuerdos.

—Lo lamento mucho, Redka.

Fue la primera vez que dije su nombre en voz alta. Asintió con agradecimiento y por la manera en la que me miró supe que él también se había percatado.

—Fue muy duro para ella. —Hizo una pausa, pensativo, y rectificó—. Para los dos. Cuando me mira…, lo ve a él.

Se me cruzó el pensamiento de que me habría encantado conocerlo; verlo con un Redka niño; contemplar el brillo que nublaba los ojos de Syla cuando se trataba de él, pero sin el pesar ni la nostalgia añadidos.

—¿Os parecíais?

—Guimar era ocho años mayor que yo, pero sí. Nos parecíamos bastante, aunque él era más…

—Él era el guapo, imagino —bromeé para que se distendiera el ambiente.

Los ojos de Redka se convirtieron en dos rendijas al sonreír. Se le formaban unas líneas alrededor al hacerlo que no había visto antes. Aportaban una calidez agradable a su mirada, casi siempre tensa. Me pregunté cómo sería tocarlas, pasar los dedos por ellas y percibir su relieve. Un mapa desconocido que descubrir con las yemas.

—Eso ni lo dudes. Teníamos los mismos ojos, la misma mirada, pero la suya, pese a ser mayor que yo y vivir una guerra, siempre fue más limpia y sincera. Más feliz. Supongo que era la consecuencia de tenerla a ella.

De nuevo reflexioné sobre el hecho de que Redka no había podido vivir la Gran Guerra. Sus hombres, como Guimar lo sería en su día, sí, porque casi todos eran más mayores, pero él no. Si las cuentas no me fallaban, aún tenía los treinta lejos como para haber podido batallar.

Me fijé en que, al relatar aquella historia, lo hacía con el anhelo de vivir algo parecido a lo que su hermano experimentó con Syla. E, igual que ella había podido escapar y sobrevivir a la guerra, habría muchas más mujeres dispuestas a vivirlo con él.

—Podrías encontrar lo mismo. En cualquiera de esas mujeres que aún viven fuera de la Casa Verde.

Sin embargo, la determinación de su respuesta no me la esperaba.

—¿Y quién te dice que lo quiera?

Clavó su mirada intensa en mí. Yo no aguanté el reto y la aparté, intimidada por todo aquello desconocido y tan vivo que la llenaba.

Me levanté y decidí que ya nos habíamos acercado lo suficiente para ser el primer día en Asum.

—Buenas noches.

—Buenas noches, Ziara.

Dormí profundamente y soñé con el claro de agua.

XVI

La energía de Asum me resultaba electrizante. En la casa de Redka la tranquilidad era absoluta; el silencio casi se podía tocar y llenaba los recovecos del hogar como si fuera un habitante más. En cambio, en cuanto poníamos un pie fuera, la vida explotaba en cada rincón. Los niños correteaban por las calles, jugaban a perseguir las gaviotas que intentaban robar pescado de los puestos y sus risas me hacían sonreír sin remedio. Seguía doliéndome no ver niñas entre ellos, pero su ingenuidad me calentaba el pecho. Los hombres volvían con la pesca del día, trabajaban en el mercado y charlaban amigablemente en la puerta de la cantina. Allí, las risas eran estruendosas y olía a cebada fermentada. Hasta ese momento, yo ni siquiera sabía lo que era una cantina. Las mujeres paseaban por los tenderetes, se sentaban en los bancos de la plaza con los rostros alzados al sol y vestían prendas de tantos colores que me costaba decidir cuál me gustaba más. Acostumbrada al blanco puro, observarlas era para mí un espectáculo de vida. Pronto me di cuenta de que algunas eran Novias como yo. No solo las reconocía por el anillo mágico que rodeaba sus dedos, sino porque había algo en su forma de comportarse que, por mucho que su experiencia fuera de los muros las hubiera cambiado, se percibía rápido. Otras eran como Syla. Normalmente, se trataba de mujeres que ya eran jóvenes o adultas como para huir y sobrevivir durante la guerra, pero otras no eran tan mayores, lo que me indicaba que solo eran unas niñas cuando todo sucedió y que pudieron vivir en la clandestinidad hasta haber sobrepasado la edad que el concilio consideraba que marcaba el límite de entrega de las niñas en la Casa Verde. Las envidiaba un poco por haber podido crecer al otro lado del muro; por haber tenido a alguien que las quisiera tanto como para ocultarlas los primeros años y por luchar por ellas y por su libertad. Cuando eso ocurría, el recuerdo de mi padre aceptando una bolsa de monedas por mí me azotaba con fuerza y me dolía en lo más profundo.

Comprendí que el mundo en el que había crecido era aún más pequeño de lo que creía. Lo hice cuando me crucé con una que llevaba una capa de color púrpura y no verde como la mía, y me hizo darme cuenta de que no conocía a ninguna de las Novias de Asum.

—Tu casa no es la única, Ziara. Pensé que ya lo sabrías —me dijo Syla con cautela.

—Pero… ¿cuántas casas existen?

—¿Redka no te lo ha contado?

—¡Ese cretino no comparte absolutamente nada!

Se rio por mi repentino enfado, pero es que no me podía creer que después de tantos días a nadie se le hubiera ocurrido compartir conmigo aquella información. Me daba la sensación de que me iba encontrando con las cosas de sopetón, lo que hacía que digerirlas fuese mucho más costoso.

Syla palmeó mi mano y me ofreció una taza de una bebida templada hecha a base de hierbas típica de la zona. Périla, se llamaba. Era dulce y, cuando llevabas un rato bebiéndola, adormecía un poco, como si sus hierbas tuvieran efectos calmantes. Se sentó a mi lado e hizo eso que nadie había hecho aún conmigo: me escuchó y respondió todas aquellas preguntas que, aunque tuvieran respuestas obvias para todo el mundo, para las mujeres como yo no lo eran tanto. Así averigüé lo que era una cantina, por ejemplo, y todos los brebajes que podían ofrecerme humanos y no humanos y los que tenía que rechazar sin miramientos. También me explicó que el Bosque Sagrado era mucho más grande de lo que yo pensaba. De hecho, yo solo conocía la zona sudeste, la más cercana a la frontera con Ziatak; una ínfima parte de un territorio que para atravesarlo de lado a lado se necesitaban semanas. Ni siquiera era capaz de imaginar una distancia como aquella.

—Tras firmar el concilio, los Antiguos Hechiceros crearon siete casas en lo que un día fue el reino de Vadhalia. Cuenta la leyenda que, cuando este desapareció, la magia se asentó en él, creció en sus raíces e impregnó aquella vegetación para siempre.

—El Bosque Sagrado.

Ella asintió.

—Así lo llamaron. Siempre había sido territorio neutral, un lugar en el que, antes de marcar los límites que pusieron distancia entre los Hijos de la Luna y los humanos, vivían libremente razas mágicas. Sus fronteras las señala el Río de Sangre, que, como comprenderás, no se llamó así hasta que la muerte azotó Cathalian, aunque ya nadie recuerda su anterior nombre. Tampoco creo que importe.

Conocía el mapa, lo que Hermine había ocultado eran las dimensiones de aquel terreno y que nosotras no éramos las únicas que lo ocupaban. ¿Las razones? Solo ella las sabría.

Siete casas. Siete casas rodeadas por siete muros. Siete casas repartidas por aquel vasto territorio llenas de chicas con destino escrito.

—Si yo provengo de la Casa Verde, ¿cómo se llaman las otras?

—Casa Ámbar se encuentra en el norte, en el pico más alto, comparte frontera con Iliza y con la Zona Salvaje. —Me estremecí y ella asintió—. Pese a la protección, mala zona para habitar, sin duda. Púrpura, en la esquina noroeste. Lacre, por debajo de Ámbar. Zafiro y Cobre son las más alejadas de zona humana, en el suroeste. Y, por último, Malva y Verde. Sois las más cercanas a Ziatak; también las más pequeñas. En realidad, la tuya es insignificante al lado de las demás.

Tragué saliva y aparté la mirada avergonzada, porque jamás me había planteado la magnitud de mi raza y lo poco que podríamos aportar unas setenta chicas para la perpetuación de los nuestros. Era obvio que debía haber más, muchas más, pero había sido criada dentro de unos límites tan estrictos y marcados que todo lo que me decían me parecía plausible.

—Soy una tonta… Imagino que la Casa Verde no será más que un grano de arena.

Syla me sonrió con ternura.

—Casa Lacre está formada por nada menos que el viejo castillo abandonado de los Hirford, una antigua dinastía humana que desapareció hace tiempo, y su ciudadela.

La observé asombrada.

—¿Las Novias de Asum…?

—Sois trece. Este es un pueblo pequeño. Tú eres la primera Verde que tenemos.

Pensé en todas aquellas chicas que conocía y a las que no sabía si volvería a ver. También en todas las que eran desconocidas, pero que podrían dejar de serlo.

¿Cómo serían sus casas? ¿Tendrían su propia Hermine? ¿Nos pareceríamos o sus vidas habrían sido muy diferentes? Una emoción cálida se apoderó de mí. Tal vez, podría dejar de sentirme tan sola. Al fin y al cabo, compartíamos mucho más sin habernos visto jamás que con cualquier otra persona.

—Me gustaría conocerlas.

Syla me llevó a una casa inmensa en el otro lado de Asum. Se encontraba en la parte más interna del pueblo, donde no se veía el mar y sí las montañas que lo rodeaban. Nos abrió una mujer de avanzada edad que trabajaba para los dueños y nos guio hasta un comedor. Allí, con la vista clavada en la ventana, se encontraba una joven de cabellos castaños y ojos azules soñadores. Noté la ilusión bailando en mi estómago.

—Amina, soy Syla.

Parpadeó confundida, hasta que una sonrisa se dibujó en sus labios al reconocer a mi acompañante. Su vestido era blanco, de encaje y cuello cerrado. De algún modo, conocerla era como viajar al pasado; daba la sensación de que seguía siendo una Novia a todos los efectos y que el mundo exterior no la había cambiado ni un ápice.

—¡Syla, qué alegría! Os estaba esperando.

Se levantó y la sorpresa tiñó mis ojos al ver su abdomen hinchado. Ella se lo acarició con dulzura ante mi gesto. Luego me observó con una curiosidad no disimulada.

—Tú debes de ser la esposa de Redka.

—Ella es Ziara.

Asentí y Amina sonrió. Me cogió las manos entre las suyas. Parecía feliz de tenerme en su casa.

—Eres una mujer afortunada, Ziara de Asum.

Fruncí el ceño ante aquellas palabras; nunca nadie me había llamado así, pero entendía que su nombre había pasado a ser el mío. Ya nunca más sería Ziara de la Casa Verde. Ahora era la esposa de un líder de guerra.

Syla sonrió con picardía al pensar en Redka.

—Todavía no comparte esa opinión —dijo, y ambas rieron.

—¿Y cuál es tu opinión?

No supe qué responder. Llevaba años soñando con traspasar los muros y, cuando lo había conseguido, estar al otro lado no había supuesto un cambio positivo. No me habían hecho daño y Redka había sido respetuoso y cuidadoso conmigo; todos lo eran. No obstante, la situación me asfixiaba. La idea siempre perenne de que no era más que una esclava, la esposa unida para siempre a un hombre que no me conocía y que no me quería a su lado, una mujer que aún ignoraba lo que era la libertad.

—Vamos, hablemos con una taza de agua de manzana.

Nos dirigimos a un patio circular en el interior de la casa. Ya lo había intuido, pero a cada paso reparaba en que ese hogar no tenía nada que ver con la humildad que caracterizaba al de Redka. Entramos en el jardín y me maravillé con que contaran con un oasis de paz en medio de la construcción. Era precioso, con plantas en cada rincón y flores que traían un dulce aroma a primavera. Unos pájaros exóticos piaban en una gran jaula de madera. Me acerqué a ellos y pasé los dedos por los barrotes.

—Prío, mi marido, me trae un nuevo ejemplar a su regreso de cada viaje. Cuestan una fortuna.

Asentí, pero por dentro sentí lástima por aquellos animales encerrados.

Odiaba las jaulas.

La misma sirvienta que nos había abierto la puerta trajo una jarra con unas tazas. Era una bebida fresca y transparente. Nos sentamos en una mesa a la sombra y Amina me animó a beber.

—La hacemos con nuestro propio manzano. Pruébala, te encantará.

Lo hice. Estaba deliciosa. Syla bebió un poco de su taza antes de levantarse para observar las flores de cerca, dejándonos a las dos solas. Supe que lo había hecho para darnos intimidad y se lo agradecí.

—Me han dicho que procedes de la Casa Verde.

—Así es.

—En Asum no hay ninguna Novia de allí, pero una vez conocí a una en un viaje a Onize.

El ritmo de mi corazón enloqueció. ¿Y si se trataba de Maie? ¿De Runia? Incluso me habría alegrado de reencontrarme con Feila, aunque dudaba mucho de que hubiese salido de la casa tan poco tiempo después que yo. No me importaba, solo necesitaba saber algo más de mi vida pasada, lo que fuera que me atara a este mundo.

—¿Cómo se llamaba?

—Cira.

Asentí sin poder disimular la decepción, porque la recordaba, pese a ser una de las más mayores y de las primeras que vi salir de la casa, pero no era una de mis hermanas más allegadas. Al instante una pregunta se me escapó de los labios. La necesidad visceral de comprobar que era posible.

—¿Era feliz?

Amina echó su cuerpo hacia atrás, como si aquella pregunta estuviera fuera de lugar y la sintiera igual que una bofetada, y yo me di cuenta de que esa joven no se parecía en nada a mí. Compartíamos un puesto, una etiqueta y un destino, pero nuestras vidas habían sido completamente diferentes.

—Por supuesto que lo era. Aquí todas lo somos. No tenemos razones para querer volver, Ziara. —Sus ojos se oscurecieron ante recuerdos dolorosos—. La vida… es mucho mejor aquí. Casa Ámbar no es un destino muy agradable, créeme.

Su expresión risueña había desaparecido para dar paso a una tristeza evidente. Por las explicaciones que me había dado Syla, recordaba que su casa estaba en la zona más al norte, en el vértice entre Iliza y la Zona Salvaje.

—¿Qué os hacían?

—Allí las fronteras están demasiado cerca. Ellos… tenían facilidad para saltarse el concilio.

Su mirada pesarosa se perdió en el jardín. Supe que había viajado a recuerdos que prefería olvidar. Intentaba comprenderla, pero, por mucho que me esforzaba, no era posible. Nunca sabría por lo que había pasado. Éramos dos piezas sacadas de un mismo molde, pero tratadas de un modo muy distinto.

Aun así, intenté confiar en ella. Pese a su situación pasada, la actual sí que era prácticamente la misma.

—No sientes que… No… Amina, seguimos estando en manos de otros —susurré con miedo ante mi honestidad.

—Eso no importa —dijo con aplomo—. La libertad es relativa. Yo voy y vengo, Ziara. Mi esposo es un hombre bueno, trabajador y noble. Me trata bien. ¿Qué más puedo pedir?

La observé con detenimiento: su expresión dulce, su apariencia ingenua, su saber estar, su sumisión. Su sinceridad me abrumó y comprendí que la postura de Amina no era una fachada y sí que era feliz. Se sentía dichosa siendo la señora de aquella casa, sin más pretensiones, ocupando el puesto para el que la habían escogido, viviendo con un marido al que, quizá, no quería, pero respetaba y con el que compartía un modo de vida. Ambos aceptaban las cartas que les había tocado jugar. Incluso mantenía el aspecto de una Novia, blanco y pulcro, pese a que aquel comportamiento no respondía a una obligación, como si se sintiera realmente orgullosa de la misión que le habían encomendado en la vida. ¿Quién era yo para juzgarlo? De hecho, envidiaba que pudiera amoldarse con tanta facilidad a ese destino.

Yo, en cambio, no dejaba de repetirme en la cabeza esa frase: *La libertad es relativa.*

Unas palabras que solo pronunciaría el que ya ha sido doblegado, el que sabe que nunca será libre. El consuelo de los conformistas.

Aquella tarde la dediqué a reflexionar sobre la conversación con Amina. Pensaba en Redka mientras lo observaba cortar leña en el cobertizo junto al establo, con Thyanne a mi lado rozando de vez en cuando el hocico en mi hombro para que le diera trocitos de manzana.

Había podido conocer a Prío, el esposo de Amina, antes de irme; un hombre agradable que trabajaba en el consejo del reino. La figura legal que representaba al pueblo de Asum ante el rey Dowen. Poderoso, lo que explicaba la casa en la que Amina y él vivían, y de aspecto estirado y elegante. No se parecía en nada a Redka, con su cuerpo esculpido por la guerra y ropa muy alejada de la de un caballero. Sin embargo, eso sí que me hacía sentir afortunada. Tras conocer a Amina, había descubierto una parte desconocida de mí misma: yo no estaba hecha para ser la esposa de un noble. Al fin y al cabo, intuía que, teniendo en cuenta mis instintos más incontrolables, me iría mucho mejor con un tipo gruñón y parco en palabras como era Redka. Un hombre al que le importaban poco los modales y que sonreía ante mi osadía. Quizá el destino no nos unía de un modo tan azaroso como parecía.

Por la noche, ya sentados en la mesa y rodeados de la cena, no me lo pensé dos veces antes de iniciar la conversación. Notaba que, si no soltaba los pensamientos que me revoloteaban sin cesar, acabaría por estallarme la cabeza.

—Hoy he conocido a una Novia.

—¿Has salido a hacer amigas? —se burló. Yo rechiné los dientes.

—No seas cretino.

Con mi salida de tono se dio cuenta de mi estado. Soltó la cuchara y se cruzó de brazos sin dejar de observar mi ceñudo rostro.

—Estás enfadada.

Cerré los ojos un instante. De repente me sentía demasiado vulnerable. Llevaba tantas emociones acumuladas que temía romper a llorar. Clavé la mirada decepcionada en la suya y se lo pregunté:

—¿Por qué no me lo contaste?

—¿El qué, exactamente?

Sacudí los brazos antes de explotar.

—No lo sé, ¡todo! Que mi casa no era la única. Que los hombres y las mujeres mantienen relaciones, pese al concilio. Que no es buena idea que pase por delante de la cantina cuando cae la tarde. —Me ruboricé.

—¿Esos salvajes te han gritado?

—Me han ofrecido ciertos favores.

Su risa era contagiosa. No podía culparlo, pero para mí había sido bochornoso.

—¿Y tú qué has dicho?

—¿Qué voy a decir? ¡He salido corriendo! Aunque con ganas me he quedado de darles con sus jarras en la cabeza.

—Deberías haberlo hecho.

—¿De verdad? —pregunté esperanzada.

—Tienes el permiso del comandante real.

«Comandante real». Fue la primera vez que escuché su verdadero rango, y nada menos que de sus labios. Entonces recordé la casaca con el escudo de Cathalian que había encontrado en el armario.

Sabía que su ejército respondía a las órdenes del rey Dowen; al fin y al cabo, si luchabas de su lado, todos lo hacían, pero no que su puesto fuera tan importante como para vestir uniforme real.

—Tampoco me has contado eso.

Él dio un trago largo a su copa antes de soltar una bocanada de aire.

—Ziara, no soy una persona muy comunicativa.

—Eso ya me ha quedado claro. —Puse los ojos en blanco y él torció la boca en una mueca.

—Tampoco parecías muy dispuesta a… esto.

Aparté la mirada un poco incómoda, porque tenía razón. Los dos habíamos estado permanentemente a la defensiva. Cada vez que uno parecía poner de su parte, el otro saltaba hacia atrás. Yo lo había hecho por miedo, por inseguridad y por la rabia que me daba saber que no tenía capacidad de elegir mi propia vida. Él..., quién sabe por qué lo hacía él; puede que porque tampoco le hacía especial ilusión aquel acuerdo mediado por la magia; quizá porque Redka era un hombre solitario que vivía para luchar y no para jugar a las familias con una cría.

Me mordí los labios y tomé una decisión. Lo miré y hablé sin meditarlo mucho más.

—Podríamos intentarlo. Los dos.

Redka tardó en reaccionar. Se quedó congelado, estudiando mi rostro, hasta que al final tensó la mandíbula y asintió.

—Solo si tú me cuentas cómo sabías lo de las capas.

Abrí los ojos sorprendida. Aquello me descolocó por completo y aparté la mirada avergonzada.

—¿A qué te refieres?

—Vamos, Ziara, se dice que todas las Novias salen atemorizadas y envueltas en sus capas. Tú no. Tú siempre has parecido diferente.

Suspiró con paciencia y supe que no tenía sentido seguir mintiendo u ocultándole cosas, más aún cuando él parecía dispuesto a compartir las suyas conmigo.

—Algunas tardes me escapaba con Maie. Ella era mi amiga. Mi hermana. Salió de la casa antes que yo.

—¿Con quién la emparejaron?

—Isen Rinae. —La mandíbula de Redka se tensó y mi corazón se aceleró—. ¿Lo conoces?

—Conozco su linaje, nada más.

Pareció sincero, pero algo me dijo que eso no era todo. Me prometí indagar más sobre aquel hombre cuando Redka pareciese dispuesto a hablar o cuando confiase de verdad en mí.

—Había un agujero en el muro.

—¿Os internabais en el bosque? —Empalideció.

—Solo explorábamos un poco. Un día, nos cruzamos con un… Hombre Sauce.

Me miró absorto y se pasó las manos por el rostro fuera de sí.

—Por los dioses, Ziara. ¿En qué demonios pensabais?

—No seas dramático. No ocurrió nada, pero estábamos totalmente escondidas bajo las capas y no nos sirvieron de mucho. Echamos a correr y no volvimos a escaparnos. Ahí nos dimos cuenta de que eran una mentira.

Igual a la que acababa de salir de mis labios.

Había dudado. Una parte de mí se veía confiándole a Redka mi mayor secreto, aquel encuentro con un Hijo de la Luna que me había salvado, pero otra…, la más sensata, me decía que no era una buena idea. Así que moldeé mi relato para que tuviera sentido y él no lo cuestionó.

—¿Por qué lo hacen? —le pregunté—. ¿Por qué nos mienten?

—Juegan con el miedo y la esperanza. Os enseñan todos los peligros reales, pero no quieren que salgáis creyendo que todo es dolor y muerte. Las capas os dan la esperanza de que la magia no es imbatible.

—Pero lo es.

—O no. Solo que no hemos hallado aún la forma de vencerla.

Odiaba a Hermine por sus engaños, pero una parte de mí agradecía esos juegos. Sabía que muchas de mis hermanas no habrían sobrevivido al miedo de no haber sido por la parte bonita con la que teñían nuestro destino. Redka tenía razón, la esperanza nos daba motivos para luchar. Sin ella, enloquecer habría sido una salida sencilla.

Se levantó en completo silencio, llenó dos copas con el agua de manzana que me había regalado Amina y salió de la casa. Yo obedecí su callada orden.

Ya era de noche y el cielo estaba plagado de estrellas. Había aprendido rápido que el cielo de Asum siempre era así en primavera, tan bello como pocos había visto.

Thyanne dormía con la cabeza girada hacia su preciado mar.

Me senté y Redka se dejó caer a mi lado. A lo lejos, Beli nos observaba. Sus aguas rugían con cada golpe contra las rocas. Y, de repente, comenzó a hablar como si fuera algo tan habitual entre nosotros como respirar. Había llegado su turno y me perdí en su voz áspera.

—Existen tres ejércitos en Cathalian. El de Iliza controla las fronteras con la Zona Salvaje. Como comprenderás, son los que más problemas tienen. El de Onize se encarga de la protección del rey Dowen y su corte. Y luego estamos nosotros.

—¿Qué os diferencia?

—Vagamos por el sur de forma nómada, en lo que se llama la Tierra Yerma de Thara. En su día fue tierra de brujas, pero cuando desaparecieron se convirtió en territorio de aldeanos y artesanos. Sin embargo, sus pueblos fueron devastados en la Gran Guerra. —Arrugó el rostro—. Solo queda vivo Siam, y ya viste con tus propios ojos que a eso no se le puede llamar «vida».

Asentí con pena al recordar aquel pueblo sumido en la pobreza.

—¿Y qué hay en Thara que deba ser controlado?

Chasqueó la lengua y supe que lo que me estaba confiando era importante. Que se fiara de mí me hacía sentir bien.

—Los Hijos Prohibidos están bajando cada vez más por el este, rodeando el Nuevo Mundo. Creemos que pretenden asentarse en Thara; al ser una tierra prácticamente vacía, les resultaría sencillo establecer allí un ejército. No podemos permitir que lo logren. De hacerlo, pese a la magia, cada día estaríais menos protegidas y ellos más cerca de llegar al corazón de Cathalian.

—¿El Nuevo Mundo es…?

Mi duda lo impresionó. No era complicado deducirlo si el Viejo Mundo era donde él había nacido y crecido, pero, aun así, era tanta la información que me costaba ordenarla en mi cabeza.

—El Nuevo Mundo es de donde tú vienes, Ziara. La antigua Vadhalia. El Bosque Sagrado y sus siete casas. Lo llamamos así porque sois el futuro.

Entonces, no sé por qué, sí quise compartir algo con él. Algo solo mío. Negué con la cabeza y le conté lo poco que sabía de mi pasado.

—En realidad no del todo.

—¿No te entregaron siendo un bebé?

—No. Ni una cosa ni la otra. Me llevaron allí a los cuatro años, cuando me encontraron las Ninfas Guardianas, pero tampoco recuerdo mucho más.

Asintió, pensativo. Con mi revelación podía averiguar con facilidad mi edad. No era tan joven como para haber nacido después del concilio y, además, le había confesado que yo era una de las niñas clandestinas que no fueron entregadas, sino descubiertas por las Ninfas, lo que le indicaba que alguien, en algún lugar, había intentado protegerme, igual que habían hecho en Asum con mujeres como Syla. Si juntaba los números, mis diecisiete años se le mostraban con claridad.

Bebimos en silencio y vimos a Thyanne salir del establo y dirigirse al borde del acantilado. Su nostalgia me dolía en el corazón.

—Quizá algún día lo descubras. De seguir allí, nunca hubieras podido averiguar de dónde vienes.

Lo miré de reojo y sonreí.

—Entonces supongo que debo estarte agradecida, Redka de Asum, comandante real. ¿Quieres una reverencia?

Sacudió la cabeza sin poder ocultar su sonrisa.

—Eres afortunada. De haber sido destinada a Onize, con esa actitud ya te habrían cortado la lengua.

Me daba la sensación de que no dejaban de repetirme eso.

Lo observé de nuevo. Su perfil duro. La blancura de una cicatriz que le subía por el cuello. Sus labios. Me pregunté cómo sería sentir una boca sobre la mía. No una cualquiera, sino la suya.

Me levanté en el acto y él alzó la cara sorprendido por mi ímpetu.

—Gracias por responder las preguntas. —Asintió—. ¿Puedo hacerte la última?

—Adelante.

—¿Por qué no te pones la casaca?

Al instante me di cuenta de que mi curiosidad insana acababa de delatarme.

—¿Has estado curioseando en mis cosas?

—No hay mucho más que hacer en esta casa —dije, sonrojada hasta los pies.

Él se perdió en sus pensamientos, con la mirada de nuevo sobre el Mar de Beli, y supe que ya me había contado demasiado por un día.

—Supongo que no me favorece ese color.

Acepté su sarcasmo y me dirigí a la casa, no sin antes dejarle claro que no era de las que se rendían con facilidad.

—Volveré a intentarlo en otro momento.

—No me cabe la menor duda. Buenas noches, Ziara.

Su despedida había comenzado a hacerme cosquillas. Desaparecí en la casa, sintiendo aún de fondo la sombra de Thyanne y su melancolía.

XVII

Los días pasaron. Después de aquel acercamiento entre Redka y yo, todo cambió. Dejamos de escondernos y de esquivarnos para compartir momentos que eran mucho más agradables en compañía. Como las comidas, los atardeceres sentados en el exterior bajo una manta o las tareas cotidianas, en las que me involucré rápido para no morir de aburrimiento. Pese a sus burlas al verme con unas viejas botas de su hermano llenas de abono, lo que más me gustaba era pasarme las horas muertas con Thyanne limpiando el establo. Ni siquiera el olor de sus excrementos y las moscas me molestaban. Encontraba algo embriagador en su compañía y en esa soledad que no era impuesta, sino elegida.

Me gustaba imaginarme las posibles vidas de Thyanne. Lo veía como un apuesto caballero de ojos azules que encandilaba a las jovencitas y asistía a bailes de gala. En otras ocasiones se convertía en mi cabeza en una criatura mágica, en un mago de barbas largas capaz de mover montañas con sus hechizos o en un Morat, uno de esos extraños seres escamados que vivían en las profundidades de los mares. De un modo u otro, siempre el mar tenía un protagonismo en mis fantasías, ya que lo amaba tanto que debía albergar relación con su hogar.

Uno de esos días, Redka se asomó y alzó una ceja al descubrir el cambio que había dado el viejo establo con una buena limpieza. Me sentía satisfecha al comprobar que había podido hacer algo bueno por Thyanne.

—Ese caballo ya duerme en mejores condiciones que yo.

—¿Acaso no lo merece? —le dije, haciéndole entender con mi gesto que se lo había ganado más que él.

Redka rumiaba por lo bajo cada vez que entraba en el cobertizo y comprobaba que parecía una parte más de la casa en vez de una caballeriza. Decía que se podría comer en ese suelo y yo me enorgullecía en silencio por ofrecerle a Thyanne un lugar lo más apacible posible, aunque en sus ojos llamease el recuerdo de otro perdido hacía mucho tiempo.

Tal vez Redka tuviera razón con que mi empeño resultaba excesivo, cuando ninguno de los dos ponía especial interés en el resto de las tareas domésticas. La casa guardaba polvo y seguía prácticamente en el mismo estado en el que la habíamos encontrado al llegar. Yo me imaginaba a esposas como Amina, con sirvientes que las hacían por ella mientras esperaba a dar a luz como si fuera su única misión en la vida, y aquello me incomodaba. También pensaba en las que tenían que hacerlas por sí mismas por el simple hecho de ser esposas, Novias con las que me había cruzado aquellos días y cuya situación distaba mucho de la mía, y me alegraba de haber sido destinada a un hombre como Redka. Un tanto bruto, pero que no me trataba como una muñeca, como le sucedía a Amina, ni como una esclava escogida para servirlo, como les sucedía a otras.

Por las mañanas paseaba con Syla por el pueblo y la acompañaba en sus quehaceres. Compraba alimentos en los puestos, al principio con cautela, pero, cuando vi que a Redka no le importaba en qué gastaba el dinero mientras ambos llenásemos el estómago tres veces al día, empecé a dedicarle más tiempo a las comidas recordando las recetas con las que nos deleitaban en la Casa Verde. Pese a las lecciones de cocina de Hermine, nunca había cocinado para nadie, pero descubrí que esforzarme por hacer algo por mí misma me gustaba tanto como me reconfortaba ver a Redka disfrutar de los resultados. Además, él se pasaba las horas de aquí para allá, dedicándose a asuntos que no eran de mi incumbencia, así que, de algún modo, ocuparme de esas rutinas diarias era una forma de agradecerle su actitud hacia mí.

Poseer la capacidad de elegir en qué ocupaba mi tiempo ya era un tipo de libertad.

—Dame tres —pidió Syla al comerciante al ver el deseo en mis ojos frente a un carro de naranjas.

Había abierto una y nos había ofrecido un gajo. Eran enormes, jugosas y dulces como el mejor de los manjares. Jamás había probado una igual.

No obstante, rechacé el ofrecimiento.

—Son carísimas.

—¿Y qué importa?

Ni siquiera me manejaba bien con un sistema de monedas que, hasta llegar a Asum, nunca había tenido que usar. Hermine nos había obligado a practicar entre nosotras en forma de juegos, pero la realidad siempre era diferente. Más aún cuando las monedas pesaban en mi mano y no eran simples guijarros.

—No es necesario, Syla.

—¿Tú sabes con quién estás casada?

No tenía ni idea y, cada día que pasaba, intuía que esa sensación crecía.

Todo el mundo me trataba con respeto por ser la esposa de quien era, casi con veneración.

—¿Tiene dinero?

—Es un comandante real, por los dioses —aportó ella mirando al cielo y bufando con descaro ante mi ignorancia.

—Pero… parece…

—¿Humilde? —Asentí sin saber muy bien qué pensar al respecto. Continuamente me azotaba la sensación de que era una idiota que no se enteraba de nada—. Un tacaño, eso es lo que es.

La determinación de Syla me hizo reír y, sin ser consciente de lo que hacía, lo disculpé.

—Es bueno ser previsor.

Ella me miró con una sonrisa ladeada y la ceja alzada.

—¿Lo estás defendiendo?

Me sonrojé y compré las naranjas. Añadí a las cestas de ambas unos caramelos.

Syla aplaudió mi decisión.

—Eres asquerosamente rico.

Redka salía de asearse cuando lo encaré. Tenía el cabello húmedo y pequeñas gotas de agua calaban la tela que cubría sus hombros. Iba descalzo. Ni siquiera me mostré azorada al verlo en ese estado, sino que la rabia me guiaba sin freno. No es que me molestara no saber cuánto dinero tenía, me importaba poco menos que nada, sino el que no supiera con quién compartía techo después de todo. Aquella sensación continua de no saber me enrabiaba.

—¿Quién te lo ha dicho?

—A Syla solo le ha faltado colgar un cartel.

Sacudió la cabeza con incredulidad y luego lo seguí por el pasillo hasta quedarme rezagada en la puerta de su dormitorio. Lo observé calzarse.

—¿Cambia algo?

Su expresión era comedida y, al momento, me di cuenta de lo que parecía mi acusación.

—No, no me malinterpretes, no me importa en absoluto el dinero, pero… me genera dudas.

—Creo que necesito licor para esto.

Suspiró y, ya vestido del todo, fuimos al salón. Allí sacó una botella cubierta de polvo de una vitrina y rellenó una copa. Me miró antes de guardarla, pero negué con la cabeza. Lo que menos necesitaba era embotar mis sentidos.

—¿Por qué vives aquí?

Fue en lo primero que pensé. No entendía que un hombre con sus riquezas viviese en una casa tan modesta pudiendo hacerlo en una como la de Prío, el marido de Amina. Podía permitirse contratar a gente que se ocupara de las tareas, de limpiar el establo, de mantener su hogar en orden para llegar cada atardecer y encontrarse con la comida caliente y la chimenea encendida.

—¿No te gusta mi casa?

—No he dicho eso.

De hecho, su casa me encantaba. Pese a no cuidarla, se percibía entre sus paredes el recuerdo de una vida feliz.

Redka dio un trago. El movimiento de su garganta me hipnotizó unos instantes. Después se lo pensó mejor y dio otro mucho más largo antes de responderme. Lo hizo sin apartar los ojos de mí.

—Es la casa de mi familia. Aquí nació mi abuela, se casó y crio a mi padre y sus hermanos. Él nos crio a nosotros. Nunca me marcharé de aquí. Este es mi hogar. Es el único que conozco y el único que deseo.

Noté un nudo en la garganta y la boca me supo amarga. Me arrepentí de ser tan curiosa y haber tocado un tema que resultaba doloroso para él.

—Lo entiendo.

Porque lo hacía. Yo sabía lo que significaba tener un hogar. Al menos, había tenido valor en mi vida una vez, hacía demasiado tiempo. También me había sentido en casa junto a Hermine, aunque… nunca del todo. Siempre había un pensamiento recurrente en mi mente de que aquel no era mi sitio. Como el que llega a un lugar, está a gusto y se siente bien, pero sabe que sigue siendo un extranjero, por mucho que viva allí durante años. Eso sentía. Y lo percibía de nuevo en mi interior de la mano de Redka, porque, pese a que Asum me parecía un sitio maravilloso, algo me decía que seguía sin encajar del todo.

—Pero… —dijo Redka, haciéndome volver a su lado y dejando la frase a medias para que yo soltara todo lo que tenía que decir y acabáramos con aquella conversación de una maldita vez.

Notaba una tirantez en las tripas cada vez más intensa, así que decidí olvidarme de lo que yo misma había provocado escudándome en el humor.

—Pero podías comprar mantas nuevas. Esas deben de tener cien años y no te imaginas lo que me pican los pies por las noches.

Redka se echó a reír. Percibí un agradecimiento sincero en sus ojos verdes.

—Tienes permiso para comprar todas las mantas que quieras.

Se me ocurrió una idea fabulosa y mi repentina emoción fue visible.

—¿Puedo…?

—No, Thyanne no necesita una manta, Ziara.

Sin embargo, me dio exactamente igual su negativa. Al día siguiente, Thyanne tenía una reluciente manta color berenjena sobre la que tenderse a contemplar su adorado mar.

Me acostumbré a su compañía en apenas semanas. A sus silencios. A su forma de refunfuñar cuando yo hacía algo que él no comprendía, como lavar a Thyanne con un perfume hecho por mí con las flores del jardín o alimentar a los gatos salvajes que vivían alrededor, provocando que nunca se marchasen y establecieran su propio hogar en el cobertizo. Redka odiaba a los gatos, su pelaje le provocaba estornudos y un sarpullido en la piel. Incluso con eso, toleró la convivencia como el que sabe que es inevitable. Igual que le sucedió conmigo. Respetaba mis tonterías y ya era más de lo que había hecho nadie por mí.

Aprendí mucho más del mundo en el que vivíamos. Pronto me di cuenta de que la guerra respiraba en cada rincón. Los ancianos hablaban de tiempos mejores con la nostalgia del que ha perdido demasiado; muchas mujeres no destinadas habían logrado llevar una vida feliz, pero otras no podían ocultar la tristeza de sus miradas; se atemorizaba a los niños con historias siniestras sobre las Sibilas de la Luna y sus hijos; se rezaba por los caídos.

Syla me llevó un día al lugar en el que descansaban los restos de los que ya no estaban. Se encontraba a los pies de uno de los acantilados más altos, desde el cual se observaba la silueta del pueblo en su totalidad y el rugido de Beli era más fuerte que en ningún otro punto de la zona.

Me gustó saber que, con el mar a sus pies, los muertos tendrían siempre las mejores vistas de todo Asum. Y allí, bajo un árbol de lluvia, descansaba el nombre de Guimar.

Syla se agachó sobre la tumba y dejó un pequeño ramo de flores silvestres. Luego se dio un beso en los dedos y los posó sobre la madera humedecida. En sus ojos no había lágrimas, solo ira.

—Algún día recuperaremos lo que nos pertenece, Ziara.

Yo no estaba segura de que eso fuese a ocurrir, la magia siempre me había parecido un enemigo imposible y, después de lo descubierto, imbatible. Pero la esperanza de todos ellos resultaba gratificante. Pese a lo que habían perdido y a que sus hombres seguían luchando, aún creían en lo que hacían. Entendí más aún la esperanza que Hermine había sembrado en nosotras.

Bajábamos la cuesta sin prisas. La brisa que nos traía Beli se agradecía, pese a que tuve que taparme con una toquilla, otro regalo de Syla, por el frescor. Ella parecía ausente. Intuía que vagaba en sus recuerdos. No sabía qué hacer para consolarla. Se había portado tan bien conmigo que deseaba poder ofrecerle lo mismo de vuelta. Entonces me acordé de lo que Hermine nos decía siempre que contábamos anécdotas de las que se habían marchado: *Recordar a los que no están es un modo de regalarles vida.*

—Háblame de él.

Crucé los dedos para no haberla ofendido, pero en cuanto vi su preciosa sonrisa respiré aliviada.

—Nos conocimos siendo niños. Siempre lo quise. Aún recuerdo las tardes en la playa jugando a perseguirnos y lanzarnos arena a la cara.

—No prometía mucho.

Nos reímos. Fue reconfortante y me sentí más cerca de Syla, una mujer que había llegado a mi vida de improviso y a la que ya consideraba una parte importante de ella.

—No, no lo hacía. Llegué a odiarlo. Con el tiempo entendí que me provocaba para llamar mi atención. Ya sabes cómo son los niños.

No, no lo sabía. En mi vida no había existido nada que no fuera el orden de un grupo de niñas cortadas por el mismo patrón. Aunque por una vez tampoco me importaba. Prefería entenderlo a través de sus ojos. Los mismos que recordaban a Guimar con un brillo especial y que se habían enamorado siendo solo una niña.

—A los catorce años ya me rondaba. Mi padre lo perseguía día sí y día también con un mazo de madera.

Sonrió ante los recuerdos y no pude evitar imaginarme una versión joven del Redka que conocía.

—¿Cuándo...?

—Teníamos dieciséis años cuando estalló la guerra. Pretendíamos casarnos un año después. No pudimos hacerlo. Guimar se alistó en el ejército junto con su padre. A mí me llevaron a unas cuevas al sur de Onize, cerca de la frontera, con otras mujeres y niñas. Creamos un asentamiento en una zona de difícil acceso que los Hijos Prohibidos nunca descubrieron. De vez en cuando nos llegaba correspondencia. Un día, dejó de hacerlo para mí.

—Lo siento tanto, Syla.

—Lo sé. Tenía dieciocho años cuando lo mataron. Tardé un año más en poder regresar y en darle la sepultura que merecía.

—¿Lo enterraron?

—No. Metemos en las tumbas alguna pertenencia importante para nosotros.

Era horrible. No solo sus pérdidas, sino también la imposibilidad de rendirles homenaje. Me imaginé a Guimar muriendo solo sobre un suelo húmedo y se me empañó la vista; también a Syla, aguardando sin conocer lo que sucedía al otro lado de las montañas, rezando cada noche y agarrándose a la esperanza para no enloquecer. Por último, pensé en un niño esperando el regreso de su hermano. Un niño que recibiría una noticia que cambiaría su vida y destrozaría su infancia para siempre.

—¿Y Redka?

—Redka apenas era un niño. Su padre murió poco después de Guimar. Quiso alistarse, pero, como comprenderás, no se lo permitieron. Estuvo viviendo solo en esa casa hasta que yo volví y me ocupé de él.

Tan solo. Tan perdido. Tan tocado por la muerte.

No obstante, eso no me explicaba cómo había llegado a ser un soldado. Cuando Syla regresó a su hogar, la guerra, supuestamente, había terminado.

—¿Cómo acabó comandando un ejército?

—Esa historia no me pertenece, Ziara, pero puedo decirte que en cuanto tuvo edad se presentó en palacio y Dowen le ofreció todo lo que quiso.

Ya entre las calles serpenteantes de Asum, descubrí que la madre de Redka había muerto en uno de los primeros ataques a mortales, poco después de la ejecución de las Sibilas de la Luna. Era una mujer buena que Syla recordaba con auténtica devoción.

Asumí con dolor que Redka había perdido en la guerra a toda su familia. Me sentí terriblemente mal por haberlo juzgado por su palpable odio hacia los enemigos contra los que luchaba. De pronto, comprendía su sed de venganza. No la justificaba, pero pensaba en las torturas que había presenciado en el campamento, en los gritos agónicos, y les encontraba cierto sentido. Al menos bajo las manos de todos los que habían vivido la muerte en sus hogares. La venganza seguía pareciéndome un sentimiento inútil, aunque más humano que muchos otros.

La conversación con Syla me hizo ver a Redka con otros ojos. Comencé a valorar sus gestos, a comprender su forma de comportarse, a intuir que su introversión y permanente resentimiento no eran más que el producto de tanto dolor. Yo nunca había perdido a nadie. Ni de esa manera. No había vuelto a abrazar a mis padres y Maie se había marchado lejos, pero, en mi interior, seguían vivos y felices en algún lugar. La esperanza de nuevo me agarraba a esos recuerdos. Sin embargo, para Redka nada de eso servía, cuando las personas que más amaba habían muerto de forma sangrienta y cruel.

En ocasiones jugaba a imaginármelo como el niño que un día había sido feliz en aquel hogar. Con su madre, su padre y un hermano mayor al que admiraba y que corría detrás de una hermosa chica rubia que lo amaba desde niña. No obstante, la imagen se difuminaba rápido y era sustituida por otra mucho más trágica: la de su inocencia perdida por la muerte de todos ellos.

Algunas tardes paseábamos. Empezó de un modo azaroso, cuando tuvo que pedirme ayuda para cargar unos maderos hasta la casa de un aldeano, y acabamos por convertirlo en una rutina de la que yo disfrutaba. Redka no hablaba mucho, pero si lo hacía siempre me acompañaba la sensación de que se trataba de algo importante. Cuando regresábamos a la casa y me metía en la cama, asumía que había aprendido algo, lo que fuera, de la vida que nos rodeaba. Descubrí que no era que fuese un hombre cerrado en sí mismo, sino que no le interesaba mostrarse si no era necesario. Comencé a sentir que sus silencios no eran vacíos, sino simple compañía que a los dos nos mantenía en calma.

Un día nos cruzamos con una mujer embarazada a la que Redka saludó con familiaridad. Enseguida supe que no se trataba de una Novia.

—Pero… ella…

—¿Sí?

—No es posible.

No lo comprendía. Aquella visión iba en contra de todo lo que me habían enseñado. En contra del hechizo que había condenado a la humanidad y uno de los motivos de que siguiéramos en guerra con la magia. La vida se enredaba cada vez más. Sentía tener una madeja en mis manos de la que no sabía de qué hilo tirar.

—Lo es y no lo es.

—¿Qué significa eso?

Redka torció el gesto antes de coger aire y contarme una de las realidades más feas que se escondía tras el concilio de paz.

—La magia tiene sus trampas, Ziara, ya te lo dije, pero también sus consecuencias. Los humanos seguimos pudiendo… Ya sabes.

Lo sabía; había visto parejas como la que formaban Yuriel y aquella mujer; parejas que obviaban las normas y se amaban sin límites en el pueblo, aunque Syla me había confesado que existían trucos para evitar quedarse encinta. Trucos que, pese a que en ocasiones funcionaban, de pronto entendía que en muchas otras no servían.

—Como ves, es posible engendrar, pero están condenados.

La mujer paseaba con la mirada oscurecida por sus ojeras y con los ojos más tristes que yo había conocido. Quise ayudarla. Quise darle consuelo, aunque sabía que no había nada que pudiera liberarla de su castigo, fuera cual fuera.

Me aterraba averiguar su destino.

—¿Qué le ocurrirá?

—Ella sobrevivirá, pero el bebé…, si llega a nacer, lo hará maldito. No sano. Malformaciones… Enfermedades espantosas… Es mejor rezar para que lo haga muerto. Incluso ella lo hace.

Sentí tanta pena por la mujer de ojos tristes que se me saltaron las lágrimas.

Nadie merecía eso.

Nadie merecía tanto dolor.

Redka se detuvo a mitad de nuestro trayecto hacia casa de Syla y observó mis lágrimas con un pesar que no ocultó. Movió la mano y dejé de respirar cuando se me pasó por la cabeza que iba a alzarla y limpiar mis mejillas, pero solo fue un amago que se quedó en nada.

—Ven, quiero que veas algo.

Nos desviamos hacia las afueras de Asum. Caminamos por un sendero farragoso hasta que nos encontramos frente a una construcción antigua y un tanto decadente en la ladera de una montaña. Al acercarnos a una de sus ventanas, me di cuenta de que su aspecto no se debía a la dejadez, ya que todo estaba cuidado y reluciente, sino simple vejez.

—¿Qué es esto?

—El hogar para niños malditos de Asum.

Tragué saliva y lo sentí en cuanto mis ojos atisbaron lo que guardaban aquellas paredes. Sentí crecer en mí una pena tan grande que temblé. Jamás me había sentido tan triste.

Había media docena. Niños y niñas, porque en esas condiciones no importaba el sexo, con un aspecto tan demencial que no parecían humanos. De algún modo, no lo eran; la magia los había convertido en otra cosa. Ni siquiera habría sido capaz de darles un nombre que albergara el significado de tal horror.

Una niña nos vio y nos saludó con su manita, a la que le faltaban tres dedos. Su cara era una masa deforme de rasgos y, pese a ello, pude vislumbrar la sonrisa más bonita que había visto en toda mi vida.

Una mujer los cuidaba. Dos de ellos ni siquiera podían moverse y yacían sobre camillas; no tenían extremidades.

Recé por ellos. Recité todas las oraciones que me sabía y me inventé otras con las que cedía a los dioses mi propia existencia a cambio de que ellos volvieran a ser simples niños, sin pagar el precio de una guerra comenzada por la venganza y los pecados de sus mayores. Los insulté a todos. A cada humano, a cada ser mágico, a cada mano cubierta de sangre en el campo de batalla, a los Hechiceros que crearon el concilio que consentía que eso sucediera, al mismísimo rey Dowen por permitir que vivieran de una forma casi oculta y sin las comodidades que merecían. Los odié con todas las fuerzas que fui capaz y después me vacié y solo quedó la pena más grande que había sentido jamás.

Noté la duda de Redka antes de la calidez de su mano sobre mi hombro. En cuanto percibí su consuelo, rompí a llorar. Lo hice durante minutos, aún frente a aquel edificio de los horrores.

Luego volvimos al pueblo en el más completo silencio.

En cuanto sentí la alegría y viveza de Asum, pese a todo el dolor, fui consciente de que necesitaban la esperanza para sobrevivir a aquel castigo.

No acudimos a nuestra cita con Syla. Nos dedicamos a pasear sin rumbo y en silencio. Admití que eso era exactamente lo que necesitaba y que Redka lo sabía. Tal vez, todo el mundo pasaba por ese proceso al vislumbrar tal crueldad. Quizá que los niños vivieran apartados del pueblo se debía precisamente a eso, a la necesidad de no alimentar cada mañana aún más el resarcimiento por tanto dolor.

Dejé de llorar a los pies de la playa de Beli. Su presencia me reconfortaba. Entendía a la perfección la creencia de los habitantes de Asum de que Beli era un ser vivo, porque yo podía percibirlo también. Su respiración en cada ola. Su caricia cuando la sal traída por la brisa te tocaba.

—Nunca pensé que algo tan increíble como la magia pudiera ser también horrible.

Redka entrecerró los ojos, tan llenos de odio por aquellos que nos habían hecho eso que me estremecí.

—La magia no es buena o mala, Ziara, lo es la mano que la maneja.

Después de ver a aquellos niños, no pude discutírselo.

Una semana después lo acompañé a ver a Prío, el marido de Amina. Lo había citado para unos asuntos importantes y me pidió que lo acompañara.

—Redka, amigo. —Le palmeó la espalda con una confianza que enseguida comprendí que no era mutua. Redka se tensó ante la calurosa bienvenida y asumí que no le gustaba ese hombre—. Es un placer volver a verte, Ziara.

Sonreí y le ofrecí mi mano. La besó, lo que me resultó molesto, pero ni siquiera pestañeé. La primera vez que lo había visto me había parecido un hombre amable, pero con Redka su actitud resultaba petulante y un tanto forzada.

—Querías verme.

—Sí, ha llegado una carta de Onize.

Amina me abrazó. Los hombres desaparecieron en un despacho, cerrando las puertas tras de sí.

—Querida, qué ganas tenía de verte.

Acepté su contacto, un tanto tensa, aunque ella no pareció notarlo. Era una mujer agradable, pero no me generaba simpatía. Nuestra última conversación me había hecho sentirla mucho más alejada de lo que en un primer momento debería siendo quienes éramos. Además, encontraba su melosidad falsa, como si exacerbara su dulzura para mostrar una imagen que no correspondía con la que en realidad era. Conocerla había sido para mí una decepción, pese a que se había comportado conmigo con excesiva afabilidad y cariño. Aun así, fingí estar encantada de volver a verla y asumí que ella no tenía la culpa de mis reticencias.

—¿Cómo te encuentras? —dije, señalando su barriga con los ojos.

—Bien, aunque el bebé ya pesa demasiado como para hacer gran cosa.

—¿Duele?

Ella se echó a reír. No entendí el motivo, porque había hecho la pregunta totalmente en serio.

—No, no duele. Lo hará cuando sea la hora, pero merecerá la pena. —Amina tragó saliva y me pregunté si se estaría refiriendo al dolor del alumbramiento o al asociado en el caso de que fuera una niña a la que tuviera que entregar—. Para algo somos la esperanza de los últimos hombres, ¿no crees?

Torcí los labios. No estaba muy segura de aquello. La simple idea de imaginarme un cuerpecito dentro del suyo me aterraba. Ni siquiera podía plantearme la idea de que eso ocurriera en mi interior.

—Supongo.

Entramos en el mismo patio de la ocasión anterior. Enseguida un sirviente nos trajo unos bollos esponjosos y una jarra de agua y limón. Los pájaros piaban y revoloteaban contra los barrotes de madera.

—He rezado por ti, Ziara.

—¿Por qué?

—Les he pedido a los dioses que pronto nos muestren su bondad contigo.

No entendía a qué se refería, pero entonces rodeó su tripa con las manos y abrí los ojos por la sorpresa. Ella sonrió ante mis mejillas sonrojadas.

—No es necesario.

—¿Eso quiere decir que ya estás en estado? —Su alegría fue tan excesiva que rozaba lo teatral.

—¡No! —exclamé más alto de lo que debía. Pese a ello, Amina rio de nuevo. Parecía encontrarme realmente hilarante—. Nosotros… —Abrió los ojos sorprendida por lo que parecía que mi negación implicaba. Una verdad que sabía que no debía compartir, así que rectifiqué—. Aún no he sido bendecida. Llevamos desposados apenas dos meses.

Asintió complacida y sus ojos brillaron con picardía.

—Pronto lo estarás, ya verás. Será una bendición para Redka. Ese hombre ya ha sufrido demasiado.

No comprendía mi reacción, pero que el sufrimiento de Redka pudiera ser motivo de conversación con una mujer como Amina me molestaba. Todo el mundo conocería su penuria en Asum, pero dudaba que ella pudiera entender por lo que él había pasado. Sentía que era una forma de violar su intimidad como cualquier otra.

Los hombres entraron al patio y dimos por finalizada la conversación. Al menos yo, pero no Amina, que se dirigió a Redka con una sonrisa que pretendía ser sincera y cómplice.

—Qué oportuno, comandante. Le decía a Ziara que ojalá pronto podamos celebrar una nueva bendición.

Fue solo un leve movimiento, pero atisbé la presión de su mandíbula. Me miró de reojo un instante antes de dirigirse a Amina con una cortesía que nunca había visto en sus formas.

—Ojalá nos bendiga la diosa Tierra. Si no te vemos antes de que nazca, le deseo al bebé una vida plena.

Amina hizo una reverencia con el mentón y me dio un apretón en la mano antes de marcharnos.

Una vez fuera, ni siquiera me atrevía a mirarlo a los ojos. Me daba vergüenza por todo lo que la conversación con Amina implicaba entre nosotros. Todas aquellas palabras no dichas. Los pactos no hablados que habíamos aceptado de mutuo acuerdo. No tocarnos. No compartir delante de los demás más de lo necesario para evitar habladurías.

Él caminaba rápido y me costaba seguirle el ritmo.

—Yo… Yo no… —Movió la cabeza con incredulidad—. Ella se ha puesto a hablar de bebés y de… —Se me trababa la voz.

—Tranquila, Ziara.

—Yo no le he contado que tú y yo no…

Ni siquiera sabía cómo exponer nuestra ausencia de intimidad.

—Es una metomentodo, no dejes que te amilane.

Asentí y entonces frenó un poco para igualar mis pasos. No obstante, pese a la curiosidad de Amina, una sensación burbujeante nació en mi estómago al sopesar la posibilidad de que un día sucediera. El deseo inesperado envuelto en una incertidumbre que nunca lo había tenido como protagonista. Eso y las advertencias de Hermine en los días de preparación.

—No podéis negaros a los instintos de los hombres, Ziara. Y, aunque ambos lo hicierais, la magia os encontraría antes o después. No quieras saber las consecuencias.

Me tropecé con mis propios pies.

—¿En qué estás pensando?

—En nada.

Su carcajada se escuchó en toda la calle. Decidí cambiar de tema por el bien de mi dignidad.

—¿Qué quería Prío?

Redka dudó antes de contestar. Siempre meditaba mis preguntas antes de responderlas, ofreciéndome una confianza que, siendo honesta, no me había esforzado demasiado en ganarme. Aquello le honraba.

—Ha llegado un comunicado de Onize. El rey Dowen reclama a los comandantes de sus ejércitos.

—¿Vas a irte?

—Vamos a irnos —me corrigió.

—Oh, entiendo.

Un viaje a la capital de Cathalian. Y no solo eso, sino que era un llamamiento del mismísimo rey.

—Salimos en tres días, pero… antes quieren celebrar una fiesta. —Me miró de reojo de un modo que me hizo sospechar que lo que venía a continuación no iba a gustarme—. Por nosotros.

—¿Por qué iban a celebrar una fiesta por nosotros?

—Los casamientos se celebran, Ziara. Aquí y en cualquier lugar humano. Creo que hasta los Hijos de la Luna lo hacen, aunque prefiero no imaginarme cómo.

De repente, estaba nerviosa y un poco aterrada. Un viaje nada más y nada menos que a la corte real. Una fiesta para homenajear unas nupcias que, por mucho que aún me pareciera un tanto irreal, eran las mías.

Sin embargo, bajo todos esos sentimientos, había otro nuevo para mí que, acompañado por la curiosidad, anuló todos los demás.

—¿Habrá baile? —Redka alzó una ceja y asintió. Yo sonreí y dejé que la ilusión por una vez tomara el control—. Espero que te pongas algo que no sea esa ropa zarrapastrosa de soldado.

Me guiñó un ojo y un aleteo inesperado nació en la parte baja de mi vientre.

XVIII

Nunca había asistido a un baile. Ni siquiera podía imaginarme cómo sería, pese a que Hermine nos había preparado para salir airosas de uno cuando viviéramos en el exterior. Por primera vez, estaba ilusionada por conocer las costumbres del que ya sentía un poco mi pueblo, pese a la constante sensación de que algo en mí seguía sin encajar entre sus gentes. Cuando meditaba sobre ello, llegaba a la conclusión de que debía acostumbrarme a todo lo que desconocía y que, si lo conseguía, acabaría siendo más asumense que el propio Redka.

Estaba inquieta. Más aún cuando me puse el vestido que me había regalado Redka en el campamento. Pensaba que él no era consciente de lo que ese gesto había significado para mí. No por el detalle, sino porque se trataba de mi primer vestido desde el recuerdo de los que usaba siendo una niña. La primera pertenencia con la que contaba que era solo mía, distinta a cualquier otra, y que me hacía formar parte de ese nuevo mundo y alejarme de mi pasado.

Llevaba guardado en el saco desde entonces; ni siquiera lo había sacado para maravillarme de lo bonito que era.

Y no es que fuera muy diferente a los que veía a menudo en las mujeres del pueblo, pero era mío y eso lo hacía más especial a mis ojos. Además, no resultaba tan anodino como los que Syla me había prestado para la vida diaria, sino que tenía detalles más trabajados, como el hilado que bordeaba el escote para terminar en un lazo blanco o el color, un azul que me recordaba al de Beli bajo la luz de la luna.

Me lo puse porque me parecía de muy mal gusto acudir a una fiesta que homenajeaba nuestro enlace con un vestido prestado que usaba para limpiar el establo y, aparte de los heredados de Syla, solo tenía mi viejo vestido blanco que guardaba polvo en el altillo. No creí poder volver a ponérmelo. Ya no era un destello de rebeldía, sino que, después de verme con otros colores y prendas, hacerlo me parecía una traición a mí misma. Yo ya no era aquella chiquilla ingenua que se pasaba el día descalza y envuelta en encaje. Tampoco estaba muy segura de en quién me estaba convirtiendo, pero pretendía averiguarlo pronto.

Me recogí el pelo con un lazo, dejando que la coleta cayera por un lateral, y me miré en el espejo satisfecha antes de salir en busca de Redka. Me sentía hermosa, muy distinta a lo que considerábamos bello en la Casa Verde, cuando nos cubrían la piel con polvos brillantes y coronaban el pelo con flores.

Abrió los ojos como platos al verme con su vestido. Sonreí, aunque solo lo hice el tiempo que tardé en reaccionar ante los dibujos ocres de su rostro. Esas extrañas figuras habían regresado. Entonces quien sonrió fue él.

El sol se metía tras el Mar de Beli, regalándonos un horizonte anaranjado. Había mesas alargadas repletas de comida y bebida, y un grupo de hombres amenizaba la velada con una música que animaba a moverse. No conocía aquellos instrumentos de cuerda, pero sonaban como la melodía más alegre de todas. Los niños corrían y jugaban con espadas de madera y los ancianos seguían el ritmo de la música con sus bastones en un rincón. La alegría resultaba contagiosa. Se respiraba una felicidad tan pura que incluso me sentí complacida de ser la razón de la fiesta.

Reparé en que había sido un acierto ponerme el vestido al comprobar que todo el mundo se había esforzado por estar presentable. Las mujeres llevaban prendas mucho más recargadas que las mías; las faldas de sus vestidos eran de varios tonos, como si llevaran telas superpuestas unas encima de otras, consiguiendo que sus cuerpos fueran una explosión de color. Sus escotes se marcaban, mostrando más de lo que mi sentido del decoro me habría permitido jamás. A su lado, mi vestido azul resultaba un tanto anodino y casto.

—Son típicos de Asum —explicó Redka ante mi desconcierto. Yo fruncí el ceño como respuesta, porque no quería que pudieran pensar que no respetaba sus costumbres. Él me leyó la mente—. No le des vueltas, Ziara.

Entonces recordé su regalo y cuándo me lo entregó, y mi curiosidad se disparó, ya que estaba claro que el vestido que yo llevaba no pertenecía a esa zona.

—¿De dónde lo sacaste?

—Se lo compré a una costurera de Siam.

Que se hubiera molestado en ir a buscarlo me complacía a la vez que me cohibía un poco. Me habría encantado descubrir en qué momento de aquellos días que pasamos en el campamento lo hizo. Después recordé aquel asentamiento y la dicha se me nubló por unos instantes.

Redka me leyó el pensamiento una vez más y me susurró unas palabras que me reconfortaron.

—Se sienten mejor cuando ganan monedas a cambio de algo, Ziara. La limosna suele llevar consigo la creencia de que todo está perdido.

Asentí, agradecida, y le regalé una sonrisa tímida.

—Es muy bonito.

—Me alegra saber, por fin, que es de tu agrado.

Puse los ojos en blanco ante su sarcasmo, aunque por dentro sentí de nuevo ese pudor desconocido que seguía creciendo cuando estaba a su lado.

Nasliam y Sonrah se nos unieron. Desde que nos habíamos establecido en Asum los veía poco. Me cruzaba con ellos en mis paseos con Syla y nos saludaban desde la distancia con un leve movimiento de cabeza. Rara vez se acercaban a la casa de Redka. Sin embargo, cuando los veía, sentía una emoción similar al cariño que me sorprendía. Sobre todo, al tratarse del insolente Nasliam. Averigüé con el paso de los días que Sonrah no tenía familia. Era un desterrado de las Tierras Altas que había acabado cruzándose en el camino de Redka y formando parte de su ejército. La gente de Asum le tenía aprecio, pero sus relaciones no eran muy profundas. En cambio, Nasliam había nacido y se había criado en sus calles. Vivía con su abuela, a la que veneraba por encima de todo, en una bonita casa cerca de la plaza. Tenía fama de galán y hacía más horas en la cantina que el propio bodeguero. Las mujeres se reían sin parar ante sus constantes flirteos y los ancianos lo miraban como si fuera un eterno crío travieso. Tenía cierto encanto natural, aunque no lo afirmaría en voz alta por nada del mundo.

—Bella dama, está usted maravillosa esta noche. —Nasliam me hizo una florida reverencia y yo le dediqué una mueca—. Oh, su sonrisa es tan bonita como siempre.

Sonrah se rio de las burlas de su amigo y saludó a Redka con camaradería.

Pese a lo que me enfurecía la actitud de Nasliam, admití que ambos estaban realmente imponentes; su ropa era parecida a la que usaban a diario, pero se notaba cuidada, como si estuviera reservada para ocasiones como aquella. Sus camisas blancas brillaban y sus cinturones y botas no estaban tan desgastados como los que les había visto desde el primer día. Al fin y al cabo, no dejaban de ser guerreros.

No obstante, aquel día me di cuenta de que no eran miembros de un ejército, sino jóvenes deseando disfrutar de su gente y de una velada festiva. Puede que lo merecieran más que ningún otro.

Observé fascinada los dibujos que también adornaban su piel. Ellos sonrieron al percibir mi curiosidad, pero no dijeron nada. Me picaba la lengua de las ganas de saber, de comprender qué significaba aquel arte sobre sus cuerpos. Lo había visto solo en dos ocasiones. En ellos mismos en mi ceremonia de plenitud y en los rostros de los niños al recibir el regreso de su ejército, aunque en estos últimos no era más que una copia infantil pintada con prisas y sin los detalles que mostraba el de los hombres.

Al analizarlos con calma mientras ellos charlaban, reparé en que los de Redka eran distintos. Sonrah, Nasliam y el resto de los hombres jóvenes del pueblo solo exhibían un sencillo dibujo alrededor de su ojo en tonos oscuros. En cambio, en Redka el color brillaba; ocres, dorados, su piel centelleaba, cubierta en la mitad de su rostro y bajando por su cuello.

No tardó más que un par de minutos la pregunta en escapárseme de entre los labios. Incluso corté de lleno su conversación.

—¿Alguien puede contarme qué significa eso?

Para mi sorpresa, los tres se echaron a reír y Nasliam alzó los brazos al aire en señal de victoria. Los otros dos se quejaron.

—¿Qué está pasando aquí? ¿Qué he dicho?

Sonrah sacó unas monedas del bolsillo y se las entregó a Nasliam. Se alejaron después de que Redka hiciera lo mismo.

—Cobardes —susurró él, riéndose aún.

—Es tu esposa. —Sonrah se encogió de hombros y me guiñó un ojo.

Yo me crucé de brazos, esperando una explicación que no tardó en llegar.

—Apostamos cuánto tardarías en preguntarlo. —Sonrió Redka con fingida inocencia.

—¿Hacéis apuestas sobre mí, comandante? —Sus ojos brillaron con fuerza al llamarlo de ese modo.

—Solo esa. —Parpadeó avergonzado antes de rectificar—. Bueno, hicimos otra antes de conocerte, pero no me hagas contártela.

—Espero que al menos esa la ganaras.

—Así fue.

Puse la palma de la mano hacia arriba y él alzó las cejas.

—Pues es mía. Me la he ganado.

Redka se rio y yo no pude evitar sonreír cuando me regaló su ganancia. No es que me importara, no eran más que juegos entre amigos, pero tampoco quería que pensaran que yo era un trofeo. Tampoco quería el dinero, pensaba donarlo a los niños malditos de Asum en cuanto Syla me acompañase de nuevo a visitarlos.

Después del día en el que descubrí ese espantoso lugar, había acudido de forma voluntaria y ofrecido mi ayuda. Los cuidadores de los niños habían acogido gustosos la leña, mantas y comida que había llevado. Redka no me puso ningún impedimento en destinar su dinero a esa tarea. En realidad, cuando me descubrió separando parte de la comida una noche para acercársela al día siguiente, vi en su mirada una expresión de orgullo que no me pasó desapercibida.

—Ven, demos un paseo.

Nos adentramos entre el gentío y cogimos un par de platos. Queso con fruta, carnes asadas y pescados aromatizados de todas las clases imaginables llenaban las mesas. Se me hizo la boca agua. Nos acercamos a un banco un poco alejado, con el mar de frente, y Redka comenzó a contarme una historia según comíamos.

—Asum fue un hombre que naufragó aquí hace siglos. Venía del otro lado del mar, huyendo de una tierra desconocida que había sido asediada por un rey déspota.

Aquella leyenda no la conocía. Mucho menos la existencia de un reino al otro lado del mar. Un terreno que no existía en los mapas que yo había estudiado. A ratos me asolaba la revelación de lo pequeños e insignificantes que éramos en realidad.

—¿Qué hay al otro lado?

—No lo sabemos. Nadie ha sido jamás capaz de sobrevivir a cruzar el Mar de Beli más allá de la distancia de las Islas Rojas. Solo él.

—Vaya.

—Sí; de ser posible, ya habríamos huido buscando paz hace tiempo. —No había pensado en eso, pero tenía sentido; Redka prosiguió—: Asum se enamoró de una campesina de una aldea cercana y construyeron aquí su hogar.

—¿Por qué aquí? ¿No hubiera sido más fácil vivir en la aldea de la muchacha?

Redka sonrió. Me di cuenta una vez más de que siempre lo hacía ante mi curiosidad sin límites.

—Asum era un buen hombre, pero quedó marcado. Nadie sabe qué sufrió en aquel viaje, qué vio en sus aguas, pero era incapaz de separarse de este lugar. Si lo hacía, su cabeza enfermaba.

—¿Y qué tienen que ver los dibujos con eso?

—Eres una impaciente —me increpó; yo le saqué la lengua en un gesto infantil del que me avergoncé al momento—. Asum tenía sueños. En ellos veía imágenes extrañas que dibujaba en las rocas. Aún quedan algunas talladas en esta zona.

Me acerqué al lugar que me señalaba y las vi, pequeñas espirales cobrizas por el color de la piedra. Evité pensar en mis propios sueños.

—Son iguales a las tuyas.

Redka asintió y yo volví a estudiar aquel perfil decorado. Tenía la mitad izquierda del rostro marcada. La luz de los candiles que nos rodeaban las hacía brillar. Estaban pintadas con el polvo de la misma roca en la que su antepasado las talló. Sus ojos verdes destacaban más aún rodeados de aquellos colores centelleantes. Debía asumir que lo que en un primer momento había asociado con una costumbre salvaje en realidad guardaba un significado que respetaba profundamente y que las hacía de repente más bonitas a mis ojos.

—Con ellas honraba al Mar de Beli. Decía que era su dios y que le hablaba en sueños. Algunos lo tomaban por loco. Otros le creían y se dibujaban esas siluetas para honrarlo a él.

—¿Y tú qué piensas?

Fue él quien se giró entonces y la intensidad de su mirada me estremeció.

—Yo creo que es bueno dar a las personas algo en lo que creer.

Volví a clavar la vista en Beli. Sus palabras me inquietaban. Lo hacían porque con ellas descubría una capa más de las mil que escondía el interior de aquel hombre. Me daba la sensación de que Redka era mucho más de lo que mostraba con esa actitud permanentemente esquiva y un tanto ruda. Dentro de él existía un hombre justo, noble y leal.

Me hizo reflexionar acerca de mis propias creencias, las cuales estaban enrevesadas de un modo que me costaba desenmarañar y comprender. Yo creía en la justicia, pero ¿qué era de verdad lo justo en tiempos de guerra? ¿La justicia era diferente según la perspectiva desde la que la mirásemos? Amina me había dicho que la libertad era relativa. Pese al matiz derrotista de esa afirmación, tal vez tuviera razón. Quizá todo lo fuera dependiendo de dónde nacieras y del rumbo de la vida.

—¿Por qué no las lleváis siempre?

—Lo hacemos en situaciones vitales importantes.

—Y supongo que la boda de uno lo es —dije sin ocultar mi desdén.

Él se rio. Intenté esconder una sonrisa inevitable.

—Sí, supongo que sí.

La comida comenzaba a escasear en las mesas, llenas de platos vacíos en los que únicamente quedaban las migas, y a ser solo el recuerdo de un gran festín. Había comido tanto que me sentía pesada, pero me había resultado imposible negarme a probar cada manjar. La bebida corría a raudales y la alegría era máxima. Las risas eran el sonido que sobresalía por encima de todos los demás. La gente se divertía. Yo fui consciente de que no lo hacía desde muchos meses atrás.

Nasliam rondaba a una mujer que lo esquivaba con picardía, lo que provocaba las carcajadas de sus amigos. El muy condenado no conocía el significado de la vergüenza. Sonrah y Redka brindaban con otros hombres alrededor de una mesa. Bebían licores dulces y otros cuyo aroma podría hacer perder el conocimiento a una bestia. No entendía por qué sentían gozo al tomarlos ni cómo se mantenían en pie. Algunas parejas bailaban y yo las miraba fascinada, porque aquella danza no se parecía en absoluto a las que nos había enseñado Hermine. Aquel baile era caótico y desordenado; como si no siguieran ningún paso y se dejaran llevar por la música de un modo azaroso que observaba embelesada. Ni siquiera creía que mi cuerpo fuera capaz de mecerse de esa manera y, pese a la incertidumbre, notaba que me temblaban los pies por las ganas de intentarlo.

Era bonito. Me alegré de que hubieran querido celebrar mi llegada con aquella fiesta. Más aún después de ver todo lo que habían sufrido. Aquellas personas se merecían la felicidad que se respiraba esa noche. Redka y sus hombres sobre todo.

Desde que habíamos vuelto a mezclarnos con el gentío, no me había separado de Syla. Charlaba amigablemente con otras mujeres alrededor de una mesa llena de dulces deliciosos. Pese a estar saciada, se me iban los ojos con los confites y acababa picoteando sin control. Ellas bebían un licor suave y dulzón que me recordaba a las cerezas que Maie y yo recogíamos en verano de los árboles. Yo intentaba centrarme en las conversaciones y empaparme de esa camaradería que echaba de menos, pero mi mente se encontraba en otro lugar.

No podía apartar los ojos de Redka. Así vestido, con la pintura en su rostro y una relajación extraña tratándose de él, me parecía un hombre distinto. El motivo de que sus dibujos destacaran sobre los de los demás no era otro que el hecho de que el festejo se celebraba en nuestro honor. En un momento dado, dos ancianas se habían acercado a mí y me habían coronado con una fina diadema de flores frescas. El gesto me había enternecido y mi mirada había chocado con los ojos de Redka, que brillaban al verme disfrutar y aceptar con dicha las costumbres de su pueblo. Él sonreía sin parar, aunque lo hiciera con esa sonrisa a medias que ya conocía bien, y me preguntaba sin tregua qué pasaría por su cabeza, si observaría con deseo a las mujeres que giraban a su alrededor al ritmo de la música y qué se sentiría bajo una de esas miradas.

—Se está divirtiendo.

—¿Qué?

Syla soltó una carcajada y me dio un codazo cómplice dirigiendo sus ojos donde los míos no dejaban de rondar.

—No finjas conmigo, Ziara.

Suspiré y decidí ser honesta; al fin y al cabo, echaba demasiado de menos poder serlo con alguien y Syla se lo había ganado con creces.

—Es la primera vez que lo veo así. Tranquilo —me sinceré.

—Carga demasiado sobre sus hombros. Su cometido no es fácil.

Se quedó pensativa, y percibí la lucha incesante en sus iris azulados. Parecía tener tormentas a punto de descargar. De repente, cerró los ojos y soltó el aire contenido con un pesar casi tangible que la hizo parecer mucho mayor de lo que era.

—Lo ves a él. —Las palabras se me escaparon. Recé para no ofenderla; era lo que menos deseaba en el mundo.

—Sí, pero no de ese modo. No siento nada por Redka, si te lo estás preguntando. —Yo me sonrojé sin poder disimularlo—. Nada que no sea lo que sentiría por un hermano. Solo que..., cuando lo veo, la imagen de Guimar aparece. Es instintivo. No puedo frenarlo.

—Tiene que ser muy duro, Syla.

—Amar a un guerrero siempre lo es. Procura no olvidarlo.

No lo hice. Y no por la advertencia implícita que leí en sus palabras, sino porque, por primera vez, me di cuenta de lo que significaba ese sentimiento. Su inmensidad. Sus claroscuros. Su parte dañina, cruel y esclava. Una que siempre acompañaba de forma opuesta a todo lo hermoso que nacía de aquel sentir. A eso se había referido Hermine cuando me contó lo que la magia nos quería negar. Syla me lo había mostrado de nuevo al hablar de Guimar. También lo había contemplado en los ojos de Yuriel al mirar a aquella muchacha que en ese momento se sentaba en su regazo y lo abrazaba. Incluso el propio Redka me había hablado de la diferencia entre las esposas destinadas y el amor de verdad. En aquel pueblo pequeño y seguramente insignificante en el reino de Cathalian, se respiraba en cada esquina y en cada sonrisa. Y, de repente, supe con la mayor de las certezas que yo anhelaba vivir algún día rodeada por esa emoción imparable y desmedida.

—Te he traído vino.

Redka apareció cuando pensé que no volvería a dirigirme la palabra. Habíamos cruzado miradas que solo se quedaban en silencios, en un burbujeo incesante en mi estómago y en las risillas de Syla, que me esforzaba por ignorar sin mucho éxito. Me sentía imantada al hombre que era esa noche. Me costaba frenarlo. Parecía hechizada, como si hubiera ingerido algún ingrediente entre aquellos dulces que me provocaba una atracción irremediable hacia su persona.

Lo observé acercarse con cautela. Lo hizo con dos vasos llenos hasta arriba de aquel líquido grana que volaba entre la gente.

—Gracias. ¿Qué es?

Lo olí con cuidado; me negaba a probar esos licores que mareaban solo con acercarlos a la nariz.

—Néctar de los dioses —dijo con una sonrisa burlona.

Yo observé el interior del vaso como si eso fuera posible.

—¿En serio?

—Uva fermentada. Es amargo primero, pero luego deja un regusto dulce. Un poco como tú. Creo que te gustará.

Puse los ojos en blanco y él sonrió. Le di un trago y sentí el calor descendiendo por mi garganta. Estaba malísimo, aunque Redka tenía razón, después de la quemazón del inicio dejaba un regusto agradable en la boca. Le di otro trago, intentando apartar de mis pensamientos el comentario que me comparaba con esa sensación.

—Bebe despacio o te dará vueltas la cabeza.

Mi respuesta fue tomar un tercer trago. La risa de Syla me animó y Redka volvió a desaparecer con una mirada de advertencia que supe que, solo por dedicármela, iba a desafiar.

Decidimos regresar a casa ya de madrugada. Lo hicimos caminando despacio y yo lo agradecí, porque no quería que la felicidad que tanto había disfrutado en la velada se disipase tan pronto.

La fiesta continuaba, oíamos el eco de la música y el jolgorio a cada paso, pero Redka dijo estar cansado y yo no me opuse. Pese a lo que me estaba divirtiendo, estaba agotada y el vino se mecía en mi estómago como si fueran las olas de Beli luchando por llegar a mi garganta.

Él no había vuelto a hablarme después de ofrecerme aquella bebida del demonio. Se había comportado casi como si no existiera, de no ser por las miradas de reojo que me dedicaba de vez en cuando y que intuía que solo eran para comprobar que estaba por ahí. De nuevo ese sentido tan arraigado de protección que, aunque me agradaba y me aportaba seguridad, no me bastaba. No sé en qué momento había dejado de hacerlo. Quizá cuando una joven preciosa se había acercado a él y lo había invitado a bailar. Él rehusó, pero la tensión repentina de mi cuerpo había sido tan real que aún fruncía el ceño al recordarlo.

—No has bailado —dije sin ocultar esa rabia que no se iba.

—Nunca bailo.

—Pero era un baile en tu honor.

—En honor a mi esposa. —Chasqueé la lengua, aunque no pude evitar parpadear ante el tono pícaro de su voz.

—No seas modesto. No te pega nada. —Se rio ante mi impertinencia.

—¿Alguien ha bebido demasiado vino?

—¿Alguien sigue sin relajarse ni en una fiesta?

Hizo como si le hubiera clavado una daga en el corazón y me reí. Mi enfado sin sentido se evaporó como si fuera tocado por la misma magia.

—Tú tampoco has bailado.

—Nadie me ha invitado —respondí de modo cortante—. No sé qué les habrás dicho, pero me miran con tanto respeto que no osan tocarme.

—Lo tendré en cuenta la próxima vez.

No sé de dónde salió tanto atrevimiento, pero lo miré con determinación y mi voz salió con una dulzura ronca que nos sorprendió a ambos.

—¿Se lo ordenarás a uno de tus hombres?

Redka se acercó un paso a mí. Estábamos en la puerta de la casa. Ante la poca distancia que nos separaba, di un paso hacia atrás y me topé con el muro de piedra, frío y húmedo bajo mis manos templadas. Su sonrisa apareció, desconocida. Una que incitaba. Una que despertaba emociones. Una que provocó que mi estómago comenzara a dar vueltas y que se me erizase la piel.

—Hay cosas que ellos no pueden hacer por mí.

Tragué saliva. El alcohol me había secado la boca. Me pasé la lengua por los labios y él siguió el movimiento sin apenas respirar. Notaba el ambiente pesado y mi vestido más ceñido al torso sin una explicación que comprendiese. Nunca me había sentido así. Era como si mi cuerpo fuera blando, gelatinoso, caliente.

Di un paso a la derecha en dirección a la puerta, trastabillando y con la clara intención de huir de aquel instante intenso, y supe que su sonrisa burlona había vuelto. Me enfrenté a ella del único modo que sabía, desafiándolo de nuevo, entrando en ese juego que no sé cómo ni por qué se había establecido entre nosotros, pero del que ambos parecíamos disfrutar.

—No importa, seguro que se te da fatal y no quiero que te pierdan el respeto.

Me ruboricé ante la mirada ardiente que me dedicó. Me quemaban las mejillas y no era solo por el vino. Redka bajó la vista un solo segundo hasta el comienzo de mi escote, donde mi respiración hacía que mi pecho subiera y bajara a una velocidad difícil de ocultar. Sentí el peso del amuleto que Hermine me había regalado escondido bajo la tela.

—Deberías acostarte, mañana te dolerá la cabeza. Por cierto, acerté con el vestido.

—Eres bueno adivinando tallas. Felicidades.

Aunque intuía, desde la ingenuidad de una Novia criada entre murallas que no había sentido antes la mirada de un hombre, que lo que Redka quería decir con esas palabras era algo muy distinto. Algo que me provocaba un calor abrasador en la piel y bajo ella.

Volvió a recorrer mi cuerpo tembloroso con sus ojos verdes y me estremecí al asumir que quería que hiciera mucho más que eso. Deseé que sus manos realizaran el mismo recorrido. Quizá su boca.

—No me refería a eso. Buenas noches, Ziara.

Me moví en la cama inquieta. Hacía calor y notaba el cuerpo alerta, como si unos dedos invisibles lo hubieran rozado hasta erizarme el vello. Abrí los ojos y noté la respiración agitada. Me giré y entonces lo vi. Tenía los ojos entrecerrados, pero me miraba. Su cabello le caía por el rostro y sus labios se curvaron levemente al percibir mi asombro. No llevaba camisa.

Contuve un jadeo cuando su mano se deslizó bajo la sábana y me acarició el abdomen. Me sacudí al darme cuenta de que yo tampoco estaba vestida.

Redka sonrió.

—Ziara…

Su voz era dulce como la miel. Sus ojos lanzaban destellos. Su aliento me llegaba como una brisa suave y me provocaba un ligero temblor.

Todo era nuevo. La intensidad del momento me abrumaba. Jamás había sentido nada igual.

Sus dedos se aventuraron por mi estómago y fueron bajando con lentitud. Una parte de mí tenía la tentación de frenarlo y pedirle, quizá por orgullo, que se apartara, pero otra... Otra necesitaba con premura que siguiera descendiendo hasta que disipase esa quemazón que comenzaba a resultarme insoportable.

—Redka, no...

Paró y me observó con la duda pintada en la mirada. Me humedecí los labios y deseé hacer lo mismo con los suyos. Lo ansié con tanto fervor que me tembló la mano cuando atrapé la suya y la coloqué entre mis muslos.

Él sonrió como pensé que solo lo harían los demonios.

—¿Más?

Tragué saliva y suspiré.

—Mucho más... —susurré necesitada.

Y lo hice. Me acerqué y le mordí la boca antes de dejarme llevar por sus caricias expertas y sentir que explotaba en mil pedazos.

Cuando me desperté a medianoche sudorosa y sobresaltada por las sensaciones, aún notaba sus manos en la piel. Me aparté el pelo pegado a la cara y respiré de forma entrecortada.

¿Qué había sucedido? ¿Y por qué, si solo era un sueño, me sentía como si mi cuerpo se hubiera expandido unos instantes? Y, lo que era más importante, ¿por qué había sentido decepción al comprender que solo se trataba de una fantasía y no de algo real?

Me tumbé y cerré los ojos. El corazón me latía frenético y percibía un latido desconocido entre las piernas. Me esforcé por conciliar nuevamente el sueño, aunque, después de descubrir lo que podrían ser capaces de provocarme otras manos, dormir aquella noche resultó ser un auténtico suplicio.

Sonrah apareció al día siguiente con un caballo. Lo hizo cuando yo veía la vida pasar con una taza de agua de manzana entre las manos.

—¿Dolor de cabeza?

No era solo eso. Era la cabeza, el estómago, la pesadez en los párpados, la boca seca y la sensación de que el cuerpo no respondía a mis órdenes.

—¿Cómo podéis beber licores cada día sin morir jóvenes?

Sonrah se rio. Intenté devolverle una sonrisa que se quedó a medias. Notaba el pulso en las sienes y me las presioné con las yemas.

—Uno se acaba acostumbrando.

—Yo no pienso hacerlo, si esta es la penitencia.

—Lleva todo el día lloriqueando.

Redka apareció y noté un temblor inmediato. En su rostro no había indicios de malestar, ni siquiera parecía cansado. Mucho menos, inquieto por los instantes que habíamos compartido la noche anterior. Yo únicamente con recordar sus ojos sobre mi piel sentía fuego en las tripas.

A ratos dudaba de si mi malestar lo provocaba el recuerdo del vino, de las fantasías o de su mirada acariciándome sin tregua.

Me acaloré y Sonrah me observó con curiosidad.

—¿Y ese caballo? —pregunté, con la intención de que cesara su escrutinio.

—Para el viaje.

Alcé las cejas en dirección a Redka. No me lo esperaba.

—Viajaremos cada uno en un caballo.

Tampoco me esperaba la decepción que sentí al comprender lo que eso significaba.

—¿Por qué? Pero… yo no sé cabalgar.

—Y por eso estoy yo aquí. —Sonrah me ofreció una sonrisa servicial y un tanto exagerada, y me tensé.

—No puedo aprender a manejar un caballo como ese en dos días. Menos aún, para un viaje tan largo.

Me emocionaba la posibilidad de aprender a galopar como lo hacían ellos. Me había acostumbrado a la sensación de libertad que regalaba subir a un caballo y había acabado siendo una actividad reconfortante para mí. Más todavía, poder hacerlo como un hombre. Sin embargo, también me atemorizaba no estar a la altura de lo que se esperaba de mí y la inseguridad se me adhirió al estómago. Una cosa era pasear a caballo por Asum, como alguna tarde había hecho con Syla, y otra muy distinta sortear los obstáculos que siempre acompañaban a un trayecto largo como sería ese.

—Este caballo es para mí. Tú viajarás con Thyanne, él te guiará, pero no está de más que aprendas lo básico por si te ves en la necesidad de…

Redka omitió decir «en la necesidad de huir, de escapar o de cualquier otra cosa que suponga un peligro al que enfrentarte». Ni siquiera me había parado a pensar en lo que implicaba viajar a la capital de Onize. Si para llegar allí habíamos tenido que cruzarnos con seres como Misia y espectros en la montaña de Nimera, no quería imaginarme qué nos encontraríamos en aquella ocasión.

Sonrah dio una palmada en el aire y me sonrió con esa amabilidad siempre presente en él.

—Bueno, ¿qué te parece? ¿Empezamos?

Antes de que se metiera el sol ya había vomitado dos veces. Y no solo por el vino del día anterior, sino también por el esfuerzo físico, al que no estaba acostumbrada.

—Déjalo ya, Ziara.

—No.

Sonrah no insistía ante mis negativas. Pronto aceptó que era testaruda y un tanto orgullosa como para seguir empeñándome en subir y bajar con soltura de Thyanne con esos dichosos vestidos. Sabía que no resultaría sencillo, pero también cabía la posibilidad de que hubiera apostado demasiado por mí misma.

—Él puede arrodillarse. Así es como lo hacen las damas.

Lo fulminé con la mirada y volví a impulsarme agarrada a sus crines.

Sabía que sería fácil hacerlo a su modo. Había paseado con Syla sobre Thyanne, de forma lenta y delicada por las calles, con las piernas cerradas colgando por un lateral, pero aceptar aquello me hacía sentir vulnerable de nuevo. Si iba a ser la mujer de un comandante de la guardia real y convivir de vez en cuando en un campamento nómada, necesitaba sentirme una igual dentro de lo posible, y no un estorbo. Pese a que Sonrah pensara que era una tontería, para mí se trataba de una cuestión de orgullo.

Durante dos días aprendí todo lo que necesitaba saber para cabalgar y mantener más o menos controlado a un caballo, aunque apenas lo hicimos. Solo trotamos por la playa con el Mar de Beli como testigo de mi terquedad cuando apretaba los talones contra el lomo de Thyanne para que aumentara el ritmo y él me ignoraba.

—No es justo. ¡Él no es un caballo! No me hace ni caso.

Redka se reía de mi mal genio y Sonrah sacudía la cabeza con esa paciencia infinita con la que le habían dotado los dioses, pero ambos ignoraban mis deseos.

Al anochecer, no podía cerrar las piernas del dolor. Sonrah había insistido en que me colocara de lado sobre la silla de montar, con las piernas juntas, pero me había negado en redondo. Así que, cuando conseguía subir a Thyanne, me recogía el vestido todo lo posible sin perder lo que yo consideraba que era la decencia y ponía una pierna a cada lado de su cuerpo. Sentía un poder invisible al hacerlo. Un desafío conseguido, aunque aquello no tuviera la menor importancia para nadie más.

—Así cabalgan las bandoleras —me decía Sonrah, aunque lo hacía con una sonrisa.

—Las bandoleras y ahora las esposas de los comandantes. —Le guiñé un ojo y hasta Thyanne pareció divertido por mi respuesta.

Redka pasó esos dos últimos días prácticamente enteros fuera de la casa. Yo sabía que se reunía con Prío para tratar asuntos importantes, pero eso no evitaba que, cuando aparecía por allí, se asomara a ver qué tal nos iba a Sonrah y a mí. Si lo hacía, yo me esforzaba por recordar todas las indicaciones de su amigo; erguía mi cuerpo en una postura perfecta, como si montar a caballo fuese tan natural para mí como respirar. Sentía la necesidad de que comprobase que yo era algo más que una niña criada para servir. También me esforzaba por no rememorar las sensaciones intensas y apabullantes que él me había regalado en sueños.

—Volvamos, tienes que descansar, mañana salimos al alba.

Trotábamos por la playa. La brisa nos traía ese aroma a sal al que ya me había acostumbrado y que, de repente, sabía que echaría de menos durante nuestro viaje. No conocíamos la fecha de regreso. Redka me había contado que dependía de los asuntos que el rey pretendiera tratar con él.

—Sonrah, ¿puedo hacerte una pregunta?

—Tengo la impresión de que, antes o después, acabarías haciéndola, así que… adelante.

Le dediqué mi mirada más mordaz, pero no me amilané. Con él nunca dudaba, a diferencia de con Redka, que, aunque había llegado a ganarse mi confianza, me despertaba tantos sentimientos que la incertidumbre siempre estaba presente.

—¿Qué piensas de las Novias del Nuevo Mundo?

—¿Qué voy a pensar? Sois esperanza, Ziara. Cualquier ser humano siempre os estará eternamente agradecido.

Sonaba a discurso bien aprendido. No me valía. Ya había captado la realidad que me rodeaba; la aceptación de lo sucedido en el pasado. Todo el mundo asumía las consecuencias, incluso a veces con una sonrisa que me recordaba más a la resignación que a cualquier otra emoción. Sin embargo, también había percibido que eso no significaba que por dentro sus pensamientos no fueran otros. Si a mí me ocurría, daba por sentado que los demás podrían igualmente tener otra opinión, aunque compartirla siempre fuera arriesgado.

—Te lo voy a preguntar de otro modo, ¿qué sentirías si mañana soñaras con una de ellas? ¿Si tuvieras que traerla aquí y meterla en tu casa? A una completa desconocida que ni siquiera tiene por qué caerte bien; mucho menos, gustarte.

—A Redka le caes bien.

—No estamos hablando de Redka.

—¿Estás segura?

Apreté los dientes y me tensé tanto que hasta Thyanne lo notó y dio un brinco. Sonrah suspiró y dejó su mirada perderse en ese futuro hipotético, aunque posible; si a su comandante le había sucedido, pese a que fuera casi una excepción, algún día podría tocarle a él.

Meditó unos instantes para finalmente mirarme con honestidad y confiar una vez más en mí.

—De acuerdo, Ziara. Lo sentiría como una condena. Me gusta mi vida. Me gusta no depender de nadie ni que otros dependan de mí. No quiero descendencia. Se tiende a pensar que cualquier hombre querría dejar un linaje que ate su recuerdo al mundo, pero eso no va conmigo. Me gusta ser un soldado. No concibo otro tipo de vida que no sea el de luchar por lo que creo y por mi pueblo. El pueblo que me dio un hogar cuando perdí el mío. Una mujer… acabaría con esa libertad.

—Vaya.

Me quedé boquiabierta ante su discurso. Se trataba de Sonrah, sí, pero, mientras escuchaba su voz, yo no había podido evitar que su rostro se transformara en el de otra persona. En el de Redka. ¿Así era como se sentía? Había estado tan centrada en lo que aquel enlace suponía para mí, en el nuevo mundo que se me descubría, en la sensación insistente de que era una víctima de un embrujo que no lo merecía, que no me había parado ni una sola vez a pensar en cómo mi existencia habría influido en la vida de Redka.

Sonrah se dio cuenta del curso de mis pensamientos y viró su caballo hasta estar lo más cerca posible de mí.

—Pero no todos somos iguales, Ziara. Nasliam, por ejemplo, se desvive por encontrar una mujer que lo soporte. —Me reí al pensar en aquel otro hombre que, por muy insoportable que me pareciese, había acabado haciéndome gracia con sus aires de grandeza y sus ademanes sensuales cada vez que estaba cerca de mujeres—. El día que alguna acepte amarlo será el hombre más feliz del mundo.

Mi tensión repentina se disipó al pensar en él y agradecí el esfuerzo de Sonrah en silencio. Pese a sus palabras, me costaba ver al pícaro Nasliam de ese modo. Habría apostado todo lo que tenía a que su ideal de vida se resumía en saltar de alcoba en alcoba hasta que su cuerpo no respondiera.

—No te creo.

—Las apariencias siempre engañan. No lo olvides.

Me guardé su consejo, que tenía un regusto desconcertante a advertencia. Luego seguimos paseando en silencio. Deseé indagar sobre su pasado. No sabía qué habría hecho Sonrah para que su verdadero pueblo lo castigase con el destierro, pero, viendo a aquel hombre honrado y bueno, supe sin duda alguna que habían salido perdiendo.

Al llegar a casa, me encontré con Redka desmontando de aquel nuevo caballo. Parecía cansado.

—¿Qué tal el día?

Si mi pregunta lo sorprendió, no dio muestras de ello.

—Escuchar parlotear a la mujer de Prío a cada rato, con cualquier excusa para colarse en el despacho y que le prestemos atención, me provoca jaqueca.

Sonreí. Realmente Amina encajaba a la perfección en tal descripción. Thyanne lo saludó posando el hocico en su pecho y el gesto me enterneció. Tampoco había meditado lo que supondría para él cederme la compañía de su caballo, teniendo en cuenta que Thyanne era mucho más que eso. Junto con Syla, era la única familia que le quedaba.

—Quería darte las gracias, Redka.

—¿Por qué? Ya te dije que podías hacer con la casa y el dinero cuanto quisieras.

—No tiene nada que ver con eso. Gracias por aceptarme en tu vida.

Me miró con la confusión bailando en sus ojos. En ellos, vi librarse una batalla. No sé qué encontró en los míos, pero finalmente asintió y ambos nos dirigimos a la casa. Por lo general odiaba que fuera tan callado, pero por una vez tener yo algo con lo que llenar sus silencios me sentó bien.

—También quería pedirte perdón.

Frunció el ceño.

—¿Qué has hecho? ¿No habrás acabado con Sonrah en solo dos días? Es uno de mis mejores hombres.

Me puse a la defensiva, dándome cuenta tarde de que era lo que buscaba para divertirse a mi costa.

—Sonrah cree que soy adorable, se lo noto. Así que no te pases de listo o haré que, entre tú y yo, elija mi bando.

Redka se rio. Entramos en la cocina y vimos el guiso que Syla nos había dejado preparado para aquella noche. Nos cuidaba como si fuéramos sus hijos. Asumí que, de algún modo, Redka lo era.

—Cena. Debes dormir para mañana.

Lo obedecí; me senté y él sirvió los dos platos antes de hacer lo propio frente a mí. El olor era delicioso. Aquella noche pensaba comer hasta hartarme; ya había aprendido por las malas que no era muy inteligente salir de viaje con el estómago vacío.

Lo probé y suspiré con placer. Luego continué:

—Quiero pedirte perdón por no haber puesto más de mi parte. —Su cuchara se quedó a medio camino y su boca se cerró en una línea fina—. Sobre todo, al principio. Solo pensé en mí. Me olvidé de que para ti…, esto…, tú y yo… —Me trabé. Siempre me costaba poner en palabras aquello que éramos.

—Está bien, Ziara.

Sonreí, porque con esas simples palabras y su mirada honesta supe que aceptaba mis disculpas. Quizá que incluso, por primera vez, Redka y yo compartíamos algo que no nos había sido impuesto.

Al día siguiente nos marchamos de Asum con su gente despidiéndonos a los dos lados del camino. Algunas mujeres disimulaban la pena y la secaban con pañuelos de seda. Los niños llevaban espadas de madera que alzaban con pequeños gritos en honor al ejército de Redka. El orgullo se palpaba en el ambiente.

Él presidía la comitiva. Lo hacía, por primera vez, con aquella casaca grana que ocultaba en su armario y un aspecto serio y altivo que me hizo comprender por fin por qué portaba ese cargo. El escudo dorado de Cathalian relucía sobre su pecho. Cuando lo había visto al despertarme, su presencia me había impresionado. Transmitía una fiereza y un semblante que ningún otro lograba por mucho que se esforzara. Aquellos hombres eran valientes, fuertes, justos, pero el comandante tenía algo más que lo hacía diferente. No sabía qué era exactamente, pero, cuando contemplaba su mirada fija en el horizonte, sentía que sus ojos cargaban la fuerza de mil hombres. Sobre aquel formidable caballo color gris, imponía aún más.

Aquella mañana, habíamos salido los dos solos de casa trotando apaciblemente. Para el bien de mi dignidad, había conseguido subirme a Thyanne con soltura, pese al vestido y a mi vieja capa verde, con la que cargaba por si el frío nos asediaba por las noches. Al agarrar las riendas y sonreír satisfecha, me había encontrado con la sonrisa de Redka.

—Vas a dejar pasmadas a las esposas de la corte.

Con esas palabras, me había guiñado un ojo y azuzado a su caballo. No pude ocultar mi regocijo, aunque sí que ignoré el cosquilleo en mi estómago al recordar su gesto pícaro.

Me encontraba entre Nasliam y Sonrah unos pasos por detrás de Redka. Estaba claro que me escoltaban y protegían. El resto del grupo cabalgaba cerrando la comitiva. Si al llegar a Asum la actitud de sus habitantes me había sorprendido, al marcharme rodeada de aquellos valerosos hombres experimentaba otra sensación nueva. Una honra difícil de explicar, ya que seguía enfrentándome a sentimientos que no entendía, pero la esperanza que esas personas depositaban en ellos, y que me hubieran aceptado sin dudas y con un cariño inmenso, me provocaba un orgullo verdadero.

El viaje resultó mucho más sencillo que el que separaba Asum del campamento y de la Casa Verde. La magia en la frontera entre Ziatak y Onize apenas existía. Esta última era la parte de Cathalian más segura, ya que no limitaba con ningún territorio peligroso, solo con terreno humano y con Muralla de Huesos al norte, el límite que marcaba la tierra de los Hechiceros, los cuales eran neutrales. Eso explicaba que en Onize, la capital que llevaba su mismo nombre, estuvieran asentados el rey Dowen y su corte.

El paisaje característico de Asum se fue desdibujando según nos adentrábamos en las cordilleras del interior. Al avanzar apareció un paisaje más rocoso, aunque también de un verde más intenso. Olía a tierra, y la humedad típica de Asum se convirtió en una más pegajosa, menos viva. Era un entorno agradable, pero no poseía el encanto de la belleza sencilla y un tanto salvaje del hogar de Redka y los suyos.

La primera noche la hicimos ya en territorio fronterizo. Comenzamos a encontrarnos con puntos de vigilancia en los montes cada cierto tiempo. Se trataba de soldados de Dowen escondidos en cuevas cuya misión era la de atisbar posibles emboscadas o visitas inesperadas. Cuando nos reconocían como el ejército real, movían una antorcha para que la viésemos, permitiéndonos así el paso controlado. Sonrah me contó que eran los hombres más veloces y preparados para cabalgar en las circunstancias más adversas con el único fin de llegar cuanto antes al reino y avisar de lo acontecido.

—¿Y viven aquí siempre? ¿Solos?

Él asintió. No me podía imaginar una vida peor.

—Muchos enloquecen.

Dormimos en una zona destinada al paso de grupos como el nuestro. Se encontraba situada entre dos puntos de control y contaba con un pequeño arroyo de agua limpia y una zona cubierta para no dormir a la intemperie. Aquello no tenía nada que ver con la vida nómada en territorio salvaje que había compartido con ellos antes de llegar a Asum. Incluso contaban con algunas provisiones escondidas en puntos estratégicos, algunas mantas para el frío y hasta un pequeño cofre rudimentario con material para curas en caso de necesidad. El simple hecho de tanta seguridad me despertó un sentimiento extraño; una alerta constante que me decía que la situación era mucho más seria de lo que parecía. Ya lo intuía, pero de pronto no solo me lo contaban, sino que lo vivía en mi propia piel.

A la mañana siguiente, seguimos avanzando en cuanto el sol salió. Mis músculos se quejaron al subir de nuevo a Thyanne, pero la sonrisa de Redka fue el impulso que necesitaba para continuar una jornada más por mis propios medios, pese al esfuerzo.

Supe que estábamos ya en Onize cuando el verdor fue tiñéndose de un tono entre gris y negro. Los árboles se tornaron oscuros, con brillos negruzcos que me recordaban al carbón mezclado con un fulgor esmeralda. Era hermoso. No se parecía en nada a la calidez de Asum, pero igualmente poseía encanto.

El viaje resultó para mí muy diferente al anterior. Quizá porque ya lo veía todo con otros ojos o porque ya no me asombraba por cualquier detalle a cada instante. Ya me sentía una más cuando parábamos a comer y recibía mi ración como si fuese parte de aquel ejército. Incluso percibía que me tomaban en consideración en sus conversaciones, siendo el centro de los chistes de Nasliam, que acabé aceptando con resignación y alguna sonrisa escondida, o los gestos de complicidad de Sonrah. También experimentaba una satisfacción de lo más placentera al cabalgar sobre mi propio caballo, aunque fuera él mismo el que me guiaba y no al revés.

Ni siquiera me notaba desfallecida, como me había ocurrido con anterioridad, solo levemente agotada.

—¿Una carrera hasta aquel árbol, noble dama?

Nasliam se colocó a mi lado y me regaló una de esas sonrisas coquetas. Suspiré con desdén.

—¿Has visto a muchas nobles damas cabalgar con un ejército?

—En eso tienes razón. Cabalgas como una bandolera.

—Eso me han dicho —repliqué orgullosa.

—Si lo haces todo como ellas, Redka es un hombre realmente afortunado.

Alzó las cejas con picardía y mi piel pasó a ser del mismo color que mi pelo al pensar en su insinuación. Se echó a reír y me mordí los labios intentando controlar mi enfado. Siempre me sucedía con Nasliam. Le encantaba burlarse de mí y sacarme de quicio, y lo peor era que, por mucho que yo me esforzara por devolverle un golpe verbal a la altura, él solía salirse con la suya. Quizá eso era lo que de verdad me enfurecía. Al resto del mundo le parecía encantador, siempre con una sonrisa en la boca y una broma a cada momento, pero a mí me costaba no verlo como un embaucador con intenciones siempre deshonestas. No me fiaba de su teatralidad, eso era todo, y me costaba comprender que un hombre con el carácter de Redka, o con la seriedad de Sonrah, pudiera ser tan amigo de un tipo como él.

Mientras pensaba en alguna ofensa que regalarle de vuelta, lo percibí.

Quedaban apenas tres horas para llegar a la ciudad de Onize, donde se encontraba el castillo del rey Dowen. No había nada destacable en la llanura que atravesábamos, ni tampoco era un lugar que supusiera tener que estar alerta por sus posibles escondites o mala visibilidad. Se trataba de una ladera entre montañas y el sol comenzaba a esconderse a lo lejos. Se respiraba en el grupo la tranquilidad del que se siente seguro y con todo bajo control.

No obstante, pese a esa calma, comencé a sentirme extraña. Se me erizó el vello y lo que empezó como un leve picor en mi cuello se transformó en una quemazón que tuve que intentar frenar apretando mi mano sobre esa porción de piel. Al hacerlo, noté un latido frenético. Y no se trataba del propio bombeo de mi sangre, sino que el recuerdo de los dedos de aquella criatura de la Luna rodeando mi garganta se había hecho tangible. Si no supiera que era imposible, habría jurado percibir su mano agarrándome con fuerza.

Ahogué un jadeo y los ojos se me humedecieron por el calor de sus yemas invisibles en mi cuello.

—Ziara, ¿te encuentras bien?

Por primera vez desde que lo conocía, el rostro de Nasliam me pareció el de un guerrero. Su mirada se tornó tensa, fiera y vigilante. La burla permanente que hacía brillar sus ojos desapareció y dio paso a una alerta letal. Apretó los dientes y me observó como si yo fuera por mí misma una señal de que algo malo estaba a punto de suceder.

No me dio tiempo a responderle porque, antes de pronunciar la primera palabra, el relincho de un caballo y el rugido de su dueño antes de caer al suelo me paralizaron.

—¡Ofensiva por el este! —Redka viró su caballo, sacó la espada y la alzó mientras dirigía a sus hombres para defenderse de aquel ataque inesperado.

Yo no podía respirar. No solo me ardía el cuello, sino que notaba la sangre circular a toda velocidad, mi corazón agitado y el mundo a mi alrededor girando sin parar. No comprendía la reacción de mi cuerpo, pero era casi un dolor físico que, por muy desconcertante que resultase, parecía tener que ver con ese combate repentino.

El primer hombre caído yacía en el suelo detrás de mí, aún vivo, aunque fuertemente magullado. Thyanne daba vueltas inquieto, sin desplazarse apenas del sitio, esperando una orden que no tardaría en llegar. Los hombres se movían acompasados; formaban un círculo perfecto que les permitía vigilar todas las direcciones; una rueda en la que yo me convertí en el eje central. Me protegían, pero una parte de mí tenía la certeza de que su intención sería en vano.

—¡Nasliam! ¡A tu izquierda! —El grito de Sonrah me provocó una oleada de miedo.

Nasliam fue capaz de esquivar la flecha que se clavó en la tierra tras rozar su pie. Un instante después, se hizo polvo y desapareció ante mis ojos.

Polvo plateado.

Tragué saliva y entonces lo comprendí.

Estábamos rodeados de Hijos Prohibidos.

Éramos presas de un ataque en la que sería la zona más segura de todo Cathalian, a excepción del mismo castillo de Dowen.

La situación se aceleró. De repente, vi a Masrin, uno de los nuestros, ser engullido por un tornado de plata. Todo era una neblina de arena y polvo mágico. El eco de las herraduras de los caballos chocando contra el suelo. Los gritos de los hombres heridos. El sonido del acero golpeando otros cuerpos que sonaban a metal. Las órdenes de Redka por encima de cualquier voz. Mi cuello ardiendo bajo la caricia de una mano invisible.

Dejé de ver.

Todo se convirtió en una nube negra.

—¡Thyanne! ¡Corre! ¡Ponla a salvo!

Una orden de Redka que sonó a súplica y que hizo que mi caballo galopara como jamás lo había hecho conmigo abrazada a su lomo, hasta que el combate desapareció y mis sentidos dejaron de percibirlo.

Tardé casi una hora en volver a verlos. No fui consciente de que Thyanne no había continuado hacia nuestro destino, sino que nos habíamos movido en círculos. Nunca seguía el mismo camino; bordeaba la zona en diferentes direcciones para evitar dejar un rastro que hiciera sencillo seguirnos.

Durante aquel tiempo vagando en soledad apenas fui consciente de lo que había sucedido. Mis sentidos habían quedado abotargados, como si alguien me hubiera lanzado un hechizo o hubiese respirado una droga que hacía que me percibiera ajena a todo. No podía moverme. Notaba el cuerpo pesado, lento, como si cargara con un agotamiento tan extremo que respirar ya suponía un esfuerzo, pero algo en mí me decía que no era real. No sabía cómo, pero la magia del recuerdo de aquel ser en mi cuello me había provocado un letargo en el que me mecía sin poder luchar contra ello.

Los párpados me pesaban tanto que me costaba mantener los ojos abiertos. Si pensaba en lo sucedido, las imágenes se tornaban difusas, turbias, un remolino de escenas en las que todo era plata. Plata y tierra suspendida en el aire.

Los vi aparecer a lo lejos de un sendero. Thyanne permanecía oculto tras unos árboles y salió cuando la imagen de Redka ya fue clara para ambos. Parpadeé hasta lograr enfocar la vista y descubrir la silueta de dos hombres a caballo. Llegaron únicamente Sonrah y Redka y lo hicieron callados, exhaustos y con las marcas de la guerra en sus cuerpos heridos. Una congoja insoportablemente dolorosa me subió por la garganta al ver su estado. Estaban cubiertos de suciedad y de las huellas de plata de los enemigos. El brazo de Sonrah sangraba bajo un vendaje improvisado. Aunque estaba tapada, se intuía una herida profunda y lacerante. El hombro del comandante tenía un golpe feo que le impedía moverlo con normalidad. En su ceja, un corte la abría en dos y la sangre se secaba a su alrededor.

Quise tocarlo. Deseé alargar la mano y limpiarle aquella herida que le dejaría una nueva cicatriz. Tuve que esforzarme para no exteriorizar todo ese alivio inesperado que había sentido al verlos vivos. Asumí, de una vez por todas, que esos hombres me importaban. Él más que ninguno.

Tragué saliva y me percaté de que estaba temblando.

Pese a todo el dolor y cansancio que debían sentir, sus miradas se posaron en mí con la angustia del que teme haber perdido algo que le importa. Saber que la emoción era mutua me reconfortó.

—Ziara, ¿estás bien?

Redka se acercó y colocó la mano en mi mejilla para observarme con la minuciosidad de un curandero, buscando indicios de mi estado real. Cerré los ojos ante el contacto, recreándome en esa aspereza que ya conocía bien y que era más intensa aún sobre mi piel al estar cubierta de tierra. Cuando los abrí, el corazón se me aceleró. Su alivio era tan obvio que me estremecí al aceptar que yo era la causa de ese sentimiento.

Redka olía a sangre, acero y sudor. Olía a guerra. También a dolor. Hasta ese instante jamás creí que las emociones pudieran tener un aroma particular, pero lo aprendí cuando coloqué mi mano sobre sus nudillos despellejados y aspiré el regusto de aquel aroma metálico.

Mis pupilas se dilataron ante tanta intensidad y fue como volver a clavar los pies al suelo después de haber volado durante una hora. Perderme en sus ojos verdes me sirvió para encontrarme.

Sacudí la cabeza y percibí el dolor que se asentaba en mis sienes. No entendía qué me había sucedido, pero cada vez tenía más claro que no se debía a mi reacción natural ante el peligro y sí a una mano de magia.

—Estoy bien.

—¿Estás segura? Pareces...

Negué y omití compartir con ellos el presentimiento que había experimentado justo antes de que el ataque tuviese lugar. También la creencia de que la magia me había tocado sin entender cómo ni el motivo. Lo que menos necesitaba Redka era contar con un nuevo quebradero de cabeza.

—¿Vosotros? —Tensó el cuerpo y entonces fui consciente de que la ausencia del resto solo podía deberse a algo malo—. ¿Y los demás?

—Con Masrin.

El corazón me dio un vuelco al recordar la imagen de su cuerpo engullido por un tornado de plata hasta desaparecer, quién sabía adónde. Ni siquiera había podido defenderse.

—¿Qué…? Oh, por los dioses.

—Le daremos la despedida que merece.

Cerré los ojos y dejé que las lágrimas rodaran por mis mejillas.

XX

Sonrah, Redka y yo hicimos el resto del camino en silencio. El alivio por encontrarnos a salvo se había transformado en una tristeza imposible de ocultar. Lo vivido me había dejado exhausta y no se me iba el dolor de cabeza. Pese a que todo lo demás había desaparecido, la sensación de presión en mi cuello no se desvanecía. Su recuerdo me latía con insistencia.

Cuando comenzamos a ver las luces de Onize, la capital que daba nombre a la zona principal de Cathalian, giramos por un camino a la derecha que llevaba a las tierras del rey Dowen, cerca de su ciudad, pero lo bastante apartado para que su corte tuviera un lugar privilegiado lejos de la plebe.

Nunca había comprendido la diferencia de clases. De hecho, en Asum, aunque existían, la distinción era mínima en la convivencia y su gente se mezclaba como si aquellos límites invisibles no tuvieran importancia. Solo podías ver esa distinción en la riqueza de las casas, como la de Prío y Amina, o en las vestimentas que los cubrían, cuyos tejidos y joyas denotaban una calidad no al alcance de todos, pero a la hora de relacionarse yo no había atisbado ni el más mínimo indicio de estatus. El mismo Redka tenía un puesto de honor y vivía como el más humilde de los campesinos.

Sin embargo, según nos acercábamos a las puertas del castillo, asumí que allí todo iba a ser distinto.

Centinelas vigilaban la entrada a la muralla; sobre sus cabezas, grandes banderas rojizas con el escudo del reino se mecían al viento. La ciudadela de Dowen se encontraba en el interior de aquellos anchos muros cubiertos en su parte baja por vegetación imposible de controlar. Dos soldados con el uniforme real nos abrieron las compuertas nada más reconocer a Redka, y trotamos por un sendero de tierra flanqueado por rosales tan altos y frondosos como para tapar lo que hubiera detrás. Me daba la sensación de que nos adentrábamos en una cueva, pese al cielo despejado.

Una sensación de asfixia ya olvidada se me agarró al pecho.

La fortaleza era inmensa. Su piedra gris asemejaba claroscuros bajo los rayos del sol. La construcción se alzaba alta e imponente, con grandes atalayas acabadas en punta que, desde nuestra posición, parecían rozar el cielo. Pequeñas fincas rodeaban la subida empedrada al corazón del castillo. Edificaciones más modestas que la que se erigía frente a nosotros, en el núcleo central del alcázar, llenaban de vida aquel paisaje que yo no podía dejar de admirar con la boca entreabierta.

Mujeres caminaban con los brazos entrelazados; las preciosas gasas de sus vestidos se movían con la misma elegancia que portaban sus dueñas. Sus cabellos estaban recogidos con joyas y diademas de terciopelo. Caballeros las acompañaban con las manos enguantadas; sin armas y con sus botas relucientes; muy lejos de asemejarse en algo a los guerreros con los que yo viajaba.

Había visto pueblos durante el trayecto, decenas de horizontes diferentes que contemplar con asombro, pero nada que destilara tanta opulencia como el que se levantaba a nuestro alrededor.

Nada menos que la corte real de Cathalian.

Giramos por un camino que bordeaba el gran castillo y que nos guiaba a la parte posterior. Agradecí continuar por allí para ocultarnos de ojos curiosos, ya que nuestra apariencia despertaba más atención de la que merecíamos. Las heridas de Sonrah y Redka no pasaban desapercibidas; la palidez de mi rostro y mi postura sobre Thyanne, como lo haría una mujer salvaje y no una dama, tampoco.

Según avanzábamos, dejando atrás el hogar del séquito de Dowen, la aparente riqueza fue transformándose en una miseria disimulada. Las fincas pasaron de ser aposentos a viejas cuadras. El olor a flores frescas y perfumes almizclados se transformó en el del abono y el acero. Comencé a ver a un lado del camino las plantaciones en las que hombres y mujeres con ropas modestas trabajaban la tierra que alimentaba a toda la ciudadela. Las manos callosas y ensangrentadas de los que sustentaban los lujos de otros. Llevaban pañuelos grises anudados en la cabeza y sus rostros estaban cubiertos de suciedad. Sus ojos parecían vacíos y pesarosos. Apenas levantaban la vista de sus tareas.

Frente a las sonrisas y la serenidad que nos habíamos encontrado en la parte delantera, allí la desdicha era el aliento que se respiraba.

Uno de aquellos hombres que laboraba sin descanso, más cerca del camino que los demás y que cargaba un carretillo lleno de patatas recién sacadas de la tierra, me miró e hizo una reverencia con la cabeza en señal de respeto, pese a que ni siquiera sabía quién era yo. La imagen me supo amarga. En contraste con la exuberancia de los habitantes de la corte, con esa muestra de fortaleza, seguridad y con la magnificencia de los jardines, los huertos y la gente que los trabajaba provocaban una tristeza inmediata. Recordaban demasiado a las condiciones insalubres de Siam, pero allí, en la propia casa de Dowen, no encontraba excusas para tales circunstancias.

Me giré sobre Thyanne, aún mirando a aquel hombre, y fue entonces cuando me di cuenta de la forma de sus orejas. No era una forma humana. Las marcas de las recientes cadenas en sus muñecas indicaban que tampoco formaba parte del servicio de un modo voluntario, como sabía que sí sucedía en Asum.

—¿Son...? ¿Qué son?

Redka se tensó y sus ojos se llenaron de una ira silenciosa antes de pronunciar la única respuesta que no quería escuchar.

—Esclavos.

—No sabía que el rey tuviera esclavos. Pensaba que su padre había abolido la esclavitud en su mandato.

Recordaba todo aquello de las clases de historia. Ceogar, el padre de Dowen, había sido un rey justo. Nos lo habían repetido hasta la saciedad. Había mejorado las condiciones de vida en todo Cathalian y había sido venerado por ello. Una de las bases de su prosperidad había sido acabar con la esclavitud en todas sus formas. Según los libros y las lecciones de Hermine, su hijo había continuado con ese legado tras su muerte.

Sin embargo, lo que acababa de presenciar no era lo que me habían enseñado.

—Así fue, pero estos son prisioneros —me explicó Redka—. Hicieron algo para acabar aquí y el rey Dowen les ofrece una salida antes de pudrirse en una celda. Se ocupan *voluntariamente* del servicio de la corte.

Tragué saliva. Saber aquello me provocaba una sensación desagradable. Más aún después de reparar en cómo había cambiado su tono al pronunciar una de las palabras. Incluso a él le costaba contar aquello sin mostrar cierto resentimiento, pese a que se trataba de enemigos de la corona.

Pasamos junto a un cobertizo en el que un joven que rondaría mi edad cargaba sacos de tierra en un carro. Llevaba el cabello oscuro recogido en una trenza y se secaba el sudor de la frente con la manga. Percibió que lo miraba y parpadeó. Tenía un único ojo; era azul, vivo, y transmitía ira y tristeza a partes iguales. Durante unos segundos, nos miramos como si fuéramos el reflejo del otro en un espejo. Al fin y al cabo, eso fue lo que yo sentí. Que aquel ser extraño y mágico podría haber sido yo, que él podría haber estado mirándome trabajar esclavizada desde un caballo si las cosas hubieran sido diferentes. Que todos aquellos que vivían bajo los grilletes de un rey que creía que su raza era superior eran iguales que yo.

La realidad me golpeó con tanta fuerza que noté que algo se resquebrajaba dentro de mí.

—¿Qué estamos haciendo…? —susurré horrorizada.

El joven apartó la vista. Mi pregunta cayó en saco roto.

Recorrimos el resto del camino hasta las caballerizas en silencio, mientras yo observaba a aquellas criaturas que trabajaban sin descanso, todas con orígenes muy distintos entre sí pero que, al estar bajo el peso del mismo yugo, parecían compartir mucho más entre ellas que con sus congéneres. Vi razas que conocía por los libros y otras nuevas que contemplé fascinada. Para mi sorpresa, también había humanos, pero eran los menos. Casi pasaban desapercibidos entre la masa de criaturas mágicas renegadas de su poder.

Me pregunté qué pasaría con los que no aceptasen servir al rey.

—¿Y si no acceden?

Sonrah se encogió de hombros con una indiferencia que tampoco me creí y me señaló una extensión de tierra árida a nuestra izquierda. Aún se mantenía dentro de las murallas, pero quedaba tan lejana a la entrada que parecía ajena a la vida de la corte.

—Torre de Cuervo.

Vi una enorme construcción de piedra negra flanqueada por guardias y rodeada por su propio muro de hierro. Enredaderas de rosas grises lo cubrían casi en su totalidad. De su parte central salía una torre alta acabada en punta del negro más intenso que podía imaginar; la forma y brillo de sus tejas asemejaban las plumas de un ave. Una prisión dentro del propio castillo; eso era. No quise pensar en qué horrores albergaría, aunque pronto pude hacerme una idea, cuando un alarido que solo se podía asociar con la muerte salió de las ventanas enrejadas de aquella basta cárcel y nos acompañó el resto del camino.

Supuse que, al igual que la libertad y la justicia, quizá la voluntad para todos esos esclavos era relativa.

Abandonamos los caballos en los establos. Me costó soltar las riendas de Thyanne por miedo a dejarlo solo en aquel lugar que cada vez me resultaba más inhóspito. Desde que habíamos cruzado la entrada parecía inquieto, como si ese sitio tampoco fuera de su agrado, pero Redka me tranquilizó aludiendo que el mozo de cuadra era de su confianza y que el resto de los hombres llegaría pronto. Descubrí que los ejércitos se alojaban cerca de las caballerizas, en una extensión a la que llamaban Patio de Batallas y que se comunicaba con la parte de atrás del castillo, reservada para las cocinas y el servicio. No dejaban de ser soldados y no parte de la corte. Su origen era humilde, sin privilegios.

Me costaba ver con buenos ojos a un pueblo que no cuidaba mejor a los hombres que lo protegían solo por el honor de poder hacerlo.

—Podrás visitarlo siempre que quieras.

Con aquellas palabras, me despedí de Thyanne y echamos a andar hacia el interior del castillo. Me sentía realmente exhausta, sucia y demasiado débil como para fingir que la visita a palacio, que debía colmarme de alegría, no estaba resultando una experiencia de lo más desagradable.

Cada vez que miraba a Sonrah y a Redka recordaba a Masrin y mi cuerpo se resentía. Apenas había tratado con él, era uno de esos soldados silenciosos que no me dirigían la palabra, pero eso no evitaba que sintiera la pena profunda del que pierde a uno de los suyos.

Nos colamos por un portón que dejaba escapar el aroma de los guisos cociéndose en los fogones. El ruido allí era un batiburrillo de voces, cazos chocando y botas pisando los pasillos en los que soldados y servicio se mezclaban sin aparentes distinciones. Dejamos atrás las cocinas y nos adentramos en un pequeño patio interior que separaba las dependencias y del que salían media docena de puertas. En una de ellas, nos esperaba un hombre de pelo canoso y porte serio. Su rostro estaba curtido y ojeroso. Nos explicó con urgencia, aunque sin perder la compostura, que el rey ya nos estaba esperando. Su uniforme era pulcro y elegante, mucho más que los ropajes de todos con los que nos habíamos cruzado, pero no dejaba de ser un atuendo obligado que respondía a una etiqueta.

La mandíbula de Sonrah tembló y supe al momento que hacer esperar a un rey nunca era algo bueno. En un gesto instintivo, me miré las manos e intenté limpiar la suciedad que las cubría con la falda del vestido.

El siervo nos guio en silencio. Lo hizo por un laberinto de pasillos que comenzó siendo modesto hasta convertirse, un poco más con cada zancada, en un ambiente lujoso que me incomodaba. Las paredes estaban repletas de cuadros. Casi todos, retratos reales y paisajes con la fortaleza de fondo. Enseguida reparé en que la originalidad brillaba por su ausencia y dejé de prestar atención a lo que me parecía más una muestra excesiva de ego que arte en sí mismo. De vez en cuando nos cruzábamos con criadas que bajaban la mirada al vernos o con hombres de servicio; algunos eran soldados de la guardia y otros vestían ropa de trabajo llena de hollín o tierra. No podía evitar estudiar sus rasgos, buscando en ellos señales de otras razas, fascinada por tenerlos tan cerca en el territorio donde la magia era más condenada.

Las pisadas sonaban sobre el suelo empedrado hasta que llegamos a una zona en la que nuestros pies se deslizaban en silencio sobre alfombras. Reparé en que aquella parte del castillo ya no era digna de los esclavos. Por mucho que me esforzaba, no se me iba de la cabeza el hecho de que todas esas personas de mirada vacía fueran prisioneros. ¿Cuáles serían sus pecados? ¿Traicionar a la corona?

¿Matar con sus propias manos? ¿Luchar por su pueblo? Una parte de mí ansiaba conocer cada una de sus historias, porque intuía que no habría dos iguales, pese a que pudieran compartir penitencia.

Pronto comencé a maravillarme de la ostentosa belleza de aquel lugar. Los ventanales amplios mostraban patios y jardines interiores cuidados hasta dar una imagen que resultaba irreal. Una imagen en la que la magia no tenía cabida, sino que solo se debía a un esfuerzo descomunal por mantener todo impoluto y en su máximo esplendor. Las lámparas de cristales brillaban bajo la luz de los candiles. Miles de pequeños diamantes formaban tiras que tintineaban con la suave brisa que se colaba de los jardines. Los tapices contaban escenas divinas de tantos colores e infinidad de detalles minúsculos que no parecían hilados por manos humanas. Quizá no lo eran, sino que habían pertenecido a otros y acabado bajo techo enemigo. Armaduras antiguas en las esquinas me hacían dudar de si dentro de ellas había unos ojos vigilándonos o si solo se trataba de antigüedades.

El hombre frenó al llegar a unas puertas inmensas color marfil. Asió el pomo dorado con forma de garra y las abrió con una inclinación de cabeza en una señal de respeto que mantuvo cuando nos encontramos con la gran sala dorada en la que nos esperaba el rey.

La riqueza de ese lugar me conmocionó. Si ya había sido testigo de la fortuna en la que vivían, aquella visión sobrepasaba todos mis sentidos. Se trataba de una estancia amplia recargada hasta el exceso. Los candelabros de largos brazos dorados destacaban en los laterales. Olía a flores frescas y nos rodeaba un aroma dulzón proveniente de unos quemadores colocados sobre una chimenea encendida y de los que salía humo. Era una esencia exótica que picaba un poco al rozar la nariz. Soldados armados cuidaban cada esquina y nos miraban alerta. Desde las ventanas se observaba el laberinto de rosales que bordeaba la entrada de la fortaleza.

Cogí aire antes de pisar el suelo de madera cobriza. Una alfombra alargada del mismo color que la bandera del reino nos guiaba hasta el final de la sala. Un tapiz inmenso con la imagen de Ceogar y Yania, los padres de su majestad el rey Dowen de Cathalian, se alzaba imponente en la parte central. Delante de él, dos tronos, separados por el escudo real. Uno, color marfil, igual que las paredes que erigían esa parte del castillo. El de al lado, más discreto que su compañero, era de color dorado envejecido. En ellos, se sentaban los monarcas del reino humano desde hacía veintidós años.

Redka dio un paso hacia delante y posó la rodilla en el suelo con la mano sujetando la empuñadura de su espada. Sonrah lo imitó un poco más atrás y yo me agarré el vestido y mostré mis respetos como hacían las damas, de ese modo que tantas veces nos había hecho repetir Hermine sin creer que algún día podríamos encontrarle sentido a esa enseñanza.

—Hijo de Asum, bienvenido.

—Su majestad, siempre es un honor.

Dowen asintió, nos ordenó levantarnos.

—Les esperábamos hacía dos horas, comandante. Pensábamos que habrían caído presos de alguna desgracia.

Su voz expresaba cierta arrogancia, pese a haber atisbado el estado ensangrentado y sucio con el que los hombres se presentaban ante él, el mismo que explicaría el motivo más que justificado de nuestro retraso.

Me erguí imitando a Redka y entonces lo vi. En mi cabeza guardaba la imagen de un viejo retrato que colgaba en el gran salón de la Casa Verde, pero distaba un poco de la realidad. No dejaba de ser un dibujo y él un hombre real con todo lo que eso implicaba.

El rey Dowen era imponente. Eso fue lo primero que pensé al tenerlo delante. No poseía el cuerpo de un guerrero ni un rostro bello que hipnotizara, pero su mirada intimidaba de un modo fiero; su pose; su presencia. Iba vestido con lujosas calzas de color bermellón y una casaca verde bajo la que se atisbaban los bordes de una camisa de seda. El escudo real estaba bordado trabajosamente en su pecho y una regia corona resplandecía sobre sus cabellos castaños. Llevaba anillos en las manos con piedras preciosas de colores a los que ni siquiera habría sabido poner nombre y un cinto de cuero también con gemas incrustadas. Ostentoso, elegante y solemne como pocos hombres lo eran. Contaba con un rostro anguloso de mandíbula cuadrada y, cuando se levantó y se acercó a nosotros, comprobé que su altura se asemejaba a la de Redka, aunque en su figura estrecha le daba otra apariencia.

Nadie habría apostado por su aspecto que pudiera levantar una espada y hundirla en otro cuerpo, pero todos los presentes sabían que podría aniquilar ciudades enteras con solo un chasquido de dedos.

Aquel día descubrí que no había nada más peligroso en el mundo que el poder.

Sus ojos castaños vagaron por los dos hombres hasta reparar en mi presencia y un destello brilló en ellos. Me mostré lo más serena que pude, pese a que por dentro algo se sacudió en mí. Una desconfianza instintiva. Un rechazo inmediato que no tenía lugar, pero que me agitó hasta percibir un leve temblor en las manos. A su lado, una mujer de belleza clásica me observaba a su vez con gesto amable. La reina Issaen. Su vestido púrpura y la ausencia de joyas, a excepción de una fina tiara, hacían que su presencia resultara sobria en comparación con la de su esposo. Su pelo oscuro estaba recogido en un moño apretado que destacaba de forma elegante la palidez de su cuello. Sus ojos eran almendrados, limpios y dulces. Reflejaba todo lo opuesto al monarca con el que compartía su vida.

Entró un hombre en la sala por una puerta lateral de la que no me había percatado. Llevaba un fajo de papeles bajo el brazo y rumiaba palabras ininteligibles. Al vernos, nos dedicó una mirada condescendiente llena de desprecio. Redka y él se saludaron con un gesto tenso y se colocó al lado del rey. Su complexión gruesa destacaba entre aquellos hombres. Su pelo canoso y el bigote espeso evidenciaban su edad, pese a que intentara que pasase desapercibida con ropajes refinados. Mi rechazo hacia él también fue reflejo.

—Lamento la tardanza, majestad —dijo Redka rompiendo la tensión—. Hemos tenido un contratiempo. Una emboscada.

—¿En dónde?

—En la última llanura. Hemos perdido un soldado.

El rostro del rey se ensombreció ante la noticia y se giró hacia el hombre altivo que respondía al nombre de Deril y que, por las palabras que le dedicó, comprendí que era su consejero. La reina cerró los ojos y agradecí la oración silenciosa que le dedicó a Masrin.

—Ordena que se prepare una sepultura. Esta misma noche se celebrará una homilía. Su familia recibirá una bolsa de monedas de parte del reino de Cathalian por los servicios prestados.

Redka asintió con agradecimiento. Yo no entendía de qué podría servir el dinero para su familia ante la pérdida, pero asumí que tampoco habría nada que hacer para que el dolor fuese menos y que esa ofrenda sí solucionaría su futuro.

—Me gustaría que hoy mismo saliera un emisario hacia Asum presentando nuestros respetos —pidió Redka.

Me di cuenta de que su voz al dirigirse a Dowen cambiaba. Solo eran matices, pero se volvía más solemne, más adulta, más la que se esperaría de un comandante.

—Que así sea. ¿Y el resto de sus hombres?

—Estarán llegando a Patio de Batallas. Es posible que alguno requiera atención para las heridas. Tres de ellos serán recibidos en Torre de Cuervo.

Abrí los ojos sorprendida por aquella última declaración. No fui la única a la que la revelación le asustó.

—¿Las celdas? —preguntó la reina con semblante preocupado. Su voz era melodiosa y dulce.

—¿Capturasteis a uno de esos hijos de puta? —preguntó Deril, que había vuelto a unirse a la conversación tras ausentarse unos instantes para traspasar al servicio las órdenes del rey.

Su vocabulario me descolocó, pero los demás mostraron una satisfacción compartida.

—Bien hecho. —Los ojos de Dowen volvieron a posarse en mí y sonrió con intención—. Ahora, hablemos de asuntos menos siniestros.

Sentí la mano de Redka en la espalda y un calor repentino me cubrió las mejillas. Su contacto me hizo avanzar y sus majestades se dirigieron a mí por primera vez.

—Ziara de Asum, bienvenida al corazón de Cathalian.

—Es un honor para mí, majestades.

Me incliné de nuevo, aunque lo hice con torpeza y la reina soltó una risa calmada.

—Qué belleza más… viva. Enhorabuena, comandante.

Pese al halago del rey y al asentimiento cómplice de la reina, sentí que había cierto resentimiento en su voz, como si le costara ocultar que mi presencia no era de su agrado. No entendía por qué y aquello casi debía alegrarme, teniendo en cuenta lo que le había oído farfullar a Nasliam acerca del rey y su gusto por las jovencitas complacientes, pero, aun así, me inquietaba. Nadie querría desagradar a la mano capaz de ordenar clavar tu cabeza en una pica. Lo mejor habría sido pasar desapercibida y me daba la sensación de que no era una habilidad con la que los dioses me hubieran bendecido.

—Les guiarán a sus aposentos. —Al decir aquello aparecieron dos mujeres del servicio—. Sus hombres se alojarán en Patio de Batallas, pero su esposa y usted hoy son invitados especiales.

—Gracias, pero no es necesario, majestad.

—Insisto. No se casa uno todos los días. Mucho menos uno de mis mejores hombres.

Los reyes se despidieron con la promesa de un banquete de honor al día siguiente, cuando hubiéramos descansado y nos hubiésemos recuperado de la pérdida de Masrin. Sonrah también desapareció camino de Patio de Batallas; Redka le encomendó sus funciones durante su ausencia y, pese a sus reticencias, le ordenó que aceptara recibir cura y cuidados en la herida del brazo. Luego una mujer callada que no aparentaba más de quince años nos acompañó por los pasillos, que ya me parecían todos iguales, y que formaban parte de un gran laberinto, a nuestro dormitorio. Su pelo era tan oscuro que parecía brea. Y su piel poseía un brillo extraño por el que intuí que no era humana.

Estaban en cada rincón de la ciudadela.

Pensé que solo un arrogante podría tener como esclavos a seres portadores de la magia que tanto odiaba.

No fui consciente de lo que el ofrecimiento del rey implicaba hasta que me vi en una habitación a solas con Redka. No era la primera vez que lo estábamos, pero la situación sí me parecía totalmente diferente. Y no solo por hacerlo bajo techo real y contar con un dormitorio que compartir del que no podía ausentarse, como hacía en el campamento, sino porque nosotros también habíamos cambiado. Estar a solas con él me provocaba otro tipo de sensaciones que me costaba digerir.

El cuarto era inmenso. Por la ventana veíamos los preciosos y coloridos jardines que habíamos dejado en la parte delantera. No eran los rosales que se contemplaban desde la sala del trono, pero las pequeñas flores de colores daban una estampa igualmente fascinante. La criada abrió la ventana antes de irse y el aroma que se internó resultó embriagador. Una cama de dosel dorado ocupaba la parte central. Estaba cubierta por una colcha de seda en color marfil a juego con las cortinas; los tejidos eran lo más suave que mis dedos habían acariciado. Un tocador con espejo, un vestidor, una chimenea, una butaca y una bañera en la que se podría nadar completaban un dormitorio tan lujoso que me hacía preguntarme cómo sería el aposento de un rey.

—Siento no haber podido evitar esto. En Patio de Batallas habrías tenido tu propio espacio.

Sonreí ante un Redka de repente desolado. Había dejado de fingir en cuanto la puerta se había cerrado y asumí que nunca lo había visto tan agotado. Ni siquiera cuando en el campamento regresaba tras horas de gritos en aquella tienda que escondía enemigos. Movía el hombro con dificultad y la suciedad del combate comenzaba a cuartearse en su piel. La sangre de su ceja partida se había secado.

Suspiró y se dejó caer en la butaca que quedaba frente a la chimenea. Su aflicción disipó mi propio cansancio. Al fin y al cabo, no solo habíamos sido atacados por un grupo de Hijos Prohibidos, sino que Masrin había muerto. No me imaginaba lo que la culpa por su responsabilidad para con aquellos hombres pesaría sobre él.

Sentí una apremiante necesidad de consolarlo.

—Esto está bien. No deberíamos generar dudas. Mucho menos aquí.

—Dormiré en esta butaca.

—Gracias.

Se masajeó las sienes con los dedos.

Yo me acerqué y le toqué el hombro.

—¿Cuándo es la homilía?

—Esta madrugada. No es necesario que acudas, Ziara. Tienes que descansar.

—Iré. —Alzó la cara y supe que iba a insistir, pero me adelanté—. Quiero hacerlo. Su padre no puede. Cuando regresemos, quiero que sepa que no estuvo solo. Que todos le dijimos adiós.

Sus ojos brillaron, húmedos, cansados, profundamente agradecidos.

Dejé a Redka descansando con los ojos cerrados en la butaca en la que se había sentado. Llamé a la misma mujer, que aún esperaba al otro lado del pasillo mis peticiones, y le pedí agua caliente para limpiar las heridas del comandante, así como aguja e hilo, por si era necesario cerrar la carne. Me sugirió que podía solicitar los servicios de un curandero, pero intuí que Redka y su cabezonería no estarían dispuestos a ver a nadie y poco después comprobé que no me había equivocado. Como siempre, cuidaba más de sus soldados que de sí mismo.

La criada entró acompañada por dos hombres que llenaron la bañera de agua caliente. También nos dejaron un lavadero lleno, esponjas, vendas, toallas templadas y un jabón que olía a romero y menta.

En cuanto nos quedamos solos, Redka se levantó e hizo amago de salir del dormitorio, pero lo frené.

—¿Adónde te crees que vas?

—Ziara, puedes asearte tranquila. Me acercaré a ver a mis hombres.

—¿Piensas que esto es para mí?

Se le salieron los ojos de las órbitas. Me acerqué con aparente seguridad, aunque por dentro notaba sacudidas en el estómago. No obstante, sentía la necesidad de que, por una vez, alguien cuidase de Redka. Me daba la sensación de que, excepto Syla, nadie se había ocupado de cuidarlo desde hacía demasiado tiempo. Siempre con la responsabilidad de las vidas de otros cargando en su espalda, bajo las órdenes del rey, rodeado de venganza, dolor y muerte. Necesitaba que conociera algo más que eso. Que el mundo, aunque solo fuese por unos instantes, resultase para él un lugar agradable.

Cogí su mano y tiré de ella con decisión.

—¿Qué se supone que estás haciendo?

—Siéntate. —No movió los pies ni un milímetro del suelo—. Podemos hacerlo por las buenas o por las malas.

Una sonrisa leve y torcida apareció en su rostro.

—Me tienta saber qué harías para conseguirlo por las malas.

Me sonrojé ante su provocación, pero lo oculté con una mirada feroz que recibió con un brillo despierto en sus ojos cansados.

—Aún tengo un cuchillo. Además, nunca infravalores las artimañas de una dama.

Redka se rio y quise desaparecer, porque mi intención no había sido que sonara sugerente y eso era lo que había conseguido.

—Tu ingenuidad es… estimulante.

—Oh, ¡cállate!

Se sentó en la butaca y, sin creerme del todo lo que estaba sucediendo, Redka se dejó hacer. Me subí las mangas del vestido hasta el codo y primero me lavé bien las manos. No me podía creer la suciedad que desprendí, tiñendo el agua de un color turbio. Luego cogí un pequeño barreño y lo llené con agua limpia. Sujeté la esponja y la hundí, antes de acercarme a él y estudiar su rostro.

Nunca había tenido la oportunidad de hacerlo tan cerca. Me percaté justo antes de alzar la mano y tocarlo de que eso también era nuevo. Se me aceleró el corazón y sentí un calor repentino cuando estrujé la esponja y la posé en su ceja. Redka ni siquiera parpadeó. Recuerdo que apenas lo hizo en todo el tiempo que dediqué a limpiarlo, a cuidarlo, a darle algo a lo que nadie más estaba dispuesto y que me agradeció con una sonrisa pequeña que se despertaba a ratos, tan diminuta que parecía un espejismo, pero que era más sincera que cualquiera que me hubiera dedicado en el pasado. Pensé que mostraba más de él que ninguna; toda esa parte que mantenía escondida bajo la presencia hosca y valerosa del soldado que era.

De vez en cuando, mis dedos se aventuraban y tocaban su piel sin esponja de por medio. Al hacerlo, una sensación inquietante me subía por el brazo y viajaba por mi cuerpo. Una sacudida que acababa enredada en la parte baja de mi vientre. Su respiración era calmada. La mía se entrecortaba a ratos. Como cuando su aliento rozaba la curva de mi garganta. O cuando el bajo de mi vestido acariciaba sus piernas y bailaba entre sus manos.

En algún momento, me olvidé de lo que estaba haciendo y me centré en mi tarea con la precisión de un curandero. Con la cara ya limpia, analicé el corte de la ceja. La carne estaba lo bastante abierta como para necesitar una sutura, si no quería que le quedara una marca fea o incluso enfermara. Quemé la aguja en la llama de un candil para limpiarla y después me acerqué a él con el hilo en la otra mano. Redka sonrió cuando cerré un ojo y saqué la lengua para conseguir enhebrar la aguja. Luego lo cosí. Por una vez no temblé ni un poco ante su mirada. No quiero pensar en qué estropicio le hubiera hecho de ser así. Él se mantuvo con los ojos fijos en mí en todo momento. No mostró dolor alguno, aunque bien sabía que debía sentirlo. Aún escuchaba los gritos de una de mis hermanas cuando se había abierto la rodilla en una caída por las escaleras y tuvieron que coserla.

Cuando terminé, sonreí satisfecha de mi trabajo. Redka se miró al espejo del tocador y pareció sorprendido por el resultado. Aquello me halagaba a la vez que me enfadaba por la poca confianza en mis habilidades.

—¿Dónde has aprendido a suturar así?

—¿Te crees que las Novias solo servimos para coser vestidos?

Soltó una carcajada. Sin duda, más que haber acompañado a la curandera en sus visitas y leer sobre anatomía de las especies en mis ratos libres, lo que me había ayudado aquel día habían sido las lecciones de costura de Hermine.

En aquel momento agradecí su empeño, pese a que yo odiase aquellas clases con toda mi alma.

Al girarse, se tensó e hizo rodar su hombro con expresión de dolor.

—Alguien debe mirarte ese brazo.

—Estoy bien. Solo debo mantenerlo fijo un par de días.

Se quitó la camisa y no me amilané. Cogí aire y me acerqué con decisión a su torso desnudo. Descubrí más heridas que no se veían a simple vista. Sus músculos se marcaban en zonas en las que mi cuerpo era liso. Su hombro estaba ligeramente abultado.

Limpié la esponja y después hice lo mismo en su piel, rodeados de un silencio cómodo, cómplice, solo roto por el ambiente que se respiraba en el exterior del castillo y que se colaba por la ventana abierta.

Lo animé a darse un baño, que para mi sorpresa aceptó sin rechistar, y se metió en la bañera después de dejar caer el resto de su ropa al suelo detrás del biombo.

Me colé en el vestidor, intentando olvidarme de que Redka yacía desnudo a pocos metros de mí, y admiré la ropa que colgaba en las perchas. Había uniformes de la guardia real para él, calzado y todo lo necesario para su comodidad sin tener que preocuparse de asuntos cotidianos como eran esos. En el lado opuesto, descansaban prendas también para mí. No eran más que ropa de dormir, calzas y un par de vestidos discretos y de tallas diversas para cumplir con su cometido.

Escuché el ruido del agua cuando Redka se levantó. Apareció a mi espalda con una toalla alrededor de las caderas. Yo evité con todas mis fuerzas mirarlo, pero no me pasó desapercibida su sonrisa descarada y la rotundez de su presencia, que parecía llenarlo todo. Y sentí calor. Últimamente, cuando él estaba cerca, siempre me sucedía.

Me escabullí por un lateral hasta que regresó a mi lado, ya vestido, aunque con la camisa abierta. Intentaba colocarse un vendaje sin mucho éxito. Me acerqué, solícita, y se mostró agradecido. Según envolvía su piel con la venda, reparé en que parecía más ligero, como si mi simple compañía y ayuda le hubieran hecho quitarse de encima un peso descomunal. Incluso pensé que su expresión era más joven. Al fin y al cabo, eso es lo que era. Un joven con mucha vida por delante, aunque la suya cargara con las responsabilidades de un ejército.

Estaba tan centrada en mis pensamientos que no me di cuenta de lo que mis dedos estaban haciendo. Fui consciente al cerrar el cuarto botón y rozar sin querer la piel de su vientre de que lo estaba vistiendo; un gesto que era pura intimidad. Percibí su respiración alterada bajo el poder de mis manos. La mía se precipitó. Dejé las yemas quietas sobre su abdomen unos segundos en los que solo existíamos él y yo, una alcoba vacía y mis dedos acariciándolo con mimo.

Solté la tela, abrumada por las sensaciones, y lo miré. Alcé los ojos y me encontré con un fuego en los suyos que me derritió por dentro.

—Gracias, Ziara.

Su voz fue solo un susurro ronco. Yo no encontré la mía.

Tragué saliva con fuerza y me alejé, aún sintiendo su mirada clavada en el vaivén de mis caderas mientras salía de la habitación.

Nunca había acudido a una ceremonia por muerte. En la Casa Verde nunca enfermó nadie más allá de alguna fiebre desconocida, alguna herida que sanar o quizá una leve intoxicación alimentaria, así que no sabía muy bien a qué debía enfrentarme. Hermine nos había explicado que dependía mucho de cada zona del reino. Algunos celebraban homenajes que duraban días, otros lutos que se alargaban años e incluso existían pueblos que convertían la pérdida en una fiesta por todo lo bonito que les aportó esa persona. La última opción me reconfortaba, aunque intuía que no era lo que me iba a encontrar allí.

Después de huir de aquella intimidad con Redka, volví cuando el servicio regresó. Él se ausentó con la excusa de comprobar el estado de sus hombres, dejándome sola para asearme y calmarme un poco. Mi intento fue en vano cuando me metí en la bañera y recordé que apenas minutos antes su cuerpo desnudo había estado allí.

Sin poder refrenar mis impulsos, cerré los ojos y rememoré cada instante, cada gesto, cada mirada. La suavidad de su piel, la intensidad de sus ojos, las sonrisas tenues. Dentro de la tina, mi cuerpo sentía cosquillas, un hormigueo constante que me hacía desear más, igual que la noche que había soñado con él y sus manos entre mis piernas.

Metí la cabeza bajo el agua y me esforcé por disipar todas esas emociones, pero cada día eran más fuertes. A cada momento que compartíamos tenían más peso y voz.

Redka regresó cuando yo ya estaba vestida y dando vueltas en el dormitorio muerta de aburrimiento. Lo hizo con la cena, que él mismo había solicitado y se había empeñado en subir a nuestros aposentos. Se excusó aludiendo que yo estaba conmocionada por lo sucedido ese día y que aún estábamos aceptando la pérdida de Masrin, por lo que no seríamos una compañía muy grata para el resto de los comensales. Pese a que fuera verdad, a esas alturas intuía que sin la muerte de su amigo habría buscado igualmente cualquier motivo para no tener que fingir nada aquella noche.

Cenamos en silencio, a los pies del hogar encendido, y me esforcé nuevamente por olvidar, en vano, todas las sensaciones compartidas con él en aquel mismo cuarto. Al mirarlo, recordaba la aspereza de su barba cuando lo había limpiado. La suavidad de sus mejillas. El color exacto de sus ojos al tenerlos tan cerca de los míos. La tersura de su piel en la parte baja de su torso…

Redka comía y respondía a mis miradas con otras que no comprendía del todo, pero que me hacían sentir una placidez especial. Sentía que había nacido algo entre nosotros. Una emoción que me acunaba, aun con brazos invisibles.

Diez minutos antes de medianoche, salimos y nos dirigimos a una pequeña capilla que se encontraba dentro del mismo castillo. Su penumbra se rompía por una infinidad de velas encendidas alrededor de un altar bajo el que estaba el cuerpo de Masrin tapado con una túnica negra. Allí nos esperaba un sacerdote y los demás hombres, en los que rápido contemplé las huellas que la batalla había dejado en ellos. Nadie más. Miré a Redka, asombrada por aquella ceremonia humilde y cercana que no me cuadraba con lo que ya había visto dentro de la corte.

—Le he pedido intimidad.

Asentí. Sin duda, mucho mejor una ceremonia únicamente con los suyos que tener que aparentar delante de un monarca.

El sacerdote, un hombre serio con el rostro arrugado de quien ha vivido mil vidas, ofició durante una hora. La capa negra se mecía alrededor de su cuerpo. Su cara, escondida bajo la capucha y con el reflejo del fuego, parecía la de un fantasma. Su voz era melodiosa, en un tono tan profundo que daba la sensación de que estuviésemos bajo tierra y que su cadencia reverberase en cada rincón.

Al principio, me costó comprender su discurso, pero en un momento dado me empapé de sus palabras, me metí de lleno en esas metáforas, algo enrevesadas pero preciosas, y sentí aquel rito como una canción triste y, a la vez, llena de esperanza. Hipnotizaba. Te envolvía. Te regalaba un consuelo inesperado. Entendí que ese era el sentimiento general, un pesar por la pérdida acompañado por la confianza en que Masrin tuviera una vida próspera en otro lugar.

Ni siquiera podía imaginármelo. Hermine nos había hablado muchas veces del otro lado. Cuando un humano moría, los dioses antiguos se llevaban su alma y dejaban su cuerpo para que se fundiera de nuevo con la tierra, convirtiéndolo poco a poco en la semilla de otros; en vida.

No obstante, ¿cómo podíamos saber adónde íbamos? La muerte era el precio por descubrirlo.

Me arrodillé sobre el frío suelo, cerré los ojos y recé por Masrin. Lo hice para que no tuviera que volver a luchar y encontrase un mundo de paz. También para que su padre no se rompiera para siempre cuando conociera la noticia. Pedí a los dioses que aquella guerra acabara.

Cuando el sacerdote dio por finalizada la homilía, Redka tocó mi hombro y alcé la mirada. La suya irradiaba una ternura que hizo que me flaquearan las rodillas.

Aquella noche, dormí plácidamente. Era la cama más cómoda en la que me había tumbado jamás, pero, aunque invitase a ello, la presencia de Redka a solo unos metros podía haberme intimidado. Su cuerpo ocupaba toda la butaca y sus piernas colgaban por el borde. Se tapaba con una manta que, sobre él, parecía diminuta.

Antes de irnos, habíamos dejado encendido el hogar, así que cuando nos acostamos la temperatura del dormitorio era acogedora. La calidez, la comodidad y mi propio agotamiento por todas las emociones vividas durante el día provocaron que cayera en un sueño profundo en cuanto toqué la almohada.

Cuando me desperté, el sol brillaba a través de la rendija de las cortinas, la lumbre solo era un puñado de cenizas y Redka dormía a pierna suelta sobre la alfombra. En algún momento de la noche había abandonado la incómoda butaca. Roncaba de forma leve y su cuerpo estaba girado en una posición imposible que me recordó a la de un niño inquieto.

Tuve que taparme la boca con la mano para no romper a reír.

Sin embargo, un instante después la sonrisa se me borró y entreabrí los labios. Lo hice al recordar que el comandante había vuelto a acompañarme en sueños. En esa ocasión él me desnudaba a mí muy despacio y con cierta devoción, de una forma muy similar a como lo había cuidado yo el día anterior. Rememoré sus dedos quitándome un vestido blanco, como si aún fuera una Novia. La intensidad de su mirada contemplando con fervor cada trozo de piel que quedaba visible. Los cuerpos de nuevo pidiendo más.

Cuando el encaje caía como una masa de tul a mis pies, el sueño se desvanecía.

Tragué saliva, cerré las piernas en un impulso y me esforcé por ignorar lo que mis sentidos gritaban cada vez más a menudo con energía.

XXI

Redka se despertó poco después de que lo hiciera yo. Pese a ello, me giré en la cama y fingí que seguía durmiendo; aún estaba ligeramente conmocionada por esa nueva fantasía. Lo vi acercarse al ventanal y estirarse cuan largo era. Movió el hombro con cautela y comprobé con orgullo que estaba mucho mejor, en parte, gracias a mis cuidados. Cuando se dio la vuelta de forma inesperada, cerré los ojos y tuve que concentrarme en que mi respiración fuera pausada mientras sentía su mirada sobre mí. Hubiera entregado todo lo que poseía, aunque fuera poco, por saber qué pensamientos cruzaron por su cabeza en esos instantes y si se parecían en algo a los míos.

Salió unos minutos, en los que aproveché para desperezarme y peinarme frente al espejo con la intención de estar presentable. Me coloqué un batín del vestidor y lo recibí sentada en la butaca con los pies bajo las rodillas y el estómago en la garganta.

—Buenos días, Ziara. ¿Has descansado?

—Sí, ¿y tú?

—Como nunca.

Oculté una sonrisa al recordarlo sobre el duro suelo.

En ningún momento había olvidado lo sucedido el día anterior. Cada paso de aquel viaje, el ataque, su expresión de pánico al ordenar a Thyanne correr, la de alivio al reencontrarnos, la intimidad de mis manos limpiando su piel, la ceremonia por la muerte de Masrin. Sin embargo, ya en frío y con el poder que da la distancia, la inquietud ante el hecho de volver a compartir ratos a solas había dado paso a una emoción profunda; una ilusión que jamás había sentido por nada ni nadie. Quizá se parecía un poco a ese sentimiento que se despertaba en mí cuando me escapaba al Bosque Sagrado, pero mucho más intenso.

Compartimos un desayuno delicioso a base de compota de frutas y un jugoso bizcocho. Abrimos la ventana y el sonido del día despertando, de los pájaros volando sobre los jardines y los soldados que cabalgaban de aquí para allá nos acompañó mientras nosotros nos mecíamos en uno de esos silencios que ya no me incomodaban.

Al terminar, se colocó la casaca grana sobre la camisa, esa con la que aún no me había acostumbrado a verlo y con la que seguía imponiéndome un poco. Además, la rejilla metálica de su interior me hacía pensar en su cometido y un temor se apelmazaba en mi interior.

Antes de irse, me dijo que debía reunirse con el rey para aquellos asuntos que nos habían llevado hasta allí. Me moría de curiosidad por saber qué era lo que hacía Redka exactamente, pero no me molesté en preguntar, ya que sabía que, fuera lo que fuera lo que nos había hecho viajar, no era de mi incumbencia. Solo era la esposa de un comandante y, al parecer, mi misión en el castillo era la de acompañarlo en sociedad y el resto del tiempo morirme de aburrimiento. Tampoco podía culparlo por no fiarse de mí, teniendo en cuenta lo poco que me costaba retarlo e ignorar sus advertencias.

—No te muevas de aquí a menos que su majestad lo solicite. No, hasta que yo regrese. —Yo había puesto los ojos en blanco, pero Redka había insistido—. Por favor, Ziara.

Bufé como respuesta, aunque supe que aquellas palabras no eran una orden, sino ese modo suyo un tanto hosco de protegerme; de igual manera que él sabía que no servirían de mucho.

Pese a que el castillo estaba rodeado de guardias, por la tensión de Redka y sus hombres intuía que estar bajo ese techo escondía muchos otros peligros que tener en cuenta y prefería no descubrirlos. Quizá podía dedicarme a disfrutar de los beneficios de vivir en la corte hasta que llegara el momento de regresar a Asum. Debía ceñirme a lo que se esperaba de mí y, cuando menos lo pensase, ya estaríamos de vuelta a aquel pueblo agradable y de vida sencilla que tenía más que ver conmigo que todos esos lujos.

Me comí yo sola el último trozo de bizcocho. Era de frutos secos y grajeas de cacao. Al menos debía admitir que la comida era deliciosa y ese era un privilegio con el que iba a deleitarme de buen grado. Tras el hambre que siempre pasábamos en los trayectos a caballo, confiaba en llenar el estómago todo cuanto pudiera antes de verme de nuevo con las tripas rugiendo montada sobre Thyanne.

Cuando estaba recogiendo las migas de la mesa con las yemas de los dedos para llevármelas a la boca, unos nudillos golpearon la puerta. Di permiso, y una joven entró y se presentó como Leah. Iba vestida como el resto del servicio, con vestido y cofia grises. Aunque pronto me di cuenta de que ella irradiaba color y alegría. Sonreía sin parar y se movía con una energía contagiosa.

—Mi señora, ¿ha dormido bien? —Asentí; me resultaba un tanto incómodo que se dirigiera a mí con tanta deferencia—. Hoy hace un día estupendo. ¿Le parece que abra las cortinas? —Me encogí de hombros, un tanto fascinada por aquel derroche de vida—. ¿Lo ve? Tiene unas vistas magníficas desde este cuarto.

De espaldas a mí, con el rostro alzado al sol y sus escuálidos brazos en jarras, vi dos montículos en sus omoplatos que sobresalían bajo la tela de su vestido. Entonces se giró con tanta rapidez que apenas pude disimular mi asombro ante tal descubrimiento. Parecían…

—Alas, mi señora.

—¿Me has leído el pensamiento?

Ella se echó a reír. Al hacerlo, su mirada se achinaba de una forma infantil. De algún modo, toda su cara lo era. Con pecas dibujadas en sus pómulos, y unos ojos redondos y grandes. El pelo oscuro apenas se le veía bajo la cofia. Solo se atisbaban unos mechones descontrolados a la altura de la nuca que me hicieron intuir que no lo llevaba recogido, sino que lo tenía corto, algo extraño en una mujer; al menos en una humana.

—¡No puedo leer el pensamiento! Lo he visto en sus ojos. Son demasiado expresivos, ¿sabe?

—Lo siento.

Ella se encogió de hombros con gracia y comenzó a ahuecar las almohadas y a retirar las sábanas para airearlas. Lo hacía con brío, sin dejar de sonreír, como si encontrase algo de lo más reconfortante en sus tareas.

—No importa. No es un secreto que soy Algier.

Los abrí aún más y ella soltó otra carcajada. Supuse que debía aprender a esconder mis pensamientos, ya trabajaría en ello más tarde, pero se trataba nada menos que de un Algier. Eran criaturas majestuosas. No solo había aprendido de ellas en los libros, sino que era habitual verlas dibujadas en tapices, cuadros o en cualquier superficie decorativa por su llamativa belleza. Su cuerpo era esbelto, su piel contaba con una luminiscencia que la hacía parecer transparente, sus alas eran inigualables; grandes, blancas, cubiertas de hilos finos que parecían el telar de una araña y con plumas unidas del color de la nieve más limpia. Quedaban tan pocos seres alados que resultaban un espectáculo.

Sin embargo, aquella chica de nariz respingona y alegría permanente no se asemejaba en nada a la idea que yo me había formado de lo que era un Algier.

El cuerpo de Leah era pequeño y huesudo. Su piel estaba pálida. Sus alas habían desaparecido. Parecía una niña desvalida y no una de las criaturas más esplendorosas que jamás habían existido. Por otra parte, según tenía entendido, hacía años que no se encontraba uno. Los últimos habían sido masacrados en la Gran Guerra por considerarse aliados de la Luna.

—Pero… pensé que os habíais extinguido.

Ni siquiera me esforcé por controlar mi curiosidad. Una sombra cruzó su mirada y toda ella se oscureció ante mis palabras. Me sentí culpable por haber apagado esa viveza que había traído consigo.

—De algún modo, así es —susurró con una sonrisa triste.

Entonces entendí que en la espalda de Leah solo debían quedar los muñones. Un corte cerrado sin posibilidad de germinar en el lugar en el que un día la magia creció en ella y la convirtió en un ser de leyenda. Leah era una esclava, eso era, y me pregunté si aquella tortura habría sido anterior a su encarcelamiento en el castillo o el castigo de Dowen por lo que quiera que hiciese. Fui consciente de que no solo había malogrado su libertad, sino una parte esencial de sí misma. ¿Qué era un Algier si le cortaban las alas? Nada. Ni siquiera existían como raza. Solo eran un recuerdo permanente y vivo de todo lo que habían perdido.

Leah me ayudó a prepararme para la comida. La habían asignado para servirme a mí en exclusiva, un regalo del rey, y parecía encantada de poder hacerlo. Estaba a mi disposición a cualquier hora del día y para lo que se me antojase, por muy inverosímil que resultara.

—No me pida que le baje las estrellas, señora, ya no está en nuestra mano conseguir lo inalcanzable, pero, si quiere licor de madrugada o cualquier otra… *travesura* para usted o su amante, soy toda suya. —Me guiñó un ojo con complicidad y supe que esa pequeña mujer sería capaz de todo para cumplir su cometido.

Me preparó un baño con aceite de rosas y se ocupó de cepillarme el pelo hasta que brilló tanto que parecía tener destellos de fuego, como ella misma dijo. Lo recogió en una trenza e intercaló un lazo de seda celeste entre los mechones. Después me ayudó a vestirme.

Se había excusado durante mi baño para volver un poco más tarde con unos cuantos vestidos que no tenían nada que ver con los modestos que había encontrado en el vestidor a mi llegada. Eran preciosos, dignos de una dama o incluso de una princesa. Lo que significaba que no podía aceptarlos.

Ella me miró de hito en hito.

—Debe hacerlo. ¡Es un ofrecimiento de la reina!

Parecía escandalizada por mis dudas. Al final asumí que Leah tenía razón y que no utilizarlos podría verse como un desprecio o algo peor. A esas alturas ya había aprendido que lo mejor era no llamar la atención o que, si lo hacía, que fuera por algo que ellos apreciaran, como engalanarme hasta parecer la dama más rica de toda la corte.

Escogimos uno color azul cielo. La tela era fina, ideal para ese clima cálido que ya nos anunciaba la cercanía del verano, y sus remates color púrpura le daban un toque de lo más elegante. Leah se rio cuando quise ponerme mis botas y prácticamente me obligó a calzarme unos zapatos de satén color púrpura con un tacón al que dudé que pudiera acostumbrarme. Mi cuerpo creció un palmo. También insistió en rociarme el cuello y las muñecas con un perfume dulzón que me hizo estornudar dos veces y las mejillas con polvo rosado.

Cuando acabó, me miró de arriba abajo y vi la satisfacción del que ha hecho un buen trabajo. Me giré para observar el resultado en el espejo del tocador y me quedé sin aire. Era yo, pero me parecía más a aquellas damas con las que me había cruzado en los pasillos del castillo que a la que había sido hasta entonces. Me veía bella, pero a la vez no tenía muy claro si me gustaba del todo. Era una belleza un tanto extravagante, forzada, exagerada. Me sentía disfrazada.

—Disculpad.

Me di la vuelta y me encontré con Redka asomando la mitad del torso por la puerta entreabierta. Percibí un brillo especial en sus ojos al contemplar mi nuevo aspecto y fui incapaz de apartar los míos. Los vi deslizarse por mi rostro, por mi cuello, por mi cuerpo enfundado en seda. Nunca nadie me había mirado así. Ni siquiera cuando estrené el vestido que él mismo me había regalado. La expectación me puso nerviosa. Una parte de mí sabía que no la necesitaba, pero otra insistía en conseguir su aprobación.

Leah carraspeó y no me pasó desapercibida su sonrisa pícara al percatarse de nuestro intercambio visual.

—La señora ya está lista.

—Gracias, Leah.

Ella asintió y se marchó. En cuanto nos quedamos solos, noté la inquietud subiendo desde mi estómago. Él seguía quieto, mirándome. Me ponía nerviosa su escrutinio, pero, a la vez, una ilusión comenzó a crecer dentro de mí y se expandió hasta llenarlo todo.

—¿Qué tal… la mañana? —me aventuré a romper la quietud.

—Bien. ¿Tú?

Torcí los labios y levanté los brazos antes de girar sobre mí misma para que viera el vuelo de mi vestido. De repente, me sentía contenta.

—Ha sido divertido.

Y era verdad. Leah había resultado una compañía de lo más estimulante. Con Syla había disfrutado y ya la consideraba una buena amiga, pero con aquella criada risueña había sentido una conexión especial. Hasta ese momento no fui consciente de que me recordaba a Maie. Su energía, sus ganas de vivir, en el caso de Leah pese a la adversidad, su mirada tierna y una picardía envuelta en ingenuidad que me provocaba un cariño instantáneo.

Redka sonrió de medio lado y dio un par de pasos lentos hacia mí.

—Estás —el corazón se me subió a la garganta—… diferente.

Me guiñó un ojo y yo volteé los míos, intentando ocultar mi frustración. Era una tonta por haber imaginado algo más íntimo viniendo de su parte. No deseaba que me adulase si iba a ser fingido, pero tampoco esperaba una alabanza a medias. Después de lo ocurrido entre ambos el día anterior me sentí decepcionada por la vuelta de aquel Redka burlón y desafiante.

Eché a andar hacia la puerta con menos elegancia de la que esa vestimenta merecía. Los zapatos me rozaban en el empeine y la trenza me tiraba un poco. Eché de menos la comodidad de mis botas antes siquiera de poner un pie fuera del dormitorio.

—Tú sigues siendo el mismo cretino haciendo halagos.

Su risa ronca llenó el pasillo. Enseguida se colocó a mi lado y señaló al techo, haciendo un gesto exagerado propio de un mal trovador.

—Perdona, pareces una estrella caída del cielo. ¿Lo prefieres así?

—Cállate.

—Ya me parecía.

Pese a su sarcasmo, tuve que sonreír. Nunca lo habría esperado, pero comenzaba a gustarme también su retorcido sentido del humor. Puede que porque se pasaba tanto tiempo preocupado que cuando aparecía resultaba agradable. Por otra parte, era mejor que nos olvidáramos de la actitud íntima que habíamos compartido y volviésemos a ser los que éramos antes de aquel viaje. De no ser así, tantas emociones acabarían enloqueciéndome.

Por primera vez me adentraba en la parte central del castillo, destinada únicamente a la familia real y a sus invitados. Redka me explicó que parte de la corte de Dowen vivía allí y no en sus inmediaciones, aunque la zona alta de la fortaleza estaba ocupada solamente por su gente de confianza y la poca familia que les quedaba. Sabía que la reina Issaen tenía una hermana que llevaba enclaustrada años en sus aposentos. Había perdido a su hijo y, desde entonces, no quería ver la luz del sol. Dowen y ella, en los más de veinte años de matrimonio, no habían sido bendecidos con hijos, así que el trono aún no tenía un claro heredero. Las malas lenguas decían que la reina no podía fecundar y que por eso Dowen la odiaba y frecuentaba otras camas intentando dar con un vástago a la altura que pudiese reconocer como su descendencia. Pese a ello, no eran más que rumores y seguían sin contar con un sucesor. En mi interior, sentía compasión por la reina. Parecía una mujer buena. También vivía Yania, la madre del rey, pero estaba postrada en una cama por una grave enfermedad que le paralizaba las piernas. El príncipe Nieladel, el hermano menor de Dowen, había fallecido en la Gran Guerra. Asumí que los dioses no hacían distinciones de clases cuando se trataba de la batalla.

Los pasillos estaban llenos de figuras elegantemente vestidas que saludaban al comandante con respeto en cuanto lo reconocían. Me di cuenta de que las mujeres me observaban con recelo, como si envidiaran mi situación. Rápido deduje que lo harían, ya que, lo quisiera aceptar o no, Redka era un hombre que suscitaba interés y no solo por su posición. Debía admitir que con aquel uniforme real resultaba imponente. Su pelo enredado delataba que no era un caballero, pero aquellos nudos imposibles sujetos en una coleta le daban un aspecto fiero salvajemente atractivo. Sin ser consciente de que lo hacía, me erguí con una confianza que no sentía y caminé decidida y orgullosa de llevar a mi lado a un hombre como él. Al menos hasta que Redka me tendió su brazo para que entráramos al comedor juntos, como la pareja que éramos a ojos del mundo, entonces me tambaleé.

El comedor principal era una vasta sala de paredes de mármol y cortinas aterciopeladas del color del vino que había probado en Asum. Majestuosos tapices adornaban los muros, así como retratos de un tamaño descomunal de la familia real. Los candelabros eran de oro macizo y contaba con una mesa central tan alargada que parecía no tener fin. Sirvientes de todas las razas entraban y salían de la cocina con bandejas repletas de suculentos manjares. En el medio de la estancia, el rey y la reina caminaban con los brazos entrelazados, saludando a los invitados.

Redka no era el único comandante. Distinguí por su aspecto al que deduje que era el líder del ejército de Iliza, mucho más robusto que el otro, el que controlaba los soldados de Onize y protegía al rey. Se notaba que este último vivía en mejores condiciones que los otros dos. Aunque Redka sí que era el único que tenía esposa.

No me pasaron desapercibidas las miradas que me dirigían. Ya me habían dicho que no era habitual que a un soldado se le destinase mujer, pero tampoco creí que fuera un acontecimiento tan especial como para no inmutarse ante seres mágicos que les servían copas y sí ante una chica como yo.

Después de que me presentara a aquellos hombres, saludamos a los reyes con una reverencia y nos acercamos a la mesa. Había llenado el estómago hasta hartarme en el desayuno, pero de nuevo mis tripas rugieron ante el aroma de aquellos manjares.

Entonces la vi. Estaba sujeta al brazo de Deril, el consejero del trono cuyo desprecio había conocido a nuestra llegada, y su expresión era tan vacía que incluso dudé de si no se trataría de un espejismo o de otra muchacha que se le parecía demasiado como para generarme tal confusión. Tenía una mirada ausente, los hombros tensos y el pelo recogido en un moño regio. Su piel estaba aún más pálida de lo que la recordaba. Su vestido era incluso más lujoso que el mío, lo que denotaba su acomodada posición social, y llevaba una diadema de gemas preciosas que brillaba a cada paso que daba. El anillo trenzado en su dedo era igual que el de aquel hombre tan repulsivo.

Nos acercamos a ellos y el consejero nos saludó con un leve levantamiento del mentón.

—Deril. —Redka hizo lo propio; luego se dirigió a su compañera y los ojos que me encontré parecieron dos cuencas heladas—. Ziara, ella es la esposa del consejero del trono. Tengo entendido que compartís origen.

Hasta ese instante no me percaté de que estaba pellizcando el brazo de Redka con fuerza. Ella hizo una reverencia sujetándose el vestido y me sonrió, aunque supe que aquella sonrisa no era una verdadera, sino solo una máscara ensayada. No se parecía en nada a las que tantas veces la vi dibujar en la Casa Verde.

—Así es. Ziara de Asum, me alegra volver a verte.

—Feila…

Fue lo único que pude decir. Estaba tan impresionada que no disimulé mi emoción. Ella me corrigió con el saber estar de una verdadera dama de la corte:

—Ahora Feila de Rankok.

Todos los que nos rodeaban rieron. Nos miraban como si el encuentro entre dos Novias del Nuevo Mundo fuese algo que disfrutar. De nuevo esa sensación de que no éramos personas, sino trofeos valiosos que conservar y enseñar. Yo fingí un arrobo por mi confusión. Sentía… miedo. Y rabia. Puede que incluso un poco de vergüenza por haber sido tan estúpida como para creer que mi vida había sido la correcta por deseo de los dioses.

De pronto, una venda se me caía de los ojos al ver a Feila y en lo que la habían convertido. Ni siquiera conocía a aquella chica que tenía enfrente. Era ella, pero, a la vez, la Feila con la que yo me crie ya no existía. Me di cuenta rápido, viéndola conversar con su esposo, los reyes y algunas otras figuras notables que nos acompañaban, de que todo eso que odiaba en ella cuando vivíamos en la Casa Verde había desaparecido. Al instante, lo eché de menos. Su veneno. Ese embeleso que me empalagaba y que los demás veían encantador. Los desprecios que nos hacíamos sin parar en una competición extraña que no comprendía, pero que también alimentaba con mis acciones. Su risa aguda, esa que tanto me molestaba y que Maie imitaba a la perfección. Detalles que para mí eran defectos, pero que la hacían única. La Feila que ahora sonreía comedida carecía de toda esa vida. Era gris. Una sombra de quien había sido. La habían consumido hasta la extenuación.

Nos sentamos alrededor de la mesa. Feila y Deril se colocaron justo enfrente, y uno de los comandantes se situó a mi izquierda, dejando a Redka a mi derecha. Los reyes presidían la mesa en la parte central. Al momento, Dowen alzó su copa marcando así el comienzo de la comida. Todo el mundo llenó sus platos con la ayuda de los sirvientes.

Pese al hambre que se me había despertado minutos antes, de pronto tenía el estómago cerrado. Feila, a la que no podía dejar de mirar, aceptaba un trozo de pavo con mantequilla y arándanos de una de las bandejas. Se movía con gestos elegantes, rectos, como si hubiera pasado toda su vida bajo el techo de aquel castillo. Pensé que la Madre se habría sentido realmente orgullosa de poder verla tan bien adaptada a la vida nada menos que de la corte real.

Apenas había vuelto a pensar en ella. En mi cabeza era una de las que continuaban bajo la tutela de Hermine. Al fin y al cabo, yo había salido de allí hacía poco más de dos meses, las probabilidades de que todas las que dejé siguieran en la casa eran altas. Por ello, mi curiosidad tomó el mando.

—¿Cuándo...?

—Solo tres días después de ti.

Deril sonrió y su bigote se movió. Parecía agradecido por haber sido bendecido. Migajas de comida salían de entre sus labios cada vez que hablaba. Solo mirarlo me resultaba molesto; no quería imaginarme qué sentiría Feila al tenerlo tan cerca de forma permanente.

—Llegó a la corte como una niña perdida y mírala ahora. La he convertido en mujer.

Noté que la pierna de Redka se tensaba bajo los faldones del mantel. Odiaba a ese hombre y nadie podía culparlo por ello.

—Feila y el duque de Rankok viven en la zona norte, pero como consejero del rey pasan largas temporadas en el castillo —me explicó, controlando su ira bajo ese manto de indiferencia que tan bien se le daba.

Duque. No me pasó por alto la manera en la que remarcó Redka su título.

Feila notó mi turbación y habló tranquila, como si el hombre que tenía a su lado, y que me había desagradado en cuanto me dedicó una primera mirada despectiva, no fuera tan despreciable como mostraba.

—Estaremos hasta que la situación con los aldeanos se arregle. Fuimos atacados en nuestra propia casa.

—A los campesinos nunca les parece suficiente mi generosidad. Esos muertos de hambre no se cansan de exprimirme.

La información me cayó como un jarro de agua. Habían sido atacados no por enemigos, sino por parte de los nuestros. Aquello no sabía cómo asimilarlo.

Feila apartó la mirada y Redka, en cambio, la mantuvo. Conocía bien esa expresión; la había visto peleando ante un ataque de los Hijos Prohibidos. Lo vi luchar para frenar sus propios instintos, que intuía que se manifestarían estampando la cabeza del duque contra la mesa. Yo también lo odiaba solo con haber compartido unos instantes con él, pero la furia de Redka parecía ir más allá.

El comandante de Iliza fue el que contestó antes de que Redka explotara y yo lo agradecí en silencio.

—Sin esos muertos de hambre, el que se moriría serías tú, Deril de Rankok.

El consejero dejó su copa con estrépito sobre la mesa y parte del vino se derramó. Su ira era palpable. No tenía nada que hacer ante un combate con un soldado, pero todos sabíamos que su poder era muy distinto y que, con una sola orden, podría ejecutarnos a todos.

—¿Qué demonios estás diciendo, Orion?

—¿Acaso sabes hacer la colada? ¿Cuidar de una próspera cosecha? Sin toda esta gente, comeríamos patatas asadas en la lumbre, y a mí siempre se me queman. —Según dijo eso último dio un mordisco a su trozo de carne aderezado con licor y gimió del gusto.

Tuve que morderme los labios para ocultar una sonrisa. De pronto, Orion, el comandante de Iliza, era mi persona favorita de todo Cathalian.

Antes de que la discusión llegase a más, el rey se levantó y alzó su copa. Todos callaron en el acto.

—Me gustaría dedicar un brindis por el reciente matrimonio de nuestro comandante de la zona sur. Ziatak está orgulloso de él y nuestra corte también. Redka y Ziara de Asum, que los dioses os bendigan.

Las copas chocaron unas con otras y Redka alzó la suya en señal de agradecimiento. Yo oculté mi rubor en el cuello del vestido. Él me pellizcó la pierna, provocando que alzara el rostro y respondiera con la mejor de mis sonrisas.

—¿Has paseado ya por los jardines? Son maravillosos. Antes de llegar aquí, no había visto cosa igual.

—No he tenido el placer.

La comida había terminado sin más incidentes y paseábamos detrás de los comandantes hacia la entrada frontal del castillo. El rey hablaba con ellos de asuntos que no comprendía y el grotesco Deril no se separaba de su lado. Feila, la reina y yo caminábamos despacio. La primera hacía comentarios cordiales de vez en cuando, de esos vacíos que correspondían a las damas y que yo no hubiera sido capaz de pronunciar sin sonar forzada. El tiempo, las flores, el suave tejido de un vestido. Me costaba un esfuerzo enorme adaptarme a tanta sumisión. Casi odié a Redka por haberme dado toda esa libertad que ahora no me permitía mostrarme afín a ellas, a la vez que le estuve profundamente agradecida por tratarme como una persona y no como un galón que lucir.

—Eso debe solucionarse. Feila, querida, muéstraselos.

—Sería un honor, majestad.

—Además, seguro que os apetece poneros al día en la intimidad.

Ambas sonreímos agradecidas por la benevolencia de la reina, aunque la de Feila se borró al mirar al duque. El labio le tembló antes de hablar, dejando visible un miedo que me desconcertó.

—Me encantaría mostrarle los jardines a Ziara, siempre que mi señor no requiera de mi presencia.

Deril se giró e hizo un aspaviento con la mano, como si le importara poco que Feila respirase.

—Divertíos. Estas chiquillas…

Siguieron andando y Redka me guiñó un ojo antes de desaparecer tras ellos. No me pasó desapercibido el hecho de que yo jamás había tenido que pedirle permiso. A la reina, por su sonrisa dulce, tampoco.

Nos despedimos de ella con una reverencia y salimos al jardín. Fui consciente en todo momento de que caminábamos erguidas y sin dirigirnos la palabra, como si supiéramos que podíamos ser observadas. Avanzábamos con una cautela que jamás había tenido, ni en la Casa Verde, incluso cuando cometía imprudencias junto con Maie, ni en Asum, donde iba y venía cuando y como quería. En el territorio más seguro de todo Cathalian, me percaté de que yo temía hasta compartir alguna mirada que les dijera todo eso que ambas escondíamos y que queríamos estar solas para intercambiar.

Feila se dirigió segura hacia el comienzo del laberinto de rosales. Los muros eran tan frondosos que una vez dentro apenas oías nada que no fuera tu propia respiración y los pasos que nos adentraban en sus zonas secretas.

En cuanto giramos unos cuantos tramos, me cogió de la mano con fuerza y tiró de mí hasta un pequeño recoveco que se notaba que conocía. Prefería ignorar de qué o quién se habría escondido allí. Fue entonces cuando dejamos de fingir. Su máscara cayó y cogió una profunda bocanada de aire. Daba la sensación de que llevase días sin respirar.

La abracé. Ella me devolvió el abrazo con una ilusión inesperada, aunque solo lo justo como para que no resultara incómodo, teniendo en cuenta la tirante relación que habíamos mantenido en el pasado. Su expresión seguía siendo gris, pero reconocí en sus ojos ese brillo impetuoso que siempre tuvieron. La esperanza por que no todo estuviera perdido para ella me llenó el pecho. Quizá aún no era tarde para Feila y mi llegada al castillo por fin tuviera un sentido.

—¿Has visto a alguna de las otras? —lancé la pregunta que llevaba horas quemándome por dentro.

—No. Donde yo vivo soy la única señora. Aunque sé que hay dos casadas con campesinos, mayores que nosotras. Las vi cuando recogíamos el diezmo, aún llevaban puesto el vestido blanco; como comprenderás, tantos años después ya no era más que un harapo sucio y maloliente.

—¿Por qué?

Sentí la tensión que Feila irradiaba al pensar en la mala vida de algunas de las nuestras. Después recordé la explicación del duque acerca de que habían sido los propios aldeanos los que se habían rebelado contra ellos. ¿Cómo vivirían para que la situación hubiera estallado? ¿Sería consecuencia de la guerra o del despotismo de los que mandaban? Cada vez crecía más en mí la sensación de que nada era lo que parecía y de que el enemigo poseía infinidad de caras.

—Apenas tienen para comer, imagínate para prendas. Todo lo que cosechan se lo entregan a Rankok a cambio de su protección. Las demás esposas son de otras casas.

Me acordé de Amina, con su felicidad genuina y su apariencia de Novia eterna, y lo compartí con ella. Al fin y al cabo, era lo único que podía aportar; aunque en Asum hubiera más como nosotras, después de mi decepción con la mujer de Prío, había evitado entablar relaciones más estrechas con las demás.

—Yo conozco a una de la Casa Ámbar. Me trata con simpatía, pero no me genera confianza.

Feila asintió.

—Son las peores. Viven tan mal allí que para ellas esto es una bendición. Aunque las violen.

Recibí la crudeza de sus palabras como una bofetada. Ni siquiera se me había pasado por la cabeza cuán dura podría ser la situación según lo que el destino escogiera. Porque no todos los hombres eran como Redka. Algunas debían enfrentarse al autoritarismo de hombres como el duque de Rankok.

Me fijé bien en la mujer que tenía enfrente, en su cuerpo, en la poca vida que respiraba, en su postura cuando se encontraba al lado de Deril, ese hombre detestable, y sentí tanta lástima por ella que se me nublaron los ojos. Mi visión del mundo daba un giro que me desestabilizaba de nuevo, mostrándome una cara cruel para la que jamás estaría preparada.

Feila se limpió las lágrimas, que no se había esforzado por controlar, con la manga del vestido.

—Una vez vi a Risen. La casaron con un comerciante de pieles. Estaba encinta y no parecía infeliz. Tampoco feliz. Ya sabes.

Risen. Una chica menuda de nuestra edad. Maie y ella se peleaban a menudo, aunque en el fondo se llevaban bien.

Clavé la mirada en el estómago de Feila y me estremecí ante las posibilidades que no había contemplado sobre lo que podría ser su vida.

—Tú…

Chasqueó la lengua y su gesto se endureció.

—Ojalá. Así tendría una excusa para las arcadas que me entran cada vez que me toca.

Comencé a llorar. Ni siquiera podía imaginarme su posición, su vida, lo que ella sentiría por dentro, si es que aún le quedaba algo sin romper. El dolor se convirtió rápido en odio. Un odio visceral a la magia por castigarnos de ese modo y otro de igual intensidad hacia los hombres por aceptarlo y llevar el concilio hasta ese extremo. Porque existían hombres como Redka que luchaban por lo que amaban, que respetaban a las mujeres todo lo que su posición les permitía, como él había hecho conmigo, pero también había otros como Deril, aquel ser infame que había acabado unido a Feila.

Al sacar un pañuelo escondido en su escote para ofrecerme, la tela se ahuecó y vi unas marcas de dedos. Pequeños círculos amoratados decoraban su piel. Mi cuerpo se sacudió y noté que se me revolvía el estómago.

—¿Qué...? ¿Qué te ha hecho?

Fui a acariciarla, pero me apartó sin miramientos antes de llegar a tocarla.

—Lo que a todas. Para eso estamos aquí, ¿no?

Me la imaginé sola, saliendo de la Casa Verde con un hombre desconocido, igual que había tenido que hacer yo, pero en su caso con uno como Deril, un señor poderoso, déspota y repugnante. La vi entrar en un castillo más humilde que ese, pero con muros igual de grandes y lleno de esclavos. Siendo la única señora de un reino hecho a medida para la mano derecha del rey. Contemplé con asco cómo en mi cabeza la obligaba a yacer con él la primera noche. Sentí su miedo, su dolor, el sabor de sus lágrimas. También los golpes que habían quedado visibles en forma de moratones. Aquella tortura convertida en una rutina diaria que cada día menguaba sus fuerzas para levantarse por las mañanas.

Ese era el destino de Feila y de muchas otras. Para eso nos querían. Disfrazaban de bendición lo que solo podía ser un castigo por los pecados de otros. Éramos el precio de una guerra cuyo sentido y significado cada vez se distorsionaban un poco más para mí.

Feila pareció incomodarse ante la comprensión reflejada en mis ojos. Lo que no me dejó explicarle fue que no había sido capaz de entenderlo todo hasta ese mismo momento. Cada una vivíamos una situación tan diferente que nos centrábamos en nosotras, en una sola perspectiva, olvidándonos de que las demás podían vivir de mil formas distintas.

Entonces alzó la cabeza con decisión y dijo lo que nunca hubiera esperado:

—Tú y yo teníamos un trato.

—¿Qué importa eso ahora? Por los dioses, Feila. Déjame ver tu piel.

Quería curarla. Consolarla. Lo que me permitiese para que sintiera que no estaba sola. No obstante, ella se apartó con frialdad y supe que, pese a nuestro encuentro, aún nos separaba una enorme muralla.

—Es el momento de cumplir tu parte.

—Eso ya quedó atrás.

—No para mí.

Recordaba aquel día. Ella había sido testigo de mi salida al Bosque Sagrado y había ocultado esa información con la intención de chantajearme cuando fuera posible. Así funcionaban las cosas entre Feila y yo. A pesar de ello, con Hermine podía haberme obligado a realizar sus tareas por ella, o cualquier otra cosa que fuera de la casa me parecía insignificante, pero allí aquel trato ya no tenía ningún sentido.

Me dolía que Feila siguiera comportándose de ese modo conmigo cuando todo aquello quedaba en el pasado.

Me pesaba más la necesidad de tener una amiga, una aliada. Una hermana.

—¿Y qué harás si no acepto? ¿Chivarte a Hermine de mis travesuras fuera del muro? —bromeé, intentando crear un lazo entre ambas.

Sin embargo, su rostro impasible borró mi sonrisa de un plumazo.

—No, haré que apresen a tu soldado.

Su amenaza me dejó helada.

Pensé en Redka dentro de Torre de Cuervo y temblé.

—¿Por qué ibas a hacer eso?

Ella sonrió y lo vi; vislumbré el veneno que, por mucho que la hubieran roto en mil pedazos, seguía en su interior. Pensé que quizá podría guardarse aquella malicia para quien de verdad le hacía daño, pero no me atreví a decírselo. Intuí que hacerlo solo sería una provocación que enfriaría más su corazón de piedra.

—He visto cómo lo miras. Hasta aquí fuera eres afortunada.

El tono de su voz fue determinante para tener la certeza de que estaba hablando en serio. Me asusté. Un sentido de protección instintivo se despertó al pensar en él. En Redka. El mismo hombre del que había pensado en huir cuando lo conocí; con el que me había sentido desdichada por verme obligada a unirme a su vida; al que a ratos había temido y odiado; con el que había comenzado a compartir momentos que atesoraba con calidez; el que hacía que mi corazón bombeara más fuerte cuando se acercaba demasiado; el mismo hombre por el que en ese instante habría matado a Feila con mis propias manos.

La expresión de mi rostro se endureció. La observé con altivez y decisión, y escupí las palabras con una dureza que jamás recordaba haber dedicado a nadie.

—Él no te ha hecho nada.

—No, pero, si no cumples nuestro pacto, haré que el duque de Rankok crea que los ha traicionado. No sabes el poder que tienen los rumores en esta corte. Lo capturarán y lo juzgarán. Y ni te imaginas lo rápido que el rey pide una cabeza.

Sí, en aquel preciso momento, todavía digiriendo la información que había averiguado gracias a Feila e intentando asumir que me tenía en sus manos, supe en lo más hondo de mi ser que Redka me importaba tanto como para luchar por él.

Mi voz sonó más profunda que nunca:

—¿Qué quieres?

Ella sonrió.

—Quiero que me saques de aquí, Ziara.

Aquella noche yo estaba más despistada de lo habitual. Solía quedarme traspuesta en ocasiones, y hasta Redka se había acostumbrado a ese estado en el que me perdía en mis pensamientos, pero después de lo acontecido durante el día apenas podía apartar de mi mente tantas preocupaciones.

Ver a Feila había resultado una sorpresa inesperada. Verla de ese modo…

Aún podía recordar las marcas de golpes en su piel al tocar la mía. El dolor reflejado en sus ojos. Sus duras palabras al hablar de nuestro destino: *Aunque las violen.*

Eso, más el asco al hablar de su intimidad con Deril, se me repetía sin cesar en la mente. Ni siquiera mi imaginación alcanzaba a comprender qué horrores habría vivido a manos del hombre que supuestamente debía cuidarla, honrarla y protegerla.

Tampoco podía ignorar la amenaza con la que me había encontrado, y nada menos que saliendo de sus labios. Mucho menos la reacción de mi cuerpo al asumir que las posibilidades de que hiciera daño a Redka me dolían en lo más hondo de mi ser.

Él regresó cuando ya había anochecido. Yo me había excusado echándole la culpa al dolor de cabeza para no tener que verles las caras a todos en la cena sin ponerme a gritar o a llorar por lo que permitían que sucediera con mujeres como Feila.

¿Conocería la reina tales sucesos? ¿Le importaría? ¿Los aceptaría como parte de una tradición impuesta o rezaría por ellas en la soledad de su alcoba? ¿Sería otra víctima más o quizá un silencioso verdugo? ¿Acaso el mundo estaba más podrido de lo que yo creía? ¿Cómo podían juzgar con tanto odio a otros por su crueldad cuando en su propia casa sucedían atrocidades igual de horribles? ¿A los Hijos Prohibidos debíamos sumarles los propios hombres como nuestros enemigos?

El dolor de cabeza pasó de ser una excusa a una realidad.

Leah apareció con un plato de sopa y un bol con naranjas. Era un ángel. Un ángel sin alas, me recordé. Otra víctima más de un sistema que se me asemejaba a un enorme tablero en el que nosotras éramos simples fichas con las que jugar. Al verla, las lágrimas se me escaparon; ella solo asintió y se marchó igual de silenciosa que cuando llegó. De algún modo, percibí su comprensión y su abrazo invisible, como si entendiera el dilema al que me estaba enfrentando; como si afrontara la realidad por la que todos pasábamos antes o después.

Cuando Redka entró en el cuarto, yo estaba sentada en la misma alfombra en la que había dormido él, con una manta sobre el camisón y frente al calor de la lumbre. Era incapaz de deshacerme de ese temblor que me había acompañado toda la tarde, aunque intuía que no se debía al frío.

—¿Te encuentras bien? Me han dicho que estabas indispuesta.

—¿No has acudido a la cena?

—No, he estado con mis hombres.

No había vuelto a verlos desde la homilía. Ni siquiera a Thyanne. Me prometí que al día siguiente los visitaría sin falta. Necesitaba la cercanía de los que me hacían sentir segura. Necesitaba comprobar con mis propios ojos que todos ellos estaban bien.

—Me duele la cabeza. —Sentí su sonrisa en la espalda—. ¿Qué es lo que tiene tanta gracia?

—Qué casualidad. A mí también me hubiera dolido de tener que acudir. —Sonreí. Después cogí una de las naranjas y se la lancé; él la cogió al vuelo y la olió—. ¿Tienes un cómplice que te trae comida?

—Mi sirvienta, Leah. Es un encanto. —Bajé la voz y lo miré de reojo; se había sentado a mi lado y pelaba la naranja con los dedos. La luz del fuego le iluminaba el rostro, sucio por la tierra de Patio de Batallas. Su olor se mezclaba con el de la fruta y con el recuerdo del acero en su piel. Descubrí algo reconfortante en el aroma resultante—. Es un Algier.

—Lo sé.

—O lo era. —Se me rompió la voz—. ¿Quién le hizo eso? ¿Quién podría hacer algo así?

En mis ojos se formaron nuevas lágrimas que conseguí controlar a duras penas. Me sentía sobrepasada por las emociones. Por el dolor.

—No es sencillo, Ziara.

—Siempre dices eso. Me da la sensación de que es una excusa para justificar lo que suele tener una explicación que no me gusta.

Ambos fijamos la vista en las llamas. Encontraba algo hipnótico en su movimiento que siempre me calmaba.

Cuando pensaba que no iba a hallar más explicación que la resignación, Redka habló:

—Fue Dowen.

Me giré y entonces sí sentí la humedad en las mejillas. La crudeza de una realidad que deseé que no existiera me golpeó de lleno.

—¿Cómo pudo...? ¡Es una cría!

Mi pesar se reflejó en el suyo. Agradecí que Redka mostrara la misma desesperanza que yo ante esa situación. Pese a lo que sabía que hacían con los prisioneros que encontraban por el camino, no habría soportado que defendiera a su rey por un acto tan atroz sin derrumbarme del todo.

—Los Algier nunca han sido seres malvados. Sus poderes son valiosos, pero solían vivir a lo suyo, en paz. Sin embargo, cuando se declaró la guerra, se posicionaron del bando de la Luna. No eran muchos, pero los suficientes como para ser un apoyo importante en los cielos. Casi todos murieron, porque no estaban preparados para la lucha, así que continuamente cometían errores. Son... impulsivos. —Aquella descripción encajaba con lo poco que había conocido de Leah; esa energía incontrolable con la que se movía por el mundo—. Los que no murieron cayeron presos.

—Pero ¿por qué castigarlos con eso? Ya es suficiente acabar aquí sirviendo a quienes mataron a los tuyos.

Redka apretó los dientes, como si lo que fuera a decir le costara.

—No voy a cuestionar las decisiones de mi rey, Ziara.

—Un título no exime de culpa.

—No, pero él dicta las leyes y nosotros las acatamos.

Me asqueaba. Si Dowen ya me había generado un desprecio instintivo, había pasado a aborrecerlo con todo mi ser. La magia nos habría castigado, pero él no se había quedado atrás. Me daba la sensación de que hacía mucho que ningún bando era víctima y todos, en cambio, podrían declararse culpables.

—Entiendo que te suponga un esfuerzo comprenderlo, pero debes pensar que todas las decisiones del rey son para proteger a su pueblo.

Me reí con malicia.

—Déjame dudar de que las esposas destinadas estemos protegidas.

—¿A qué te refieres?

Apreté los dientes. Algo me decía que podría arrepentirme de compartir la situación de Feila con él. Al fin y al cabo, Deril era uno de los suyos. Un hombre poderoso, mano derecha de ese rey que defendía protegernos y que permitía a su vez que las Novias cargaran con marcas como las que teñían la piel de la esposa del duque de Rankok.

Redka fijó la mirada tanto tiempo en mí que al final me encaré con él y estallé.

—¿Tú sabías lo que les hacen? A mujeres como Feila. A chicas como yo.

Parpadeó confundido y, cuando apartó la vista, supe que yo debía ser la única persona en todo el reino que estaba tan ciega como para no ver lo obvio.

—Ziara…

Cerré los ojos y me abracé las piernas con una vulnerabilidad que no le pasó desapercibida.

—No me digas que no es tan sencillo, por favor te lo pido.

—No iba a hacerlo.

Su honestidad me alivió lo justo para dejar escapar la tensión en un suspiro prolongado. La imagen de Feila volvió a mí y me abracé con más fuerza.

—Él le pega.

Redka apretó los puños y el músculo de su mandíbula se marcó lo bastante para que su ira fuera casi tangible.

—¿Te lo ha dicho?

—No ha hecho falta. Lo he visto con mis propios ojos. Su cuerpo está marcado.

Asintió y su voz entonces llenó de decepción el dormitorio.

—Siempre han existido malos hombres. La vileza no entiende de guerras ni de razas.

—¿Por qué se permite?

—El rey castiga la violencia para con los nuestros, siempre y cuando esta sea pública.

Fruncí el ceño. Intuía que su explicación no iba a ser de mi agrado.

—¿Eso qué significa?

—Que poco podemos hacer si sucede de puertas para dentro, en su casa.

Era… terriblemente injusto. Entendí que era la forma del rey de limpiarse las manos. Si nadie era testigo de esos episodios, nadie podía juzgarlos. Aunque ella lo denunciara, se trataría de la palabra de Feila, una Novia del Nuevo Mundo cuya misión era precisamente la de unirse a un hombre, contra la de nada menos que un duque, un varón poderoso que podía alegar asuntos de cama para los que estaba exento de culpa alguna. De hecho, antes o después, la magia nos empujaba a ello.

Comprendí que, bajo tanta supuesta protección, en realidad nos encontrábamos totalmente desprotegidas. Odiaba lo que era. Odiaba lo que mi posición representaba. Odiaba el disfraz de candidez y esperanza bajo el que habían escondido lo que de verdad eran las Novias del Nuevo Mundo.

—Hijas de la Tierra.

—¿Qué? —Redka entrecerró los ojos, confuso por aquellas palabras que no guardaban sentido.

Lo miré con decisión y sentí la rabia y el desprecio por todo lo que nos rodeaba. Y también la necesidad de reconocer a todas aquellas mujeres que se habían sacrificado por una guerra no elegida.

—Así deberían llamarnos. Vosotros recibís ese nombre con honra, y no tengo ninguna duda de que lo merezcáis, pero nosotras también damos la vida por el reino. Nosotras también morimos por esta guerra, Redka. Pienso a menudo en cada mujer que cayó en manos de los enemigos y en cada chica destinada a entregar su vida a un hombre por orden de la magia, y todas merecen de igual forma un reconocimiento.

Me observó con detalle y asintió. Los ojos le brillaban de un modo especial. Me pregunté si lo harían por mi arrojo o por mi temeridad. Por el motivo que fuera, me gustaba.

—Hijas de la Tierra —susurró. En sus labios, sentí que aquel apelativo tenía más sentido, más poder.

Pese a ello, intentó imponer de un modo racional el objetivo de todo aquello, pero yo ya no atendía a razones cuando se trataba del hombre que, supuestamente, velaba por nosotros. El fin no justificaba los medios para conseguirlo.

—Sin el poder de Dowen, la raza humana ya se habría extinguido.

—Empiezo a pensar que muchos lo merecen.

Redka observó mi rostro ceñudo, mis ojos tristes y enrojecidos de haber llorado durante horas, la madurez repentina que había adoptado después de todo lo descubierto. Sentí que me miraba por primera vez, como si contemplara a una nueva Ziara y no tuviera muy claro si lo que tenía delante le agradaba o le atemorizaba.

—Las paredes oyen, Ziara. Ten cuidado.

Tragué saliva y volví a clavar la mirada en el fuego. Las llamas vivas bailaban frente a nosotros con un vaivén hipnótico en el que me perdí. Hacían formas, espirales de luz, y las chispas saltaban como puntos candentes que me daban ganas de atrapar con los dedos. Quizá para que el dolor provocado por el calor sustituyera al que sentía en aquel momento.

Redka se levantó y se desvistió detrás de mí, hasta quedarse solo con una camisa sobre las calzas interiores. Fue a tumbarse en la butaca, pero me incorporé y negué con efusividad. Aún recordaba su imagen durmiendo en el suelo y los estiramientos que le había visto hacer por la mañana; no lo dijo, pero supe que a la molestia de su hombro había que sumarle la de la espalda por la incomodidad de la noche anterior.

—No, por favor, Redka. Hoy duerme en la cama.

—No pienso permitir que duermas en la butaca, Ziara.

—No me refería a eso. —Sus ojos se abrieron y me observaron de arriba abajo, desde mis pies descalzos hasta el camisón blanco; me tapé con la manta, sintiéndome desnuda. Entonces me di cuenta de su errónea conclusión y di un respingo—. ¡A eso tampoco! Por los dioses, no quería insinuar…

Me ruboricé y me cubrí la cara con las manos. Él se rio, algo más calmado después de la dureza de nuestra conversación. Entonces se levantó y se acercó a mí. Me apartó un mechón de pelo del rostro y me lo colocó tras la oreja en un gesto que me caldeó el cuerpo.

—¿Qué te pasa, Ziara? —Negué con la cabeza, pero Redka insistió—. Entiendo tus inquietudes, pero intuyo que no dejas de ocultarme cosas.

Suspiré y me mordí el labio. Él lo observó con una intensidad que se asentó en mi estómago.

—El encuentro con Feila me ha hecho darme cuenta de algo.

—¿Puedes compartirlo conmigo? —Asentí, pero no hablé—. ¿Quieres hacerlo?

¿Quería? Llevaba toda la tarde dándole vueltas. Feila no solo me había descubierto una realidad cruda y horrible que nos implicaba a todas, sino también otra que había tenido delante de mis ojos y que no había sabido valorar. Otra que estaba relacionada con aquel hombre que aguardaba a que yo expresara todo lo que me hervía por dentro. Porque así había sido desde el principio. Incluso cuando era un Redka meditabundo y un tanto hostil, siempre había tenido en cuenta mis necesidades, mi deseo de expresar mis dudas, mis miedos. El nuestro había sido un acercamiento paulatino, pero yo ya sentía que lo conocía. Y que él confiaba en mí. Habíamos establecido un puente entre nosotros y llegado a una zona común en la que nos encontrábamos a gusto el uno con el otro.

Parpadeé y cogí fuerzas para no acobardarme ante el vigor de su mirada, de su cercanía y lo que me provocaba cada vez con más fuerza.

—No te tengo miedo, Redka. Soy afortunada.

Sus hombros se destensaron y supe que aquella revelación le importaba. Casi parecía haberla estado esperando desde hacía mucho tiempo.

—Jamás te daría motivos.

—Lo sé. No lo había advertido hasta hoy, pero confío en ti.

—Eso me honra.

Sonreí y me devolvió la sonrisa; una que no había aparecido hasta entonces; una que me parecía incluso tímida, si es que era posible en un guerrero como él. De pronto, fui consciente de que no tenía adónde ir, pero tampoco deseaba separarme de ese hombre.

Recordé al instante la amenaza de Feila y me estremecí: *Haré que apresen a tu soldado.*

Mi expresión se tornó vacilante. Me senté en la cama y él hizo lo mismo a mi lado. El colchón cedió y suspiré. Intuía una noche difícil después de mi ofrecimiento a compartir el lecho.

—¿Puede una esposa huir?

Redka me miró asombrado por el giro de la conversación y se dejó caer hacia atrás, totalmente abatido.

—¿Estás queriendo decirme algo? Ya tengo suficientes problemas, Ziara. Te lo suplico, sea lo que sea lo que estás tramando, espera a que lleguemos a Asum.

Negué con la cabeza y me reí suavemente. Solo con aquellas palabras logró que la tensión menguara. Me dije que iba a hacer lo posible por que Feila consiguiera su objetivo y se olvidase para siempre de nuestra existencia. Y no solo por proteger a Redka, sino porque ella no merecía menos. Jamás podría volver a conciliar el sueño de saber que había tenido en mi mano la posibilidad de ayudarla y haberla ignorado.

—No, pero hoy me ha dado por pensar qué ocurriría si una esposa destinada se marchara. O si un hombre la echara de su lado. ¿Es eso posible?

Omití pronunciar su nombre, pero era demasiado obvio que la situación de Feila me preocupaba.

—Sí, pero la magia siempre tiene consecuencias. Ya viste a los niños de Asum.

Cerré los ojos; el corazón me dolía siempre que pensaba en aquel lugar siniestro y triste.

—¿Cuáles?

—No lo sé, ahí radica su fuerza.

Minutos después, Redka dormía. Ni siquiera se había metido bajo las sábanas. Nos habíamos quedado en silencio unos segundos y, cuando hablé de nuevo en un intento por descubrir si conocía algún caso parecido, su respiración lenta fue la única respuesta.

Me giré y estiré la mano. Su aliento golpeó mis dedos y me estremecí. Sin poder contenerme, rocé con suavidad su mejilla. Solo un instante, tan fugaz y delicado que él no se inmutó, pero que me provocó una sacudida en el corazón.

Admití que verlo dormir sobre la colcha era mucho más tranquilizador para mí que meterme con él en la cama estando ambos despiertos. Pese a ello, acabé poniendo unos cojines entre medias. Una barrera estúpida, pero que fue lo que consiguió que yo pudiera conciliar el sueño. Una barrera que no era por miedo a él, sino porque comenzaba a no confiar en mis propios impulsos.

Aquella noche volví al claro de agua. Estaba en la cueva de siempre y todo era exactamente igual a los sueños anteriores. Excepto por una cosa. Un pequeño detalle que quizá estuvo siempre y del que yo no me había percatado.

Me sumergí en el agua y miré el agujero abierto en el cielo a través del cual me iluminaba la luz de la luna. Entonces sentí el tirón hacia abajo. Me hundía y el agua se convertía en un torbellino. En medio de aquella lucha, lo vi. Una joya flotando amarrada a mi cuello. El mismo collar que Hermine me había regalado antes de irme e idéntico al que dormía escondido en el morral de Redka.

Los días se convirtieron en una sucesión de comidas y apariciones públicas en la vida social de la corte en las que me esforzaba al máximo por aparentar ser quien no era.

Después del encuentro con Feila, decidí mantenerme lo más lejos posible de ella. Nos tratábamos con fingida cordialidad, pero no de un modo diferente a como me relacionaba con las otras damas que frecuentaban el castillo. Ella tomó la misma decisión y apenas se dirigía a mí si no era para hacer algún comentario trivial. A ratos, me resultaba casi irreal que hubiéramos compartido toda una vida. Casi parecía que aquello jamás hubiese sucedido.

Pese a la incomodidad por su amenaza, quería consolarla, pero no sabía cómo. Deseaba aliviarle el dolor, aunque no había nada que pudiera hacer al respecto. Así que, mientras cavilaba sobre las soluciones para acabar con aquella horrible situación y que todos saliéramos airosos, me mantenía en un segundo plano y me limitaba a observarla.

Aprendí rápido a ver el miedo en sus ojos. Disimulaba como una verdadera experta, pero no me pasaba desapercibida la tensión de su cuerpo cuando Deril la miraba con desaprobación por algún comentario que consideraba impertinente o fuera de lugar. Tampoco el terror que le provocaba temblores cuando él hacía un gesto brusco con ademanes exagerados y ella tenía que controlarse para no cubrirse con el brazo; una reacción de protección instantánea que su cuerpo había aprendido en el poco tiempo que llevaba a su lado.

Feila sufría y yo comencé a hacerlo con ella, pese a que las dos nos mecíamos en un estado de aparente calma e indiferencia.

Redka se pasaba el día encerrado en un despacho con el rey y su consejo personal, compuesto por los otros comandantes, Deril y dos hombres que yo no conocía, pero que Redka me explicó que eran los representantes de las únicas regiones independientes de Cathalian que quedaban. Por un lado, las antiguas Tierras Altas, cuyo último príncipe destronado por los Hijos de la Luna aún vivía con los suyos en la resistencia de la frontera con Iliza. Llevaban años enemistados con Cathalian, ya que el reino consideraba que eran, en parte, culpables de lo sucedido, porque habían permitido que las Sibilas de la Luna hicieran hogar en sus tierras, y sus hijos habían acabado arrebatándoselas cuando ellas fueron ejecutadas. Siempre que hablaban de ellos yo pensaba en Maie y rezaba por ella. Por el otro, el gobernante de las Islas Rojas, un pequeño archipiélago que se divisaba desde la punta más sur de la Tierra Yerma de Thara. En él se decía que vivían los desterrados del propio linaje de Dowen, que habían establecido allí un reino autosuficiente sin apenas importancia ni renombre.

—¿Y por qué los ha llamado, entonces?

—Esta guerra no es entre nosotros, sino contra la magia.

Esa había sido la explicación de Redka y acepté que tenía sentido. Si los humanos querían ganar aquella batalla sin final, debían juntar fuerzas y olvidar por un tiempo las diferencias. Así fue como descubrí que en aquel viaje decidirían qué hacer para frenar la invasión de los Hijos Prohibidos, que cada vez contaban con más territorio. La guerra seguía viva, y todos temían que en poco tiempo volviera a activarse como cuando comenzó años atrás; si eso sucedía, el reino debía estar preparado.

También sabía que pasaba tiempo en Torre de Cuervo, pero ese era un tema que, desde el Hombre de Viento, evitábamos. Ni a mí me gustaba recordar lo que sucedía en aquellos encuentros con los enemigos apresados ni él parecía sentirse orgulloso de hacerlo.

Cada vez me costaba más verlo como alguien capaz de hacer daño a otro ser para sacarle información, aunque esa criatura hubiera intentado matarnos. Porque Redka era un hombre cauteloso y comedido en todo lo demás. Era cuidadoso, noble y justo. Había comenzado a atisbar una ternura infinita en sus gestos y detalles, especialmente en las distancias cortas.

En mi interior se entremezclaban sin control las sensaciones que, a su vez, provocaban que el miedo ante lo que estaba por venir se acentuase.

Por las tardes, paseaba hasta Patio de Batallas y pasaba tiempo con Thyanne. Parecía tremendamente triste en aquella cuadra. Yo le llevaba dulces que me guardaba de las comidas y le contaba lo que había hecho a lo largo del día, aunque no eran discursos de gran contenido. Cuando lo notaba demasiado ausente, le describía el Mar de Beli como buenamente podía, pese a que no fuera muy diestra con las palabras. La nostalgia sobrevolaba sus ojos azules y se mezclaba con la mía propia. Era obvio que ninguno deseaba estar allí y que nos sentíamos presos en nuestra vida.

A veces, también pasaba tiempo con el ejército de Redka. Charlaba con Sonrah, sorteaba las burlas de Nasliam y los veía entrenar. Sus sonrisas se congelaban cuando luchaban. Sus miradas se volvían fieras y sus cuerpos se movían con una elegancia animal que me fascinaba. Parecían bailar con la música que nacía del estruendo metálico de sus espadas. Jamás habría pensado que aquello pudiera gustarme, pero sentía un cosquilleo en las tripas cada vez que uno de ellos levantaba el arma y vencía al otro. Me costaba imaginar cómo sería de intensa la sensación de estar en una guerra real, en la que la espada no quedaría a milímetros del otro cuerpo, sino que se clavaría en él hasta tocar hueso.

Leah se convirtió en una compañía de lo más agradable. Sus funciones eran solo las de servirme, pero aprovechábamos todo el tiempo posible juntas, alargándolo para no tener que volver a sus quehaceres, y charlábamos de nuestras respectivas vidas. Así fue como me enteré de que ella no había luchado en la guerra, por entonces era muy joven, pero su padre había comandado un equipo de captura y ella había sido el precio a pagar por los humanos que él había asesinado, y eso después de ejecutarlo. Le habían cortado las alas una noche de invierno en la que nevaba tanto que solo recordaba el rojo de su sangre sobre el blanco. Como un lienzo que había pintado con su propia esencia. Después de eso, se había negado a cooperar y servir a los asesinos de su familia. Sin embargo, pronto se dio cuenta de que Torre de Cuervo era mucho peor que el mayor de los infiernos. Había firmado un contrato sin fecha de vencimiento con Dowen y, desde entonces, tenía una vida tranquila en palacio.

—Esto no está tan mal, señora. Siempre sentí predilección por los vestidos. Ahora doy rienda suelta a mi talento con otras damas.

Era positiva hasta el exceso, aunque intuía que solo se trataba de un escudo para sobrevivir a aquella vida sin enloquecer hasta el punto de querer ponerle un final.

Una mañana, me enseñó la biblioteca. Era inmensa. Comparada con los escasos libros de la Casa Verde, aquello me parecía el paraíso. No todas las zonas estaban permitidas, pero Leah me dijo que contaba con el permiso de la reina para mostrarme los estantes a los que podía acceder.

El primer día me llevé cinco novelas. Todas ellas relataban leyendas románticas, historias de caballeros que salvaban a princesas, de guerreras a caballo que se enamoraban de hombres de un estatus inferior, relaciones prohibidas que siempre acababan con la felicidad de sus protagonistas. Relatos que Hermine nos había negado y, por fin, comprendía el porqué. Recordé la estantería que la Madre mantenía impoluta bajo llave y sin necesidad de que me lo confirmase supe que eso era lo que escondía. Esas novelas filtradas por ella misma por nuestro bien provocaban esperanza, ilusión y el deseo de experimentar aquellas emociones desorbitadas en la propia piel. Justamente lo que el hechizo pretendía negarnos; al menos, de forma libre.

Redka no sabía decirme cuánto tiempo más nos quedaríamos; todo dependía de llegar a acuerdos con los reinos independientes. Al parecer, el gobernante de las Islas Rojas pretendía seguir ajeno a una guerra que no le tocaba de cerca al tener el mar como frontera.

Diez días después de nuestra llegada, paseaba aburrida por los pasillos. Ya me había aprendido el laberinto del jardín de memoria y era capaz de salir de él con los ojos cerrados. La biblioteca seguía generando mi interés y aprovechaba las noches para leer al calor del hogar hasta que Redka regresaba. Sin embargo, si pasaba más horas del día encerrada entre esas cuatro paredes, acabaría por volverme loca. Buscar compañía en el séquito real tampoco me reconfortaba. Las conversaciones de las damas con las que Feila solía reunirse me incomodaban; sentía que no tenía nada en común con la gente de aquel lugar, así que evitaba cruzarme en su camino; además, ya sabía que me consideraban una joven inquietante al preferir pasar el tiempo en soledad.

Así que, una tarde como cualquier otra, me dediqué a observar los cuadros que decoraban los pasillos y los tapices, esforzándome por encontrar algo que captara mi interés, aunque sin mucho éxito.

Hasta que oí una voz.

Miré a mi alrededor, pero estaba completamente sola.

Me había acercado al ala oeste, una que frecuentaba poco por no estar cerca ni de la biblioteca ni de los aposentos, pero las zonas destinadas al ocio estaban en el otro lado de la fortaleza, lo que me alejaba del cuchicheo constante del séquito de Dowen y me aportaba la tranquilidad que necesitaba.

El sonido de la oración de los sacerdotes cantando en la capilla que acababa de dejar atrás rompía el silencio. Pensé que habría sido un agudo en sus armoniosas voces y seguí caminando con hastío. Rezaban todas las tardes y por las mañanas pregonaban sus salmos en las inmediaciones del castillo. Era habitual verlos pasar ocultos bajo sus capas oscuras en una calma silenciosa que los hacía parecer espectros.

No obstante, en el punto en el que salía uno de los pasillos vigilados por guardias, volví a percibirla. Era el eco de una voz, estaba claro. Gemía. O quizá era una respiración costosa. No estaba muy segura.

Me asomé y comprobé que el soldado que siempre la custodiaba no estaba en su posición. Aquello era extraño. Desde el primer día había comprobado que se podía deambular por la fortaleza con una relativa libertad; incluso con eso, en algunos puntos siempre encontrabas vigilancia que cortaba el paso. Quién sabía el motivo o qué esconderían tras esa muralla humana. Y aquel pasillo era uno de esos límites prohibidos, de repente disponible para saciar la curiosidad de cualquiera que se atreviera a asomarse.

—Ziara...

La voz regresó con más consistencia y el corazón comenzó a latirme frenético. Si había sido producto de mi imaginación o no, no lo sabía, pero tenía la certeza de que había pronunciado mi nombre. Di dos pasos en su dirección y volví a cerciorarme de que no había testigos a mi alrededor que pudieran delatarme. Acepté la ausencia del guardia como una señal de que debía aventurarme por aquel pasillo cuyos candiles iban apagándose hasta fundirse en una oscuridad total al final.

Percibía el pulso en las sienes y el sudor en la nuca, pero algo dentro de mí me decía que debía acudir a aquella llamada. El mismo presentimiento que había sentido justo antes de que nos atacaran en la llanura. Señales que no comprendía, pero que, desde que había salido de la Casa Verde, cada vez aparecían con más frecuencia e intensidad.

Instintivamente, tiré de la fina cadena de mi cuello y saqué el amuleto que siempre llevaba escondido. Al apretarlo entre los dedos, ardió y lo solté con un quejido. Lo mismo sucedió con las marcas invisibles de mi garganta. Quemaban. Eran brasas hundidas en mi piel. Me observé la palma de la mano y vi la silueta de la piedra marcada antes de desaparecer.

Nada de lo que sucedía tenía sentido y, aun así, tampoco sentía miedo. Solo curiosidad. Solo necesidad de entender por qué me imantaba aquella voz como para que mi cuerpo se rebelase.

Al llegar al final del pasillo, palpé la pared, esforzándome por hallar una señal que me dijese de dónde podía provenir aquella llamada lejana. Estaba revestida por un tejido sedoso. A la derecha no había nada, solo muro. A la izquierda, en cambio, atisbé una puerta que no se diferenciaría con luz, pero cuyo contorno se intuía bajo el tacto, oculto en el mismo tejido.

Un pasadizo secreto.

Acaricié con detenimiento la superficie, buscando algo que pudiera servirme de pomo, y por fin encontré una parte más rugosa que sobresalía lo justo para agarrarla con las manos y tirar de ella. Al tercer intento, la pared se deslizó.

Contuve el aliento y noté el aire que provenía de su interior. Frío y húmedo. Vivo.

No lo medité demasiado. Me olvidé de las advertencias de Redka, de los riesgos que sabía que aquello conllevaba, de Feila y de su chantaje, de todo lo que resonaba a cada segundo en mi cabeza y dejé que mis instintos tomaran el control de la situación. Al hacerlo, sentí la energía fluyendo por mis venas y el recuerdo de las escapadas con Maie. Aquella sensación tan viva iba más conmigo que los bailes de gala, que los vestidos y que cualquier tarea que hubiera realizado hasta entonces.

De repente, me sentía más yo misma que nunca.

Cerré la puerta a mi espalda, ocultando mi presencia, y caminé sin separarme del gélido muro de piedra. Al principio, mis pasos eran inseguros, pero pocos metros después comencé a acostumbrarme a la falta de luz. No parecía un sitio habitual de paso, pero estaba protegido. Tal vez una salida oculta para protección de los reyes. O quizá algo más...

Me encontré con unas escaleras estrechas y empinadas con forma de espiral que descendían quién sabía adónde. Tuve que agarrarme los faldones para no pisarme el vestido. Con cada bocanada de aire podía ver el vaho saliendo de mi boca. El silencio era tal que mi respiración hacía eco. Cada vez la temperatura era más baja y mis músculos se resentían por el esfuerzo.

No sé cuánto tiempo estuve descendiendo, pero, en un momento dado, empecé a subir de nuevo por unos escalones. Evitaba pensar qué sucedería si me encontraba con alguien. O con algo. Mi imaginación me inquietó creando imágenes de las criaturas que podrían vivir en aquellas profundidades. Al fin y al cabo, aquel lugar era óptimo para mantener ocultos seres que nunca deberían ver la luz.

Cuando ya pensaba que no llegaría a ningún sitio, la oscuridad comenzó a clarear. Era luz natural. Aún no había anochecido del todo, aunque me asusté al pensar que cuando tuviera que regresar la noche ya sería cerrada. La claridad provenía de un pequeño agujero en la piedra, tan alto que no podía asomarme a él y tan pequeño como para que no cupiera mi rostro. Nada más. Me había topado con una pared.

No era posible. Aquello debía llevar a algún destino. ¿Qué sentido tendría su existencia si no?

Me paré a descansar un rato con la intención de recuperar el aliento y volver al castillo. Apoyé la espalda en la piedra y me caló los huesos al momento. Al dejar caer mi cuerpo, noté un ligero temblor.

Era el muro. Se había movido.

Me giré de un salto y observé la piedra. Parecía exactamente igual que las demás, pero yo lo había sentido. No habían sido imaginaciones mías.

Apoyé las manos y empujé con todas mis fuerzas.

La roca cedía, no podía creerlo.

Controlé el impulso de sacarla del todo de un solo empellón. Al fin y al cabo, no era prudente sin saber qué iba a encontrarme al otro lado. Así que me armé de paciencia y la moví un poco cada cierto tiempo. Cuando casi estaba totalmente fuera de su sitio, me acerqué, intentando atisbar si había alguna presencia al otro lado, pero solo encontré silencio.

No pude evitarlo, cerré los ojos y supliqué a la Madre Tierra que fuera benevolente con mi curiosidad. Después, apreté las manos y la piedra se desencajó del todo.

Me arrodillé y repté por el suelo frío hasta colarme por el agujero y aparecer en la oscuridad de una sala. Todo parecía negro. Olía a sangre y a excrementos. Tuve que contener una arcada tapándome la boca con las manos.

Controlé mi respiración y centré mis esfuerzos en que esta fuera lo más pausada y silenciosa posible. También, en serenar mis latidos.

No tardé mucho en conseguir que mis ojos se acostumbraran a la penumbra.

Tampoco en descubrir que no estaba sola.

Me encontraba en una celda y frente a mí, encadenado de pies y manos en forma de cruz, estaba el Hijo Prohibido que Redka y sus hombres habían capturado.

Su cabeza colgaba inerte. Ríos de sangre manchaban su torso y sus extremidades. Su aliento era solo un leve silbido. Parecía estar atado a un hilo muy fino de vida.

Al percatarse de mi presencia, alzó el rostro.

Mi corazón dejó de latir.

—Cuánto has tardado, Ziara.

Su voz apenas era un murmullo ronco.

Pese a su lamentable estado, más muerto que vivo, sonrió.

No era la primera vez que nos veíamos.

Las marcas de mi cuello me quemaron al recordar sus manos.

XXIII

—¿Dónde estoy?

—¿Te suena Torre de Cuervo? Estás en su celda de honor. Bonita, ¿verdad?

Tosió por el esfuerzo, pero, aun así, su sonrisa no había desaparecido desde mi llegada. No sabía cómo ni por qué, pero aquel Hijo de la Luna me estaba esperando. Ya lo había hecho en el Bosque Sagrado tiempo atrás y, sin saber el motivo, volvíamos a cruzarnos.

Recordaba su voz, aunque en ese momento no era más que un murmullo seco y ronco. Debía de llevar días sin ingerir líquidos. También recordaba su aspecto a la perfección, pese a que, en ese instante, su belleza natural pasaba desapercibida bajo la capa de mugre y sangre. Rememoré una vez más lo que había hecho por mí en la primera ocasión. Y en la segunda. Había salvado mi vida del Hombre Sauce y después de los Nusits.

Sin embargo, con la misma nitidez, recordaba la razón de que lo hubieran apresado: su ataque en la llanura y la muerte de Masrin. Me generaba sentimientos tan contradictorios que me costaba digerirlos. Sin olvidar que no tenía ni idea de cómo ni por qué yo había acabado frente a él dentro de la celda.

Me enfrenté a su mirada sintiendo las palpitaciones furiosas bajo mi pecho.

—¿Por qué estoy aquí?

—Yo te he llamado. Creí que ya lo sabrías.

Pese al miedo ante su presencia y el temor de encontrarme en ese lugar, me di cuenta de que en su situación él no tenía el menor poder. No sabía hasta dónde alcanzaba su magia, pero estaba claro que si no había escapado de allí era porque no podía. Estaba completamente inmovilizado, lo que me permitía respirar y valorar la situación con calma.

Lo observé bien. Me deslicé pegada a la pared de roca y comprobé que al otro lado de la celda no había más que muro que lo resguardaba. La puerta de hierro apenas se distinguía en la oscuridad. No había ni una sola ventana, solo entraban resquicios de luz y aire a través de las rendijas que dejaban algunas piedras en la zona superior. No tuve que analizar más la forma de aquel lugar para saber que estábamos en el pico de la torre. Redka me había dicho que era una celda especial que solo les destinaban a ellos y de la que nadie jamás había salido vivo.

Sin duda, al ser que tenía delante no le quedaba demasiado tiempo.

—¿Quién eres?

—Pensé que nunca ibas a preguntármelo.

Su constante ironía me incomodaba. Me hacía ponerme a la defensiva, porque, teniendo en cuenta que él estaba medio muerto y que yo era su única unión con el mundo exterior, ese tono burlón sobraba.

—Lo estoy haciendo ahora.

Asintió y clavó sus ojos en mí. Los tenía tan amoratados que la hinchazón no le permitía abrirlos del todo. No podía imaginar qué habrían visto y sufrido en esa prisión. Pese a ello, su brillo de plata me cegó unos segundos.

—Arien. Me llamo Arien.

Parpadeé y me estremecí al escuchar su nombre. Una emoción desconocida me embargó. Solo eran cinco letras que no debían de tener ningún sentido para mí, pero, aun así, lo percibí. Un cosquilleo en la piel que se deslizaba por mis brazos y mi torso hasta acabar en la zona de mi garganta que él un día había tocado. Un presentimiento que me agitó. O tal vez los resquicios de su magia apagada. Pero algo vivo, cálido, fuerte.

Estaba confundida y agotada; además, debía salir cuanto antes de allí. Aún tenía que desandar el camino y evitar que nadie me descubriera al llegar al otro lado. De hacerlo, ninguna explicación podría librarme de mi insensatez.

No obstante, pese a mi estado general de inquietud, reparé en que ya no tenía miedo. El temor por su presencia y por lo descubierto se había evaporado.

—¿Por qué me has llamado, Arien?

Ni siquiera me cuestionaba el cómo, daba por hecho que se trataba de una de sus extraordinarias capacidades. Lo que no entendía era qué hacía yo allí. Ni tampoco la razón de que él supiera de la existencia de aquella salida escondida. Pensé que, al fin y al cabo, atado con cadenas como estaba, moriría antes de poder utilizarla.

—Solo tenemos unos minutos antes de que tu comandante regrese. Ni te imaginas lo bien que maneja el látigo.

Cerré los ojos, compungida y, sin tener culpa de nada, avergonzada por lo que Redka le habría hecho. A él y a tantos otros en esa mazmorra infernal. Las emociones contradictorias que me despertaba luchaban en mi interior.

Asumí que era similar a lo que me sucedía con aquel Hijo de la Luna. Ambos me habían protegido, me habían tratado con amabilidad y debía estarles agradecida, pero, a la vez, detestaba en lo que la guerra los había convertido.

—Ni siquiera debería escucharte.

—No, pero, si no quisieras hacerlo, no habrías llegado hasta aquí.

Sonrió y acepté que tenía razón. En ningún momento del camino me había planteado mis acciones. Únicamente había seguido ese instinto natural que siempre había percibido en mi interior y que, desde que había salido de los límites protegidos, se manifestaba cada vez con más frecuencia. Un hilo que tiraba de mí y que me hacía comportarme de un modo que no debía.

—El tiempo corre. Si tienes algo que merezca ser escuchado, dilo ya.

Arien suspiró con evidente alivio. Yo no podía dejar de observar fascinaba el brillo que centelleaba a cada parpadeo en sus ojos de plata.

—Mañana volverás a la misma hora. Es el único momento del día en el que es seguro hacerlo por el cambio de guardias. Quiero que traigas agua. Con una pequeña botella que puedas esconder bajo el vestido será suficiente. Y unas ramas de árbol de lluvia, por favor. —Su educación me sorprendió, igual que el tono pausado de su voz—. Hay ejemplares en los jardines reales.

Entonces recordé a Masrin. Su cuerpo sin vida bajo una túnica negra. O lo que quedaba de él tras el ataque. Debía de estar tan desfigurado que dos hombres habían vomitado al encontrarlo. Había oído a Nasliam comentarlo antes de que empezara la homilía en su honor. Pensé en su padre, un hombre menudo que siempre sonreía, con el que Syla y yo nos cruzábamos con frecuencia en el mercado; en él y en los seres queridos de los que se había despedido en Asum con la promesa de regresar con el calor del verano. Condensé todo ese odio en mi mirada y las palabras salieron como dagas.

—¿Por qué iba a ayudarte? Tú nos atacaste. Por culpa de los tuyos enterramos a un hombre bueno.

—Lamento mucho su pérdida.

—No te creo.

—No deberías, pero es cierto.

Pese a mis reticencias, admití que su expresión parecía sincera. No quería creerlo, deseaba aborrecerlo y disfrutar de su muerte; anhelaba que se hiciera justicia y pagara con su vida a cambio de la del hombre que habíamos perdido en el camino.

Sin embargo, algo dentro de mí me decía que Arien sufría por la guerra igual que lo hacíamos desde el otro lado. Su agotamiento. Su aflicción al recordar el ataque de la llanura. Las ocasiones en las que me había salvado. A mí. Una humana. No solo eso, sino una Novia. Las mismas que los de su raza cazaban como venganza, como me habían insinuado Amina y Syla que sucedía con frecuencia en la Casa Ámbar.

Al instante, los gritos que había oído desde fuera provenientes de aquella torre se repitieron en mis oídos. Quizá le pertenecían. Puede que la mano de Redka, la misma que si me rozaba me estremecía, hubiera sido la causante de esas heridas ensangrentadas y abultadas.

Me di cuenta una vez más de que ninguna conciencia estaba limpia. Tanto unos como otros mataban, sufrían y morían.

Y yo, ¿dónde me encontraba yo?

Tragué saliva y abrí los puños que había cerrado sin percatarme del gesto. Pequeñas piedritas de la tierra que cubría el suelo se me clavaban en las palmas.

Pensé en Maie. ¿Qué hubiera hecho Maie? La añoré tan fuerte que me dolió el pecho.

—Aunque quisiera ayudarte, es imposible. Allí también hay soldados.

—¿Estaba hoy el que cubría el pasadizo? —Negué con la cabeza—. Mañana tampoco estará, yo me encargo de ello.

No me atreví a preguntar cómo, pero supe que no mentía. Había logrado que yo llegara hasta allí; no le supondría un problema lograrlo de nuevo.

Nos quedamos con la mirada fija uno en el otro. El aire dentro de la celda estaba tan viciado que pronto la enfermedad se le propagaría por las heridas, en caso de que no hubiese ocurrido ya. La suciedad de su cuerpo le haría enfermar antes que los propios cortes. Las criaturas como él eran poderosas, pero no inmortales.

En dos días más, a lo sumo tres, estaría muerto sin ayuda. Y él lo sabía.

—No voy a volver.

—Entonces moriré.

—Quizá te lo merezcas.

—Posiblemente, así sea.

La honestidad de sus ojos agitó algo muy dentro de mí.

Oí pasos que se acercaban.

No quise reflexionar sobre a quién pertenecían.

Tampoco miré atrás.

Salí reptando por el suelo, tras empujar al otro lado aquella roca que no lo era; se trataba de un material ligero que se confundía al tacto con la piedra. Auténtica magia activa en territorio humano. De no haberlo sido, volver a colocarla me habría resultado imposible.

Descendí los escalones en dirección al castillo. Volví a ascender los que me separaban de mi mundo. Durante todo el trayecto, la mirada de Arien, aquel Hijo Prohibido que me había salvado dos veces, me acompañó. Sus ojos, sus palabras, su aparente sinceridad, su grito de auxilio, la apabullante certeza de que había depositado su vida en mis manos.

Llegué a la puerta secreta jadeando. Notaba el vestido húmedo, sucio y me castañeaban los dientes. Casi podía sentir el hedor de la celda impregnado en mi piel. Me colé en el otro lado con cautela, aunque, de algún modo, confiaba en que no iba a encontrarme ningún guardia de vigilancia y enseguida lo comprobé. Desconocía qué poder tenía Arien para ahuyentarlos, pero lo había conseguido. Y, sin haberlo esperado, inconscientemente, yo también había confiado en él.

Apenas me crucé con nadie por los pasillos. Compartí saludos cordiales con un par de ancianos de la corte y con dos damas que cuchicheaban y que tampoco parecieron percatarse del estado de mi vestido.

Cuando llegué al dormitorio, estaba vacío. Me sentí aliviada de no tener que enfrentarme al escrutinio de Redka, pero, al mismo tiempo, la certeza de que estaría en ese instante mirando a Arien con gesto fiero me angustiaba. Era posible que los pasos que me habían ahuyentado fueran los suyos. Quizá lo observaba con un látigo en las manos o incluso con algo peor.

Las emociones se amontonaban, el desprecio ante lo que hacía con la calidez que me regalaban sus miradas, buscando un espacio en el que echar raíces.

Me quité la ropa y me aseé lo justo para meterme en la cama directamente, sin siquiera cenar, con la intención de entrar en calor y de desaparecer por unas horas de aquel mundo hostil en el que me sentía obligada a posicionarme en un bando sin llegar a sentirme de ninguno. Como una pieza sin moldear en un juego de estrategia.

Redka regresó una hora más tarde. Se tumbó en su lado de la cama, una vez más por fuera de las sábanas, y se esforzó por no hacer ruido para no despertarme. Siempre tan delicado, tan correcto, tan pendiente de mi bienestar que me entraban ganas de llorar.

La dualidad del guerrero.

No obstante, tuve que esforzarme por fingir la respiración calmada del sueño y aquella noche fui incapaz de pegar ojo.

Al día siguiente las horas pasaban lentas y tortuosas. Me dolía la cabeza de no haber dormido y notaba el estómago revuelto por la ansiedad que me comía desde que había encontrado aquel dichoso túnel.

A ratos me arrepentía de mi imprudencia. Imaginaba haber ignorado la llamada de Arien y así mi vida habría seguido como hasta entonces. Sin sobresaltos. Sin responsabilidades. Solo con el objetivo de ser una esposa complaciente y capaz de engendrar hijos, como Hermine nos había inculcado hasta la extenuación. Pese a ello, me conocía bien como para saber que habría actuado de igual modo de haber tenido otra oportunidad y una parte de mí repetía sin cesar que, por mucho que hubiéramos cedido nuestro destino a la magia, mi sino era otro.

—¿Se encuentra bien, señora?

Parpadeé y recordé que Leah estaba en la habitación preparando el vestido de aquel día. Yo intentaba desayunar sin mucho éxito. Era incapaz de dar un bocado sin que me dieran ganas de vomitar. La situación me superaba y, si no lograba controlar las emociones, estas acabarían por delatarme.

—Perdona, Leah. He dormido regular.

—Ya lo veo. Acaba de mojar la naranja en la leche.

Me fijé en lo que estaba haciendo y después alcé la mirada y me encontré con la suya conteniendo una carcajada. Rompí a reír y ella me acompañó. Una manera como cualquier otra de soltar esa tensión acumulada que me vino realmente bien.

Aproveché nuestra cercanía para indagar un poco. Tal vez Leah podía servirme para encontrar una solución a esos problemas que se me amontonaban uno detrás de otro.

—¿Puedo hacerte una pregunta?

—Claro, mi señora. Espero tener la respuesta.

—¿Es posible salir de Torre de Cuervo?

Su reacción fue tan visceral que me arrepentí un poco por haberla dañado, pero mi afán por saber no respondía a mi curiosidad, sino a la necesidad de tomar decisiones y de recabar toda la información posible.

Su voz bajó de volumen hasta convertirse en un susurro:

—No debería hacer esas preguntas, señora.

Redka ya me había advertido de que las paredes oían, pero lo que ellos no sabían era que también escondían túneles secretos.

—Solo es curiosidad. Tú estuviste allí, ¿cómo es?

Leah se comportó como nunca había hecho. Dejó el vestido sobre la cama y se sentó. Comenzó a apretar el tejido de su falda entre los puños. Temblaba como si estuviera bajo el hielo y no en una habitación caldeada. Daba la sensación de que le costaba hasta encontrar la voz.

—Aguanté únicamente siete días. Un anochecer más y no habría sido capaz de sobrevivir.

Me levanté y me senté a su lado. Al coger su mano y entrelazarla con la mía, me percaté de que estaba fría y húmeda por el pánico.

—¿Qué hay allí dentro, Leah?

—No son solo las condiciones, el frío, el hambre y la suciedad. Ni siquiera las ratas. Tampoco los castigos. Es la… maldad, Ziara. —Fue la primera vez que me llamó por mi nombre; sus ojos se anegaron de lágrimas y de algo oscuro, un dolor tan puro que traspasaba su cuerpo y me calaba los huesos—. En Torre de Cuervo quedan los restos de todos aquellos llenos de odio que lucharon contra los humanos. Hay bestias, hijas de la magia, que asustarían al más valiente. Y luego están las sombras de la noche. Los espíritus de los que murieron allí despiertan y se pasean por las celdas. Aún a veces puedo sentir su aliento en la nuca, cuando cierro los ojos.

Se estremeció y apreté su mano para darle consuelo. No sabía qué edad tenía Leah exactamente, ya que la esperanza de vida de su especie pasaba los doscientos años, lo que sí veía con claridad era que solo se trataba de una chiquilla. Una niña que ni siquiera había tomado partido en la guerra, sino que había pagado por las decisiones de su padre.

No era justo. Un rey que permitía que niñas, sin importar su raza, fuesen mutiladas y vivieran tales horrores no era un buen hombre. No me importaba si aquel pensamiento significaba traición, porque así lo sentía en lo más profundo de mi ser.

—Me alegro de que salieras de allí.

—Pagué un precio alto.

Lo había hecho. Leah había vendido su dignidad y sus principios a cambio de sobrevivir, aunque fuera sirviendo a aquellos que habían acabado prácticamente con su especie.

—¿Así que la única forma de salir es como lo hiciste tú?

Asintió.

—Eso si consideran que eres inofensivo. Sin mis alas, yo ya no soy nada.

Me odié por ocultarle lo que sabía, aquel pasadizo secreto que me había llevado hasta la mismísima torre, pero fingí que aquella conversación se debía solo a la curiosidad de una dama aburrida. A fin de cuentas, cuanto menos supiera, mejor. Jamás me habría perdonado poner a Leah en peligro.

—¿Un Hijo de la Luna, por ejemplo, lo haría?

Se echó a reír y sentí que volvía la Leah de siempre. Se levantó y a mí con ella, y comenzó a desabrocharme el camisón para prepararme para un nuevo día. Su sonrisa perenne me provocó unas intensas ganas de llorar.

—Qué cosas tiene, señora. ¡Ellos jamás harían algo así! Sería aceptar la derrota frente a Dowen. Antes, morirían con honra.

Me despedí de Leah con la promesa de vernos esa misma tarde para acicalarme de nuevo. Los reyes habían organizado un baile de gala al que toda la corte estaba obligada a acudir. En otras circunstancias, me habría parecido una experiencia maravillosa que descubrir y disfrutar, pero en ese momento ni siquiera me importaba. No podía pensar en nada que no fuera Arien, el relato de Leah y mis cavilaciones.

Comí en Patio de Batallas. No sé qué motivo se inventó Sonrah, pero me excusó frente a la reina y dediqué las siguientes horas a observar a aquellos hombres a los que había comenzado a apreciar. Incluso a sabiendas de lo que hacían a sus enemigos.

Finalmente había asumido que, como una moneda, todas las criaturas que existían tenían dos caras.

Fingí estar tranquila en su compañía, aunque estaba permanentemente alerta ante los sonidos de dolor que se escapaban de las inmediaciones de Torre de Cuervo. Me preguntaba sin parar si aquellos gemidos agónicos pertenecerían a Arien. La posibilidad de que así fuera me provocaba una culpa inmediata, pese a que no tuviera mucho sentido. No obstante, con su llamada, si no llegaba a actuar, me hacía partícipe de esas torturas.

A ratos pensaba que no le debía nada. Él me había protegido con anterioridad, era cierto, y siempre le estaría agradecida, pero nunca se lo había pedido; por otra parte, había atacado a aquellos hombres buenos que se estaban convirtiendo poco a poco en mi familia y los suyos habían acabado con la vida de Masrin. Todos ellos, sin duda, afirmarían que Arien se merecía sufrir.

Pensaba en Syla, en que Guimar murió también a manos de los Hijos de la Luna, y me dolía el corazón por ella. En los niños malditos de Asum, en cada viuda, huérfano y padre sin hijos. En todas las mujeres que habían fallecido de forma indiscriminada cuando se produjo el primer levantamiento tras el juicio de las Sibilas de la Luna. Todo por la magia.

Sin embargo, después pensaba en el mismo Arien, que me había llamado insensata una vez por salir de la Casa Verde y que me había salvado. En Leah y su versión de una historia en la que el enemigo me parecía el mismo rey al que yo debía lealtad. En Feila y los golpes de Deril marcados en su pálida y joven piel. En cada Novia torturada y violada a manos de los mismos hombres que habían prometido protegerlas. En Redka. Sobre todo, pensaba en Redka. En su honestidad, su nobleza, su sentido propio de la justicia. En su familia perdida, en todo lo que luchaba por que su pueblo encontrase paz, aunque por el camino tuviera que actuar con fiereza y mancharse las manos con la sangre de los asesinos de su gente.

En el cosquilleo incesante en mi vientre, que crecía y crecía a cada minuto al tenerlo cerca. En aquel presentimiento desconcertante de que, si yo permitía que Arien muriese, me convertiría en todos aquellos que con tanto ahínco juzgaba.

Paseé por el jardín. Lo hacía a menudo, pero esa tarde mis motivaciones eran otras. Llegué hasta la plantación de árboles de lluvia y jugueteé con sus hojas finas y alargadas. Eran unos ejemplares magníficos, de gruesos troncos con raíces enredadas y largos ramajes de hojas verdeazuladas. No eran típicos de Onize, pero esa era una muestra más de la opulencia de Dowen, que llenaba sus jardines de plantas exóticas mientras su pueblo sufría y pasaba hambre. Arranqué un puñado y volví sonriente con el manojo en las manos. Ni siquiera lo escondí. Nadie se fijó en mí, fue tan sencillo que me sentí un poco estúpida por el sudor nervioso que me empapó la espalda bajo el vestido. Al fin y al cabo, quién iba a desconfiar de una Novia del Nuevo Mundo recogiendo plantas. Éramos insignificantes cuando no se trataba de concebir vida.

Luego me colé en las cocinas. Les pedí una vasija de agua fresca para salir de nuevo a pasear bajo el maravilloso sol con el que los dioses nos habían bendecido aquella tarde. Me la entregaron sin rechistar.

En cuanto las campanadas que marcaban las horas dieron las siete en punto, me dirigí a los pasillos del día anterior. Cogí la vasija y escondí las ramas en mi escote. También había robado antes de irme unas onzas de chocolate y un cuchillo sin punta que me hacía sentir más segura. Me acerqué a mi cuarto y cogí mi vieja capa verde.

Antes de llegar a la bifurcación en la que siempre se encontraba el guardia, me crucé con Feila. Iba acompañada de una dama que no conocía, una joven de pelo rubio muy bella que parloteaba sin cesar sobre un conde que la había sacado a bailar en la última fiesta. El aburrimiento mortal de Feila era visible para quien la conociera bien. Ambas iban vestidas con tejidos brillantes y más elegantes que de costumbre. Pese a que estaba deslumbrante, yo percibía en ella la pena, el dolor y las marcas invisibles que escondía bajo la ropa.

—Ziara, ¿quieres acompañarnos? —dijo con fingida amabilidad—. Vamos a visitar la capilla.

—No, gracias. Voy a retirarme a leer un rato.

—Tú y tus libros —replicó con desdén.

Sonreí. De pronto, estaba realmente nerviosa. No lo demostraba, pero la mirada aguda de Feila me decía que ella sabía de mi inquietud. Era la misma mirada de cuando intuía que Maie y yo estábamos a punto de realizar alguna de nuestras travesuras. Además, razones tenía para pensarlo, ya que tanto mi dormitorio como la biblioteca estaban en el ala opuesta del castillo. Aquella zona contaba con una capilla, escritorios del consejo y salas de reunión cuyo desempeño desconocía. Tampoco pasé por alto que miró mi capa con suspicacia.

—Antes he de encontrar a mi sirvienta. Necesito unos zapatos que no me conviertan los pies en muñones y no me ha dejado calzado de cambio —solté la primera excusa que se me ocurrió al ver pasar a dos criados cargando ropajes.

—El servicio cada día está peor —aportó su acompañante.

Sonreí ante su impertinencia y seguimos por direcciones opuestas.

Cuando las vi desaparecer por la esquina, desanduve un par de metros y me colé por el mismo pasillo que me había descubierto tanto. Como Arien prometió, el guardia se había ausentado.

En aquella ocasión, recorrí los cientos de escalones más rápido. Tal vez porque el camino ya me era conocido, porque la preocupación por ser descubierta era más palpable o quizá porque cabía la posibilidad de arrepentirme de lo que estaba a punto de hacer. Un delito. Alta traición. Un motivo para acabar ejecutada públicamente.

Cuando la imagen de Redka apareció en mi mente, aumenté el ritmo.

Sin apenas darme cuenta, llegué al final. La luz se colaba por el pequeño agujero. Ni siquiera sentía el frío. Era tal la energía que me acompañaba que podía haberme desnudado y notar la calidez de mi piel.

Empujé la roca, esta vez sin cautela alguna, y me asomé al otro lado.

Tras lograr enfocar la vista y acostumbrarme a la penumbra, me encontré con un Arien aún más ensangrentado. Dos cortes profundos teñían de rojo su torso desnudo. Olía peor que el día anterior. Aquella visión resultaba grotesca.

—Ziara, estaba seguro de que vendrías.

Se le llenaron los ojos de lágrimas. Yo no sabía que los Hijos de la Luna pudieran llorar. Desconocía todo de ellos salvo lo malo que me habían enseñado. Solo un lado de la moneda. Solo lo que apuntaba a favor de los propios intereses de los hombres.

Comprendí lo acertado de mi decisión en el preciso instante en el que el alivio se apoderó de mí al no encontrarlo muerto. Acepté que nunca había existido otra posibilidad que la de regresar.

Saqué el agua y Arien boqueó con tal necesidad que no medité lo que estaba haciendo, solo actué. Acerqué la roca a él y me subí encima para llegar hasta su boca, ya que su cuerpo colgaba a un palmo del suelo. Le tendí la vasija y dejé caer el agua en sus labios, golpeándole los dientes y mojándole el mentón.

Cerró los ojos con gozo. En un momento dado, presionó los labios para que dejase de calmar su sed.

—Usa lo que queda para las muñecas, por favor.

No entendía a qué se refería, pero al fijarme en sus manos reparé en que los grilletes le habían provocado profundas llagas en las muñecas y los tobillos. No podía ni imaginarme el dolor que habría tenido que soportar.

Rasgué la parte inferior de mi vestido bajo sus atentos ojos. Usé la tela para humedecerla y con ella lavarle las heridas, mientras él se mordía los labios para no gritar.

Ya limpias, me señaló las ramas de árbol de lluvia que se asomaban por mi escote.

—Debes morder el tallo y usar la savia de dentro. Con ella, cubre la piel enferma. Frenará la infección.

Lo hice. Arien respiraba de forma entrecortada. Un silbido feo subía desde su pecho con cada bocanada.

—Tu respiración.

—Es la humedad.

Asentí. Lo extraño era que, en esas condiciones, aún estuviera vivo. Aquello era un tormento inigualable. Solo de pensar en que Redka estuviera implicado me entraban ganas de llorar.

—Mañana te traeré licor de botica.

Había aprendido en mis ratos con la curandera de la Casa Verde a tratar las afecciones respiratorias. No recordaba el nombre de los ingredientes, pero era capaz de reconocerlo rápido a simple vista por su textura y color.

—¿Eso significa que puedo contar contigo?

No contesté. En realidad, no hacían falta palabras para obtener respuesta. Allí estaba, ensuciándome las manos, traicionando a los míos, metiéndome de lleno en un juego del que desconocía las normas. Lo desconcertante era que me sentía bien.

Observé su sonrisa torcida. La sangre reseca le daba un aspecto de lo más tétrico. Después saqué la onza de chocolate y alcé el brazo para posarla en sus labios. Sus ojos se abrieron fascinados.

—¿Es…?

—Chocolate. Es lo único que he encontrado.

Un resoplido se escapó de su boca; una risa amable y una expresión dulce que me convencieron del todo de que había hecho lo correcto. De algún modo incomprensible, lo sabía. Mi cuerpo lo sabía. Asumiría las consecuencias si algún día se me juzgaba por ello, pero era incapaz de posicionarme en un bando que permitía aquel suplicio.

—Mañana busca algún objeto afilado. —Saqué mi cuchillo de mantequilla, sintiéndome un tanto idiota—. Chica lista, pero necesitamos algo más fuerte. Un pico o algo con lo que excavar piedra.

Abrí los ojos sorprendida por su petición, ya que por mucho que picara era imposible salir de aquel lugar, pero asentí y le prometí volver al día siguiente.

Antes de desaparecer por el agujero, lo oí:

—Gracias, chica roja.

Ya en el otro lado, sonreí.

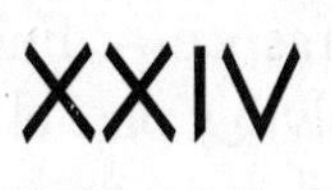

XXIV

Regresé a la habitación para cambiarme antes de la cena. Llevaba el vestido debajo, pero la capa había evitado que se me mancharan los faldones. La había dejado a la entrada del túnel para usarla de nuevo en la próxima ocasión.

Cuando entré, di un brinco, porque me encontré con Redka al otro lado. Estaba sentado frente al fuego y vestido como si fuera a asistir a un enlace.

Se levantó y se me cortó la respiración. Si ya imponía con su uniforme real, así resultaba embriagador. Llevaba unas calzas azules, iguales a las que había visto infinidad de veces a los caballeros, una camisa blanca y un chaleco marrón. Sus botas estaban relucientes. La espada descansaba en un rincón. Su piel bronceada destacaba sobre el claro tejido y se había recogido el pelo hacia atrás con una cinta.

Noté una presión extraña entre las costillas.

—¿Dónde estabas?

—Yo… he…

Me observó de arriba abajo con las cejas alzadas hasta descubrir el roto de mis faldones. Ante su reacción, dejé de soñar despierta y volví a la cruda realidad, esa en la que me movía a escondidas por los oscuros túneles secretos que ocultaba la gran fortaleza de Cathalian.

—¿Qué le ha pasado a tu vestido?

—Oh, eso. —Carraspeé—. Fui a ver a Thyanne. Uno de los caballos se revolvió y pisó el tejido.

Me encogí de hombros y arrugué la nariz en un gesto que esperaba que fuera casual y un tanto infantil. Redka no dio señales de desconfianza y conseguí relajarme, pese a mis latidos. Odiaba mentirle, aunque sentí satisfacción ante lo fácil que me había resultado.

—Debes cambiarte ya o llegaremos tarde.

—¿Adónde?

Sacudió la cabeza con incredulidad.

—¿Qué clase de dama se olvida de su primer baile real?

Abrí los ojos como platos y mi boca dejó un gemido en el aire. Redka sonrió con la sorpresa tiñendo su mirada y sin mostrarse enfadado por mi olvido. Casi parecía agradecido por cómo yo era. Un brillo especial destellaba en sus ojos verdes.

Entonces recordé el encontronazo con Feila y su amiga, ambas con sus mejores galas, y su recelo al verme deambular por los pasillos con mi atuendo de la mañana y mi vieja capa verde, cuando ya debía estar arreglándome. Pensé en Leah, que habría estado buscándome desesperada y recé por que aquello no le supusiera ningún castigo.

—Lo siento, he perdido la noción del tiempo.

—Tranquila, el Algier ha dejado tus prendas preparadas.

—Se llama Leah.

Redka sonrió ante esa defensa de la que ya consideraba una amiga y desapareció tras decirme que me esperaba al otro lado del pasillo. Tenía apenas unos minutos para acicalarme. Cuando repiquetearan las siguientes campanadas, debíamos estar ya dentro de la sala principal del castillo para que sus majestades fueran los últimos en entrar. Hacerlo después se consideraba una ofensa.

El vestido me aguardaba bajo una fina túnica blanca. Contuve un grito al admirar su belleza. Era de color rosa pálido, con pequeñas cuentas brillantes en los faldones de tul que asemejaban estrellas. Su manga llegaba al codo y los hombros quedaban ligeramente descubiertos. Lo acompañaba una fina diadema que brillaba con igual intensidad. Jamás me había imaginado cubierta por tales riquezas.

Cuando comenzaba a desabrocharme los botones de la espalda como podía, la puerta se abrió y Leah entró como un vendaval.

—Diantres, señora, ¿dónde se había metido?

Suspiré aliviada y le dediqué una mirada agradecida. Sin ella, hubiera sido incapaz de aparecer presentable.

—Leah, perdóname, no sé en qué estaba pensando.

—Yo tampoco. Ha estado a punto de darme un ataque.

—Lo siento. No volverá a suceder.

Su ceño fruncido se relajó un poco, pero siguió mostrándome su disconformidad mientras me desnudaba sin el menor reparo.

—Ya lo creo que no. Ya no tengo magia, pero, créame, no le gustaría enfrentarse a un Algier enfadado.

Apreté los labios para no reírme y ella tiró tan fuerte de la manga de mi vestido que me tropecé.

Tuve que admitir en voz alta que Leah era la mejor en sus tareas, con lo que conseguí que me perdonase del todo.

En apenas un suspiro me había vestido y peinado con maestría. Se había decantado por un recogido bajo del que se escapaban algunos de mis mechones descontrolados, ya que, según ella, le daba un toque travieso, juvenil y distintivo al lado de la seriedad con la que siempre vestían en la corte. Lo único que había tenido que hacer yo era mantenerme quieta y aguantar la respiración en el momento de cerrar la parte superior del vestido.

Al mirarme al espejo, ni siquiera me molestó la sensación asfixiante del corsé que Leah me había obligado a ponerme.

—Sería una tragedia ponerse este vestido sin corsé, señora. No me haga enfadar de nuevo.

No pude opinar nada más al respecto.

Mi imagen era… Ya no quedaba en ella nada de la niña que había salido de la Casa Verde. Asumí que, así vestida y si mis modales no me delataban, podía pasar por una verdadera dama de la corte. Una mujer acostumbrada a las comodidades y exquisiteces de un castillo. Una persona protegida tras esas murallas y ajena a los conflictos externos. Porque la guerra seguía y las familias pasaban hambre, mientras entre esas paredes iba a celebrarse una fiesta.

Decidí olvidar todas las injusticias que me producían un intenso pesar y disfrutar por unas horas de aquello que se me ofrecía. Ya pensaría en Arien más tarde y en todo lo que él implicaba.

Al salir, Redka me esperaba apoyado en la pared del pasillo. Su sonrisa repentina me cegó. Me ofreció su brazo y lo acepté, aún sin poder parar de observarlo según caminábamos hacia el baile.

—¿Qué te pasa? —pregunté con la voz un poco atropellada.

—¿Por qué?

—Pareces… ¿feliz?

Se rio. Mi confusión le hizo verdadera gracia, pero era una realidad desconcertante que se mostrara tan alegre. Estaba acostumbrada al Redka silencioso, al meditabundo, al furioso e incluso al salvaje y letal cuando estábamos con el ejército. A lo que aún no había tenido que enfrentarme era a una versión de él jovial y viva; tan viva que me asustaba.

—Hoy me siento afortunado. No solo estoy casado con la única mujer que prefiere esconderse en los establos a acudir a un baile real, sino también con la más guapa. —Me sonrojé y él susurró acercando la boca a mi oído—. Estás deslumbrante, Ziara.

Me temblaron las rodillas y un calor se asentó en la parte baja de mi estómago. Me sentía el cuerpo blando, como lava caliente que acaba por fundirse del todo.

Él se percató de mi rubor y me mordí el labio antes de encontrarme la voz.

—¿Ha sucedido algo que deba saber? ¿Has bebido alguna pócima de la felicidad? —bromeé—. Tu estado me inquieta.

Paró justo antes de atravesar los portalones principales y se giró hacia mí. Me emborraché con la complicidad que destilaban sus ojos.

—No. Solo quiero… —Chasqueó la lengua y rectificó—: Necesito olvidarme de todo por una noche.

Ya éramos dos. Me perdí en la vulnerabilidad que hallé en su mirada. Luego tragué saliva y recé a los dioses en mi cabeza por lograrlo junto a él.

—Que así sea.

La cena no se distinguió de las anteriores, al menos en lo que a manjares y compañía se refería. Sí que había caras nuevas, pero cortadas por el mismo patrón. Nobles y familias de posición aventajada que contaban con la simpatía del rey.

Ninguno me importaba. Exceptuando la presencia de Feila y a la alegre Leah, no había encontrado nada destacable en aquel mundo de lujo y ostentosidad. Nada que me mereciera la pena como para desear involucrarme en aquella vida.

No obstante, eso no significaba que no pudiera divertirme una noche. Me relajé tanto como para permitirme beber un poco de vino y me comí dos trozos de tarta. Redka, sentado a mi lado, sonreía de tanto en tanto al mirarme. Parecía complacido por mi renovada actitud. Y yo... Yo me dejaba mirar en un juego que no comprendía, pero que me moría por seguir sintiendo en mi propia piel.

Pese al cansancio por mis aventuras secretas, me sentía más despierta que en semanas.

Cuando el rey Dowen se levantó de la mesa, dando por finalizado el banquete, nos dirigimos al salón de baile. Observé maravillada la belleza que me rodeaba, las columnas con engranajes dorados tallados y rosas entrelazadas, las bandejas de bebidas repletas de copas con pedrería incrustada, la música envolvente que salía de un rincón en el que tres mujeres la creaban con sus manos.

—Son Hadas de Épalo.

—Diosa de la Música.

Redka asintió y yo me sentí fascinada por el arte que nacía de ellas. No contaban con instrumentos; no los necesitaban. Solo movían sus dedos en el aire, su cuerpo mecido en giros hipnóticos con los que creaban las melodías más hermosas que existían. Hasta me olvidé de que, si estaban allí, solo podía deberse a que eran esclavas como todos los demás.

El rey Dowen y la reina Issaen abrieron el baile. La sala permaneció en completo silencio mientras ellos giraban en el centro bajo la atenta mirada de todos sus súbditos. Me fijé en su postura y fui consciente de que, por muy expertos que fueran en dicho arte, apenas se rozaban más de lo requerido. Sus ojos se rechazaban. No había amor en ellos, quizá solo un profundo respeto, pero, sabiendo lo que sabía de Dowen, ni siquiera pondría la mano en el fuego por ello.

Cuando terminó la pieza y comenzó otra, las parejas se lanzaron a danzar a nuestro alrededor. Yo busqué con la mirada un asiento en el que descansar, pero de pronto me encontré con el cuerpo de Redka frente a mí y su mano extendida en una invitación inesperada que tambaleó mi mundo.

—Dijiste que nunca bailabas.

—Alguna vez tiene que ser la primera. Con quién mejor para compartirla que contigo. —Dudé. Sabía que no era un buen momento para distracciones; él comenzó a incomodarse, aunque se le escapó una sonrisa llena de picardía que me lanzó a sus brazos del todo—. ¿Vas a humillarme delante de los reyes de Cathalian?

—No. Claro que no.

Acepté su mano y posó la otra en mi cintura. Yo hice lo propio, colocando la mía en su hombro. Eran danzas clásicas que sí conocía. Hermine nos había enseñado bien los tipos en función de todas las zonas del reino. Pese a ello, nunca las había bailado con un hombre, y sustituir el cuerpo de Maie por el de Redka lo cambiaba todo.

Alcé el rostro y erguí la espalda. La inseguridad del principio, tras unos pocos pasos inestables, dio lugar a un compás propio en el que nos mecimos por la sala. Dejé de contener el aliento y percibí cómo todo lo que me rodeaba se disipaba, desaparecía, se convertía en humo y solo veía a Redka, bailando como si lo suyo fuera aquel arte y no la guerra. Un joven de ojos verdes que danzaba con una chica que lo miraba fascinada. Una pareja que había simulado ser feliz desde que sus vidas se habían cruzado y que, para sorpresa de los dos, en aquel instante sí lo eran.

Sonreí. Sonreí como nunca lo había hecho; mucho menos con él.

Su mirada estaba llena de emoción. Sus ojos brillaban mientras girábamos sin descanso. Yo era incapaz de apartar los míos, hipnotizada por esa fuerza que Redka transmitía. Esa intensidad sin medida que aquella noche no estaba destinada a la guerra o al dolor, sino a mí. Solo a mí.

El dulzor de su aliento me envolvía con cada respiración, el aroma de su piel, jabón, acero y algo tan terrenal que me encogía los dedos de los pies. Mis manos temblaban de ganas por tocar su pelo. Me sentía… extasiada. Dentro de una burbuja que daba vueltas sin parar al ritmo de la música y en la que solo cabíamos nosotros.

Sus labios, siempre tensos, se relajaban en sonrisas dulces que deseaba desdibujar con los míos.

Me separé ante aquel pensamiento y volví a clavar los pies en el suelo, con la excitante sensación de que volar debía parecerse demasiado a aquello que había experimentado.

—¿Estás bien?

Su mano apretó mi cintura y me estremecí.

—Sí.

—Pareces acalorada. ¿Quieres tomar el aire?

—Me encantaría.

Los jardines estaban en silencio, aunque de vez en cuando rompía la quietud alguna risa nerviosa de amantes escondidos entre sus setos. Caminamos despacio hacia los árboles de lluvia. Recordarme limpiando las heridas de Arien me crispó los nervios más aún. Redka percibía mi ansiedad, pero aguantaba paciente a que yo recuperase un poco la compostura que había perdido de repente.

No comprendía qué me había sucedido, o quizá me esforzaba por no entenderlo, pero allí bailando, entre sus brazos, por primera vez había deseado no salir de un lugar. Había anhelado permanecer de ese modo para siempre.

Llegamos a un banco bajo las hojas alargadas de aquellos árboles y nos sentamos. De sus puntas, caían gotas de agua que dibujaban a nuestro alrededor formas en la tierra. Frente a nosotros, la noche se cernía como un manto estrellado. La luna creciente nos rozaba el rostro. Yo aún sentía sus manos meciendo mi cuerpo; su calor despertando mi piel; la suavidad de su aliento.

—No quiero que temas hablar conmigo, Ziara.

Fui honesta, porque lo que menos quería era que Redka pensara que se había portado mal conmigo. Ya no tenía sentido ocultarle mi agradecimiento ni esa intimidad que había crecido entre nosotros.

—Te dije que no te tenía miedo y fui sincera.

—Tus ojos están llenos de interrogantes.

Y aquella afirmación rompió el dique que mantenía atadas las preguntas que no debía formular.

—¿Qué haces en Torre de Cuervo?

Chasqueó la lengua con decepción y se echó hacia atrás, como si mis palabras lo hubieran empujado.

—Eso no me lo esperaba.

—Yo tampoco.

Pese a que no era un tema que una esposa debiera sacar, y mucho menos él responder, meditó mi pregunta y Redka volvió a abrirse ante mí, como lo había hecho en Asum en otras ocasiones. Poco a poco, a su manera, me iba dejando entrar en quien de verdad era, en el interior de aquel hombre siempre rodeado de gente, aunque a la vez tan solo. Su confianza derribaba aún más mis defensas y, al mismo tiempo, aumentaba la carga que me pesaba sobre los hombros por los secretos que le ocultaba. Él compartía conmigo cada día un poco más y yo... Yo me guardaba muy dentro lo que iba descubriendo.

—Mi puesto como comandante genera responsabilidades. El rey dicta las órdenes y yo las cumplo. La guerra... La guerra supone dolor y muerte, Ziara.

—¿Qué sientes al levantar una espada o un látigo?

Cerré los ojos, porque los vi. Vi al Hombre de Viento, a Arien y a otros rostros desconocidos que habrían pasado por el juicio tortuoso del rey Dowen. Vi a Redka prestándole sus manos encallecidas, usándolas para levantar el látigo antes de arrancar piel, una daga antes de rasgar la carne. Y, cuando abrí los ojos, vi los suyos, sinceros y llenos de un dolor tan profundo que, pese al motivo que lo provocaba, contuve mis ganas de abrazarlo.

Redka parpadeó para alejarlo antes de clavar su mirada verde en mí y decir lo último que hubiese esperado.

—Miedo.

—¿Miedo?

—Siento asco y desprecio por mí mismo. Dolor. Tristeza. Pero, por encima de todo eso, percibo miedo, porque con cada prisionero, a cada herida infligida, me siento más vacío. Temo perderme a mí mismo un día. Me da pavor perder al hombre que fui y acabar siendo solo esto.

Digerí sus palabras. Me las guardé y la idea que ya se iba moldeando en mi cabeza de aquel hombre tomó forma del todo. Porque Redka había sido tan adoctrinado para luchar como yo para ser una Novia del Nuevo Mundo dentro de la Casa Verde. Ninguno conocía otro papel que el que nos habían impuesto dentro de un reino en guerra. Todos ocupábamos una posición en aquel juego y esa había sido la nuestra. Aquello no lo exculpaba, pero también me hacía verlo desde una perspectiva distinta.

Cogí su mano en un alarde de valentía y la entrelacé con la mía. Estaba caliente y su tacto me provocó un hormigueo instantáneo.

—Jamás sucedería, Redka.

Él observó nuestros dedos unos instantes que paladeé despacio antes de regalarme una expresión más ingenua y esperanzada que ninguna. Se había convertido en un niño perdido en el mundo que le había tocado. Había bajado la guardia conmigo; por mí. De pronto, fui consciente de que a mi lado ya no estaba el guerrero, sino solo el hombre. Desnudo. Vulnerable. Único como ninguno.

La intimidad de aquel gesto me abrumó.

—¿Cómo estás tan segura, Ziara?

Le sonreí y sentí que algo entre nosotros cambiaba. Algo invisible que nos unía y que era tan bonito como nada que hubiera compartido con nadie. Tragué saliva y respondí con el corazón en la garganta pidiendo paso para alcanzar el suyo.

—Porque, cuando te miro, solo veo todo lo que eres cuando estás con tus hombres, con tu pueblo, con Syla o con Thyanne. Lo que veo cuando estás conmigo.

Sus ojos se nublaron. Su mano apretó la mía. La noche estaba preciosa y olía a flores y frutas silvestres. El verano se adentraba con sigilo, recordándonos que ya llevábamos juntos toda una estación. Una pareja pasó corriendo delante de nosotros y se escondió detrás de unos setos, dejando tras su estela el eco de su deseo. Me pregunté si sería un anhelo real o uno impuesto por el encantamiento.

Redka respiró con profundidad. Pensé que era la primera vez que lo hacía desde que habíamos entrado en aquel castillo. Mis palabras parecían haberlo librado de un peso que cargaba desde hacía demasiado tiempo. Luego levantó nuestras manos unidas y dejó un beso suave en la mía. Vi la luna reflejada en sus ojos y mis latidos se aceleraron.

—Gracias, Ziara.

Volvimos juntos a los aposentos. Redka me había ofrecido su brazo por el camino y yo lo había aceptado gustosa. Me costaba discernir si era mayor la necesidad de tocarlo o de que me tocase él. Flotaba por los pasillos, ebria de sensaciones desconocidas que no quería dejar de experimentar.

Cuando entramos, nos recibió el calor del hogar encendido. Solté su brazo y noté una nostalgia inesperada.

—¿Ha cumplido las expectativas tu primer baile real?

—No tenía muchas, así que… —bromeé.

Su risa llenó cada rincón de la estancia hasta ser incapaz de ver nada que no fuera él. Él, con su valentía, tanto en la lucha como en esas batallas que libraba en su interior; con sus cuidados, sus gestos, sus detalles hacia mí; con sus luces y sombras, con su parte buena y con otra más cuestionable que también le pertenecía.

En aquel momento acepté que, si Redka resultaba tan fascinante, no era solo por sus virtudes, sino también por sus defectos. Todas sus vivencias lo habían moldeado hasta convertirlo en el hombre encantador que me observaba con los ojos brillantes y una media sonrisa de lo más sugerente. El hombre por el que mi corazón latía.

—Ha sido una gran noche para mí, Ziara.

—Para mí también.

Se acercó y presentí que sucedería antes de que él levantara la mano y la posara en mi mejilla.

Me estremecí ante su tacto.

Lo ansiaba. Lo deseaba tanto que me costaba soportarlo.

Y supe que algo cambiaría a partir de esa noche entre nosotros.

Las palabras sobraban.

Las miradas hablaban según acariciaban los rasgos del otro.

Sus dedos rozaron mi rostro.

Contuve el aliento.

Notaba que me apretaba el corsé. El corazón me pedía espacio. Sentía que podría estallarme dentro del pecho, convertirse en mil motas de polvo y adherirse a su cuerpo para nunca abandonarlo.

¿Sería aquello amor? ¿Podría acaso haber algo mejor en el mundo que la sensación de su piel encontrándose con la mía?

Las yemas ásperas de Redka recorrieron el contorno de mis labios.

Cerré los ojos.

Su mano apartó un mechón de pelo que me hacía cosquillas en el cuello.

Y, en ese instante exacto en el que me buscaba la voz para suplicarle que no cesara de tocarme, algo en él se hizo pedazos.

Abrí los ojos y me enfrenté a los suyos temerosos; observaban el colgante, que se había salido de mi escote y deslizado hasta sus dedos, con tal desesperación que su fuerza me impulsó hacia atrás.

—¿De dónde has sacado esto?

Algo espeso y molesto creció entre nosotros. No sabía lo que era, pero sí que no estaba bien. La expresión de Redka era una totalmente desconocida. Una mezcla de miedo, odio, recelo, rechazo. Un sinfín de emociones que, ni cuando nos habíamos conocido, habían tenido cabida en él si se trataba de mí.

Me puse a la defensiva y decidí mentirle sin tener motivos aparentes para hacerlo; las palabras de Hermine resonaron en mi mente y despertaron un instinto de supervivencia que mandaba en mí y que fui incapaz de refrenar.

—Debes llevarlo, pero intenta que pase desapercibido. Solo te pido que lo protejas. Es un amuleto y, mientras lo hagas, él te protegerá a ti.

Lo apreté dentro de mi puño con fuerza y volví a esconderlo en mi escote. De repente, el fino hilo apenas visible se asemejaba más a una pesada cadena que me asfixiaba por momentos.

—Me lo encontré.

—¿Dónde?

—En las caballerizas.

Fue lo primero que se me ocurrió.

No obstante, por cómo se ensombreció la mirada de Redka, advertí que mis palabras le sonaron a mentira.

Redka se había excusado de forma repentina para ir a Patio de Batallas con sus hombres. Ambos supimos que había huido. De mí, de nuestro acercamiento, de secretos que aún se alzaban entre nosotros y nos distanciaban, de ese collar cuyo significado desconocía pero que había supuesto un muro para él.

¿Qué había sucedido? ¿Cómo era posible que algo tan intenso como lo que flotaba entre nosotros pudiera convertirse en algo tan dañino en apenas segundos? ¿Y por qué había sido mi joya la que lo había provocado?

Pese a todo, no me arrepentía de haberle ocultado que aquel colgante había sido un regalo de Hermine. Un amuleto, me había dicho, y los amuletos se protegían.

Intenté desvestirme, pero aquel vestido era tan bonito como enrevesado y me parecía tarde como para pedir ayuda a Leah, así que desistí y me acosté con él. Además, me apetecía estar sola y meditar sobre lo acontecido.

Rememoré el día transcurrido. Habían pasado tantas cosas que me parecía el recuerdo de una semana entera. Al pensar en mi encuentro con Arien, recordé su petición y me levanté de un salto. No comprendía cómo no se me había ocurrido antes, ni siquiera al mostrar mi sandez alzando frente al prisionero de la Luna un cuchillo de mantequilla.

Abrí el armario y rebusqué entre mis pocas pertenencias hasta dar con él. No había llegado a sacarlo de allí, ya que no me había parecido sensato llevarlo dentro de la corte. Las damas no portaban dagas. Aunque por fin apreciaba que habérmelo quedado tenía sentido. Lo escondí de nuevo, con la tranquilidad de que al día siguiente no iba a verme obligada a robar un arma, una tarea más complicada que colarme en una cocina.

Dormí intranquila, no tanto por la huida de Redka ni por mi relación con Arien, sino más por aún sentir cosquillas en las zonas del cuerpo que habían rozado los dedos del comandante.

XXV

Me desperté por el dolor del corsé clavado en las costillas. A plena luz del día el vestido no me parecía tan deslumbrante. Observándome frente al espejo, con el pelo revuelto y las ojeras marcadas, el color rosa me parecía demasiado apagado y hacía que mi piel resultara de la palidez de un espectro. Quizá aquel cambio se debía al cansancio acumulado o al peso de las preocupaciones; o, tal vez, el encanto que envolvía a la noche había desaparecido, dejando a su paso la incomodidad de los últimos instantes con Redka.

Acaricié el colgante con dos dedos y lo oculté de nuevo entre mis pechos. En ocasiones, lo sentía llamarme, me recordaba de alguna forma que no comprendía que estaba ahí, atado a mi cuello, casi como si tuviera un latido que solo yo podía percibir. Notaba el fino hilo de plata pegado a mi piel, como si se mimetizara con ella y formara tan parte de mí como mis órganos y mis venas.

Leah apareció poco después y se rio al ver mi pelo enredado y mi rostro mortecino.

—Intuyo que el baile fue memorable, señora.

Sonreí. No quería hablar de ello. Principalmente, porque no sabía cómo hacerlo sin explicarle a Leah mis dudas y lo que se despertaba en mí al pensar en lo compartido con Redka. Sí, había sido memorable, aunque no tenía del todo claro si para bien o para mal, teniendo en cuenta cómo había terminado la noche.

Tenía ganas de verlo, pese a que, a la vez, sabía que lo mejor era marcar las distancias hasta que yo pudiera ponerle punto final a mis asuntos con Arien y Feila. Me afectaba ocultarle algo tan grande cuando él siempre se había esforzado por ser franco conmigo, incluso cuando se trataba de temas que no debía compartir.

Y luego estaba lo otro…

Casi me había besado. Lo había sentido. Jamás habría creído que un beso pudiera notarse antes de que sucediese. Una caricia invisible que te avisa de lo grandioso que el momento va a ser. Pero, para mi consternación, se había quedado solo en eso. En un espejismo con el que soñar con los ojos abiertos y el corazón desbocado.

No obstante, el cosquilleo que había provocado en mí no se había evaporado ni con las horas de descanso. Se había quedado enredado en mis tripas y apenas me dejaba respirar sin notar la ausencia de su dueño.

Ya cambiada, decidí buscarlo. No sabía qué iba a decirle, pero necesitaba saber si se encontraba bien después de no haberlo visto desde la madrugada. Eso y mirarlo a los ojos y comprobar por mí misma si ese brillo que había despertado al estar conmigo el día anterior se había apagado.

Me aventuré por el ala noroeste del primer piso. Sabía que allí se encontraban los despachos en los que se reunían los comandantes o los terratenientes para discutir con el rey asuntos económicos e incluso pasaban por allí comerciantes con la intención de negociar suministros para la corte. Era una parte del castillo similar a donde se ubicaban los dormitorios, pero su decoración era más regia y el aroma de las flores había sido sustituido por el de la tinta y el papel.

Pregunté a uno de los guardias si había visto al comandante de Ziatak y me señaló un pasillo que se abría a mi derecha. En cuanto pasé la segunda puerta, lo oí. Al principio solo fue un ruido seco, el de un cuerpo chocando con la pared, pero enseguida los gemidos cobraron nitidez en mis oídos.

—No te muevas.

Me asomé con cautela y con mis sentidos alerta. Aquella voz me era familiar, pero entre susurros no lograba asociarla con nadie. Uno de esos presentimientos que me activaban de vez en cuando hizo acto de presencia y noté que se me erizaba la piel. Si el peligro y el miedo se podían sentir, en ese momento me rodeaban con tanta intensidad que me costaba respirar.

Lo más sensato era alejarme, pero algo tiraba de mí y me decía que no lo hiciera. Di dos pasos, siguiendo los jadeos, hasta encontrarme con una de las puertas de los despachos entreabierta. A través de ella pude ver una imagen que me dejó sin aire.

—No, por favor…

Feila estaba arrinconada tras una mesa. Su falda se levantaba lo suficiente para divisar sus calzas bajadas, dejando al aire la pálida piel de sus muslos. Una tez salpicada de marcas oscuras. Sobre su cuerpo, el del duque de Rankok se movía con fiereza.

—Te lo suplico, Deril. Aquí no. Podrían vernos.

Su voz no era más que un quejido ronco. Él le sujetaba las manos con tanta fuerza que supe que nuevas señales decorarían en horas sus muñecas. Feila se mordía el labio con saña y sus ojos brillaban por las lágrimas no derramadas.

—Eres mi esposa, puedo hacer lo que me plazca y cuando me plazca.

—No, por favor...

Metió la mano entre sus piernas y Feila gritó, aunque el sonido se ahogó bajo los gruesos dedos del duque.

El corazón se me subió a la garganta.

Mi mirada borrosa dejó de contemplar horrorizada esa imagen cuando sentí una presencia caminando por el pasillo y la voz de Redka a lo lejos. Podía pedir auxilio. Solo tenía que correr y buscar ayuda que salvara a Feila de aquel infierno. Sin embargo, en el fondo de mi ser, sabía que mis esfuerzos solo servirían para que el hombre saliera ileso y la situación de ella empeorara.

—Niñata estúpida.

El sonido del golpe me dejó sin respiración. Quería hacer algo, actuar, entrar en aquel despacho y clavarle una daga en su estómago flácido y tosco, pero no podía. Así que vislumbré horrorizada cómo el puño de Deril sacudía el pecho de Feila.

Después, el silencio.

La resignación.

La libertad es relativa.

Me prometí que haría todo lo que estuviera en mi mano para sacarla de aquella vida.

Los observé una última vez. Las caderas de Deril se mecían adelante y atrás, con las calzas bajadas lo suficiente para lograr su objetivo. Feila no lloró. Solo cerró los ojos, recibiendo el primer impacto con entereza y cada embestida con una indiferencia que me ponía los pelos de punta. Admiré eso de ella, el que no le mostrara el miedo que recorría su piel en ese instante, el que no lo dejara ganar del único modo que podía.

Salí en dirección a la familiar voz de Redka.

En cuanto me vio, supo que algo ocurría.

—Ziara, ¿estás bien? ¿Qué estás haciendo aquí?

Le sonreí, fingiendo una calma exagerada. Haber sido testigo de lo que Feila sufría se agitaba en mi interior sin cesar y me hacía valorar una vez más lo que tenía con Redka. Lo afortunada que había sido y el poco valor que le había otorgado a ese hecho. Anhelé que no fuera tarde para recuperarlo.

—Quería verte. Necesitaba verte.

Tragó saliva con fuerza y no me pasó desapercibida la mirada que dirigió a la cadena que sobresalía por el borde de mi escote.

Me señaló una puerta y nos colamos en la intimidad de una sala llena de libros.

—Tú dirás.

Continuaba sin saber qué decirle. Las palabras me sobraban cuando lo tenía delante. No obstante, sentir sus ojos sobre mi piel me recordó lo que ya intuía desde hacía tiempo y no había sido capaz de aceptar hasta entonces. Supe que Redka ya era parte de la Ziara en la que me estaba convirtiendo. Supe que no quería perderlo.

—Es un amuleto. Me lo regaló Hermine al marcharme.

Abrió los ojos sorprendido por mi revelación y no hizo falta que le dijera a qué me refería. Su expresión se oscureció levemente. Percibí que algo en él se cerraba, que, con esas pocas palabras, una parte de él se escondía ante mí. Se giró unos segundos y su mirada se perdió en el ventanal.

—Me mentiste.

—Sí. Lo siento. ¿Por qué tienes tú uno igual?

—¿Disculpa? —Aquello lo pilló desprevenido.

—En tu morral. Lo vi dentro en los primeros días en el campamento.

Tensó la mandíbula y una incomodidad desagradable se instauró entre nosotros. Se apartó el pelo de la cara y suspiró. Parecía exhausto.

—Tu curiosidad acabará por meterte en problemas.

—No has respondido a mi pregunta.

Clavó sus ojos en mí; en mi pelo, en mi boca, en mi cuello. Me estudió como había hecho yo miles de veces con los cuadros que me encontraba por los pasillos del castillo, como miraba obnubilada los libros de la gran biblioteca, como contemplaría alguien a una persona de la que debe despedirse.

Así lo sentí. Lejos. Mucho más lejos con las siguientes seis palabras que pronunció:

—Me lo encontré. En las caballerizas.

La misma mentira que yo le había contado la noche anterior. Después se giró y se marchó de allí, dejándome sola y con una sensación de lo más angustiante en el cuerpo.

Había comido en el salón principal rodeada de todas esas personas llenas de claroscuros y secretos. Había asumido que todos los tenían, incluida yo.

Feila se servía verduras asadas con la tranquilidad de quien no esconde nada, pese a que yo veía las marcas del odio y la sumisión latir en su piel cada vez que respiraba.

Después de la escena que había presenciado, mi percepción sobre ella había cambiado. Veía una Feila rota, vulnerable, débil; aunque a la vez nunca había creído conocer a nadie más fuerte; una mujer increíblemente valiente por defenderse, incluso cuando sabía que contra Deril jamás podría vencer.

No podía evitar que se me agriara la expresión cada vez que el duque abría la boca o sus ojos se cruzaban con los míos. Siempre me había considerado una persona pacífica y justa, pero, tras lo acontecido, me creí capaz de matarlo con mis propias manos. De algún modo, sentí en mi piel lo que significaba la sed de venganza; la misma que tantas veces había juzgado en otros y que me hacía igual de humana que a todos ellos.

Me fijaba sin cesar en las miradas que Dowen dedicaba a sus siervos; lo que en un principio me había parecido simple arrogancia, de pronto, se me mostraba como un inmenso despotismo que agrandaba el desprecio que me provocaba de manera instintiva.

Los movimientos delicados de la reina ponían un punto sereno a la estampa, pese a que yo temía que su silencio no fuese más que otra muestra de aceptación, o quizá de cobardía, de esa cruda realidad en la que todos vivíamos.

Y luego estaba Redka.

Su mentira me había dolido.

No había sido solo eso, sino el hecho de que quisiera que yo supiese que fingía. Aquella intimidad que había crecido entre nosotros se había agrietado.

Quizá, la habíamos roto en pedazos para siempre.

Me sentía rodeada de hipocresía, crueldad y dolor.

Me sentía ajena a ese mundo que se me presentaba como el mío.

Me sentía lejos de la vida que habían escogido para mí.

Cuando regresé a mis aposentos, llamé a Leah. Necesitaba una cara amiga para templar mis nervios. En cuanto la vi, sonreí. Dejé que me cepillase el pelo y me hiciera una de sus perfectas y prietas trenzas. Su tacto me recordaba a los dedos de Maie tirando de los míos para internarnos en el bosque. Hacía siglos que nadie me tocaba con esa familiaridad.

Recordé a Redka, nuestras manos entrelazadas, sus nudillos rozando mi mejilla.

Parpadeé para alejar las sensaciones y la imagen se difuminó para dar paso a otra: la de una celda oscura y maloliente.

Tosí.

—¿Se encuentra bien, señora?

—Ayer salí al jardín después del baile. Creo que me confié y me enfrié.

—Iré a la botica.

—Gracias, Leah.

Asumí de una vez por todas que mentir resultaba mucho más sencillo que decir la verdad. Así era para todos. También, que había tomado una decisión sin apenas cuestionarme las consecuencias; una para la que ya no había vuelta atrás.

Me despedí de ella después de que se ausentara y volviese con un pequeño tarro de cristal con la medicina. Cogí el cuchillo del armario y me lo guardé en mi bota, y me marché con seguridad.

Según recorría los pasillos, me sentía otra. Sin duda, no era la chica que había salido de la Casa Verde. Tampoco la que había vivido en Asum mientras descubría retazos de ese mundo para el que me habían mantenido oculta. Mucho menos la que había entrado por primera vez a aquella fortaleza.

Cada instante allí dentro había sido determinante para que eso que ya tomaba fuerza en mi interior cambiase para siempre.

Oí su voz antes de verlo.

—Ziara de Asum, qué agradable sorpresa.

Me giré y me topé con el mismísimo rey Dowen acompañado por dos de los guardias que siempre lo escoltaban.

—Majestad.

Hice una reverencia y él asintió con ese gesto altivo que había llegado a ver forzado.

—¿Te diviertes?

Sus palabras me provocaron un sonrojo instantáneo. No parecían guardar intenciones ocultas, pero lo que menos necesitaba en aquel momento, teniendo en cuenta adónde me dirigía, era tener una conversación con el hombre más poderoso de Cathalian. Un hombre que, para colmo, me incomodaba y al que mi presencia no le agradaba demasiado.

—Sí, majestad. La vida en la corte es magnífica.

—Siempre he deseado lo mejor para los míos.

—Eso le honra.

Me esforcé por mostrarme comedida, pero sin apartar los ojos de los suyos. No podía haber nada peor que revelar miedo. Ya había aprendido con Hermine que miedo sentían los que tenían algo que esconder.

—¿Y tú? ¿Tú qué deseas para los tuyos?

FrunPrincipal el ceño. Su pregunta sí que escondía otros significados que no esperaba. Me erguí y le contesté fingiendo una inocencia que ya había desaparecido en mí hacía tiempo.

—No sé a qué se refiere. Lamento mi ignorancia, majestad.

—Redka es uno de mis mejores hombres.

—Es el mejor hombre que he conocido.

Sonrió. Yo reparé en que había sido brutalmente honesta, ni siquiera había tenido que meditar mi réplica. También en que quizá sí había algo peor que mostrarle que el miedo: el desafío que llameaba en mis ojos. Parpadeé para apartarlo y le dediqué una expresión inocente.

—Eso me tranquiliza. No hay nada peor que un hombre enamorado fuera de control.

Aparté la vista confundida y repentinamente avergonzada. Sus palabras fueron dagas que agitaron algo muy dentro de mí. Tan dentro que comencé a sentir que la respiración se me aceleraba.

—No creo que exista nada capaz de apartar al comandante de Ziatak de su misión.

—Lo sé, su lealtad es férrea, pero el amor logra vulnerar al más fuerte.

Amor. El rey estaba hablando de amor. De Redka. De mí. De un «nosotros» visto desde fuera.

Oculté en las mangas el temblor de mis manos.

No debía apreciar mis dudas.

No debía exponerle mis debilidades.

Torcí el rostro con delicadeza y le sonreí con una veneración que no sentía por él.

—Entonces, quizá deberíamos dar gracias a los dioses por haber unido nuestro destino.

Dowen soltó una carcajada y su mirada se perdió en los ventanales. Tal vez lo hizo en algún otro lugar muy lejos de allí. En recuerdos desconocidos que transmitían nostalgia.

De algún modo, con mis palabras y la picardía implícita, conseguí que su desconfianza desapareciera.

—Estás en lo cierto, Ziara de Asum. De haberte cruzado con él en otra vida, no sé qué habría sido de mi ejército.

Se marchó y yo cogí aire antes de continuar mi camino; antes de dirigirme a una puerta secreta que me alejaba cada vez más de ese destino que todos se esforzaban en marcarme a fuego.

XXVI

Sus ojos grises eran dos estrellas en la oscuridad de la prisión.

—Ziara…

—Hola, Arien.

Sonreí ante el alivio de su voz, aún deslizándome por el hueco. La capa verde estaba tan sucia que parecía marrón. Me la había puesto al colarme en el pasadizo y, por primera vez desde que descubrí que su utilidad para con la magia era nula, me había sentido poderosa con ella. Resultaba irónico que aquel inservible trozo de tela hubiera acabado nada menos que sirviendo para ayudar a un Hijo Prohibido.

Cuando me acostumbré a la penumbra de la celda, comprobé asombrada que el estado de Arien era mucho mejor que el de la tarde anterior. Las heridas de sus muñecas y tobillos seguían hinchadas y rojizas, pero ya no tenían ese aspecto enfermizo que denotaba afección. Incluso el olor, pese a los inevitables excrementos que lo rodeaban, parecía ser menos intenso. Los cortes de su torso desnudo seguían negruzcos por la sangre reseca y había uno nuevo en su costado izquierdo, pero se trataba de heridas superficiales. Su rostro estaba más entero, más altivo.

Sin duda, el agua y la medicina natural habían obrado su efecto. Incluso me atrevería a decir que su cuerpo se había fortalecido. No era nada que se apreciara a simple vista, pero percibía una nueva energía renacida bajo su piel. Quizá porque no se trataba solo de una cuestión física, sino que se notaba a la legua que su mirada era más astuta, más afilada; sus sentidos volvían a estar alerta sin apenas esfuerzo y esa belleza innata que siempre acompañaba a los de su raza comenzaba a relucir incluso bajo la mugre.

—¿Qué tal el baile? ¿Lo pasaste bien?

Como había sucedido desde el principio, sus comentarios y su cordialidad me descolocaban.

—¿Cómo sabes lo del baile?

—Aquí se oyen cosas. Los guardias tienen la boca muy grande.

—No estuvo mal. —Dudé al decirlo. Recordar los momentos de intimidad con Redka me provocaba un cosquilleo incontrolable.

Arien sonrió con malicia, como si supiera mucho más de lo que debía. Quizá así fuese; ni siquiera podía atisbar todavía los poderes que poseía. Sin embargo, no quería pensar en todo lo que dejaba atrás cada vez que me colaba por el túnel y me acercaba al enemigo. No deseaba recordarme que con cada paso me alejaba más de quien debía ser y me acercaba a lo desconocido. No podía permitirme pensar en Redka sin que la sensación de que lo estaba traicionando me azotara con fuerza. Pese a ello, ya había aceptado que no hacer lo que me pedía el corazón significaría traicionarme a mí misma.

—¿Qué me has traído? —La pregunta de Arien me hizo abandonar el curso de mis pensamientos. Cogí el cuchillo de la bota y sus ojos se abrieron llenos de esperanza.

—¿Servirá?

—Ya lo creo que sí. ¿De dónde lo has sacado?

Dudé, pero lo agarré con firmeza y tomé de una vez por todas el control de mis decisiones. Las mías, no las de otros.

—Fue un regalo.

—¿Es tuyo?

Pensé en Redka y Thyanne y asentí.

—Ahora sí.

Se mostró verdaderamente complacido y comenzó a tirar de las argollas de sus brazos con energía. Parecía más lleno de vida a cada segundo que pasaba.

—Bien, quiero que coloques la roca en esa esquina y que te subas a ella. —Observé aquella zona oscura, sucia y maloliente, y arrugué el gesto, asqueada—. Siento el desorden, no esperaba visita. —Refunfuñé ante su sarcasmo y moví la piedra siguiendo sus órdenes—. Un palmo a tu derecha hay una pequeña abertura entre piedras. ¿La ves? —No podía diferenciar las marcas en la oscuridad, así que me apoyé en el muro, intentando no pensar en la suciedad que lo cubría todo, en las telas de araña que se enredaron en mis dedos ni en el sonido de una rata correteando por el suelo—. Pálpala con los dedos. —Lo hice y enseguida aprecié un pequeño hueco del tamaño de mi uña más blando que el resto—. Así, muy bien. Ahora clava el cuchillo y escarba, por favor.

Sentí una extraña satisfacción cuando comprobé por mí misma que podía hacerlo. Empuñé la daga y comencé a desprender la piedra. Estaba lo bastante suelta como para que resultase sencillo; además, la humedad en esa ocasión me beneficiaba.

Apenas percibía el frío, pese al vaho que se escapaba de mis labios. Apenas sentía nada que no fuera la certeza de que tenía que continuar y de que estaba haciendo, a mi juicio, lo correcto.

No obstante, fruncí el ceño, porque seguía sin comprender las intenciones de Arien y adónde nos llevaba que yo consiguiera llegar al otro lado. Solo contábamos con un cuchillo y mis pequeñas manos.

—Dime que no pretendes salir por este agujero.

Me reí y él me acompañó. Ni siquiera medité sobre por qué no me resultaba extraño relacionarme de ese modo con él ni por qué, a su lado, me sentía tan cómoda, tan confiada. Quizá la magia que nos rodeaba y aportaba ligereza a la roca me sedaba, igual que había sucedido en el ataque de la llanura. Tal vez, por mucho que Dowen luchase contra ella, esta era mucho más imparable de lo que creíamos.

Arien continuó riendo, antes de hablar y desestabilizar mi mundo del todo.

—No, voy a salir por el tuyo. Esta noche. Contigo.

Perdí el equilibrio y me caí de la roca.

A Maie y a mí nos gustaba hacer travesuras. Hasta donde me alcanzaba la memoria nos veía a las dos ocultándonos detrás de las cortinas de la Casa Verde para asustar a las demás. A los ocho años nos encantaba robar dulces de las cocinas, azúcar que después quemábamos poniéndolo al sol bajo un vaso hasta que el calor formaba pequeñas cuentas que saborear bajo la lengua. Una vez pusimos cantos puntiagudos en la butaca de Hermine; estuvimos castigadas una semana limpiando los aseos, aunque seguía pensando que las llagas de las manos habían merecido la pena. A los doce inventábamos historias de terror en la oscuridad de los dormitorios que hacían a las demás esconderse bajo las sábanas. Tétricos cuentos en los que los Hijos Prohibidos eran los protagonistas que nos secuestraban y se hacían collares con nuestros dientes. Nuestro afán de aventura acabó por llevarnos cerca del muro, lo suficiente como para descubrir un agujero que nos abría la puerta a ese mundo del que con tanto ahínco se nos protegía. Un agujero que me llevó directa a aquel ser de sonrisa cínica y mirada pícara al que, aún sin saber por qué, estaba ayudando a escapar de la prisión más peligrosa que conocía.

Era una locura. Una auténtica estupidez y un suicidio. De intentarlo siquiera, ambos estaríamos muertos en cuanto pisáramos el suelo del castillo. Porque, aunque consiguiéramos llegar a la puerta secreta que yo había encontrado, ¿cómo podría salir de aquella ciudadela inmensa sin ser visto y ejecutado? ¿Sin que me condenaran a mí por alta traición?

Recuperé la compostura y abrí la boca para poner voz a mis pensamientos, pero fui incapaz de pronunciar palabra. Él les dio forma por mí:

—Ziara, antes o después, llegaría el momento. Lo sabes. Si no, no me habrías ayudado. ¿O me mantenías con vida para que las torturas se prolongasen en el tiempo?

Tragué el nudo que subió por mi garganta y negué con la cabeza. Ambos sabíamos que ese no era el motivo. Yo había decidido salvarlo. Quizá por devolverle el favor que él me hizo o por otras razones que me costaba entender, pero lo que no había asumido conscientemente era que el objetivo final sería sacarlo de allí. Yo no tenía que formar parte de su plan. Ya me había involucrado lo suficiente.

Sin embargo, mi pregunta fue otra que aumentó el brillo de plata de sus ojos rasgados.

—¿Y por qué hoy? ¿Qué tiene de especial esta noche?

Arien sonrió y señaló con la mirada el pequeño agujero que estaba atravesando el muro gracias al cuchillo.

—Termina eso y lo descubrirás tú misma.

Lo observé unos segundos con desconfianza. Me estaba cansando de tantos secretos, pero las ganas de saber crecían hasta burbujearme en la base del estómago. Luego pensé en Maie y sentí su fuerza diciéndome que sí.

Volví a concentrarme en la tarea.

Unos minutos después, con las uñas llenas de tierra y el escozor que me había provocado que la piel se me levantara en algunas zonas, empecé a atisbar la claridad. No era más que un centímetro libre de obstáculos, pero lo bastante grande para que un rayo de luz se colase a través de él.

A mi espalda, Arien gimió al verlo.

—Ya es suficiente, Ziara. Apártate, por favor.

Bajé de un salto de la piedra y lo vi. El haz de luz entraba en la celda y chocaba con el cuerpo de Arien. Luz de luna. Luz que se convirtió en energía pura ante mis ojos. En magia plateada que se extendió al momento por toda la mazmorra, como una explosión de destellos de plata que me cegó.

El cuerpo de Arien se contorsionaba según acogía aquella descarga. Sus brazos y piernas se estiraban como si estuviera recibiendo latigazos. Los músculos de su cuerpo se tensaban. Sus venas sobresalían y brillaban azuladas sobre la pálida piel. Su expresión afligida se convirtió en sosiego, en una paz tal que me hizo creer que había calmado la única sed que de verdad le importaba.

Cerró los ojos durante unos instantes eternos. Apenas respiraba. Solo un hilillo de aliento movía levemente su pecho.

Cualquiera habría creído que estaba muerto, pero no se trataba de eso.

No estaba feneciendo.

Estaba renaciendo.

Yo no me moví. Estaba tan fascinada por lo que había presenciado que ni siquiera pensaba en la posibilidad de que alguien abriera la celda y me encontrara a sus pies. Mi respiración hacía eco en aquel calabozo en el que la magia aún flotaba en suaves virutas de polvo.

De pronto, Arien echó la cabeza hacia atrás y su cuerpo se tensó como si hubiera recibido una sacudida. Entonces el metal que lo apresaba se rompió en mil pedazos. Tuve que ocultarme bajo mis brazos para que ningún fragmento me dañase la cara.

Cuando los aparté, lo vi frente a mí, de pie, con los puños apretados y expresión firme, tan poderoso como la más majestuosa de las criaturas.

Antes de percatarme de las primeras pisadas que se acercaban, ambos miramos la rendija que había abierto; se había agrandado hasta formar un boquete por el que cabía un cuerpo. A través de él, observamos fascinados el esplendor absoluto de la luna llena.

Ahí brillaba el motivo de que hubiera escogido esa noche para recuperar su libertad.

Nos colamos por la entrada secreta con el tiempo justo para que Arien moviera la piedra hasta su sitio original y dar la impresión de que no existía. Oímos los gritos de alerta de dos soldados alarmados por el hecho de que el Hijo de la Luna se había escapado, no sabían cómo, por el hueco formado en la pared.

—Idiotas —dijo Arien, y sacudió la cabeza antes de correr escaleras abajo.

Yo también pensé que lo eran al pensar que podría escapar por un agujero que llevaba al cielo, ya que se encontraba en la parte más alta de la torre, pero, al fin y al cabo, ellos no conocían otra salida que aquella puerta que estaba sellada y vigilada, y su enemigo contaba con la ayuda de la magia. Cualquier posibilidad que se pasara por su mente tenía cabida.

Durante el trayecto, apenas hablamos. Solo al llegar al comienzo del túnel, Arien me dijo que su magia había sido anulada al no poder ver la luna durante tantos días, pero que la poca que le quedaba la había destinado a llamar telepáticamente al soldado del otro lado para que yo pudiera salir y entrar sin vigilancia.

—¿Y adónde lo llevabas?

—A las letrinas de Patio de Batallas.

Tuve que morderme los labios para no reírme al imaginarme a aquel soldado vagando hasta unas letrinas apestosas antes de preguntarse qué demonios estaba haciendo allí.

—¿Y cómo sabías que había una salida secreta?

—La magia llama a la magia, Ziara.

Fruncí el ceño. Estaba harta de sorpresas y acertijos.

—¿Qué demonios significa eso?

Él sonrió.

—Sentí la magia en la celda. Me costó descubrir de dónde provenía, pero cuando lo hice supe que era posible escapar.

—¿Por qué un rey permitiría un escape en una prisión?

Arien torció los labios en una mueca.

—Uno tan déspota como para creer que esa crueldad un día pueda ponerse en su contra y acabar siendo víctima de sus propios castigos.

Tragué saliva y decidí continuar en silencio antes de descubrir más razones que dieran sentido a mi traición.

Pisar suelo seco a su lado debería haberme parecido extraño, pero no lo fue. Me sentía llena de una energía desconocida. Como si cada paso que daba lo hiciera en una dirección que mi cuerpo y mi corazón deseaban alcanzar. Ni siquiera reflexionaba sobre el hecho de que iba en compañía de un Hijo de la Luna, los seres de los que más nos habían protegido y los mayores enemigos de los hombres. Los mismos que habían asesinado a los míos y que me habían obligado a convertirme en quien era: una Novia del Nuevo Mundo. Observaba a Arien, caminando delante de mí con confianza, vigilando que mis pasos fueran seguros y tendiéndome la mano ante el más mínimo tropiezo, y me resultaba imposible verlo como la bestia atroz que siempre me habían enseñado que eran. Solo vestía un pantalón harapiento y su cuerpo estaba cubierto de heridas, pero después de su baño de luna daba la imagen de un guerrero preparado para luchar con la elegancia de un noble.

Antes de internarnos en los pasillos, me pidió mi capa y se la puso sobre los hombros. Su verde había desaparecido bajo la tierra y el polvo. De forma simbólica, sentí que yo lo hacía con ella. Se colocó la capucha y cogió el primer candil que encontró nada más atravesar la puerta secreta. Visto desde atrás, parecía uno de los monjes que vigilaban las capillas y que siempre vestían con túnicas oscuras.

—Muy astuto.

Se encogió de hombros.

—No engañaría a nadie, pero nos da tiempo. —Sacudí la cabeza y dejé escapar una risa entre dientes—. ¿Qué pasa?

—Una capa de protección protegiendo a un Hijo de la Luna.

Me parecía estar dentro de un sueño.

—Pues sí que tiene gracia. —Sonreímos con complicidad—. Llévame a la biblioteca, por favor.

Asentí y me dirigí hacia la derecha. No pude evitar recrearme en su voz dulce y educada. Parecía tan sereno que esa calma se me pegaba como por arte de magia. Alcé las cejas pensando, una vez más, que quizá se trataba de eso. Arien transmitía algo hipnótico cuando estabas a su lado. El miedo desaparecía. Las dudas no parecían tener cabida. La pregunta se me resbaló entre los dientes:

—Fuiste tú. Tú me drogaste en la llanura.

Se mostró divertido ante mi explicación.

—¿A qué viene eso ahora?

Porque aquello sí tenía sentido. Me había evitado sufrir una vez con Maie, y otra segunda. ¿Qué motivos tendría para no hacerlo ante una batalla?

—Respóndeme.

Giró el rostro y lo supe antes de que sus palabras me lo confirmaran.

—No son drogas. Las drogas son malas, Ziara. —Puse los ojos en blanco y tiré de su brazo. Al tocarlo, noté el calor y la energía viva que su piel desprendía—. Pedí que la magia de la Luna te cubriera para que no sufrieras. Nadie sabe lo que se puede ver o sentir en un combate. Pretendía evitarte el dolor. Y, bueno, también acercarte a mí, aunque ese caballo etenio lo evitó. Estábamos tan cerca…

Parpadeé conmocionada, porque eso era lo que había ocurrido. Me había decepcionado a mí misma por haberme alejado de la batalla tanto como mis sentidos abotargados me permitieron, creyendo que había sido presa de un ataque de pánico, sintiéndome débil y vulnerable. En cambio, la realidad era que la magia había decidido por mí. Me había protegido de mis propios miedos y emociones.

Pese a tener que estarle agradecida, una fuerza inesperada surgió de mi interior.

—Jamás vuelvas a decidir por mí.

Arien asintió con comprensión por todo lo que esa petición significaba estando en mi situación y leí una disculpa en sus ojos que acepté en silencio.

Nos cruzamos con dos damas que lo miraron de arriba abajo, pero estaban tan centradas en su aspecto harapiento que no llegaron a fijarse en su rostro. De hacerlo, su mirada plateada nos hubiera delatado.

—No comprendo el sentido de esas plegarias. Los dioses no son más benevolentes con los que no usan jabón —susurró una lo bastante alto para que lo oyéramos con claridad. Luego se rieron y Arien hizo lo propio con picardía.

—Jamás había visto tanta crueldad como en las bocas de este castillo —me sinceré.

—Las peores guerras no suceden en el campo de batalla, Ziara.

Tenía razón. Yo había sido testigo de unas cuantas en la elegancia de un banquete real o en un baile de gala.

Conseguimos llegar sin incidentes a la biblioteca. A esa hora nunca había gente, lo había comprobado por mí misma las tardes perdidas entre novelas de aventuras y amor. Quedaba muy poco para la cena, así que la corte estaría o bien dirigiéndose al comedor, como aquellas damas, o terminando de acicalarse en sus aposentos. Me seguía dejando pasmada que se pudiera vivir en una burbuja allí dentro, olvidándose, entre bebidas dulces y bailes, de la guerra que se seguía librando fuera. Había llegado a la conclusión de que debía de ser sencillo cuando eran otros los que peleaban las batallas mientras se lanzaban las órdenes desde la comodidad y la seguridad de una fortaleza. Entonces me di cuenta de otro detalle que había pasado por alto.

—No hay guardias.

—Han dado la voz de alarma.

Asumí lo que aquello significaba. Estarían buscándolo y ni en un millón de años lo harían en el eje central de la corte, en sus pasillos, entre sus gentes. Tuve que admitir que sería más fácil pasearme con él por allí que hacerlo en las inmediaciones del castillo.

El silencio de aquella inmensa estancia nos recibió. Me encantaba la soledad escogida, el olor de los libros, el sonido del pasar de sus hojas. Entre tantas riquezas, para mí, era la única que de verdad poseía un valor incalculable.

Arien fui directo a uno de los pasillos. Él nunca había estado allí, era imposible, pero parecía conocer el camino que pisaba a la perfección.

—¿Qué más hiciste con ese soldado?

—No quieras saberlo.

Nos adentramos a una parte más abandonada en un rincón de la zona oeste. El polvo cubría cada estante y los candiles estaban apagados y cubiertos de telarañas. Allí Arien empujó una estantería como si pesara lo mismo que una pluma. Tras ella, el papel de la pared se levantaba en algunas partes. Más aún en un punto estratégico en el que apoyó el cuerpo y el muro cedió. No mucho, lo justo para que ambos cupiéramos y nos encontráramos en el interior de otro pasadizo.

—Por aquí llegamos a uno de los cobertizos de los jardines.

El túnel se parecía al anterior, aunque no parecía tan poco transitado como el que llevaba hasta Torre de Cuervo. En él se veían restos de pisadas y algunas armas guardaban polvo en un rincón. Arien me explicó que había manipulado la mente del soldado para contar allí con provisiones para cuando llegara el momento de salir. Cargó en su hombro con un arco y se colocó un cinturón del que colgaba una espada perteneciente a la guardia real. También se echó al cuello un pequeño morral con algo de comida y agua.

Yo lo miré con confusión.

—¿Para qué necesitas las armas?

Había sido capaz de romper las argollas de hierro que lo sujetaban y de hacer vagar a un pobre guardia durante días como si fuera una marioneta. Yo los había visto luchar con mis propios ojos. ¿De qué le iba a servir una triste espada?

Él chasqueó la lengua y su mirada se oscureció.

—Estoy lejos de casa y débil. La magia lo es en estos tiempos. Quién sabe lo que puedo necesitar por el camino.

El pasadizo empezó a hacerse cada vez más pequeño y estrecho, hasta que tocamos el techo con la cabeza y tuvimos que agacharnos para continuar. Al llegar al extremo, me di cuenta de que era el momento de acabar con todo aquello. Las campanadas que apuntaban las horas me dijeron que eran las ocho y que la cena estaba a punto de comenzar. Ya llegaba tarde y tendría que excusarme por el retraso, una ofensa hacia sus majestades con la que debería lidiar.

Arien abrió con cautela un tablón de madera en el tejadillo del pasillo y se impulsó hacia arriba para salir al exterior. Tendió su mano para ayudarme.

Como me había dicho, estábamos en los cobertizos de herramientas que usaban los esclavos destinados al cuidado de los jardines. Parecía mentira que aquel secreto bajo tierra uniera puntos tan dispares como la gran biblioteca y un almacén. No podía ni imaginarme cuántos pasadizos ocultos existirían en la fortaleza. Tampoco quiénes los conocerían ni para qué los utilizarían.

Arien echó a andar hacia la parte más alejada de los jardines traseros, igual de cuidados que el grandioso laberinto delantero, aunque menos impresionantes. En ellos, era habitual ver pasear a la reina por las mañanas junto con las damas de su entorno más cercano. Siempre me había dado la sensación de que eran sus favoritos, pese a su sencillez comparándolos con los otros, que parecían responder a la necesidad del rey de mostrar su riqueza y poder a todo aquel que llegase al castillo.

Lo vi avanzar, pero no me moví.

—¿Por qué frenas? Aún debemos atravesar la muralla. Es la parte más complicada.

Cogí aire y hablé con voz temblorosa, porque, pese a que sabía lo que debía hacer a continuación, una extraña sensación similar al pesar me acompañó.

—Ya he hecho todo lo que he podido, Arien. Debo volver.

Él me miró con los ojos de plata abiertos de par en par. Creí ver en ellos una tormenta de destellos.

—Pero, Ziara, ¿aún no te has dado cuenta?

—¿De qué?

—Esto no solo se trata de mí. Tú vienes conmigo.

Di un paso atrás y apreté los puños. Mi corazón se aceleró. Una esperanza desconocida se despertó en mi interior. Eso y un nuevo temor ante la perspectiva de sus palabras, dudas arremolinadas en mi cabeza buscando una certeza que nunca alcanzaba del todo, la sensación incesante de no saber a quién debía lealtad o si acaso quería tener alguien a quien jurarla que no fuese a mí misma. Y una confianza innata hacia ese ser que no tenía sentido, pero que tiraba de mí como si un hilo invisible me empujara en su dirección.

—¿Qué? ¿Por qué? ¿Adónde voy a ir yo contigo?

Su rostro se arrugó y sacudió la cabeza, decepcionado por mi falta de entendimiento.

—Pensé que... ¿No te has preguntado qué hacíamos esperándoos en la llanura?

—Una ofensiva. Eso es lo que hacíais.

Recordé el ataque. La tierra levantándose a nuestro alrededor bajo el ruido de las espadas. Hombres cayendo de sus caballos. Masrin desapareciendo en una nube de polvo para encontrarlo después muerto. Los gritos. Thyanne cabalgando y la sensación de que mi mente se abotargaba, hechizada, yendo lejos de allí.

Entonces se me repitieron sus palabras de un rato antes, cuando lo había recriminado por usar magia para adormilarme en la batalla.

—Pretendía evitarte el dolor. Y, bueno, también acercarte a mí, aunque ese caballo etenio lo evitó. Estábamos tan cerca...

Creí comprenderlo antes de que él pusiera voz a aquellos pensamientos.

—No fue un ataque al ejército de Ziatak, Ziara. Los mercenarios de la Luna te buscábamos a ti. Si no fuera por ese caballo, no estaríamos aquí.

Recordé el primer día que lo vi. Solo fue un tornado de plata que se llevó consigo al Hombre Sauce. También rememoré cuando le puse rostro y voz. Entonces, su mano había marcado la piel de mi cuello. Reviví las veces en las que había sentido el recuerdo de sus dedos, esas ocasiones que me hacían pensar en alucinaciones pero que percibía con una realidad que me abrumaba. Me recreé en esa impertinencia que siempre había chocado con la mía, advirtiéndome de los peligros que corría al salir de la zona protegida. Y, de pronto, vi con claridad esa nueva señal que me decía que él estaba siempre ahí, aguardando para ayudarme, para cuidarme, llamándome de modos desconocidos, aunque pusiera su propia vida en riesgo por el camino.

Noté una sacudida al asimilar otra verdad repentinamente clara en mi cabeza. El Hombre de Viento que había muerto por mi culpa no deseaba cazarme para hacerme daño, su intención había sido la de entregarme a sus aliados a cambio de un precio. Viva.

Todo me daba vueltas sin parar.

—¿Por qué? ¿Qué tengo para que no dejes de salvarme?

—Tendrás que venir conmigo para averiguarlo.

Arien me tendió la mano. Su sonrisa era tierna, calmada y sincera. Las espirales de sus ojos me hipnotizaron. Dirigí la mirada en su dirección, atrapada por la necesidad de descubrir, de saber qué era tan especial para que un Hijo Prohibido se saltara las normas y hubiera sido apresado intentando liberarme a mí de mi propio destino.

Iba a marcharme. Lo sabía. Sentía en lo más profundo de mi ser que todos los pasos que había dado me habían llevado hasta aquel momento. Percibía que esa sensación de no encajar del todo en ningún lugar se debía a que aún no había descubierto lo que la vida reservaba para mí. Arien me estaba ofreciendo la posibilidad de seguir averiguando quién era, pero, entonces, cuando mis dedos rozaron los suyos, la vi. La imagen de su pequeño cuerpo atrapado bajo otro se me mostró con tal claridad que hasta oí sus jadeos. Las marcas en su piel. El dolor.

Cerré los ojos y aparté los dedos.

—Ziara, ¿qué ocurre? Tu destino no es este y lo sabes. Lo sientes.

Arien me había leído a la perfección, pero había algo más. Algo de lo que nunca podría escapar.

Pensé en ella. En su mirada fría, sus desaires, sus chantajes. Habíamos compartido tanto… Luego recordé sus ojos vacíos, su aspecto gris, los golpes que escondía, su tristeza, su desesperanza.

No significaba nada para mí el trato que había hecho con Feila, no era mi palabra la que me movía a actuar, pero sí que me importaba su vida. No podía soportar que acabaran con ella. Me lo había prometido al ser testigo de aquel terrible y violento encuentro con Deril en los despachos.

—Yo… necesito volver un instante.

—No tenemos tiempo.

Tragué saliva y medité las opciones. Ella debía de estar a punto de entrar en el comedor. Si corría, podría encontrarla apenas en unos minutos. La convencería para que me siguiera y la mantendría a salvo. Lejos del duque. Hasta que encontrase la paz. Redka me había dicho que la magia traía consecuencias si te separabas de tu persona destinada, pero las asumiríamos y ya actuaríamos llegado el momento.

Decidí en aquel instante que sacaría a Feila del castillo, aunque eso solo sumara nuevas razones para huir.

—Por favor, iré, pero tengo que hacer algo antes. Yo… realicé una promesa, Arien.

Observó mis ojos y lo que vio en ellos fue suficiente para entrar de nuevo en el pasadizo.

XXVII

Corrí hacia la parte delantera bordeando el castillo y la encontré subiendo las escaleras de la entrada. Iba del brazo de aquella muchacha maleducada y charlatana con la que la había visto un día. Me acerqué a ellas con decisión, limpiándome antes como pude la tierra que aún teñía mis manos en los faldones del vestido.

—Feila, querida, ¿puedes acompañarme un momento? Necesito ayuda en el tocador.

Parpadeó un par de veces, confundida, antes de dedicar una media sonrisa a su amiga y disculparse. Ella ni siquiera se inmutó y desapareció en el interior del brazo de otra mujer a la que saludó con aparente afecto. En cuanto estuvimos fuera de su alcance, la cogí por el brazo y la guie hasta un lateral donde podíamos mantenernos escondidas de ojos curiosos.

—¿Qué demonios quieres? Vamos a retrasarnos. Deril me castigará esta noche —susurró con nerviosismo.

Sus palabras me dieron las fuerzas que me faltaban para aceptar que aquello era lo correcto. Era nuestra única opción y no pensaba desaprovecharla.

—Feila, escúchame. Necesito que vengas conmigo y que no hagas preguntas.

—Debemos entrar. Esto ya no es un juego de niñas en el que escaparte a hacer travesuras.

—No se trata de eso.

—Ziara, no...

Fue a alejarse, pero agarré su mano con fuerza y la giré con una determinación que la asustó. Entonces dije aquello que sabía que captaría su atención.

—Hicimos un trato, Feila.

Con ella no importaban las verdaderas razones que me habían empujado a hacerlo; con personas como Feila las emociones se relegaban a un segundo plano, pero la palabra de uno sí que tenía valor.

Bastó esa revelación llena de intenciones para que lo comprendiera y me siguiera sin rechistar.

Cuando llegamos al cobertizo, la así del codo y la obligué a frenar.

No la había tocado tanto en toda mi vida, pero lo que iba a mostrarle a continuación era tan importante como para que sintiera mi cercanía. Aquello lo cambiaría todo, para bien o para mal.

—Antes de seguir adelante con esto, debes confiar en mí.

—Lo dices como si fuera sencillo —me reprochó.

—Hablo en serio, voy a cumplir mi parte, pero debes saber que nunca te pondría en peligro deliberadamente. Si estoy haciendo esto es porque sé que es seguro y nuestra única salida.

Porque la posibilidad de que entrara en pánico al ver a Arien o me delatara sobrevolaba en mi cabeza.

Terminó por asentir y yo me recreé en un alivio momentáneo.

—Confío en ti.

Cogí aire y golpeé un par de veces la entrada al pasadizo.

—Ya puedes salir.

La tapa se abrió y Arien apareció de un salto ligero. Yo no aparté los ojos de Feila, que dio un paso atrás, pero no por el miedo, sino más bien por una sorpresa entendible. Pese a todo lo que había vivido ya, o quizá por ello, mostraba una osadía casi animal.

—Por la Madre Tierra. Es un…

—Arien. Ese es mi nombre.

Él le tendió la mano de forma educada, pero ella no se movió. Solo lo observó. Torció la cabeza y lo estudió a conciencia. Luego hizo lo mismo conmigo, alternando la mirada entre los dos, como si fuéramos un acertijo que no lograba descifrar. Asumí que así sería a ojos de cualquiera. Una Novia destinada a un comandante real y un Hijo de la Luna apresado por intentar matar a su ejército.

—Feila, tenemos que irnos ya.

Finalmente, aceptó la presencia de Arien y dejó de estudiarlo para centrarse en mí. En sus ojos vi una fuerza que hasta aquel instante había estado apagada.

—De acuerdo. Si muero, que sea por mi propia estupidez, no por las decisiones de otros.

Recorrimos el trayecto hasta las caballerizas traseras en completo silencio. Me sorprendió que resultara tan sencillo. Arien parecía seguir un plan estudiado con el aplomo del que sabe que no tiene pérdida. Feila y yo lo acompañábamos calladas, aunque sin dejar de observar a nuestro alrededor ante el mínimo signo de movimiento o vida. Nos cruzamos con dos hombres del servicio que dejaron caer lo que cargaban al vernos, pero un destello de los ojos de Arien les hizo continuar su camino. El plan era inteligente: la corte estaría ya reunida en el comedor, pese a que se preguntarían por nuestra ausencia. La amiga de Feila, sin saberlo, nos servía como un testigo, dándonos tiempo para no alertar a los demás.

De pronto, se me erizó el vello de la nuca. Me giré y vi grupos de soldados de la guardia saliendo del castillo en todas las direcciones. Habían tardado en dar muestras de alarma, seguramente intentando asumir que Arien se había desvanecido de su celda y evitando que cundiera el pánico entre el séquito sin necesidad. A pesar de lo que eso suponía para nosotros, también nos ayudaría a que nuestra ausencia en el comedor no destacara más que la de los comandantes. Posiblemente, hasta los reyes estuvieran resguardados en zona segura por si aquella huida pudiera suponer un atentado contra su vida.

—A las caballerizas, rápido.

Nos colamos en los establos de la zona este; por el aspecto cuidado y la majestuosidad de aquellos ejemplares, se trataba de los de la familia real. Sentí una tristeza infinita por Thyanne. Si me marchaba de allí, cabía la posibilidad de no volver a verlo y no me había despedido.

Pensé en Redka y la boca me supo amarga.

Nos escondimos tras unos sacos de heno. Feila respiraba con dificultad, no estábamos acostumbradas a carreras como esa, mucho menos con vestido y zapatos como los que llevaba ella. Las joyas que adornaban su pelo resplandecían en nuestro escondite improvisado. Yo agradecí haberme puesto un vestido modesto y mis botas con la idea de volver más deprisa de la mazmorra de Arien, aunque jamás imaginé que aquella noche fuéramos a escapar de allí. Él seguía medio desnudo bajo mi capa. No me pasó desapercibida la mirada de Feila al caer en la cuenta de que se trataba de mi capa verde.

El ruido de los soldados se acercaba.

—¿Qué sucede? —pregunté, sintiendo mi respiración errática.

—Este no era el plan.

Comenzamos a vernos rodeados de hombres. Sus sombras se distinguían a través de las paredes del cobertizo. Los caballos parecían nerviosos ante tales movimientos, como si ellos también sintieran que algo estaba a punto de suceder.

Feila estaba pálida y le temblaba la mano. No obstante, disimulaba bien, con una entereza que me resultaba admirable.

—Arien, ¿qué hacemos ahora?

Él entrecerró los ojos y meditó unos segundos eternos, en los que oí el sonido de la guardia, caballos trotando, el acero de las espadas saliendo de sus cinturones.

—Usa tus poderes. Como con aquellos criados —le ordenó Feila, pero él negó con la cabeza.

—Puedo hacerlo con dos de ellos, tres a lo sumo, pero son demasiados.

—Algo podrás hacer, sois muy poderosos. —Mi voz era una súplica. Más aun después de que Arien me hubiera confiado que se encontraba débil.

—No… No hay salida. Estamos rodeados. Teníamos el tiempo justo. —Me miró de reojo y supe que ir en busca de Feila lo había estropeado todo—. Puedo luchar, pero no os servirá de mucho llegar a la muralla sin mí. Además, aún no me siento fuerte y ellos son demasiados.

Arien abrió y cerró sus puños. Pese a su apariencia, se notaba que le faltaba parte de esa energía que yo había sentido en él subidos a aquel árbol. Parecía haber pasado una eternidad desde aquel día.

Fue entonces cuando la puerta chirrió. Él cubrió nuestros cuerpos con el suyo en un gesto de protección y esperamos el final que acabaría con los tres juzgados por alta traición. Quizá podríamos alegar secuestro, inventarnos cualquier excusa creíble para justificar nuestra presencia junto a Arien, pero, en el fondo, no estaba dispuesta a seguir fingiendo. Como Feila había dicho, si aquello acababa con nosotras en una tumba sería por nuestra propia estupidez y no por las decisiones de otros.

Era lo único que quedaba que no nos convertía en muñecas en sus manos.

Feila cerró los ojos y relajó su respiración. Yo hice lo mismo observándola a ella. Sin ser consciente de mi gesto, apreté su mano y, con la otra, agarré con fuerza el amuleto de mi cuello.

El alboroto del exterior menguó, como si su atención se hubiera desviado unos metros.

Sin embargo, dentro de aquel establo, unas botas hacían crujir las hojas y la tierra, por mucho que su dueño fuera silencioso.

Arien endureció su contacto, para que no nos moviéramos. Su posición era de ataque, incluso con nosotras de rodillas bajo su torso. El brillo de su piel comenzó a centellear, como si algo de otro mundo estuviera a punto de explotar contra un objetivo. Sus ojos brillaban sin cesar. La plata se desprendía de él en forma de polvo apenas visible que Feila y yo respiramos.

Se movió un palmo hacia su izquierda y se posicionó para saltar sobre aquel hombre en cuanto este girase hacia la caballeriza de al lado y le diera la espalda. Solo era un hombre, que, incluso con un Hijo Prohibido torturado y bajo mínimos, no tendría la menor posibilidad de sobrevivir.

Sentí un escalofrío. Surgió de mi nuca y aceleró mis latidos. Me tensé.

¿Y si…? ¿Y si yo conocía a aquel hombre?

Uno de mis presentimientos se activó y lo supe.

La familiaridad de esa cadencia de pasos me despertó.

Me zafé de la protección de Arien y asomé el rostro entre los bloques de heno lo justo para ver una bota, un pantalón y un cinturón de cuero que conocía bien.

Justo cuando el brazo de Arien se apoyaba en el suelo para darse impulso y saltar sobre aquel soldado, me coloqué delante y lancé un grito ahogado.

—¡No!

Redka reaccionó únicamente un segundo antes de que el acero tocara mi garganta.

Al verme, tiró la espada al suelo y trastabilló.

—¿Ziara? ¿Qué...? ¿Qué estás haciendo aquí? ¡Por los dioses!

Su cuerpo se convirtió en hierro al percibir la presencia de cuyo ataque lo había protegido. Su atención se centró en el cuerpo que se encontraba a mi espalda. De mí al Hijo de la Luna, que seguía tenso, pero que había aceptado mis deseos y no había atacado a Redka. De haberlo deseado, posicionarme entre ambos no habría servido de nada. Las preguntas nublaron sus ojos verdes. Las dudas. El miedo. La ira que despertaba inmediata al tener cerca a uno de sus enemigos.

—Si le tocas un solo pelo, dedicaré mi vida a hacer la tuya pedazos. —Su voz profunda me estremeció. No era la del Redka que conocía; pero sí la del comandante que había provocado heridas en el ser mágico al que desafiaba solo con una mirada.

¿Qué vería Arien al tener a Redka, el mismo hombre cuyas manos estaban manchadas con su propia sangre, delante y sin cadenas de por medio? ¿Qué sentiría el comandante al descubrir la razón de que hubiéramos enterrado a Masrin a mi lado? ¿Qué significaría para ambos el hecho de que yo me encontrase en un puente invisible que cruzaba sus vidas más allá del territorio de guerra?

Redka me observó cauto, intentando comprender qué era lo que estaba sucediendo, pero supe que una parte de él, por muchas explicaciones que le diera, nunca lo entendería. Era más complejo de lo que parecía a simple vista. Más allá de combates, odios y venganzas.

Recogió la espada del suelo y su mano volvió a posicionarse en la empuñadura. Alerta. Siempre alerta y dispuesto a matar para proteger a los suyos.

Su mirada era una mezcla de temor, decepción y rechazo.

Las emociones que recorrían mi cuerpo se transformaron en una tristeza tan honda que temblé.

A mi espalda, percibí la rigidez de Arien. Su predisposición para atacar ante la más mínima duda que yo le mostrara o ante un nimio gesto del soldado que supusiera una amenaza. Como un reflejo instintivo de la imagen que a su vez manifestaba el comandante. Dos caras de la misma moneda que no se parecían en absoluto, pero que, a la vez, luchaban por un fin similar.

Ambos, víctima y verdugo.

Ambos, unidos a mis emociones de un modo inexplicable.

Supe que, de no ser por mi presencia, ya se habrían enzarzado en una refriega. Reparé en aquel instante en lo que Redka y Arien compartían: un respeto profundo por mí. No tenía sentido, no encontraba razones que lo explicaran, pero acataban mis deseos sin cuestionárselos y eso me daba un poder del que, hasta entonces, no había sido consciente.

Ante la tensión que seguía aumentando a cada segundo, Feila dejó de esconderse y se mostró ante Redka. Al verla, frunció el ceño. Parecía cada vez más perdido y no podía culparlo. Todo en lo que había creído y confiado se hacía pedazos delante de sus ojos.

Di unos pasos hacia él. El Hijo de la Luna seguía cada uno de nuestros movimientos desde la distancia, pero con la suficiente prudencia como para saber que mataría a Redka en un segundo si yo así lo dispusiera.

Me centré en el hombre desolado que tenía enfrente. Me habría gustado admirar su rostro al detalle, memorizar no solo la devastación que transmitía en ese instante, sino también las arrugas que rodeaban sus ojos y que me recordaban a cómo se marcaban cuando se reía. Su boca torcida cuando intentaba ocultar que yo le despertaba sonrisas. No obstante, apenas teníamos tiempo para nada que no fuese la decepción que yo le acababa de provocar.

—Ziara…

Mi nombre fue un susurro ronco y roto. La mirada se me empañó y dije la única verdad que se me mostraba con absoluta certeza.

—Tengo que alejarla de él.

Redka reparó de nuevo en Feila, que se abrazaba a sí misma, y cerró los puños al recordar lo que sabía del duque de Rankok. Su expresión se suavizó y, en ese momento, se me encogió el corazón al sentir su comprensión, su rabia y un respeto por mí que creí haber perdido cuando descubrió el collar de mi cuello y decidió, a su vez, mentirme.

—Se merece algo mejor —afirmó con honestidad.

—Yo…

—Haz lo que tengas que hacer.

Luego clavó los ojos en su prisionero, esforzándose por controlar su furia y por entender qué sentido tenía su presencia en aquel asunto.

Tragué saliva y confesé. Lo que menos pretendía era que algún soldado fuese juzgado por la huida de Arien. Si había que culpar a alguien de lo sucedido, que fuera mi nombre el que se pronunciase.

Además, estaba harta de secretos. Redka no los merecía.

—Él se viene con nosotras.

—¿Por qué?

—Yo lo he soltado. No quiero que se culpe a nadie de mis pecados.

Mis palabras impactaron en él igual que un golpe dado por la espalda. Sin embargo, no me amilané, sino que me erguí con toda la determinación que fui capaz de reunir.

—Ziara, por los dioses. ¿Por qué ibas a hacer algo así?

—Puede que no me creas, pero le debía la vida.

Percibí un cambio en su expresión. Noté que me contemplaba de un modo nuevo. Como si de pronto fuese consciente de que yo no era quien había convivido con él hasta entonces. No sabía qué veía exactamente, pero sí supe que era algo que, de algún modo desconcertante, yo aún desconocía. En aquel instante entendí que Redka sabía mucho más de lo que me había hecho creer. Más aún cuando sus ojos revolotearon por encima del collar que latía bajo mi vestido.

—Esto es alta traición. Lo sabes bien.

Lo sabía, aunque no tenía muy claro a quién estaba traicionando, si a un rey en el que no creía o al propio Redka.

—La libertad lo vale.

—¿La tuya, la de Feila o la suya?

—Aún no lo sé.

Porque lo cierto era que todo había ocurrido tan rápido que me costaba discernir el motivo real de mis decisiones. Seguía sin la certeza de si mi huida era para salvar a

Feila de las torturas de Deril, cumplir una promesa, devolverle el favor a Arien por su protección en el pasado o por mí. Solo por mí. Y, para averiguarlo, debía marcharme. Lo vi tan claro que me percaté de que él también lo había comprendido.

Redka asintió. Para mi sorpresa, aceptó mis decisiones. No se opuso. No luchó. No se esforzó por que yo cambiase de opinión. No se escudó en sus responsabilidades para apresarnos. Solo me miró con una nostalgia anticipada y asumió la derrota. Luego levantó la mano y me rozó la mejilla con los nudillos. Cerré los ojos para guardarme aquella sensación para siempre. Ese estremecimiento que solo la aspereza de sus caricias me provocaba.

Lo iba a echar de menos.

Me iba a marchar y una parte de mí se quedaría para siempre con él.

Digerí que su tacto tenía el sabor de una despedida.

Entonces Redka hizo algo que no esperaba. Salió del cobertizo y dio una orden a sus hombres.

—Aquí no hay nada. ¡Volvemos a los jardines!

Oímos el jaleo de la guardia alejándose.

Algo se removió en mi interior.

Arien se asomó afuera y nos dijo con un gesto que era el momento.

Redka y él compartieron una mirada tan rápida como intensa que no comprendí. Tampoco me molesté; bastante tenía con asimilar lo que el comandante de la guardia real acababa de hacer por mí. Por nosotros. Un «nosotros» que no abarcaba lo que habíamos sido Redka y yo hasta entonces, sino a una humana y a un Hijo Prohibido. Eso éramos. La mayor traición de todas a ojos de nuestra raza. Una traición de la que Redka acababa de convertirse en cómplice.

Salimos de allí y corrimos los metros que nos faltaban, agazapados entre la maleza que rodeaba las caballerizas y que acababa en el lado oriental de la fortaleza.

Redka se marchó a lomos de Thyanne. Un nudo se formó en mi garganta al pensar que no volvería a verlos. Y ni siquiera le había dado las gracias. Tampoco le había dicho que aquello era lo más bonito que nadie había hecho por mí.

Lo vi rodear los cobertizos, como si estuviera vigilando, pero rápido me di cuenta de que en realidad no se alejaba, sino que daba un rodeo hasta adelantarnos por la derecha y comprobar que nadie más que él limpiaba aquella zona.

Protegiéndonos de los ojos de su propio ejército.

Llegó a la muralla antes de que lo hiciéramos nosotros. Dejó a Thyanne unos metros atrás y se coló entre unas zarzas, hasta darnos acceso a una puerta enrejada que apenas se percibía tras la vegetación crecida en su superficie. Otra salida oculta. Miré a Arien y su asombro me dijo que sus planes para atravesar la muralla eran otros.

Redka sacó un juego de llaves de su cinto y nos abrió antes de alejarse de nuevo sin mirar atrás.

Yo no podía dejar de pensar en lo que me estaba regalando. Lo que me estaba ofreciendo, pese a que su prisionero, uno de aquellos a los que tanto odiaba, escapara.

Apenas podía respirar sin sentir un nudo tan inmenso en la garganta que me arañaba según tragaba. Un nudo que supe que nunca conseguiría deshacer del todo.

No me importaba. Sería un recordatorio constante de lo que había dejado atrás.

De él.

Arien atravesó la puerta tan rápido que no fue más que una brisa.

Feila no se lo pensó y lo siguió, con la esperanza pintada en la cara.

Yo tampoco dudé. Traspasé la puerta. El alivio se apoderó de mi cuerpo.

Lo habíamos conseguido.

Cuando respiré el aire fresco del bosque que nos esperaba al otro lado, la satisfacción fue tan plena que, a pesar de todo, sonreí.

No obstante, el nudo de mi garganta se intensificó. Tuve que sostenerme sobre la corteza de un árbol.

No le había dicho adiós.

Cerré los ojos y un montón de instantes pasaron por mi mente a toda velocidad.

Recordé todo lo vivido, cada momento compartido, los miedos, las primeras sonrisas, los silencios, las confidencias.

Seguí a mis compañeros de viaje. Eché a andar en la dirección en la que Arien corría y Feila lo seguía como podía, tirando de las ramas que se le enganchaban en su lujoso vestido, sin duda, no el más idóneo. La vegetación era tan espesa que notaba que algunos pinchos se me clavaban en la piel, incluso estando protegida por la tela.

A cada paso, lo veía a él. A Redka y sus comentarios sarcásticos. A Redka y su forma de cuidar a Thyanne, a Syla y a mí en ese pequeño hogar que habíamos compartido en Asum. Sentía sus manos en las mejillas. La mía sobre la suya, consolándolo cuando me confesó que él también tenía miedo. Sus ojos verdes traspasándome, desnudándome sin necesidad de quitarme la ropa. La intensidad que alimentaba esa emoción en mi interior sobre la que evitaba pensar. Ese sentimiento al que nada menos que el rey Dowen le había puesto nombre, porque yo no me había atrevido.

Y, por último, la decepción en su rostro al verme con Arien. El hecho de que no solo hubiera respetado mi decisión, sino que había abierto él mismo la puerta para ofrecerme esa libertad.

Mis pies dejaron de moverse.

De pronto, fui consciente de lo inmenso que era ese gesto y de lo que significaba no solo para mí, sino para él, ya que iba en contra de todo por lo que había luchado durante su vida. Redka había traicionado al reino de Cathalian y a la memoria de los suyos, y, por encima de eso, se había traicionado a sí mismo.

Me giré y eché a correr hacia el lado contrario.

—¡Ziara!

El grito de Arien se perdió en la espesura que iba dejando atrás.

No pensé. Aparté toda cautela y mis pies volaron guiados solo por una fuerza que me salía de muy dentro, una emoción pura que era solo instinto y necesidad.

Atravesé la puerta escondida y me encontré con Redka acercándose a ella a pie con la intención de echar de nuevo la llave y mantener nuestra huida oculta, haciendo de ese secreto uno tan grande como la deslealtad que escondía.

Alzó el rostro y se encontró con el mío.

Sus ojos brillaron.

Los míos derramaron dos lágrimas imposibles de controlar.

Sus pies se clavaron a la tierra.

Los míos volaron de nuevo hasta chocarme con su cuerpo.

Lo abracé con todas mis fuerzas y sus brazos me sostuvieron.

Deseé que el tiempo dejara de correr y quedarme allí para siempre.

Las palabras se me atragantaron y las dibujé con mi aliento en la base de su cuello.

—Gracias, Redka de Asum.

Levanté la mirada y acuné la suya entre mis manos.

Y lo besé.

Sus labios suaves se fundieron con los míos.

Ambos temblamos.

Se abrieron levemente y las lenguas se rozaron.

Sentí su calor, su fuerza, la emoción contenida escapándose de su boca y colándose en la mía. Su sabor. Sentí que todo eso con lo que había fantaseado en mi mente podría ser real, tan real que su intensidad no tendría medida.

Lo sentí muy dentro, rozando una parte de mí que despertaba en ese instante y le pertenecía.

Cuando me separé de él, por fin entendí lo que la magia había intentado robarnos.

La presión en el pecho no desaparecía.

Había salido corriendo de nuevo hacia el lugar donde me esperaban Arien y Feila, hacia esa libertad que nunca creí desear con tanto ahínco y que ellos me habían hecho valorar por encima de todo lo demás.

Sin embargo, me costaba concentrarme en cada paso, porque la imagen de Redka no se me iba de la cabeza. Lo había besado y él me había devuelto el beso con sorpresa, aunque sin duda alguna. Había sido maravilloso. Y después… Después le había pedido perdón con los ojos antes de alejarme, tal vez para siempre.

Me toqué el torso, porque me daba la sensación de que no podía respirar.

—¿Qué ha sido eso? —dijo Feila.

Sabía que se refería a todo lo ocurrido con Redka, desde su ayuda ofrecida, pasando por mi carrera repentina, hasta las lágrimas que me había limpiado sin disimulo al dejarlo al otro lado del muro.

—Ya no importa.

Porque era cierto: nos habíamos ido del castillo.

Volver ya no era una opción. De repente, estábamos fuera, pero en manos de otros. En las manos de Arien. Pronto estaríamos lejos de Cathalian. Además, tampoco tenía muy claro qué era lo que Redka y yo compartíamos. Al pensar en él la presión se intensificaba, pero a la vez seguía nublándome el juicio todo lo que sabía acerca de su vida, del rey al que servía y los ideales por los que luchaba. Había llegado a aborrecer su mundo, por mucho que fuese al que yo pertenecía.

Caminábamos por una zona boscosa. Seguíamos a Arien sin cuestionarnos hacia dónde íbamos. Él se paraba de tanto en tanto y observaba lo que le rodeaba con sus sentidos alerta, hasta que tomaba una dirección que parecía al azar, pero que no lo era en absoluto. No seguíamos un rumbo fijo, sino que me daba la sensación de que estábamos dando rodeos para despistar a la guardia cuando se percataran de la ausencia de Feila y la mía, y comenzasen a buscarnos.

—¿Va a matarnos? —Su pregunta me sorprendió, teniendo en cuenta la seguridad con la que avanzaba tras Arien, como si deseara llegar la primera a nuestro destino.

—No. Tienes mi palabra.

Fue a replicarme, pero al instante cayó en la cuenta de que yo había cumplido con mi promesa. La había sacado del castillo y alejado de Deril.

Observó a Arien con una fascinación difícil de ocultar. Pese a que yo ya me había acostumbrado a su presencia, también me sucedía cuando lo veía impulsarse contra un árbol con extraordinaria agilidad para poder atisbar a más distancia o ante su belleza innata y letal.

—¿Quién es?

—No lo sé.

Le mentí con seguridad.

Meses atrás el remordimiento hubiera despertado en el acto, pero tanto había cambiado que ya ni me reconocía en aquella chica de capa verde.

—Ziara, creo que a estas alturas tú también puedes confiar en mí. Estamos hasta el cuello.

Me reí, asumiendo que la joven que viajaba a mi lado, atravesando un bosque junto con un Hijo Prohibido, tampoco era la misma con la que un día compartí hogar. De repente, podíamos ser lo que quisiéramos y esa sensación era... Era increíble.

—Lo conocí en el Bosque Sagrado. Me salvó la vida dos veces.

—¿Por qué uno de ellos iba a hacer algo así?

—Eso es lo que intento averiguar.

Feila fue a decir algo más, pero, de pronto, se me erizó el vello de la nuca, todo se volvió negro y me desplomé.

Volví a abrirlos tumbada en una cómoda cama. Me costó enfocar y recordar todo lo ocurrido en las últimas horas. Contuve el aliento al percatarme de que ya no estaba en los aposentos del castillo, sino lejos de su muralla. Quizá hasta estaba fuera de Cathalian. Lejos de todo lo que había conocido y de lo que había sido mi vida. Lejos de él.

Me incorporé y comprobé que me habían aseado y que mi vestido yacía sobre una silla. Me cubría el cuerpo un camisón de color gris claro. Estaba en un cuarto no muy grande, pero lo suficiente para albergar un dormitorio completo. Las paredes eran de madera, y las sábanas que me abrigaban, de un tejido tan suave que resultaba irreal.

Intenté levantarme, pero me mareé en cuanto separé el trasero del colchón y arrugué el rostro ante el dolor agudo que se despertó en mi cuerpo. Las piernas crujían y una tirantez molesta se manifestaba en mis músculos a cada movimiento.

—Es por el viaje.

Arien se asomó por una de las ventanas circulares y se coló por ella. Estaba totalmente renovado, a juzgar no solo por su agilidad, sino también por su reluciente aspecto. Ya me había ocurrido la primera vez que lo había visto y, aunque en aquella ocasión no era una sorpresa, me quedé obnubilada de nuevo por su imponente belleza.

Iba vestido de igual modo que entonces, con un traje gris hilado con plata. Sus ojos brillaban como nunca.

Recordé su explicación y fruncí el ceño.

—¿Qué viaje? Estábamos en…

Busqué en los recovecos de mi memoria, pero estaba llena de sombras difusas en las que no encontraba nada. Veía a Redka, sentía su beso. Me toqué los labios inconscientemente al hacerlo y noté el cosquilleo del recuerdo. Luego había hablado con Feila sobre Arien. Y después de eso… nada. Todo se volvía negro.

Arien sacudió la cabeza, como si mis esfuerzos fueran en vano.

—No podrás recordarlo. Viniste conmigo.

Cerré los ojos. Me vi de nuevo corriendo por el bosque. Las enredaderas me arañaban las piernas bajo el vestido. Luego charlando con Feila y pensando en Redka. Ahí había algo. Alguien. El recuerdo de presentir una aparición cerca y justo después… Un destello plateado me provocó un pinchazo intenso en las sienes. Me las apreté con fuerza.

—No lo intentes más, te reventará la cabeza.

—¿Cómo he llegado aquí?

—Ya te lo he dicho, Ziara. Conmigo.

Entonces la imagen de una tormenta de plata apareció en mi mente. Así era como ellos se movían por el mundo. No obstante, no creía que fuera posible hacerlo con otros. Leyó la pregunta en mis ojos y sonrió.

—Requiere mucha disciplina, pero algunos logramos desplazar a una persona.

—¿Y Feila?

—Ella fue con Cenea. Es una amiga, nos encontró en el bosque.

Por lo tanto, aquella presencia no había sido una imaginación mía.

—Quiero verla.

Necesitaba comprobar por mí misma que se hallaba a salvo.

—¿A Cenea? —preguntó sorprendido. Yo puse los ojos en blanco.

—A Feila.

Arien me ayudó a levantarme. Los primeros pasos fueron renqueantes, como si llevara semanas en la cama y el cuerpo no me respondiese. Ante esa sensación, le pregunté con expresión de pánico:

—¿Cuánto tiempo llevo inconsciente?

—Apenas un día. Es lo normal para un iniciado después de un viaje.

Suspiré aliviada y luego me apoyé en la silla en la que estaba mi vestido. Aún tenía restos de tierra y mugre de la celda de Arien. Daba la sensación de que aquello había ocurrido hacía un siglo. Al tocarlo con los dedos, recordando todo lo acontecido, él se acercó a mí y su voz se dulcificó.

—Aún no te he dado las gracias, Ziara. Sin ti, ya estaría muerto.

—Supongo que estamos en paz.

Me encogí de hombros para quitarle importancia. Él sonrió y después lanzó mi vestido por la ventana en un arranque impulsivo que me pilló desprevenida.

—Pero ¿qué estás haciendo?

—Tú también lo odiabas. Abre el armario, anda.

Lo hice y mi sonrisa brilló más que sus ojos de luz de luna.

No fui consciente de que no me hallaba sobre tierra firme hasta que me asomé a la puerta del dormitorio. Me sujeté a los bordes por la impresión y Arien se rio a mi espalda.

—Bienvenida a Faroa, Ziara. Ciudad de los Árboles.

Rápidamente lo entendí. A mi alrededor, una villa entera se extendía sobre las copas de los árboles más altos que había visto en mi vida. Sus hojas eran verdes, amarillas, anaranjadas, rojizas o castañas, según el ejemplar, y los troncos eran robustos, llenos de anchas raíces que los rodeaban, formando escaleras naturales para que se desplazaran entre ellos sin necesidad de tocar la tierra y los simples humanos como yo pudiéramos descender sin matarnos. Pequeñas casas de madera se asentaban en sus ramas.

—¿Vivís aquí? —Asintió satisfecho—. Es increíble.

—Y aún no has visto nada.

Descendí intentando no mirar hacia abajo. Nunca me habían atemorizado las alturas, pero prefería no arriesgar demasiado. Agradecí la ropa con la que me había obsequiado Arien, una sencilla camisa gris plata con unos pantalones, muy parecidos a los suyos, que se ajustaban a mi cuerpo como una segunda piel.

Jamás había usado antes unos pantalones.

—No pienso quitármelos en la vida —le había dicho al sentir la libertad de movimientos y una novedosa agilidad. Su risa llenó la estancia.

En el interior del armario también encontré vestidos, pero nada que ver con los utilizados en la Casa Verde ni tampoco en la corte, sino que eran de telas livianas, rectos, cómodos para no impedir los movimientos. No usaban joyas, ni elementos decorativos en el pelo, ni calzado que no fuera una especie de botines de un material tan ligero y suave que al ponerlos seguías teniendo el tacto de los pies como si estuvieran desnudos, y eso cuando los usaban, ya que era habitual verlos descalzos. Pese a su aparente austeridad, su elegancia era innata.

Feila se encontraba en una de esas casas colgantes muy cerca de la mía. Según subía, el sonido de su risa me impactó. Se acercó a mí con una sonrisa inmensa. No parecía la misma Feila. Vestía como yo, aunque en su caso se trataba de un vestido por encima de las rodillas. Su pelo estaba recogido en una trenza tirante. Su rostro tenía una luz especial, como si se le hubiera pegado algo del polvo mágico de los Hijos de la Luna.

—Feila, ¿cómo estás?

Se levantó la tela del vestido por la zona del cuello y me enseñó su piel. Limpia, clara, sin rastro alguno de dolor. Los moratones ya no estaban. Apenas había transcurrido un día y parecía tan sana que me resultaba irreal.

—Mira, ¡han desaparecido!

—¿Cómo...?

—Magia, Ziara. Magia de Luna. —Entonces se lanzó a mis brazos y me apretó con fuerza. Su emoción me traspasó y se me encogió el corazón—. Gracias.

Cuando se apartó, puso los ojos en blanco ante la humedad de los míos, volviendo a ser la Feila que tan bien conocía. Nunca me había alegrado tanto de que así fuera.

Una mujer se acercó a nosotros. Su cabello era de un rubio claro y le tocaba los hombros. Sus ojos eran grises, como los de Arien, pero aún más rasgados, afilados, y me observaban con dureza y sin parpadear. Su cuerpo, delgado y atlético, estaba envuelto en plata y destilaba una fuerza desmedida sin perder su gracilidad.

Una verdadera Hija de la Luna. La primera que conocía.

—Ziara, ella es Cenea.

La voz de Arien rompió el silencio y un poco esa incomodidad repentina que se había alzado entre nosotras.

—Encantada de conocerte.

Le tendí la mano, pero ella la rechazó. Apartó la vista y se dirigió directamente a Arien, ignorándome.

—Es cierto lo que decías. —Miró de reojo mi pelo.

—Y todo lo demás.

—Eso ya lo veremos.

En solo un segundo, desapareció de un salto por la ventana. Ni siquiera hizo el más mínimo sonido. Se transformó en una suave brisa que nos acarició dejando tras de sí las huellas de su reguero de plata.

—¿Qué le ocurre?

—Nada. A Cenea... le cuesta confiar, eso es todo.

Acepté la explicación de Arien, aunque algo dentro de mí me decía que había mucho más oculto en aquellas palabras.

Arien me llevó a conocer la ciudad. Las zonas comunes se encontraban en tierra firme. Conocí parte de sus calles, me mezclé con sus habitantes, que me contemplaban con la misma fascinación que recibían de mis ojos de vuelta. Me empapé con el ambiente pacífico, tranquilo y feliz que se respiraba allí, una sensación de calma que jamás hubiera imaginado que encontraría en su hogar.

Nadie me atacó. Ninguno de sus ciudadanos me mostró el más mínimo gesto violento. En todo momento me sentí bien, sin la amenaza implícita de que poner un pie en su territorio sería firmar mi propia muerte.

Había escuchado tantas historias de los Hijos Prohibidos, las masacres que habían cometido, tantos crímenes, tanto dolor en personas a las que apreciaba... que una parte de mí sentía que los había traicionado a todos.

Sin embargo, otra latía en mi interior repitiéndome sin cesar que la realidad que me habían contado tenía una parte de mentira. Que aquellas criaturas no serían humanas, pero también sufrían, reían y amaban a los suyos. Que Arien me había salvado a mí. Y no solo eso, había respetado el que yo quisiera salvar a Feila de los enemigos que no debían serlo, incluso poniendo en riesgo su vida por el camino. Y, por encima de todas esas cosas, me acompañaba la certeza de nunca haber tenido miedo a su lado.

Arien me contó que Faroa era la ciudad en la que las madres de la Luna nacieron. La leyenda contaba que, una noche de luna llena, esta se colocó delante del sol y regó con su luz una pequeña laguna. Aquel haz de magia se convirtió en semilla, que germinó en planta. De la misma planta nacieron siete flores. Cuando sus pétalos se abrieron, llegaron al mundo las Sibilas de la Luna. Yo no sabía si era verdad o no, pero Arien lo creía y me parecía una historia muy bonita.

Vivieron en paz en las montañas, sobre la Ciudad de los Árboles. Engendraron vida junto con los Antiguos Hechiceros de Lithae, sus vecinos del norte, y fueron felices. Después, cuando ellas fueron ejecutadas y todo el horror comenzó, sus hijos extendieron sus dominios, formando asentamientos por todas las Tierras Altas, regándolas de magia y convirtiéndolas en lo que los humanos llamaban, sin mucho sentido, la Zona Salvaje.

—¿Sois la única especie?

—No, cedimos el oeste a quienes lucharon a nuestro lado.

Pensé en todas aquellas razas mágicas que odiaban a los hombres y que aprovecharon el fin del acuerdo de paz para luchar contra Dowen. Hermine nos había aleccionado bien para saber quiénes siempre serían enemigos, aunque se restaurase un estado de armonía.

—¿Y quién los gobierna?

Arien sonrió con una actitud paternalista que me incomodó.

—Nadie, Ziara. Aquí creemos en la libertad.

Aquello no tenía sentido. Yo sabía que los Hijos de la Luna eran arrogantes y deseaban la supremacía de razas por encima de todas las cosas. Al menos, eso era lo que nos enseñaban. Además, desde que había salido al mundo había visto con mis propios ojos que todo espíritu vivo deseaba el poder. Incluso era capaz de corromper al mejor de los hombres.

—¿Por qué no te creo?

—Cuesta creer en la libertad cuando existe una guerra, y cárceles, y muros infranqueables. Quizá es cierto que aún no la hemos conseguido, pero creemos en ella y, de momento, es motivo más que suficiente para seguir luchando.

La perspectiva de Arien me conmocionó. En mi cabeza, los Hijos Prohibidos codiciaban el reino de Cathalian para establecer el suyo y hacerse con el mando absoluto, y si no lo habían conseguido ya era porque resultaban insignificantes en número comparados con los humanos. Ni siquiera me importaba cuál había sido el origen de la guerra, solo sabía que, desde entonces, ellos habían intentado por todos los medios derrotar a los ejércitos y cada vez contaban con más terreno robado a los hombres. Terreno que Redka y los suyos se esforzaban por recuperar mientras frenaban el avance de sus enemigos.

Si había confiado en Arien había sido porque lo veía diferente a todos ellos; una víctima de las decisiones de otros. Como yo, que no sentía encajar en la lucha de los míos. Como Leah, pagando por los errores de su padre. Como él, una criatura buena que me había tratado como una igual, sin importar que fuéramos las dos razas más enfrentadas de la historia.

No obstante, de repente lo vi con otros ojos. Porque Arien sí que creía en su pueblo. Paseando por sus calles había percibido en él la satisfacción de lo conseguido, el respeto por los que tendrían las manos sucias, los valores que defendían y que él también profesaba. Incluso lejos de Redka y sus contradicciones, otras me perseguían y se me agolpaban en el estómago.

Llegamos caminando a una edificación blanca inmensa. Estaba encajada en una maleza tan verde y frondosa que solo podía ser producto de la magia. Sus paredes eran muros robustos de un material brillante que se asemejaba a la luna. Pasamos por debajo de un gran arco con siete flores grabadas que me hicieron pensar en la leyenda que me había contado Arien. Un homenaje tallado a sus madres. No había puertas. Tampoco vigilancia. Asumí que cualquiera podría entrar y salir de allí.

—Es... Es grandioso.

—Es la Ciudadela Blanca.

Atravesamos una superficie circular alrededor de la que salían salas, de nuevo sin puerta, en las que veía a otros como él reunidos, trabajando en tareas que no comprendía o simplemente charlando.

—Aquí se deciden los temas importantes.

—Os tenía por impulsivos e incontrolables.

Arien se rio, pero su mirada se oscureció por el desprecio ante la idea que mi raza se había formado de ellos.

—No conozco nada más incontrolable que el instinto humano.

Nos adentramos por un pasillo y observé asombrada cada rincón. No se parecía en absoluto a lo que yo conocía como un castillo. No contaba con nada ornamental, solo formaba un conjunto de muros y columnas de una blancura exquisita y una calma irreal. Pensé que la belleza siempre debería ser así de pura.

Llegamos a una parte que sí guardaba indicios de vida, como si alguien habitara aquella zona.

—¿Quién vive aquí?

—Puede hacerlo cualquier Hijo de la Luna, pero nosotros decidimos que lo ocupase Missendra.

—¿Una reina?

—Creemos en la libertad, pero, si no es controlada, puede llevarnos rápido al libertinaje. La magia descontrolada no es buena, Ziara, así que nombramos a Missendra emperatriz. Ella se encarga de mantenernos en equilibrio.

—¿Qué tiene ella de especial?

—Missendra… es un ejemplar raro. Pese a que nosotros fuimos engendrados por los Hechiceros de Lithae, no tenemos padre, solo somos Hijos de la Luna. Sin embargo, Missendra, nació con más sangre dorada que plateada. Ella… es diferente. Tiene nuestras capacidades, pero, a la vez, cuenta con la neutralidad y la sabiduría de los Hechiceros.

Aquella revelación me impactó. No sabía de la existencia de seres diferentes entre ellos. Siempre nos habían hablado de los Hijos Prohibidos como criaturas con las mismas características y, de pronto, descubría, una vez más, que no todo era como me habían contado. Hermine ya me había hablado de la existencia de híbridos, mezclas resultantes de las Sibilas de la Luna con otras razas, pero aquello era diferente. Aquello hacía que su mundo fuera aún más extraordinario de lo que habría imaginado.

Recordé lo que sabía de los Antiguos Hechiceros. Se decía que tenían mil ojos. Podían mirar hacia atrás y hacia delante. Pasado y futuro. No se conocía su edad, pero sí que nacieron hombres y que, en algún momento de su existencia, la magia se coló en sus venas, quedando prendados de un hilo entre la vida y la muerte. Su sangre humana convertida en inmortal era lo que provocaba que, junto con las Sibilas de la Luna, fueran capaces de crear seres con lo mejor de cada raza. De su unión, siempre bajo el influjo de la luna llena, nacían los que los humanos llamaban Hijos Prohibidos; criaturas que, pese a contar en sus venas con sangre humana, no quedaba de ella más que esa belleza grácil que los alejaba de parecer animales.

No obstante, nunca había sentido que Arien encajara en la descripción. De hecho, a ratos me nublaba la sensación de que aquel ser hermoso que me protegía era pura emoción.

¿Cómo podíamos creer que esa sonrisa dulce que me estaba dedicando correspondía a una verdadera bestia? ¿Qué sentido tenía engañarnos hasta tal punto?

La cabeza me daba vueltas. Las preguntas se me amontonaban. Las respuestas ya descubiertas volvían a la superficie. Aquel territorio mágico en el que, supuestamente, ningún humano podría poner un pie nos había dado asilo a Feila y a mí. Ahora debía sumar la existencia de una emperatriz que mantenía aquel lugar en armonía. Después de ver lo que Dowen permitía en su reino, me atemorizaba averiguar cómo ella manejaba el suyo.

—¿Por qué entramos? ¿Adónde me llevas, Arien?

—Es el momento de que os conozcáis.

Me quedé clavada en el sitio. No estaba preparada. Tenía la sensación de que llevaba meses subiendo una colina cada vez más empinada y nunca llegaba a la cima. No estaba dispuesta a conocer a la otra parte de una guerra que permitía que sus gentes muriesen cada día por el anhelo de poder.

—No es necesario, Arien.

—¿No querías saber por qué te salvaba? Pues ha llegado el momento, Ziara.

Aquella pregunta disipó toda mi reticencia de un plumazo. Mi curiosidad regresó con tanta fuerza que mis pies se pusieron en marcha sin darles la orden. Eso y la necesidad de llegar a algún destino que me dijera que todo lo que había sucedido y las decisiones que había tomado tenían sentido.

Seguimos caminando, dejando a un lado un dormitorio igual de discreto y limpio que todo lo demás, y nos adentramos en una sala con butacas a los lados y un escritorio bajo un ventanal abovedado sin cristal, cuya forma y tamaño hacían que pareciese que el cielo se nos fuera a caer encima. Tras él, una joven escribía a toda velocidad con una enorme pluma de color negro.

Levantó el rostro y contuve el aliento, pese a la advertencia de Arien de que Missendra no era como los demás. Era bellísima, pero su belleza era distinta a la de Cenea o Arien. Su piel era oscura, del color de la tierra, su pelo negro estaba cortado de forma irregular, con trasquilones que le daban un aspecto desordenado, aunque eso la hacía aún más atractiva. Su cuerpo, pequeño, delgado, sin apenas curvas. No obstante, había algo en ella distinto. Sus ojos… Suspiré asombrada cuando me percaté del encanto de sus ojos. Uno brillaba con los destellos de plata que ya había visto en los otros, pero el izquierdo… El izquierdo centelleaba como el sol. Guardaba dentro de él el color dorado de los Hechiceros de Lithae.

Nos acercamos despacio.

Tras ella, en la bóveda sin techo, las nubes encapotadas olían a lluvia. Rodeó el escritorio y ladeó la cabeza para estudiarme con deliberación.

No aparté la mirada. Ni siquiera parpadeé.

Arien se colocó a mi lado y apoyó una mano en mi espalda con la intención de darme seguridad.

—Missendra, te presento a Ziara.

Fui a agradecerle el dejarme entrar en sus fronteras, pero se giró con vigor hacia Arien y las palabras se perdieron en mi garganta.

—¿Estás seguro de que es ella?

—Lleva el collar.

Me palpé el pecho en el punto exacto en el que mi amuleto descansaba y fruncí el ceño. ¿Cómo sabía Arien aquello? ¿Y qué significado tenía para ellos? ¿Qué era lo que estaba sucediendo? ¿Por qué hablaban como si estuviesen esperanzados ante mi llegada?

—Podría haberlo robado.

Di un paso atrás, pero la mano de Arien se convirtió en hierro y no pude moverme. La mía agarró el amuleto por encima de la camisa, apretándolo en el puño. Sentía que era lo único que de verdad me pertenecía y no iba a permitir que me lo arrebatasen.

—No lo hizo. Además, la reconocería en cualquier parte.

Me volví hacia él y lo miré como si nunca antes lo hubiera visto. No entendía sus palabras. Él y yo solo nos conocíamos de un par de encuentros extraños. El destino había sido el culpable de lo demás. Esa era la única explicación que encontraba.

Sin embargo, un presentimiento inquietante se apoderó de mí.

En mi mano, la piedra del collar ardía. Me quemaba la palma como si estuviera sujetando brasas. Sentía el recuerdo de las yemas de los dedos de Arien latiendo en la piel de mi garganta.

A mi alrededor, todo era plata.

Cerré los ojos cuando una imagen apareció con insistencia frente a mí, una pequeña laguna en una cueva. Era mi sueño, pero… no lo era. Se trataba de un recuerdo que se convertía en nítido mientras Missendra me miraba. Ella lo hacía volver en las espirales de sus ojos. Abrí los míos y me zambullí en el dorado de los suyos. Nada más hacerlo, caí dentro del agua. Moví los brazos con insistencia, pero los remolinos de agua me ahogaban. La sensación era tan real que me llevé las manos al cuello sin poder respirar.

Los ojos de hechicera de Missendra me atraparon en aquella escena del pasado que siempre creí producto de mi imaginación de niña, pero que, de pronto, me hacía recordar una tarde real en la que encontré una gruta y caí en una poza de agua.

Regresé allí. Abrí la boca y sentí el líquido transparente deslizarse por mi garganta. A mi alrededor, vi flotando el amuleto. Su fino hilo de plata. Su pequeña piedra blanca.

Y, entonces, alcé el rostro y la vi por primera vez. Una mano asiendo la mía, sacándome de ahí y salvándome de la asfixia. La luz de la luna que se colaba por el agujero del techo de la cueva reflejó su rostro. Las espirales en sus ojos grises. Su sonrisa traviesa.

Arien.

Mis pulmones se llenaron de aire y comencé a toser, recuperando el aliento.

Volvía a estar en aquella sala blanca.

Me mareé, pero no permití que él me sujetase.

Me sentía sola, y engañada, y prisionera de nuevo de una vida que se escapaba a mi entendimiento.

¿Qué hacía él en mis recuerdos?

Di un paso atrás y me enfrenté a aquellos seres que me observaban con la esperanza pintada en sus mágicos rostros.

Saqué el collar de mi cuello y observé la pequeña piedra blanca que lo adornaba.

Un trozo de luna.

—Interesante. Y valiosa.

La bruja Misia regresó a mí como un eco lejano y sus palabras cobraron sentido.

Clavé los ojos llenos de lágrimas en los plateados que me observaban con repentina devoción y lancé la pregunta que lo cambiaría todo.

—Arien, ¿qué estoy haciendo aquí?

Como respuesta, él dobló una rodilla hacia mí antes de extender la palma de su mano hacia arriba.

Mi corazón dejó de latir.

La voz de Missendra hizo mi mundo pedazos.

—Bienvenida a casa, Ziara de Faroa. Hermana de Arien de Faroa. Hija de la Luna.

XXIX
Redka

No sentía nada.

Los soldados corrían de un lado a otro de la corte. Recibían órdenes y se movían veloces ante la alarma. Algunos gritaban mi nombre, a la espera de un mandato, pero mi mente se encontraba muy lejos de allí.

—¡Nasliam, quedas al mando del escuadrón de búsqueda!

—Sí, comandante.

Viré mi caballo y me dirigí con rapidez al otro lado del castillo. Necesitaba espacio, soledad y respirar como si no tuviera algo atravesado en la garganta. Dejar solos a mis hombres sumaba otra irresponsabilidad, pero ¿acaso importaba cuando había permitido que nuestro enemigo huyera?

Noté la ira y la rabia pidiendo paso para salir.

Sin poder evitarlo, pensé en Ziara y sentí también la decepción, la tristeza, el dolor.

Se anudaron a todo lo demás y se me enquistaron en el interior.

Entré en una de las caballerizas de la zona norte y dejé a Thyanne descansar. Me acerqué al muro de ladrillo e intenté vaciarme de todo eso que me había hecho perder el control hasta el punto de desatender mis obligaciones. Era aún peor, porque además había traicionado a mi rey, mis principios y a mí mismo.

Golpeé la pared con fuerza. Contuve un bramido que murió en mi boca. La carne del puño se abrió y los nudillos comenzaron a sangrar. Pero no importaba. Porque la realidad era que no sentía nada.

Nada.

Ziara se lo había llevado todo consigo.

Recordé el beso. El tacto de sus suaves labios sobre los míos. El dulzor de su saliva. La absoluta certeza de que había algo entre nosotros que me había embargado al sentirla cerca y que jamás compartiría con nadie.

El impacto contra el muro aquella vez sí me provocó un dolor lacerante en los dedos.

Cerré los ojos y me concentré en las punzadas agudas que me atravesaban la mano; mejor eso que el recuerdo de su olor envolviéndome por una última vez.

Con el tercer golpe, percibí el hocico de Thyanne a mi espalda. Me giré y me encontré con sus ojos brillantes, que no eran más que un reflejo de mis emociones.

Porque ambos sabíamos que, por encima de la rabia por haber liberado al Hijo Prohibido, del pesar por que Ziara se hubiera marchado de mi lado, de esos sentimientos por ella que cada día crecían un poco más, y del desconcierto por mis propias decisiones, existía algo que me había esforzado por ignorar. Algo que había comenzado hacía mucho tiempo, cuando el rey me había entregado un colgante y yo le había prometido que mataría a cualquiera que tuviera uno igual. Algo que había supuesto la mayor traición a su confianza de todas en el mismo instante en el que había encontrado uno idéntico en el cuello de mi esposa.

—Tenía que matarla, Thyanne. Y, en cambio, la he dejado marchar.

Apoyó el rostro en mi torso y acaricié sus crines. Luego me miró y atisbé en él una de esas sonrisas que había aprendido a ver con los años. Los caballos no hablaban, pero el mío era capaz de expresarlo todo sin palabras.

—Así que amor, ¿eh?

Relinchó con fuerza y me subí a él de un salto. Sacudí la cabeza y apreté los talones en su lomo. Fuera lo que fuera lo que me había hecho tomar aquellas decisiones ya no importaba. Ziara se había ido. Resultaba irónico que al verla partir con un enemigo sintiera que la había salvado.

—Anda, vamos. Será mejor que regresemos. Aún hay un rey al que me debo.

Lo que no tenía muy claro era durante cuánto tiempo sería posible sin que se me juzgara por mis pecados.

FIN

Hija de la Tierra de Andrea Longarela
se terminó de imprimir en el mes de diciembre de 2023
en los talleres de Diversidad Gráfica S.A. de C.V.
Privada de Av. 11 #1 Col. El Vergel, Iztapalapa,
C.P. 09880, Ciudad de México.